クオン
人文・社会シリーズ
05

韓国の自然主義文学

―― 韓日仏の比較研究から

Kang Insook 姜仁淑［著］

小山内園子［訳］

CUON

韓国の自然主義文学
韓日仏の比較研究から

姜仁淑［著］小山内園子［訳］

CUON

佛・日・韓3국의 자연주의 비교연구 II——염상섭과 자연주의
© 2015 by Kang, Insook
Originally published in Korea by 솔과학
All rights reserved.
Japanese translation copyright © 2017 by CUON Inc.
Japanese edition is published by arrangement with K-Book Shinkokai
The 『韓国の自然主義文学』 is published under the support of
Literature Translation Institute of Korea (LTI Korea).

まえがき　私はなぜ自然主義を研究したのか？

　自然主義の研究は、労多くして得られるものが少ない研究課題です。エミール・ゾラの作品さえすべて翻訳されているわけではないので、辞書を引き引き原書を読まなければならないことも負担でしたし、日本に出かけて古本雑誌を探しまわらなければならないことも骨折りでした。あげくに非常に範囲が広く、そのために徹底した研究が困難なことも問題でした。

　それでもやらないわけにはいかなかったのは、廉想渉（ヨム・サンソプ）の小説「標本室の青ガエル」のせいでした。私が大学の講義室で学んだフランスの自然主義と「標本室の青ガエル」には、共通する点がほとんどなかったのです。そこには、ゾライズムの主軸である科学主義も決定論もありません。内省的なインテリ青年の内面に焦点をあわせたこの小説は、永遠を目指しフルスピードで疾走しようとする人物が出てきます。彼は現実をきらい、その向こう側で生きる狂人を聖神の寵児のごとく崇拝します。客観的視点、人間の下層構造の描写、悲劇的な終結法、物質主義的な人間観など、ゾラの自然主義と結びつく手がかりが、この小説にはほぼみあたりませんでした。にもかかわらず、韓国の作家や評論家たちが、口をそろえてこの作品を自然主義の代表作とすることが、腑に落ちなかったのでした。やがて、資料にあたるうちに日本の自然主義と出会いました。日本式の自然主義は、ゾラの自然主義とにたところがほとんどありません。ようやく、廉想渉の自然主義が日本のそれをモデルにしていたことを知るに至ったのでした。日本の自然主義のスローガンに、「幻滅の悲哀を愁訴する」という感覚的なものがあります。ほかに「排虚

構」、「無脚色」、「無解決」という3つの原則もあります。日本では、ゾラの「真実尊重」思想は「事実尊重」と誤解され、作家の直接体験を扱う私小説が自然主義の主流とされたのです。したがって虚構を排し、脚色せず、無解決の終結法を用いることが自然主義小説の正道と考えられてきました。日本の自然主義とゾライズムには、共通する点がほとんどありません。親浪漫主義的内容を写実的に表現したものが、日本の自然主義だったのです。

　日本にもゾラを模した自然主義はあり、写実主義と呼ばれました。個人の内面を重視した文学者が自然主義者とみなされました。ロマンティックな傾向を写実的に描写し、日本の近代小説の類型を確立した島崎藤村や田山花袋らが、自然主義を代表しているのです。廉想渉の「標本室の青ガエル」は、そうした日本式自然主義と大正時代の主我思想が重なってできた一人称小説でした。

　そこで私は、フランスと日本の自然主義の対比研究から着手しました。その資料を元に韓国の自然主義の様相をたどろうとしたのです。韓国の自然主義文学はゾライズムと日本自然主義、2つの源泉をもつため、仏・日両国の研究を先行させる必要がありました。加えて、大正時代の主我主義、耽美主義、フランスリアリズム文学の影響を研究する必要もありました。金東仁と廉想渉の資料にあたるうちに私が気づいたのは、韓国の自然主義には大正期の白樺派、耽美派、弁証的写実主義派の影響が複合的に混ざっているという事実でした。大正時代に、日本で文学を学んだ金東仁と廉想渉の自然主義は、個人尊重思想と癒着していました。彼らには一人称私小説が重要な位置を占めていたのです。封建時代を脱したばかりの日本と韓国の、新たな時代の文学者たちにとって、自我の覚醒と個人尊重思想が最重要課題だったのでした。2つ目に芸術至上的な芸術観があります。程度のちがいはあれ、個人尊重や芸術至上の傾向は、金

東仁と廉想渉に共通していました。主客合一主義も同じです。ですから、この２人の文学者はゾラと正反対の芸術観をもつことになります。しかし、その次の項目となると、２人の選択肢は異なります。大正文学のなかで、それぞれが別のものを選びとりました。

金東仁はゾラのように科学主義を信じ、決定論的思考をもっていました。彼の三人称小説にはゾラ同様、環境と遺伝によって決定されるジェルミニー型(1)の人物が多く登場します。ヒロインたちは、ナナやジェルミニーのように最下層に属し、「カネと性」という主題に縛られています。そして悲劇的な終末を迎えるのです。彼女たちは卑俗でありながら悲劇的であり、ゾラと同じ、文体混合の類型に属しています。

ところが、金東仁は自然主義とは相容れない耽美主義的芸術観をもっていました。エミール・ゾラは芸術家を科学者や解剖家と見なしています。金東仁はそうではありません。彼は、芸術家を神と考えました。リアリスティックな手法は、芸術家が作りだす世界を真に迫ったものにするためだけに必要な装置です。彼は、無選択の原理を排除し、簡潔の美学を主張しました。彼の科学主義は、芸術家の選択を重要視する、画家の科学主義です。彼は、確固たる反模写の芸術観を唱えました。ゾライズムと近い部分は現実再現の方法ではなく、決定論的思考や自由意志の薄弱な人物類型、そして背景ぐらいのものです。

作品でも、芸術家であるところの作家がモデルの自伝的小説では、人物のキャラクターが、三人称小説での卑俗なそれとちがうレベルでした。神のごとく新たな世界を生みだす創造者であり、人形使いなのです。環境決定論に立脚した「笞刑」のような作品であっ

1　ジェルミニー・ラセルトゥーはゴンクール兄弟の同名小説のヒロイン。下女であり病的な側面をもつ。ゾラは「ボヴァリー型」ではなく「ジェルミニー型」を好んで主人公にした。

ても、自伝的小説の登場人物は自由意志を完全に失うことはありません。相容れないはずの芸術至上主義と科学主義の共存は、金東仁の世界では「人工的なもの」への愛着によって可能とされます。彼は、無為自然の世界をきらう反浪漫主義者なのです。

　廉想渉は、芸術尊重思想は金東仁と同じでしたが、自然主義と共有したのは耽美主義ではなく写実主義でした。2期に入り、プロレタリア文学との論争がはじまる過程で、廉想渉は、自然主義と並び立つ思潮が個人主義ではなく写実主義であることを知ります。極端主義者の金東仁と異なり、廉想渉は中庸を好み、個人尊重思想や芸術尊重が極端に走ることはありませんでした。日本の自然主義の「排虚構」、「無脚色」、「無解決」の原理と、大正文学の個人尊重思想や芸術尊重傾向を共有しながら、2期から最後まで一貫して写実的な小説を書きつづけました。直接の経験でない場合はモデルを立て、日本の自然主義的な主題を選び、できるだけ脚色をせず解決もない小説を生涯書きつづけたのです。

　フランスと日本の自然主義を詳細に比較し、金東仁との関連から韓国の自然主義の1つのパターンを探る論文集（**『仏・日・韓3国対比研究―自然主義文学論Ⅰ』**）を1987年に出版しましたが、本書は、その続編として1991年に出版されたものです。ここでは、「廉想渉と自然主義」を対象にしました。2巻両方を翻訳出版することはむずかしいということですので、今回はその、**『廉想渉と自然主義――自然主義文学論Ⅱ』**を底本に選びました。4年後の続編で、廉想渉と金東仁の両方をとりあげているからです。

　連関をもたせるために、本書では仏・日の自然主義を比較した1巻目冒頭の章を序論とし、仏・日の自然主義の特色を概観したうえで、韓国の自然主義を究明する1冊としました。紙面の都合上、

原著の「自然主義への否定論と肯定論」の項目は割愛しています。仏・日の自然主義の詳細な対比研究が必要な場合や、金東仁の詳しい資料が必要な方は『仏・日・韓　自然主義対比研究』Ⅰをご参照ください。

　2014年６月　　　　　　　　　　　　　　　　　　　　姜仁淑

目次

まえがき　私はなぜ自然主義を研究したのか？ …………… 3

序論　13

1 韓国自然主義研究の問題点——源泉の二重性 …………14

2 研究の対象と範囲 ………………………………………21

第1章　用語にかんする考察　27

1 名称の単一性と概念の複合性 …………………………28

(1)「個性と芸術」に現れた自然主義　31

(2)『討究・批判』三題に現れたもう1つの自然主義　44
　① 写実主義との出会い　45
　② 決定論の出現　52
　③ 芸術観に現れた「再現論」　58

(3)「私と自然主義」の場合　63
　① 自然主義の出現時期に対する廉想渉の見解　63
　② 自生的自然主義論　67
　③ 自然主義と写実主義についての廉想渉の観点　70

2 用語の源泉の探索 ………………………………………82

(1) 廉想渉と日本文学　86
　① 反自然主義系の文学者との影響関係　88
　② 自然主義系の文学者との影響関係　92

(2) 廉想渉と西欧文学　100
　① フランス文学との影響関係　101

- ❶ 自然主義系の作家との関係　101
- ❷ 反自然主義の作家との関係　103
- ② ロシア文学との影響関係　103
- **(3) 韓国の伝統文学との関係　112**
  - ① 伝統文学に対する否定的な視角　112
  - ② 文化的劣等感の源泉　119
    - ❶ 廉想渉と日本　119
    - ❷ 劣等感が形成された原因　123
    - ❸ 劣等感の源泉——明治・大正期の日本人の韓国観　131

第2章　現実再現の方法　　145

1　芸術観の二重性と主客合一主義　　146

2　ミメーシスの対象の二重性　　160

3　選択権の排除——言文一致運動と排虚構　　170

廉想渉の言文一致　171

4　価値の中立性と描写過多現象　　186

第3章　文体混合の様相　　197

1　人物の階層と類型　　198

(1) 人物の階層と類型　200

- ① 人物の階層　200
  - ❶ 自伝的小説の場合　200
  - ❷ 非自伝的小説の場合　203
- ② 人物の類型　208
  - ❶ 自伝的小説の場合　209
  - ❷ 非自伝的小説の場合　213

2 背景―「ここ―いま」のクロノトポス(Chronotopos)時空間 … 223

(1) 空間的背景の狭小化傾向 228
- ① 路上のクロノトポス 228
  - ❶ 異国を含むクロノトポス―「墓地」 229
  - ❷ 異郷のクロノトポス 231
- ② 外と内が共存するクロノトポス 234
  - ❶ 屋外主導型―「闇夜」、「死とその影」、「金の指環」 235
  - ❷ 外と内の並存型―「遺書」、「宿泊記」 238
  - ❸ 屋内主導型―「三代」 239
- ③ 屋内のクロノトポス 241
  - ❶ 職場を舞台とする内部空間 241
  - ❷ 生活する家の内部空間 242

3 カネの具体性と性の間接性 … 250

(1) 自伝的小説の場合 254
(2) 非自伝的小説の場合 260

4 無解決の終結法 … 279

(1) 仏・日 自然主義の場合 279
(2) 廉想渉の作品に現れる「真摯性」の要因 281
- ① 死に関連した作品 281
  - ❶ 主要人物と関連づけられる死の様相 282
  - ❷ 副次的人物と関連する死の様相 285
  - ❸ そのほか不幸を扱った作品 291
(3) 終結法の様相 292

5 ジャンル上の特徴 … 301

(1) 仏・日 自然主義のちがい 301
(2) 廉想渉の場合 303

第4章　物質主義と決定論

1　廉想渉の世界に現れた物質主義 ……… 318

2　廉想渉と決定論 ……… 332

(1) 評論に現れた決定論　332
(2) 小説に現れた決定論　338

①「除夜」にみられる決定論の様相　338
- ❶ 崔貞仁と遺伝　338
- ❷ 崔貞仁と環境決定論　342

②「標本室の青ガエル」と決定論　345
- ❶ 金昌億と遺伝　345
- ❷ 金昌億と環境　349

③「三代」に現れた決定論　352
- ❶ 趙相勲と環境　352
- ❷ 趙相勲と遺伝　357

結論　自然主義の韓国的様相

1　用語に対する考察 ……… 366

(1) 名称の単一性と概念の二重性　366
(2) 用語の源泉の探索 ── 外国文学との関係　371

① 自然主義系の文学者の影響関係　371
② 反自然主義系の文学者の場合　373
③ 伝統文学との関係　374

2　現実再現の方法 ……… 378

(1) 芸術観の二重性と主客合一主義　378
(2) ミメーシスの対象　380
(3) ミメーシスの方法　381

3 文体混合の様相 ……………………………………………………… 384

(1) 人物の階層と類型 384
　① 人物の階層 384
　② 人物の類型 385

(2) 背景——「ここ—いま」のクロノトポス chronotopos（時空間） 386
　① 空間的背景の狭小化傾向 386
　② 背景の都市性 389

(3) 主題に現れたカネと性の様相 390

(4) 終結法 392

(5) ジャンル 393

4 物質主義と決定論 ……………………………………………………… 395

5 自然主義の韓国的様相 ………………………………………………… 399

主要参考文献 407
訳者あとがき 422
索引 426

序論

1 韓国自然主義研究の問題点——源泉の二重性
2 研究の対象と範囲

1 韓国自然主義研究の問題点
―源泉の二重性

　金東仁（1900〜1951）、廉想渉（1897〜1963）らの韓国の自然主義作家たちが本格的に作品活動をはじめた1920年代の韓国文学は、伝統よりも外的要因により大きく依存していた。その要因の発信地は日本だった。そうした現象は、1920年代の文学に限ったことではない。韓国の近代文学はスタート地点から、伝統文学よりも、一足早く西欧文学をとりこんでいた日本の近代文学に大きな影響を受けて形成された。

　李朝末までの韓国文学が中国文学の影響圏にあったことを考えると、伝統との断絶は発信国の転換を意味する。韓国の近代化は、封建的、儒教的伝統からの脱皮を意味していた。その結果現れたのが、伝統を拒む現象である。伝統への否定的な態度は、中国の影響への拒否につながっていた。韓国の近代化は、中国の影響圏を抜けだそうとする努力のなかに胎動した。近代化のモデルは、中国ではなく西欧だった。日本同様、韓国の近代化は欧化主義的な性格をもっていたのである。

　しかし、韓国の欧化主義は、西欧化した日本をモデルにするしかない運命を背負っていた。日本に国権を侵害された状況のために、韓国が西欧各国と直接、文化的な接触をもつことが不可能だったからであり、日本を通じて西欧文明をとりいれるしか方法がなかったのである。すでに植民地とされていた1910年代以降は条件がさらに硬直化し、西欧の近代をとりいれる窓は日本のみに制限されてしまった。だから、開化期［江華島条約による開港で外国の文物や制度の大量流入がはじまった1880年代以降の時代］以後の韓国の

青少年たちは日本への留学を夢見た。自分たちより一足早く西欧をとりこんだ日本に行くことで、西欧の近代化を学びたいと切実に望んだのである。

(1) あの当時東京といえば、朝鮮青年の耳には夢の園であるドイツの「ハイデルベルク」にでも行くように、皆が恋い焦がれた場所だ。

(「三度失恋した流転の女流詩人　金明淳」(青騾馬)、
『韓国近代作家論』、三文社、92頁)

この引用文から、私たちは当時の留学生が東京に何を求めていたかを確認することができる。彼らの「夢の園」は、東京ではなくハイデルベルクだったのだ。だが「ハイデルベルク」に行くことが不可能だったから、一番ハイデルベルクににていて、留学が可能な東京を代用品に選んだのだ。その場合、「ハイデルベルク」は特定の国の地名を意味するというよりも、西洋の近代文明や文学に出会うことのできる場所、という象徴的な意味をもっていた。金允植の表現を借りれば「国際都市 東京という近代の出張所」だったから、日本行きを夢みたのである。

当時は、厳しい状況のなか無理に日本へ渡ったものの、学校に通うこともかなわずに病だけを得て帰国した羅稲香(ナ・ドヒャン)のようなケースも多かった。それほど、当時の韓国青少年にとって日本留学は憧れの的だったのである。1910年代から韓国に大学が設立されるまで、

---

1 その限界は、次の文章にもよく表れている。「我らの先覚者たちは、日本留学を通じて西洋を学ぶという間接的な経路をとるしかなかった。兪吉濬が福沢諭吉の教えを受けた頃から日帝〔日本帝国主義の略・日本統治時代をさす〕末期に至るまで、東京は韓国に知識を供給してくれる唯一の源泉であり、とくに1900代初期にあって東京留学は羨望と憧憬の対象だった」。鄭昌煥、『韓国作家と知性』、文学と知性社、1978年、16頁。
2 金允植、『廉想渉研究』、ソウル大学校出版部、1987年、26頁。

韓国青年たちの多くが、玄界灘を渡って留学することを夢見ていたのだ。

　文学者も例外ではなかった。1920年代初めに韓国文壇の主役だった金東仁、廉想渉、玄鎮健(ヒョン・ジンゴン)、田榮澤(チョン・ヨンテク)、朱耀翰(チュ・ヨハン)、呉相淳(オ・サンスン)、金億(キム・オク)などは、みな日本留学生だった。彼らの目的地が、東京や京都ではなく「ハイデルベルク」だったことは、専攻科目を見ればわかる。日本の歴史や文学を専攻した文学者は1人もいないのである。金東仁は美術、廉想渉は史学、呉相淳は宗教哲学、田榮澤は神学、朱耀翰は法学科だった。それ以前を遡っても、事情は同じである。李人稙(イ・インジク)は政治、崔南善(チェ・ナムソン)は地理・歴史、李光洙(イ・グァンス)は哲学志望だった。

　それだけではない。文学を専攻した文学者も少なかった。(3) 李光洙の世代と金東仁の世代の文学観はたがいにちがう。前者は、民衆を啓蒙する手段として文学を選んだし、後者は純粋文学を志していた。ところが、どちらのグループにも、文学を学ぶために日本に渡ったという人間は皆無に近い。金東仁は、医師や弁護士になりたいという希望をもって玄界灘を渡ったし、廉想渉も「韓国人の生きる道は第一に科学研究や技術の習得にあると主張」(「文学少年時代の回想」、1955年)し、帰国後も法理学に転向しようとした時期があった。(4) 李光洙も同じようなものである。

　にもかかわらず、彼らはみな文学を志した。そうした現象が、当時の政治的状況と密接にかかわったものであることを、廉想渉の次のような言葉が示している。

(2) 当時わが国の事情が青少年をして、いわゆる青雲の志を抱けるだけの野心や希望をもつ余地があったなら、おそらく十中八九、文学には手を出さず、1つの趣味、余技と考えたかもしれない。しかし文学的な雰囲気とは反対の蕭条、索漠、殺伐とした社会環境や国内情勢と、鎖国的・封建的遺

風のなかで育った少年が、文学の人間的な温もりを味わい、広い世界を目にしたとき、祖国の現実が暗澹とすればするほど、そこのみに光明と希望をみつけるほかなかったのである。(傍点：筆者)

（「文学少年時代の回想」、『廉想渉全集』12、民音社、1987年 ※以下『全集』と略、213頁）

　植民地の閉塞状況が、彼らを文学に向かわせた理由だったという廉想渉の言葉は、「文学をすれば、日本の奴らの口出しが何だという気持ちで」文学者になったとする発言にも確認できる。

　そうした状況は、当時の文学者が学業を中断せざるをえなかった事情とも結びついていた。国権が失われ、官費留学が不可能になったために、貧しい学生は学業をつづけることができなくなる。私費留学生には金東仁のように例外的な金持ちもいるにはいたが、大部分の学生は学費のために中退したり、廉想渉のように、中学校を何か所も転々とせざるをえなかったのである。

　そこに、2・8独立宣言、3・1独立運動などの政治的事件が重なった。3・1独立運動後、大部分の留学生は学業を中断し帰国した。だから、1920年代初頭の文学者のなかで最後まで学業を修め

3　創造派〔1919年に東京で創刊された韓国最初の純文芸同人誌『創造』の同人〕のうち、朱耀翰、田榮澤は高校で文科を選んだが、朱耀翰は3・1独立運動のため1年も通わないうちに上海に移り、滬江大学〔現在の上海理工大学〕化学科に専攻を変え、大学では神学を専攻した。

4　「休んでいるあいだ、廉想渉は方向転換を模索していたが、その関心が向けられたのは法理学の研究だった」と、金鍾均は『廉想渉の生涯と文学』(博英社、1981年、24頁)で証言するが、その時期は1922年9月以前である。廉想渉の初期の3作や評論「個性と芸術」などが発表された時期である。

5　「文学少年時代の回想」、『全集』12、213頁。

6　李光洙、廉想渉、玄鎭健などは学費の問題で学業を中断したケースであり、羅稲香は学費が工面できず、東京には行ったものの学校に行けないまま帰国した。

7　検挙されなかった学生はほぼ全員が一時帰国し、田榮澤の場合はいったん帰国したが1921年春に再度日本に渡り、復学して1923年に卒業した。(白川豊、「韓国近代文学草創期の日本的影響——文人たちの日本留学体験を中心に」、『東岳語文論集』第16号、東国大学校大学院東岳語文学会、1982年、28～51頁参照)

た人物はほとんど存在しない。「現在、我々文士のなかで李東圓、玄小星の両君を除くほか、私の知る限り系統立てて学業を修めた者はおらず……大学課程の途中まで進んだ者もまれである」という李光洙の言葉が、それを裏づけている。当時の日本留学は、経済的な面、政治的な面でかなりの危険と負担を抱えていた。まだ韓国で高等学校が普及する以前だったために、大学に入学するだけの学力も足りなかった。それでも、当時の韓国の青少年たちは近代と出会うために、苦難を顧みず玄界灘を渡った。

だが、彼らが日本で出会うことができたのは「ハイデルベルク」ではなく、その影に過ぎなかった。日本の文化的、社会的条件によって屈折し、日本化されてしまった「ハイデルベルク」は、すでに「ハイデルベルク」ではなかった。それは「ハイデルベルク」を模倣した東京であり、京都だったのである。

ほとんどが10代だったうえに、滞在期間も短い当時の留学生たちにとって、日本文学と西欧文学をきっちり見分けられるだけの成熟した眼識を身につけることはむずかしかった。だから、近代の原型と媒介型のちがいを識別できず、日本化した西欧文学の変形を西欧文学の本質と錯覚する過ちをたびたび犯したのである。文化の間接受容によって生じる弊害は、廉想渉の「横歩文壇回想記」にも、次のように述懐されている。

(3) 我々の新文学の足場となった西欧の近代文学や文学思潮の流入は、当時の状況——すなわち言語、交通、留学、文物交換等の文化交流の状態からいっても、それを邪魔し、阻害していた日帝〔日本帝国主義〕の植民地政策からいっても、直輸入は相当にむずかしく、まれなことだったのであり、たいていは日本を介して間接的に欧米の新思想や新思潮にわずかに触れる機会をえはじめたのだが、それもせいぜい李朝末期からのことで、文

学の場合には、ほとんどが新聞小説類を通じて一部を知らされるのみだった。
(「横歩文壇回想記」、『全集』12、225頁)

　原型と媒介型の差異を区別できないことから生じた混乱は、自然主義の場合に最もはっきりと現れる。金東仁のように、日本文学の影響を意識的に拒もうとした文学者であっても、実質的には日本で歪曲された、原型とは別の西欧文学の概念や創作方法をそのまま踏襲することが多かったのである。

　廉想渉の場合、その傾向はさらに深刻だった。彼は金東仁より長いあいだ、日本に留学していた。数えで16歳から23歳までの7年間を日本の学校に通い、それも中学・高校課程のほとんどだったため、日本の文壇の影響を金東仁よりはるかに大きく、まともに受けたのである。

　受容しようとした文学の概念が、原型とはにてもにつかない媒介型だったせいで生じた混乱は、韓国の近代文学研究における負担を倍加させた。1920年代初めに輸入された自然主義文学の研究は、困難な作業の代表格である。自然主義の原型とされるフランスのナチュラリスム 'naturalisme' はゾライズムが主軸になっている。ところが、日本の自然主義はゾライズムとの類似性が非常に少ない。ゾライズムより浪漫主義と多くの近似値をもつのである。日本人はそれをジャパニーズ・ナチュラリスム 'Japanese naturalism' と呼ぶ。一方、ゾライズムに多くの類似点をもっていた小杉天外などの前期自然主義は、写実主義とされている。

　日本の自然主義はゾライズムとの類似があまりに小さく、同じ名

8　李光洙、「文士と修養」、『李光洙全集』16、三中堂、1964年、23頁。
　この時期の文学者では田榮澤（青山学院大学文学部を1918年に卒業、復学し神学部を1923年に卒業）や呉相淳（同志社大学宗教哲学科を1918年に卒業）は大学を卒業したが、文科大学を卒業した文学者はいなかった。

称で呼ぶのがむずかしいほどである。韓国で、自然主義という用語に混線が見られる理由はそこにある。日本の自然主義はゾライズムの媒介型であり、それ自体、1つの原型たる性格をもつほど変質したものだから、韓国では自然主義という用語が二重の原型をもつ複合的な状況に陥る。

　ここに、韓国の自然主義研究のむずかしさがある。韓国ではまず、自分たちの自然主義がフランスのものを意味するのか、日本自然主義を意味しているのかの究明作業をしなければならない。それには、フランスと日本の自然主義を比較研究しながらとりくまねばならず、それから韓国の自然主義研究に着手せざるをえないため、範囲と対象は非常に広くなる。韓国で自然主義にかんする専門書が出づらい理由もここにある。仏・日・韓3か国の比較研究をしなければならないから、長期間の研究や共同研究が必要となるのだ。そこで、私は長期間フランスと日本の自然主義の性格を調べたうえで金東仁の作品世界を対比させ、仏・日・韓3か国の自然主義にかんする比較研究を行った。それが1987年に高麗苑から出版された『仏・日・韓3国対比研究－自然主義文学論』Ⅰである。4年後に、後編として出版されたのが、本書『廉想渉と自然主義－自然主義文学論』Ⅱだ。

　本書では、仏・日両国の自然主義と廉想渉の自然主義を比較することで、自然主義という用語の廉想渉的性格を明らかにし、その源泉をたどる。まず、廉想渉の評論における自然主義、写実主義の廉想渉的な概念を明らかにする。次に、彼が考えていた2つの用語の性格と、仏・日自然主義を対比させ同質性と異質性をみる。作品を対象として、そこに現れた廉想渉の自然主義の実相を具体的に検証し、廉想渉と自然主義の関係を包括的に明らかにする。そのうえで、廉想渉と金東仁を比較して自然主義にかんする公約数を探しだ

し、自然主義の韓国的様相を探る。彼ら2人の作家が、韓国の自然主義を代表するからである。

2 研究の対象と範囲

　廉想渉を自然主義と結びつけて研究する根拠の1つに、廉想渉文学に対する文学史家の次のような評価がある。

(1) 上で触れたとおり、「標本室の青ガエル」は最初の自然主義的な作品であり、その点で作者・廉想渉は、韓国において自然主義作家を意識的に志して登場した、初めての人物である。と同時に、廉想渉は韓国の代表的な自然主義作家だ。……彼は今や老境にあっても、そのまま典型的自然主義で年を重ねた人物、自然主義に一生を捧げた作家である。
（白鐵・李秉岐　共著、『国文学全史』、新丘文化社、1963年、322頁）

(2) 彼の処女作「標本室の青ガエル」は、この地に現れた最初の自然主義的な小説であり、その後の彼の小説は、どの作品でも自然主義的な人生観や写実主義的な創作方法から外れたものは1つもない。彼は初志貫徹し、当初抱いていた自身の文学的信念を、最後までそのままに持続、発展させつづけた。　　　（趙演鉉、『韓国現代文学史』、人間社、1961年、378頁）

　これらの引用文に共通しているのは、廉想渉の「標本室の青ガエル」が韓国最初の自然主義小説であるということと、彼を、生涯自然主義作家を貫いた韓国自然主義文学の代表作家とする点である。
　2つ目の根拠は死後に出た新聞記事や弔詩にみられるものである。1963年3月14日の『東亜日報』は、「自然主義の巨木　廉想

渉氏　逝去」というタイトルで彼の死亡記事を掲載し、同日の朴斗鎭の弔詩にも「偉大な自然主義」という文句が使われている。

　３つ目は、廉想渉自身の評論やエッセイだ。1922年に書かれた「個性と芸術」をはじめとし、1929年の「『討究、批判』三題」を経て、1955年の「私と自然主義」、「文学少年時代の回想」などにいたるまで、廉想渉は自身の文学と自然主義を結びつけた発言をくり返している。彼は自身について、人のいうような「自然主義の巨木」ではないとしても、自然主義者であることはまちがいないと、次のように認めているのである。

⑶　人びとが私を自然主義をした文人だといい、自分でも、どうやらそのようだと思ってきたわけだが　　　　　（「横歩文壇回想記」、『全集』12、235頁）

⑷　自然主義を掲げて名乗りをあげたのが筆者自身だったことは、私も自認するところだ。　　　　　　　　　（「私と『廃墟』時代」、同書、210頁）

⑸　写実主義から一歩も退いたことがなく、文芸思想においては自然主義から一歩先に進んでかなり経つということだ。

（「私と自然主義」、同書、220頁）

　これらの引用文からは、廉想渉が自身の初期の文学を自然主義と関連づけて語っていることがわかる。後期では自然主義を脱して写実主義に進んだが、初期の文学だけは自然主義だった、というのが廉想渉自身の確固たる認識である。そうだとすれば、彼の小説史のどの時期までが自然主義にあたり、どの時期からが写実主義となるのかを明らかにするためにも、廉想渉と自然主義の関係の深層を探る必要がある。

先にみたように、彼は自他ともに認める自然主義者だったから、彼と自然主義の関係を掘りさげた研究が求められる。したがって、私は評論と小説の２つのジャンルで彼の自然主義の実際を究明することに着手した。廉想渉を通じて、自然主義の韓国的様相を包括的に明らかにする研究を進め、草創期の韓国文学が抱えていた数かずの問題の整地作業を行なおうというのが、この論文の目的である。

　廉想渉研究は近年になって活発になり、数百本の論文が発表されている。文芸思潮と関連づけた論文もさかんに発表される傾向にある。だが、数人の作家を一緒に論じる論文では、彼への言及が断片的な場合が多く(9)、そうでない場合は廉想渉文学の総合的な研究が多いため(10)、文芸思潮だけをとりあげ、仏・日・韓３か国の自然主義を同時に深く探ったものは、皆無といっても過言ではない(11)。廉想渉と自然主義の関係だけを、多角的に研究する論文が必要な理由がここにある。

　本書では １．用語に対する考察、２．現実再現の方法、３．文体混合の様相、４．物質主義と決定論 などのいくつかの項目を通じ、廉想渉と自然主義の性格を明らかにしている。今後、同様の方法で玄鎮健、崔曙海の順に自然主義とかかわる作家の世界を探求し、自然主義の韓国的様相を解明する包括的な研究を行なうことが筆者の目的である。

　研究対象は、廉想渉の自然主義に関連する評論および「標本室の青ガエル」(1921)、「闇夜」(1922)、「除夜」(1922)、「Ｅ先生」(1922)、「墓

9　蔡　壎、『1920年代　韓国作家研究』、一志社、1976年。
　　曹南鉉、『韓国知識人小説研究』、一志社、1984年12月。
　　鄭顯琦、『韓国近代小説の人物類型』、人文堂、1983年２月　などがこの傾向を代表する。
10　金鍾均、『廉想渉小説研究：前半期を中心とした考察』、高麗大学校修士学位論文、1964年２月。
　　────、『廉想渉の生涯と文学』、博英社、1981年。
　　金允植、『廉想渉研究』、ソウル大学校出版部、1987年。
　　柳炳奭、『廉想渉前半期小説研究』、亜細亜文化社、1985年　などがこの傾向を代表する。

地」[『新生活』に 1922 年 7〜9 月の 3 回連載後中断、その後、「万歳前」と改題し、日刊紙『時代日報』に 1924 年 4〜6 月まで 59 回掲載]、「死とその影」(1923)、「ヒマワリ」(1923)、「金の指環」(1924)、「電話」(1925)、「生みの母」(1925)、「孤独」(1925)、「検事局待合室」(1925)、「輪転機」(1925)、「遺書」(1926)、「小さな出来事」(1926)、「飯」(1927)、「南忠緒」(1927)、「宿泊記」(1928)、「糞蝿とその妻」(1929)、「三代」(1931 年 1〜9 月)の 20 編の小説に限定した。項目を増やし全作品を対象にすると、深い分析が行いづらくなるからである。

　だが、より重要な理由としては、この論文が文芸思潮の研究だけを目的としていることである。廉想渉は、自身の初期の小説だけが自然主義と関連していると主張し、2 期以降は作風に変化がないとしているが、その点に異論を唱える者はいない。そこで、対象は思潮上の変化が生じる 1920 年代中盤までの作品とした。ただ、より明確な変化を確認するために、対象は「三代」まで広げている。小説と評論をともに対象にするのは、彼が自然主義の理論家でもあるからだ。彼自身の理論と作品の相互関連性を考察することで、廉想渉の自然主義の理論と実際を、一緒に照らしだすことができると考えたものである。

11 思潮的な点から廉想渉を研究する重要資料は、およそ以下の通り。
　白　鐵、「自然主義と想渉作品」、『自由世界』、1953 年 5 月。
　──、「韓国新文学上に及んだ近代自然主義の影響」、『論文集』第 2 集、中央大学校、1957 年 12 月。
　趙演鉉、「韓国現代作家論──廉想渉篇」、『夜明け (새벽)』第 20 号、セピョク社、1957 年 6 月。
　洪思重、「廉想渉論」、『現代文学』105 〜 8 号、現代文学社、1963 年 9 〜 12 月。
　金允植、「韓国自然主義文学論考に対する批判──韓国 現代文芸批評史研究 (三)」、『国語国文学』
　　　　第 29 号、国語国文学会、1965 年 8 月。
　金宇鍾、「凡俗のリアリズム──廉想渉」、『韓国現代小説史』、宣明文化社、1968 年 9 月。
　金澤東、「自然主義 小説論」、『韓国近代文学研究──人文科学研究論集　第 2 集』、西江大学校人
　　　　文科学研究所、1969 年 11 月。
　金興圭、「1920 年代初頭　韓国〈自然主義〉文学再考」、『高大文化』第 11 集、高麗大学校、1970 年 5 月。
　金　炫、「廉想渉とバルザック」、『饗宴』1、ソウル大学校教養課程部、1971 年。
　廉武雄、「リアリズムの歴史性と現実性」、『文学思想』創刊号、三省出版社、1972 年 10 月。
　金澤東、『韓国文学の比較文学的研究』、一潮閣、1972 年。
　鄭明煥、「廉想渉とゾラ──性に対する見解を中心に」、『韓仏研究』、延世大学校韓仏文化研究所、
　　　　1974 年。
　金治洙、「自然主義再考」、『韓国現代文学の理論』、民音社、1972 年。
　金炳傑、『リアリズム文学論』、乙酉文化社、1976 年。
　張師善、「韓国近代批評でのリアリズム論研究」、ソウル大学校大学院博士学位論文、1988 年。

　　上の論文のうち、仏・日の自然主義と韓国の自然主義の関係をあわせて解明したものは多くない。さらに、廉想渉と日本の自然主義の関係についてのみ掘りさげた論文となると、皆無といっても過言ではない。

第1章

用語にかんする考察

1　名称の単一性と概念の複合性
2　用語の源泉の探索

1 名称の単一性と概念の複合性

　一般に、東洋の芸術家は文芸思潮の一面性を絶対視しようとしない傾向がある。日本の近代文学にも、そうした傾向は簡単にみつけられる。文芸思潮の特性を仔細に分析し、概念を明確に定立するフランスのような国とはちがって、日本では文芸思潮に向けられる眼差しに融通性がある。自然主義の場合が代表的な例だ。外国から輸入された思潮でありながら、日本の自然主義はあまりにも原型とかけ離れていた。浪漫主義と写実主義の混合型である日本の自然主義は、ゾラよりもルソーと多くの類似点をもっている。彼らはそれを、「日本式自然主義」と呼んでいる。

　韓国も日本と同じである。金東仁は、文芸思潮の区分法に疑義を呈した。だが、実際にはルソーイズムを自然主義とみていた。廉想渉は、自然主義をルソーイズムだととらえることはなかったが、文芸思潮の規格化にさほど関心を抱いていなかった。

(1) 芸術が何かの鋳型にはまるものでない以上、作家が何かの主義や決まった傾向に縛られることはない。しかし、作品が完成した後で第二者が何とか主義、何とか派だと評定を下したり、価値を決めることは自由であろう。これもまた作家にとっては関係のないことなのである。

（「階級文学是非論」、『全集』12、58頁）

(2) 「私」という人間は、元来これといった主義にとりつかれる性格ではない。無見識にもそう、無粋にもそういう調子なのに加えて、もう主義がないから黒色、白、灰色、そのどれにも該当することがない。

(「民族・社会運動の唯心的一考察」、同書、86 頁)

(3) いわゆる「リアリズム」というものを、陳腐だと無条件に排斥しないかわり、時代流行の思潮に追従したり、模倣することもないという点である。
(「われわれの文学の当面の課題」、同書、181 頁)

(1)には、一定の主義や傾向で芸術作品が縛られることを拒む姿勢が現れ、(2)は自身に主義がないことの表明、(3)は流行の思潮にむやみに追従したり、あるいは排除したりという姿勢に警告を与えるものである。

そうした態度の理由は、「とにかく自分は偏向がいやだ……文学自体がそういうものだと信じるからである」(「朝鮮文学再建についての提議」1948 年 5 月)という発言で明らかにされる。廉想渉は、文学を「自由で幅広い普遍的な純粋性」と解し、主義や思潮を 1 つの「偏向」とみなしていたから、文芸思潮の価値を絶対化できなかったのである。それは、自身の文学を文芸思潮と関連させて論じる文章でも検証することができる。廉想渉は自身の文学の思潮的側面について言及するとき、多くの場合、断定的な表現を使わなかった。

(4) 人は私を自然主義文学といい、自分でも、どうやらそのようだと思ってきたわけだが
(「横歩文壇回想記」、同書、235 頁)

(5) 処女作「標本室の青ガエル」を発表する際、意識的に自然主義を標榜して登場したつもりはなかった。(傍点：筆者、「私と自然主義」同書、219 頁)

1　「春園と私」、『金東仁全集』6、三中堂、1976 年、262 〜 3 頁。〔春園〕は李光洙の号〕

にもかかわらず、デビュー当初から、自然主義を掲げる評論家であり作家だと自他ともに認めていた。しかし問題もあった。彼の自然主義も、金東仁の場合と同様に、名称が1種類である点で日本のそれと区別される。日本のように十数種類の自然主義が共存する現象は、韓国では生じなかった。かわりに金東仁の自然主義と廉想渉の自然主義では、概念に大きな開きがあった。金東仁の自然主義はルソーイズムを意味するが（注1参照）、廉想渉の自然主義からはルソーが排除されているからである。だからといって、白鐵のように、ときにはルソーイズムを、ときには日本の自然主義やゾライズムを自然主義という用語に織りまぜて語ることもなかった。初期では日本の自然主義を意味したが、2期にはゾライズムを示していたからである。

　金東仁が理論的にゾライズムを論じたことは、ほとんどない。彼にとって自然主義はルソーイズムだったから、自分の文学を自然主義と結びつけることもなかった（拙著『自然主義文学論』Ⅰ、高麗苑、1991年、「用語」の項目参照）。金東仁が科学礼賛者であり、物質主義的人間観をもっていたため、批評家たちが作品と自然主義を結びつけて論じただけのことである。

　廉想渉はちがった。彼は自然主義論を掲げて現れた評論家であり、同時に、自然主義と目される作品を書く小説家であることを自負していた。したがって、廉想渉の自然主義は評論と小説の2つのジャンルをまたいで論じられなければならない。作品にかんする議論は後で行なうとして、この章では廉想渉の自然主義論を中心に、彼の主張する自然主義の実相を明らかにする。用語の性格が変移する過程をたどりながら、理論面での自然主義の特性のみ考察する。

(1) 「個性と芸術」に現れた自然主義

　廉想渉が自然主義に初めて言及した評論は、1922年4月に雑誌『開闢』誌上で発表された「個性と芸術」である。この文章は、廉想渉の文学が自然主義と結びつけて論じられるようになる基本資料であり、そこに現れた自然主義観の検討は、廉想渉の自然主義の性格を明らかにする基礎的な作業といえる。「個性と芸術」は、タイトルの通り個性と芸術の関係について論じたものであり、3つのパートからなる。そのうちの1章に、自然主義への言及が登場する。

(1) そのように信仰を失い、美醜の価値が覆り現実暴露の悲哀を感じ、理想は幻滅し、人心は帰趨を失い、思想は軸が折れ、彷徨混沌とし、暗澹孤独を嘆きながらも、自我覚醒の目だけはますます大きくみひらかれていった。……とにかく、そうした現象が思想方面では理想主義、浪漫主義の時代を経過し、自然科学の発達とともに、自然主義ないしは個人主義思想の傾向を誘致したことは事実である。（傍点：筆者）　　　（同書、35頁）

(2) 世の人のなかには往々に自然主義をして性欲至上の官能主義といい、個人主義を攻撃して浅薄な利己主義と誤る者がいるようだが、これは大きな誤解である。……自然主義の思想は、結局、自我の覚醒による権威の否定、偶像の打破によって引きおこされる幻滅の悲哀の愁訴に、大部分の意義がある。よって世の人がこの主義の作品を非難攻撃の的とするところの性欲描写がとくに題材にとられるのは、情欲的官能を一層誇張して読者の劣情を誘い、低級の快感を満足させるためでなく、現実暴露の悲哀、幻滅の哀愁、あるいは、人生の暗黒醜悪な一面の如実な描写で、人生の真相はそう

いうものなのだと表現するためなのであり、理想主義、あるいは浪漫派文学への反動として起きた手段にすぎない。 　　　　　　　　（同書、35頁）

(3) 例をあげると、仏国のモーパッサンの作品「女の一生」のように、未婚の処女が、夫となる人は偉大な人物だろうと想像し、結婚生活は神聖で意義深い、男女の結合だとしていたものが、いざ結婚してみると平凡な男にすぎず、男女の関係は結局、醜猥な性欲的結合にすぎないと気づき悲嘆するというのが、自然主義作品の骨子である。……ともかく、いわゆる自然主義運動も、やはり覚醒した自我の叫びであり、その完成の道程であることさえわかれば、それでいいのだ。 　　　　　　　　　　　　　　（同上）

(1)は自然主義の発生要因についての分析、(2)は廉想渉の考える自然主義の性格を表明したもの、(3)は作品に現れた自然主義の実相にかんする指摘である。この3つに廉想渉の自然主義観が表れているが、整理すると以下のようになる。

(i) 自然主義は反浪漫主義、反理想主義の性格をもつものである。
(ii) 科学の発達と並行して生じた文芸思潮である。
(iii) 自我の覚醒による権威の否定、偶像の打破によって引きおこされる幻滅の悲哀を愁い、訴えるものである。
(iv) 自然主義文学は性欲描写を題材にとることが多いが、読者の劣情をおこすためではなく、醜悪な人生の真相を如実に描写するためである。
(v) 自然主義運動も、やはり覚醒した自我の叫びであり、その完成の過程である。
(vi) 個人主義も自然科学の発達により生じた傾向であり、個人主義と自然主義は同じ、あるいは類似している。

以上の6項目のうち、(i)、(ii)、(iv)はゾライズムにも通じる性格である。ゾライズムも反浪漫主義、反理想主義的性格を備えており、科学主義がリアリズムと自然主義を線引きする分水嶺的な役割をはたしていたし、人間の下層構造を露わにすると非難されていた。とくに(iv)は、自然主義がどの国でも非難される代表的な理由なだけに、まるで下層構造の露出癖が自然主義の特徴のような印象を与えているが、廉想渉はそうではないとゾライズムをかばう見解を示す。彼の言葉通り、どの国の自然主義も、官能を誇張して劣情を催させることを目的に性の問題を扱ったわけではない。人生の真相をあるがまま直視しようとする科学者のような視線が、人間の肉体に潜む下半身の欲望を暴露する行為へと帰結しただけである。よって、(i)、(ii)、(iv)は、ゾライズムの規範と共通している。

　ところが(iii)、(v)、(vi)には、その規範がみられない。なかでも、(iii)はゾライズムとはにてもにつかない自然主義論であり、よく議論の的とされる部分である。(iii)の源泉が、日本の自然主義にあるからだ。廉想渉がここで使用している「幻滅の悲哀」や「現実暴露の悲哀」といういいまわしは、日本の自然主義の理論家である長谷川天渓の言葉である。長谷川は、明治39年10月号の雑誌『太陽』に「幻滅時代の芸術」という評論を掲載し、明治41年1月号の『太陽』には「現実暴露の悲哀」という文章を発表しているが、この2つの文章のタイトルは、そのまま日本の自然主義運動のスローガンだった。

　タイトルだけではない。「個性と芸術」と長谷川天渓の文章には、内容の面でも類似性があることが、次の引用文で確認できる。

⑷　実に宗教も哲学も、其の権威を失ひたる今日、吾れ等の深刻に感ずるもの

1　名称の単一性と概念の複合性　　33

は幻滅の悲哀なり、現実暴露の苦痛なり、而して此の痛苦を最も好く代表するものは、所謂自然派の文学なり。
（「現実暴露の悲哀」、『長谷川天渓文芸評論集』、岩波書店、1955 年、93 頁）

(5) 例へば肉欲を描くとすれば、四方八方より直ちに之を非難する声が起る。（略）元より肉欲挑発の目的を以つて之を描写するのは、極力非難すべきである。（略）自然派は此の肉欲なるものが、人生の現実である以上は、それを醜とも見ぬ。……一切の価値的判断を超絶して之れを描写するに止る。
（「自然派に対する誤解」、同書、145 頁）

　この問題については、後の廉想渉と日本文学の関係を論じる部分で詳述するので、ここではこれ以上例を挙げないが、引用文(4)は「個性と芸術」の引用文(1)に通じ、(5)は(2)の後半部分と類似している。そうした共通性は、廉想渉が日本の自然主義派の機関紙だった『早稲田文学』で文学を独学したことを想起させる。「『早稲田文学』が『独学者の講義録だった』」（「文学少年時代の回想」、1955）とする廉想渉の言葉が、それを裏づけている。少なくとも、「個性と芸術」を書いていたころの廉想渉にとって、自然主義は日本的な自然主義だったことが確認できる。

　廉想渉には金東仁のような「新しいものコンプレックス」がなかった。彼は、一度発した言葉を簡単には変えない文学者だった。「現実暴露の悲哀」、「幻滅の悲哀」などは、彼が生涯にわたり一貫して使用した用語である。2 期になると頻度が少なくなるが、3 期に再び登場する。そうした現象は、「個性論」にもみられる。

　「個性と芸術」に出てくる自然主義論の源泉が日本の自然主義であったために、ゾライズムを自然主義と考える植民地支配解放後の世代は、それを自然主義とすることができなかった。先にゾライズ

ムと類似性があるとした(i)、(ii)、(iv)のケースも、厳密にいえば、ゾライズムに含まれる写実主義的な傾向との相同性にすぎない。それは日本の自然主義にもみられる特徴である。日本の自然主義と「個性と芸術」の自然主義論がさまざまな点で類似性をもつ一方で、ゾライズムとの共通点は少ないのである。

(iv)の個人主義との相関関係も同じだ。日本の自然主義は個人主義に密着している。個人主義が現れた時期が、自然主義期とオーバーラップしていたからである。廉想渉は「自然主義ないしは個人主義」といういい方で、2つの思潮を1つにまとめ、どちらも、科学の発達とともに生じたものとしている。(v)においても、「自我の覚醒」と自然主義を結びつけながら、彼はまったく矛盾を感じていない。

広い意味では、さほど大きなまちがいとはいえないだろう。中世の城塞が崩れ落ちることになった要因の1つにも、科学の発達により登場した大砲の存在があった。問題は、科学の発達史のどの時期が自然主義と関係づけられるかという部分である。大砲の登場とナポレオン3世の第2帝政期のあいだには、少なくとも5世紀の開きがある。

ヨーロッパにおける近代のはじまりはルネサンス時代である。「自我の覚醒」とともに偶像が破壊されたのもこの時期だ。廉想渉も自我の覚醒期を「教権主義の絶対的威圧のもとで、暗澹、荒涼とした奴隷的生活が一蹴」された時期としている。それでも、彼が19世紀後半に登場した自然主義という思潮を自我の覚醒、偶像の破壊などと1つに結びつけて考えざるをえなかった理由には、1920年代の韓国が置かれた状況が深くかかわっている。

1920年代の韓国は、政治的には軍国主義日本の植民地であり、倫理的には儒教的な没個性主義が依然として支配力をもつ社会だっ

た。1931年に発表された「三代」の主人公が、早婚した高等学校生だったことがいい例だろう。政治的、倫理的な面で個人を蹂躙する勢力が強権をふるっていた時期と自然主義の文学期が重なっていたために、韓国でも日本同様、個人主義と自然主義が癒着することになった。「個性と芸術」発表当時の知識人にとって、自我と個性の確立が最も切実な課題だったことは、「個性と芸術」の4か月後に発表された「至上の善のために」(1922)の次のような言葉に確認できる。

(6) 自我主義を基礎とした新道徳が確立するときはじめて、私的には人間の大きさが完成され、公的には自覚のある、粘り強い、勇敢な、奉仕と犠牲の精神を徹底して発揮できるようになり、よって一民族の繁栄、全人類の幸福を万全に期することができるのだ。　　　　　　　　　　　　(『全集』12、57頁)

(7) ノラのように妥協するな。これが至上の善のための……自我実現のための……第一箴言である。　　　　　　　　　　　　　　　　　(同書、57頁)

　自我の実現は、当時の廉想渉にとって「至上の善」だった。そうした傾向は、この2年前に書かれた「自己虐待から自己解放へ」からはじまり、1期（1920～1923）の廉想渉の世界に貫かれた、最も際立った特徴といえる。独立した人格として認められること自体に、これほど仰々しいスローガンを掲げなければならない没個性的風土で、自己解放を唱える廉想渉の主張は李人稙、李光洙などの課題を継承している。草創期の文学者たちにとって最も重要なテーマが、没個性主義との闘いだったからである。
　日本も同じだった。程度のちがいはあっても、軍国主義の個性を抹殺する政策は日本人にもおよんでおり、個性を軽視する儒教的な

思想が依然、力をもっていたからである。日本の自然主義は、社会への関心を表明した「破戒」的な世界で進展することはできなかった。作家の私生活を暴露する「蒲団」的な世界へと方向転換し、「家」との闘いを重要な問題とせざるをえなかったのである。

　そうした状況が、明治の文学には横たわっていた。事実上、明治文学の主題は、個人の尊厳の確立に集中していた。結果、浪漫主義のみならず自然主義までもが個人主義と癒着し、主情的で主観が露出しやすい私小説を前面にうち立て、大正期へ移行することになったのである。韓国は、日本からさらに数十年遅れて近代がはじまったため、個人の尊厳の確立への渇望はより激しかった。新文学の草創期には、すべての文芸思潮が個人主義と癒着する現象が起きることになった。

　廉想渉も例外ではない。彼の最初の自然主義論のタイトルが「個性と芸術」だったことが、それを証明している。「個性と芸術」は自然主義論ではなく、個性論を主とした文章である。量的な面からみても、全3章のうち自然主義について言及された部分は1章にすぎない。自然主義にかんする主張は、個性論に挿入されたエピソードでしかないのだ。この文章の主体が個性論であることは、次の言葉でもたしかめられるだろう。

(8) 自然主義運動も、やはり覚醒した自我の叫びであり、その完成の道程であること……
（同書、35頁）

　この文章で、自然主義は自我覚醒によって生まれたいくつかの文芸運動の1つという見解が明らかにされている。「自我の覚醒」、「幻滅の悲哀」、「愁訴」などの用語は、ゾライズムよりも浪漫主義に類似性をもつ。ゾライズムは反浪漫主義、反理想主義である。ゾ

ラの自然主義論の主軸は「実験小説論」だ。自然主義は科学主義を意味するものである。

　用語だけではない。「個性と芸術」は、1章のほかに自然主義と結びつく要因がほとんどない。廉想渉の個性論や芸術論が、浪漫主義的だからである。具体的に検証するため、「個性と芸術」を分析してみよう。この文章は3章から成る。1章で「自我の覚醒を略述し」、2章で「これによる個性の発見とその意義」を論じたあと、3章において「芸術と個性の関係を論じる」のが、廉想渉の計画だ。

　1章は、自然主義論が含まれる部分である。ここで廉想渉は、自我覚醒の出発点をルネサンス期としている。これは妥当だろう。だが、ルネサンスから自然主義期までの数世紀を、すべて自我覚醒の期間とみるのは問題である。覚醒の後には成熟期がなければならないが、それが抜け落ちている。廉想渉が自然主義期まで覚醒期としたのには、日本と韓国での自然主義開花期が、近代的自我の覚醒期とオーバーラップしていたことに起因する。彼にとって自我の覚醒は、「近代文明によって得られたあらゆる精神的収穫物のなかで、最も本質的であり、重大な意義をもつもの」だった。同時代のほかの青年も同様だっただろう。「自我」と「個性」が誰にとっても「至上の善」であったために、新たな思潮をことごとく個人主義と同一視する錯覚現象が起きたのである。

　つづいて、自我覚醒の具体的な中身が登場する。廉想渉の自我の覚醒の定義は、次のようなものである。

(ⅰ) 教権の威圧からの解放。
(ⅱ) 「夢幻に甘く酔いしれる浪漫的思想のヴェール」から抜けでること。
　　　　　　　　　　　　　　　　　　　　　　　（『全集』12、34頁）
(ⅲ) 超自然的なことをすべて退け、現実世界をあるがままにみよ

うと努力すること。

　(ⅰ)はすべての権威の否定を意味し、(ⅱ)は反浪漫主義的傾向が覚醒した自我の姿であることを明示している。廉想渉はここで、自然主義と自我の覚醒、個人主義をまとめて「個人主義ないし自然主義」と呼んでいる。「理想主義、浪漫主義の時代を経過し、自然科学の発達とともに、自然主義ないしは個人主義思想の傾向を誘致したことは事実である」(前述、引用文(1))という言葉から、彼が自我の覚醒を反浪漫主義、親科学主義、親自然主義の傾向と理解していたことが確認できる。

　(ⅲ)は、科学的な現実観がうかがえる部分である。ゾラの言葉を借りれば、これは現実をみつめるリアリストのスクリーン écran réaliste に当たる。あるがままの現実を直視する行為が、廉想渉にとっては「現実暴露」なのだ。「現実暴露」は浪漫的、超自然的な一切のものを拒む姿勢である。現実をあるがままに眺めたとき、そこに現れるのは夢幻の世界ではなく、暗黒醜悪な世界である。自然主義的な目でみれば、「男女の関係は結局、醜猥な性欲的結合にすぎない」のだ。その例がモーパッサンの「女の一生」だというのが、廉想渉の意見である。自然主義に性欲描写が出てくるのは、現実を「如実な描写で、人生の真相はそういうものなのだと表現」するためだと、彼は主張するのである。

　(ⅰ)自我の覚醒、個人主義などと自然主義の同一視現象、(ⅱ)「愁訴」、「幻滅の悲哀」などの感傷的な用語、(ⅲ)個人主義を反浪漫主義としてみる誤謬といった問題点を除くと、１章は、鄭明煥の言葉を借りれば、「漠然とした形態ではあっても、自然主義の宣言書として受けいれうるもの」(2)である。理由は、ここで廉想渉が提示した覚醒した自我が、反浪漫的で現実的な自我を意味しているからであ

る。鄭明煥はそれを、「科学的検証の対象としての『個性』」と表現している。

ところが、2章は1章と様変わりする。自然主義と結びつけるのが不可能なほど、ゾライズムとかけ離れている。2章に示された、自我の覚醒と個性の意義についての廉想渉の見解を概観すれば、次のようになる。

(9) であれば、自我の覚醒だの自我の尊厳だのというものは何を意味するのか。簡単にいえば、つまり人間性の覚醒、あるいは解放であり、人間性の偉大さを発見したという意である。したがって、一般的な意味を離れ、個人についてより深く考察すれば、個性の自覚、個性の尊厳を意味すると言えるだろう。 （同書、36頁）

(10) であれば、いわゆる個性とは何であるか。すなわち個々人のもって生まれた独異性のある生命が、まさに各人の個性である。つまり、その偉大なる独異的な生命の発露が個性の表現だ。（傍点：原作者） （同上）

(11) であれば、いわゆる生命とは何であるか。……私はそれを、無限に発展できる精神生活としたい。（傍点：原作者） （同書、37頁）

上記の3つの引用文は、たがいに有機的な関係にある。(9)で廉想渉は自我覚醒の意味を定義している。それは、一般的な意味では人間性の覚醒、解放等であるが、ひいては人間性の偉大さの発見を意味するのだという。だとすれば、ここで言われる自我の覚醒は1章とは異なる性格のものである。2章はただルネサンス的なだけで、ゾライズムとはかけ離れている。ゾライズムの核心は決定論的な人間観にあるのだ。それは、人間の偉大さを発見する楽観論のか

わりに、人間に自由意志は存在しないという悲観論に立脚する。人間の偉大さを発見する喜びではなく、人間の醜さを直視することからくる絶望を描くのである。廉想渉が1章で主張していた自我の覚醒は、浪漫的夢幻のヴェールを脱ぎ捨てたことで「女の一生」に結びつけることができた。だが2章はそうではない。

そうした変質現象は(10)にもみられる。1章で個人主義は、反浪漫的な現実直視の姿勢であり、自然主義との類似性を備えていた。ところが2章では、「独異性のある生命」を意味するものになっている。個人の独自性の崇拝は浪漫主義の属性だ。バビット（I. Babitt）は、個人的感覚 le sens propre 尊重を、浪漫主義の最も重要な特徴とみている。[3]

自我＝個性という等式を作りだした彼は、今度は個性＝生命の等式を生みだした。そして生命＝精神的生活という、もう1つの等価換算表を(11)で提示してみせる。

生命にかんする定義も、やはり1章とは異なる。「物的生命の要求」も精神生活の表現ではあるが、「崇高な生命の発露」ではないから「独異的な個性の領域にはない」と廉想渉はいう。そうであれば、独異的な個性とは崇高性につながる。精神生活から生じる、形而上学的な欲求を意味することになるのだ。「忠孝礼節」のような倫理的な美や、「霊魂の不滅や死後再生とかいう」宗教的な思想もすべて含み、最終的には悠久の命を備えた芸術も、そこに属することになるという彼の主張は、「超自然的なことはすべて退け」、現実を直視することを主張していた1章と一致しない。崇高な精神的欲求ではなく、物質的、生理的欲望を認めることが自然主義なのであり、霊魂不滅への信仰や芸術の永遠性に期待を抱かないことが、ゾ

2 鄭明煥、『ゾラと自然主義』、民音社、1982年、273頁。
3 Irving Babitt, *Rousseau and Romanticism*, Meridian Books, 1959, p.22.

ライズムだからである。

3章は、2章の延長線上にある。

⑿ 芸術美は作者の個性、いいかえれば作者の独異的生命を通じてこそみとおしうる、創造的直観の世界であり、それが投影されたものが芸術的表現である。だからこそ個性の表現、個性の躍動に美的価値があり、同時に芸術は生命の流露、生命の活躍だといえるのである。　　（同書、39〜40頁）

⒀ また芸術は模倣を排し、独創を求めるから、そこに何らかの範囲や規約や制限がないのはもちろんのことだ。
　　　　　　　　　　　　　　　　　　　　　　　　　（同書、40頁）

　⑿をみると、芸術美は「作者の独異的生命を通じてこそみとおしうる、創造的直観の世界」でのみ生まれるものとされている。よって、2章と同様に生命による浪漫主義的芸術論である。「創造的直観」、「独創性」などは、浪漫主義の芸術論の核心となる要素だ。自然主義は直観ではなく、解剖と分析に依拠する。
　「われわれは分析家であり解剖学者」[4]というのがゾラの言葉である。独異的個性は感性に基づくものだが、解剖家や分析家は理性をより所にする。したがって、独創性よりも真実性を高く評価する。彼らの芸術論は模倣論なのである。自然主義での作家の眼は、鏡やガラスのように没個性的でなければならない。芸術家は可能なかぎり忠実に現実を再現する書記であって、創造者ではない。
　美ではなく真を優位に置く自然主義芸術論の見地でみると、「個性と芸術」の「きらめきながら飛びまわる、魂そのものを吹きこんだもの」としての芸術は偽りにすぎない。「独異的生命を通じてこそみとおしうる、創造的直観」を芸術の本質とする芸術観は浪漫主義的な芸術観だから、「個性と芸術」を浪漫主義の宣言書とする見

解も現れるのである。

　この文章で示された自我の問題は、ひいては民族の問題につながっている。自我の覚醒は民族の覚醒につながり、個人の独自性は民族文化の独自性と結びつけられる。廉想渉が、個性論の後に民族文学論を表した理由はそこにある。それは廉想渉だけの特徴ではなかった。自我の覚醒を民族意識の覚醒とつなげるのは、浪漫主義の一般的な特徴である。

　先に触れたように、この文章は2つに分かれている。不十分ながら自然主義論として読むことができる1章と、浪漫主義芸術論が表出する2、3章がそれだ。量的な面でも内容面でも、後者が断然優勢である。1章でも、自然主義は個人主義の一分派とされるだけである。

　反理想主義、反浪漫主義、そして、現実を直視しようという態度にみられる写実主義や自然主義との漠然とした同族性を除くと、この文章は浪漫主義的芸術論と個性論に貫かれているといっても過言ではない。にもかかわらず、「個性と芸術」や「標本室の青ガエル」が自然主義に結びつけられた原因は何だろうか？

　答えは、廉想渉と同じように評者たちも、日本の自然主義を自然主義とみていたことである。日本の文芸誌で自然主義理論を学んだ廉想渉のように、評論家たちも同じルートで自然主義をとりこんでいた。彼らがみな1945年以前に活動した文学者だったことが、その裏づけである。そう考えると、日本の自然主義の実情を知らない解放後の評論家たちが、その評価に異議を唱えることは当たり前の話である。

4　"Nous ne somme que des savants, des analystes, des anatomistes……", *Le Naturalisme au théâtre*, R.-E, p.152.
〔日本語訳『ゾラ・セレクション第8巻文学論集1865-1896』、佐藤正年訳、藤原書店、2007年〕

先にゾライズムとの共通点として整理した(i)、(ii)、(iv)も日本の自然主義と類似する点がある。科学の発達が関係し、反理想主義的であり、性への関心を示すのは、日本の自然主義の特徴でもあるからだ。日本の自然主義の反理想主義的な性格は、スローガンの1つが「排理想」だったことからも明らかだし、性への関心が日本の浪漫主義と自然主義を分ける基準であることも、それを証明している。日本の自然主義は、ゾライズムの自然科学 'science naturelle' の側面は受けいれず、人間の本性 'nature humaine' だけをとりこみ、「性の位置づけ」に自然主義の特徴をみた。だから、(i)、(ii)でのゾライズムとの類似点は、日本の自然主義にも備わっていたものだった。科学主義、反浪漫主義、醜悪面の露出度など、程度の差こそあれ、要素自体は類似性を帯びている。こう考えてくると、廉想渉の「個性と芸術」に現れた自然主義論は、ほとんどが日本の自然主義の影響圏内に形成されたものとわかる。写実主義との共通部分をとり除けば、ゾライズム独自の特徴を、廉想渉の初期の評論に読みとることはむずかしいからである。

(2) 「『討究・批判』三題」に現れたもう1つの自然主義

　前述のように、廉想渉の「個性と芸術」に含まれる自然主義論の源泉は、『早稲田文学』や『太陽』などの雑誌で発表された日本の自然主義論、なかでも長谷川天渓の理論の影響圏内にみつけることができる。しかし、2期（1925〜1929）の評論に登場する自然主義概念は、「個性と芸術」とは性格が大きく異なっている。ほとんど別物といってもいいほど変化しているのだ。その変化の原因を明らかにし、概念のちがいを明らかにするため、その時期の評論のうち

自然主義への言及が最も集中している「『討究・批判』三題－無産文芸・様式問題・そのほか」(1929)〔以下『討究・批判』三題〕〕を中心に、廉想渉の2期の自然主義論の特性を探ることとする。

① 写実主義との出会い

「自己虐待から自己解放へ」、「個性と芸術」、「至上の善のために」など、個性論が主軸の評論が書かれた1920～1923年の初期が終わると、廉想渉と階級文学の論争期が幕を開ける。「階級文学是非論」(1925・2)、「階級文学を論じ いわゆる新傾向派に与える」(1926・1)、「民族・社会運動の唯心的一考察－反動、伝統、文学の関係」(1927・1)、「『討究・批判』三題」(1929・5)、「文学上の集団意識と個人意識」(1929・5)などが相次いで書かれたこの時期は、廉想渉の個性論が、階級文学論へといれ替わる時期でもある。そうした急激な変化は、彼自身の内面に芽生えたというより、外部的な条件に強いられたものとみることができる。新傾向派〔「新傾向派文学」は1920年代前半に発表された社会主義的な理念を志向する文学。1925年のカップ(朝鮮プロレタリア芸術同盟)結成以降の文学は「プロレタリア文学」と呼ばれる〕が登場したためである。

1920年代初めに形成された廉想渉の個性論は、彼が留学中だった大正期の新浪漫主義、新理想主義等の影響から生まれたものだ。だが、1920年代初頭の日本の文壇では、プロレタリア文学運動がはじまっていた。ほぼ同時期にはじまった、そのいくつかの文学運動は韓国にも波及し、自然主義の定着期とプロレタリア文学の台頭期が重なった。廉想渉の場合、それは個性論から階級文学論に旋回

---

5 相馬庸郎、『日本自然主義再考』、八木書店、1981年、15頁。
6 日本のプロレタリア文学運動の出発点は大正10年(1921)、『種蒔く人』の創刊を起点とするのが通例である。(『近代文学史2 大正の文学』、有斐閣、1972年、120頁参照)
7 「このように、自然主義は韓国の現代文学にあって画期的な主流を成すに至ったが、それほど経たないうちに一転して、いわゆるネオ・ロマンティシズム、ないしは新理想主義文学の台頭と並び、流行といえるほどのプロレタリア文学運動が展開され……」(廉想渉、「韓国の現代文学」、『全集』12、174頁)

する契機となった。

「個性と芸術」発表からわずか３年で、階級文学批判の先頭に立ち闘わなければならないという状況は、廉想渉の個性論にとって不幸なことだったといえる。個性論を成熟させる時間がなかったからである。「自我をやっと覚醒させた瞬間、社会主義の強風がこの地に来襲」(8)し、彼の個性論の成長は阻まれた。弁証的写実主義〔プロレタリア文学の創作方法論。写実にこだわり、社会主義的観点ですべてのものを表現するとしたもの〕との闘いがはじまると、廉想渉の「個性と芸術」至上主義は民族主義文学論に座を譲り、「きらめきながら飛びまわる、魂そのものを吹きこんだもの」としての創造の神秘は「生活第一義論」にとって替わり、「ノラ」礼賛（「至上の善のために」参照）は「ソーニャ礼賛」（『朝鮮日報』1929年９月22日〜10月２日）に代わったのである。

しかし自然主義論の立場からみると、弁証的写実主義との出会いは、彼が写実主義の本質を理解する助けになった点で肯定的に評価できる。写実主義を知ることで、彼の自然主義論も一緒に変わったからである。変化の様相を検証するために、「『討究・批判』三題」からいくつか引用する。

(1) 文学上の形式と内容の関係を説明する際、「自然主義」の内容がつねに写実主義的な形式を決定するとみるのは誤謬である。写実主義の父が自然主義なのではない。「自然科学」という精子と「実際哲学」という卵子の受精で、「自然主義」という精神現状と「写実主義的表現」という形態がヒキガエルのごとく生まれ、「ボヴァリー夫人」―「女の一生」―「ナナ」などの子をなしたのだと、私はそう考えている。　　（『全集』12、154頁）

(2) 自然科学は近代の黎明だった。未来の世界がどんな文明によって装飾されようが、科学文明のイルミネーションのもとでその工事は進行し、また

成し遂げられるはずである。……同様に、自然主義は現代文学の新たな出発点だったのである。今後の人類が作り出す文学が、どんな思想観念によってわれわれの生活をひっぱっていこうとも、「ナチュラリズム」の影がまったく潜んでいないということはないだろう。……また同様に、写実主義は表現方法として、近代文学の新たな機軸だった。発生の順でみれば写実主義は自然主義の先駆であり、また狭義でみれば写実主義も自然主義もちがうものがないから、どうしたって表現方法では、リアリズム手法が今後の文学に相当な勢力を誇り、長らえるであろうことは否定できないだろう。

(同書、155頁)

(3)「現実事物をあるがままに、実現的にみる態度」がプロレタリア作家の態度であることは、あえて否定するまでもないが、プロレタリア作家だけの独自の境地であるかのように思うのはお笑い種である。「偉大な芸術は科学的でなければいけない」としたフローベールの言葉は、客観的、現実的な点で八峯［朝鮮プロレタリア芸術同盟創立に参加した小説家・金基鎮の号］以上に力強い主張であったが、フローベールは無産文学者ではなく、自然主義者の巨頭だった。(同書、156頁)

(4)「誇張的、煽情的語句の使用は客観的、写実的手法にさほど影響しない」という言葉は矛盾である。誇張、煽情は真ではないからだ。客観的、写実的態度は、「美」より「真」を求めようとするものだからだ。

(同書、157頁)

「個性と芸術」と「『討究・批判』三題」、それぞれに現れた自然主義で目につくちがいは、まず、自然主義と結びつける思想がちがうことである。前者で自然主義と同類にされていた思潮は個人主義

8　金允植、「韓国　自然主義文学論考に対する批判」、『国語国文学』29号、1965年8月、17頁。

だった。「自然主義ないしは個人主義の思想の傾向」は、どちらも自然科学の発達によって誘起された思想であり、「理想主義、あるいは浪漫派文学への反動」が特徴で、「権威の否認、偶像打破、自己覚醒」から出発する点が共通すると廉想渉は考えていた。だが、階級文学との闘いがはじまる 1925 年から、個人主義は写実主義にとってかわる。その 2 年間で、廉想渉は自然主義と類似性をもつのが個人主義ではなくて写実主義だと気づいたのである。だから、「『討究・批判』三題」では、自然主義と写実主義が並置されている。

こう考えると、廉想渉の世界には 2 つの自然主義が存在したといえるだろう。(A)写実主義と相同性をもつ自然主義と(B)個人主義と相同性をもつ自然主義、である。「『討究・批判』三題」の自然主義は(A)型だ。そこでは個人主義の代わりに写実主義、自然主義、あるいは「ナチュラリズム」、「リアリズム」が継続的に結びつけられ、その傾向は 1962 年の「横歩文壇回想記」までつづく。

次に提起されるべき問題は、写実主義と自然主義の類似点、相違点を突きとめる作業である。廉想渉によれば、2 つの思潮の類似点は以下のようになる。

(i) 自然科学と実際哲学の結合から生じたものだ。
(ii) 現実事物をあるがままにみる客観的、現実的態度を有している。
(iii) 美より真を追求することが写実的、客観的態度の正道である。
(iv) 現代文学全般に強大な影響力をもつ思潮である。

以上の特徴から、彼の「『討究・批判』三題」に示された内容は、日本の自然主義よりもフランスの自然主義に近づいていることが確認できる。まず自然科学と実際哲学の結合を 2 つの思潮の本質とみ

なした点に、そのことがみてとれる。「個性と芸術」でも、廉想渉は自然主義を科学と結びつけて考えてはいた。だが、それはルネサンス的な性質をもつ科学だった。その科学は「偶像の破壊」、「権威の否定」などをもたらす動力にすぎなかったから、「自我の覚醒」、「個人主義」などとの癒着も可能だった。それに対し、「『討究・批判』三題」の科学主義は「実際哲学」、「遺伝学」などとつながる。

よって、それは「幻滅の悲哀の愁訴に、大部分の意義がある」主情的、主観的傾向に代わって、「自身の意見というものを没覚した」価値中立的な態度と結びつけられる。科学者のように冷徹な客観主義に立脚し、美より真を尊重する傾向が現れるのである。つまり、芸術はもはや「独異的な生命の発露」や「真、善、美によって表現されるところの偉大で永遠の事業」ではなく、「現実事物をあるがままにみる」正確で誠実な再現作業となる。

実証的思考、価値中立的態度、客観主義、真尊重思想、再現論などは、フランスのリアリズム系の文学に通じる特性である。「個性と芸術」で自然主義の代表作とされていたのが「女の一生」1つだけだったのに対し、「ボヴァリー夫人」、「ナナ」が加えられたこともみすごせない点である。フランスの自然主義の代表作家が網羅されており、廉想渉の自然主義に対する知識が、「個性と芸術」発表時に比べるとかなり正確になり、幅も広がっていたことがわかる。廉想渉は、プロレタリア文学との論戦過程で写実主義に出会い、その出会いによって、写実主義と自然主義がにた思潮であることに気づいたという仮定が可能になる。

自然主義と写実主義のちがいへの廉想渉の見解は、おおよそ次のようなものである。彼は「自然主義＝精神現象」、「写実主義＝表現様式」という公式を作りだした。(1)と(2)にくり返し登場するこの公式は、やはりその後の彼の文学論の重要な骨組みとなり、1962

年まで効力をもちつづける。写実主義と自然主義を区別する基準への廉想渉の信念は、それほど確固たるものだった。

　2つめにとりあげるのは、客観主義と主客合一主義についてである。

(5) しかし、その「真」は作家の目を通して映る「真」である。作家の「目」とは作家の「主観」だ。写実主義は主観主義ではない。しかし純然たる客観主義でもない。「主」と「客」を分裂的にみるのではなく、「客」を「主」で濾過してみるのが写実主義なのである。もしも写実主義が、どこまでも客観を充実させるものでなければならないのであれば、私の選ぶところではない。「客」と「主」が渾然一体となっているところに妙味があり、生命が躍動し、溌剌とした個性が発揮されるのである。客観に固執して主観を没却するとき、そこに自己はない。……そういう作品は写真師の仕事である。レンズをとおしてながめる街頭は、ただ人が歩いているだけだ。対象（客体）の内部に自己の生命、自己の個性を発揮することで対象を生命化し、さらに自己の心境を客観化することで、対象と自己を切っても切れない密接な関係に合体できるとき、写実的に生動する作品が生まれるのである。
（傍点：筆者）　　　　　　　　「文学上の集団意識と個人意識」、同書、167頁）

(6) 純客観的態度に終始すれば、プロレタリア文学者も極端な自然主義者と変わらないのである。　　　　　　　　　（「『討究・批判』三題」、同書、157頁）

　(5)に示された写実主義は主客合一主義と特徴づけられる。まさにその点が、廉想渉が写実主義を自然主義より高く評価する理由になっている。主客合一傾向は、彼が初期に主張していた個性論とも接点をもつことは傍点部分でわかるだろう。一方、自然主義を純客観的な態度とみていることは(3)と(6)から読みとれる。(5)の'レン

ズ'の意もここにあてはまる。

のみならず、ここには彼の写実主義と自然主義に対する好みが表れている。主客合一の態度を高く評価する彼は、自然主義の客観的傾向が好きになれないと明言しているのである。解放後の評論で彼が、自身の文学の本質は写実主義であると定めた理由の一端がうかがえる。

3つめの問題は、両思潮の出現順位についての廉想渉の見解である。「個性と芸術」では、写実主義は出てこなかった。廉想渉の場合、写実主義は自然主義より後に登場する。理由は、弁証的写実主義を知ることで、初めて写実主義の概念の把握が可能になったからである。遅くはあったものの、写実主義を自然主義に先がけた思潮であると知っていたことは、「写実主義の父が自然主義なのではない」(1)、「発生の順番でみれば写実主義は自然主義の先駆」(2)などの発言に確認できる。自然主義よりも写実主義が先行した典型はフランスであり、廉想渉の写実主義の概念は、フランスのシャンフルーリ（Champfleury）やデュランティ（Duranty）らのそれと合致している。日本でも、前期自然主義は写実主義とみなされたから、出現の順番はフランスと同じだ。だが、日本ではゾライズムを模倣する傾向のものを写実主義ととりちがえたために、その概念は廉想渉の「主客合一」的写実主義と一致しない。

彼が指摘した写実主義の特性は、(i)科学的実証的思考、(ii)現実の精確な再現、(iii)「真」を尊重した芸術観、などである。それらはフランスと類似する。ところが、主客合一の態度、表現方法として写実主義を限定する点などはフランス写実主義に該当しない。そうした両面性のために混乱が生じるのである。つまり、自然主義の場合と同様に、廉想渉の世界には写実主義も2種類あると言える。(A)フランスにおいて自然主義に先行して生まれた狭義の写実主義、

(B)汎時代的に永遠性をもつ、広義のフォーマル・リアリズム 'formal realism' 的なもの、がそれである。そのうち廉想渉が好んだのが(B)型だったことは、3期の評論に確認できる。

② 決定論の出現

この時期の廉想渉の自然主義論におけるもう1つの特徴は、決定論 determinism に関連した主張がしばしば現れることである。それには大まかに①社会的、政治的、地理的環境とその国の文学の関係、②作家と作品相互の関係にみられる環境決定論、③形式や内容の決定性に対する環境と遺伝の力学関係という3種類のパターンがある。

①の傾向は、「現下朝鮮芸術運動の当面の課題」(1929・1) の次のような言葉にみられる。

(7) ギリシア文化隆盛の原因には、気候のよさや天恵の豊かさ、小国分立の競争などの地理的条件や、流麗な言語、優れた生活力、偉大な思索力などが挙げられるが、生活力や思索力に秀でたのは、実は、気候天恵の順調さ豊かさが生産経済を円滑繁栄にしたところに、奴隷の使用で市民階級が雑務賎役から放たれ、時間と精力に余裕が多く、研究に専念して力をつくすことができたという星回りのよさも、理由といえなくはないのである。

(同書、147頁)

ここで廉想渉は、地理的、社会的条件が文化の隆盛を決定づける要因だと力説しながら、なかでも経済的な余裕が、最も重要な要素だと主張する。

(8) たっぷりと穀物を十分味わえる時代、発動機の回転数と無産者の食器によそ

われた米粒の数が正比例していく国こそ、文学は振興するという話である。

(同書、148 頁)

　文芸振興の条件として、とくに物質的条件を強調した部分は、「民族・社会運動の唯心的一考察」(1927) もみられる[9]。そこでは「土」と「血統」という２種類の決定論が登場し、その不可分な関係が宿命として提示されている[10]。「文芸と生活」(1927、全集 12) に登場する「生活はどんな場合であろうが第一義だ[11]」という言葉も、同じ文脈ととらえることができる。

　物理的条件が優先されるとする態度は、廉想渉が弁証的写実主義を通じて決定論と出会ったことと深く関係していると思われる。彼の決定論の出所がイポリット・テーヌ (H. Taine) やエミール・ゾラ (E. Zola) ではなく、金基鎮〔キム・ギジン〕[号は八峯。朝鮮プロレタリア芸術同盟創立に参加した小説家] や唯物論者たちだったことは、「環境が意識を決定するというのは唯物論の骨子[12]」といっていることに確認できる。②も同じである。社会と作家の関係も、①のように環境の決定性が優先されている。そうした態度は「作品の明暗」(1929・2) などにも現れる。

　だが、環境決定論的な思考が相当前からのものであることは、1920 年発表の「余の評者的価値を論ずるに答えて」をみればわかる。当時すでに彼は作家の環境と作品は不可分とする見解を述べているのだ。「作品を批評しようとする眼は、決して作者の人格を批評しようとする眼であってはいけないこと[13]」を主張する金東仁の要

9　引用文 (11) 参照。
10　「再び要約すれば、血統は本能的、先天的なものであり、人と「土」との交渉は後天的か、避けられない宿命の下の自然的な約束である。」(「民族・社会運動の唯心的一考察」、『全集』12、94 頁)
11　「文芸と生活」、同書、108 頁。
12　「『討究・批判』三題」、同書、153 頁。
13　『金東仁全集』6、161 頁。

求に、廉想渉は次のように答えている。

(9) 評者が一個の作品を評そうとするときは、必ずや作者の執筆当時の境遇、性格、趣味、年齢、思想の傾向などを、多角的に細密な考察をしてこそ完全を期することができる。また、それらの諸条件が実は一個人の人格を構成するもの……

(同書、14頁)

　廉想渉はここで、花について語るのではなく、土を分析する立場をとっている。作品を決定づけるものは作家の人格であり、作家の人格を決定づけるものは「境遇」である、というのが廉想渉の基本的な立場である。「境遇」は、日本語では環境と同義になる。この文章が「個性と芸術」の約2年前に発表されたことを考えると、出発点から彼の内部には、すでに決定論的な思考があったことがわかる。だが、「自己虐待から自己解放へ」(1920)、「個性と芸術」(1922)などの個性礼賛論に押されしばらく鳴りをひそめ、弁証的写実主義と出会った1925年ころに復活したのである。

　それは、廉想渉の文学に「生活第一主義」が根づいてきた時期でもあった。「生活」が主我主義や個性論を至上の善の位置から追いやり、ときを同じくして決定論と再現論が登場するという思想的転換が起きる。それは階級文学是非論と結びついていた。当時の廉想渉は、弁証的写実主義を通じて環境決定論を知り、それが自分のなかに内在する決定論的思考と合致することを確認したといえるだろう。ソウルの中産層の出身という現実感覚と合理的な思考が、その消化を可能にした内的要因である。

　③は「『討究・批判』三題」に重点的に現れる。廉想渉はそこで、外部的な事情を形式、内部的な要素を内容とする見解のもと、決定論について本格的に論じている。形式が内容を決定づけると一貫し

て主張し、弁証的写実主義の内容偏重傾向を批判するために「獲得遺伝」の理論を援用しているのである。

1世紀前にラマルクによって提唱され、のちにフランシス・ゴルトンの登場により「祖先遺伝貢献説」として後押しされることになった獲得遺伝説は、外部的事情（環境）が人間の「生殖質にまで影響をおよぼし、血に溶けこみ、子孫に遺伝される」とする学説だが、彼は新聞連載の2回分102行中44行を、獲得遺伝についての説明に割いている。

この文章で獲得遺伝説がそれほどまでに大きな比重を占めた理由は、獲得遺伝＝形式という等式に基づいていたからである。形式が内容まで決定する以上、芸術における形式は、内容よりも比重が大きいことを立証しようと、廉想渉は環境決定論の優位性を力説した。「プロレタリア」文学者たちが決定論の信奉者だったから、決定論をもって彼らの弱点を攻撃するのが有効だと考えたのである。廉想渉が主張した「環境＝形式、意識＝内容」の公式の妥当性の可否は、彼の決定論の源泉を究明することと直接結びつかないから、ここでは廉想渉が決定論の縦軸と横軸、どちらの側により大きな比重を置いていたかという点のみを明らかにしたい。

それにかんする一節が、文章の終結部分に登場する。そこでは、「そもそも、遺伝とは何なのか？」という問いと「進化とは何か？」という問いがつづけざまに投げかけられた後で、次のような答えが示される。

(10) 生活内容というものも、また環境の支配により構成されるものではないか。環境が意識を決定するというのは唯物論の骨子ではないか。だが、環境といわれるものは形式であり、意識とされるものは内容である。であれば、唯物論的立場ではプロレタリア文学者はその本質において、ある種の

形式論者といえるのではないか？ (同書、153頁)

　ここで廉想渉は、遺伝や進化を環境による影響が堆積したものとみており、遺伝論の独立性は無視されている。環境が遺伝まで決定づけることになっているからである。獲得遺伝説の主張をまとめる部分だから、一貫性をもたせるため環境が遺伝より優位にあるように主張していることがわかる。廉想渉の意図は形式の優位性を主張することにあるから、決定論はその例を提供する役割しか与えられていない。

　以上の3つを総合的にみると、彼の決定論は環境決定論がつねに優位であることがわかる。その傾向は、彼が血統と環境の相関関係について本格的に言及した「民族・社会運動の唯心的一考察」（1927）の次の引用文でも確認できる。

(11) いかに精神や魂にかんすることであっても、文化の創生的見地からみれば、いずれにしろ「土壌」、あるいは物質の束縛から脱却できないのが普通である。そしてまた、前者にあって「血統」とされ「心理的」とされること、後者にあって「社会的」、「観念的」とされることもむろん、程度のちがいはあれ、血統というものが人類結合の大本の結婚からはじまっているので、すでにそれも社会的現象なのはもちろんだ。観念もまた心理作用だからである。

(同書、91頁)

　血統も社会的現象とする廉想渉の視点は、内容も獲得遺伝によって決定されるとする環境優位思想と軌を一にしている。
　彼の決定論の出所を明らかにするために、ゾラの決定論と唯物論者の決定論のちがいを簡単に概観しておこう。エミール・ゾラの自然主義は、物質主義的人間観、決定論に対する信頼、悲劇的終結法

の3つの柱から成っている。(14) よって、ゾラと唯物論者との共通点は多い。彼らも物質主義者であり、決定論者であり、やはり悲劇的終結法を選んでいるからである。

　だが決定論の中身が異なっている。ゾラの決定論は生理的側面の比重が大きかった。ゾラが描こうとしたのは生理的人間である。だから、自然主義では遺伝の比重が、環境に劣らず大きなものとなる。「ルーゴン＝マッカール叢書」は、ある家族の「自然的、社会的歴史」を描いた作品である。その場合の「自然」は生理的側面を意味する。ゾライズムでは、血 race と環境 milieu という決定要因が人間を下等動物に転落させる。だから悲劇の原因も、意志の弱さ、怠惰、アルコール依存症、神経症など生理現象と結びつけられる。

　物質的な所有の多寡が人間の階級を分かつ基本条件だとする弁証的写実主義では、遺伝の比重は小さくなる。したがって、悲劇の原因は社会や制度の欠陥にある。もてる者ともたざる者との葛藤や闘争が、殺人や放火といった酷い事件を引きおこすのである。廉想渉の決定論は生理的、遺伝的側面がほぼ無視されている点で、弁証的写実主義の環境決定論と通じている。彼の決定論は環境の側に偏っているのだ。まれに血統の問題が提起されることもあるが、それもやはり文化や文学、芸術のジャンル、内容と形式の問題など、抽象的、形而上学的な課題とのみ結びつけられ、ゾラが追求した生理的人間という特徴とはかけ離れている。

　ここまでの考察で、廉想渉は2期から、決定論への信頼をたしかなものにしていたことがわかる。内容に対する形式の決定性、民族文化に対する社会的、地理的、経済的、環境の決定性、作家の環境が作品におよぼす決定性、ほかに環境のジャンル決定の要素など、

---

14 『自然主義文学論』I、高麗苑、1991年1章1参照。

多方面で決定論への信頼がうかがわれる。

　たとえ、その出所が自然主義ではなく弁証的写実主義だったとしても、決定論の出現は廉想渉文学とゾライズムの連結に大きく貢献した。物質的条件が人間におよぼす影響力の肯定を意味するからである。環境の決定性への信頼は、ゾラの決定論の重要な要素でもある。人間の病理的な面や獣性の露出は少ないが、「食と生活が第一義」という信条は物質主義的思考とそれほどちがわない。廉想渉の文学は、反浪漫的、反理想的、反形而上学的性格を備えることになり、自然主義、写実主義の側に近い。

　「個性と芸術」において、日本の自然主義の浪漫的側面と連結していた廉想渉の自然主義は、階級文学をめぐる議論のなかで写実主義の本質を体得するに至った。現実的、実証的な西欧の自然主義と脈を通じ、決定論とあわせ再現論も現れることになる。弁証的写実主義との出会いを通じて、廉想渉の(B)型自然主義が形成されたのである。

③ 芸術観に現れた「再現論」

　階級文学の是非をめぐる議論に巻きこまれる前や、それ以後の時期でも、廉想渉から一貫して聞こえてくるのは、「人生は芸術なしに生きられない」という言葉である。彼にとって芸術は「無欲無我だからこそできるものをいう」のであり、「魂や人格を浄化し、神聖化」するものである。「芸術美は理解を超越した、永遠の喜びの源泉」という1948年の文章での言葉は、芸術を至上の価値とみる廉想渉の姿勢が、どれほど確固たるものであったかを証明している。

　だから彼は、功利主義的な芸術観に妥協することができなかった。春園・李光洙の啓蒙主義、八峯・金基鎮のプロレタリア文学などに彼が強く反発したのは、彼らが芸術を道具に貶めていたことに

ある。芸術の独自性は、何事にも傷つけられてはならない尊い価値であるという考え方が、廉想渉の芸術観の本質を成している。しかし、芸術の具体的な概念は、階級文学をめぐる議論の前と後ではまったく異なっている。

⑿ 炎のごとき生命が絶えず燃える焦点で、・きらめきながら飛びまわる、魂そ・のものを吹きこんだものこそ、芸術の本質でなければならず、われわれはそこにのみ、真の美をみいだすことができ、永遠の命が絶えず躍動し発露するのを目にすることができる。……これを要約すれば、芸術美は作者の個性、いいかえれば作者の独異的生命を通じてこそみとおしうる、・創造・的直観の世界であり、それが投影されたものが芸術的表現である。

(傍点：筆者、「個性と芸術」、同書、39〜40頁)

⒀ 芸術は模倣を排し、独創を求めるから、そこに何らかの範疇や規約や制限がないのはもちろんのことだ。生命の向上発展の境地が広大無限であるのと同様、芸術の世界も無辺際であり、芸術世界の無辺無涯は、個性の発展と表現の自由を意味するのである。

(傍点：筆者、同書、40頁)

「個性と芸術」に現れた芸術観は、「きらめきながら飛びまわる、魂そのものを吹きこんだもの」が芸術の本質だという考えのうえに築かれている。それは「創造的直観の世界」であり、「模倣を排し」た「無辺際」の世界を意味する。これが浪漫主義的な芸術観であることは、傍点部分で確認できるだろう。

しかし1925年を境に、廉想渉の芸術観は180度転換する。当時

---

15 「朝鮮と文芸・文芸と民衆」、『全集』12、127頁。
16 「パンとナルキッソス」、『東亜日報』、1929年2月13日。
17 「私の小説と文学観」、『全集』12、198頁。

も、廉想渉にとって芸術自体は変わらず「個性のたわめられることのない発現」であり、「内在的生命の流露」(18)だったが、すでにそこには「偉大なる個性」、「創造的直観」、「無辺際な自由」、「火花散る霊魂」といった言葉は存在しない。再現論が登場したからである。廉想渉の評論に模倣論や再現論が本格的に表れるのは、1926年1月1日に発表された「階級文学を論じ いわゆる新傾向派に与える」からである。

(14) 多少退屈であったとしても、そうした日常生活の些細な出来事が通俗的に劇化されたり小説化されているものを、金を払ってみようとし、みて泣くのが現代人の要求であり、また再現の要求である。

(傍点：筆者、同書、73頁)

(15) 芸術とは……再現から出発するものである。再現に歓喜を感じる本能が人間にはあり、それが芸術的本能をもつはじまりである。

(傍点：筆者、同書、71頁)

(16) 「プロレタリア」の生活相を実演したり描写することは、奴隷仕事をしたり売春婦が体を売ったりすることを喧伝することではなく、それを再現しているのである。人間は本能として、自己の一面、あるいは全面の「再現」を、芸術的欲求として求めているのだ。　(傍点：筆者、同書、74頁)

これは、廉想渉がプロレタリア文学に本格的な攻撃を加えた最初の評論である。部分によっては「再現」という言葉が1ページに3回も登場するほど、再現論がよくとりあげられる。「再現は人間の芸術的本能のはじまりで」あり基本で、芸術的欲求の一歩というのが廉想渉の新たな主張だった。1926年に確固たる態度でうち出さ

れた模倣論的な主張は、1928年4月になると「再現」の代わりに「反映」という言葉となり、「小説と民衆」(1928・5) では「人生の真相と現実相を解剖精写」するジャンルとして小説が提示される。

「『討究・批判』三題」で、模倣論と関連づけられる用語が「報告」である。「現実をあるがままに報告する手段以外、ほかにはない」という言葉がそれだ。再現、反映、報告などの用語を通じてくり返される模倣論は、一方では生活と芸術の密着を主張する決定論的な思考と並行していた。「人生のための芸術」の重要性を訴える主張をともないながら、最終的には「『生活』をさしおいて文学第一とはなりえない」という見解にいたる。ひとたび模倣論に足を向けると、廉想渉の芸術観は最後まで変わることがなかった。彼自身のいい方を借りれば、その時期は自分が自然主義から離れて写実主義に定着し、写実主義とともに最後まで歩む期間だった。「個性と芸術」に示された芸術観と1925年以降のものを対比すると、大体以下のような対照表となる。

	〈個性と芸術〉	〈「討究・批判」三題〉
①	反模倣論	模倣論
②	創造的 直観	解剖、批判
③	独創性	再現、報告
④	火花散る霊魂の移入	人生苦の排泄
⑤	無辺際の自由	制限された同時代の現実
⑥	作家は偉大な個性の所有者	作家は凡俗な報告者

18 「個性と芸術」、『全集』12、36頁。
19 「朝鮮と文芸・文芸と民衆」、同書、133頁。
20 「『討究・批判』三題」、同書、159頁。
21 「小説と民衆」、同書、145頁。
22 「私の小説と文学観」、同書、198頁。

霊魂、個性、直観、自由といった表現が、人生苦、再現、解剖などにとってかわり、彼の文学はリアリズム期に入った。それは廉想渉の生涯で初めて、文芸と生活が密着した時期であり、決定論に対する信念が固まり、写実主義、自然主義などの概念が確立された時期でもある。小説では、価値の中立性や客観的視点、日常的なディティールの描写などの特性が備わり、「標本室の青ガエル」、「個性と芸術」などにみられた初期の症状を脱した時期でもあった。

　「『討究・批判』三題」を中心に、2期の評論に現れた自然主義論を整理すると次の通りである。

(i) 自然主義は科学と実証主義の影響下に生まれた。
(ii) 自然主義と同質性をもつ思潮は個人主義ではなく、写実主義である。
(iii) 自然主義は客観主義をとるために、没価値的態度をもつ。
(iv) 自然主義は現実をあるがままに再現する。
(v) 自然主義は美よりも真を尊重する。
(vi) 自然主義は内容と思想を意味する。
(vii) 自然主義は文芸思潮の基盤となる思潮であり、永続性をもつ。

以上の特性を「個性と芸術」にみられた自然主義論と比較すると、自然主義の概念が多角的に追求され、具体化されているのがわかる。すでに指摘した通り、「個性と芸術」は個性論が主だったから自然主義は挿話的なものにとどまり、それさえも長谷川天渓の用語で埋めつくされていた。しかし「『討究・批判』三題」になると、天渓の用語は姿を消す。ときを同じくして「個性と芸術」の浪漫的芸術観も痕跡を消しはじめる。つまり、日本の自然主義よりもフランスのそれに近くなっていくのである。上記の7項目中、フランス

の自然主義と合致しないものは(vii)だけである。自然主義が近代文学の分水嶺となり、それ以降のあらゆる文学に持続的な影響をおよぼした国は日本だからだ。[23]弁証的写実主義との論争、島村抱月の自然主義論などの影響を受け、廉想渉の世界にはゾライズムと近似値をもつ、もう１つの自然主義が表れたのである。

(3) 「私と自然主義」の場合

「私と自然主義」が書かれた３期は、植民地支配解放から最後までの期間である。自身の文学全般を整理した時期だから、自然主義についての見解も決定版的な性格を帯びている。その時期、廉想渉が自然主義について言及した著作には「韓国の現代文学」(『文芸』、1952・5,6月合併号)、「私と『廃墟』時代」(1954・2)、「私と自然主義」(1955・9)、「文学少年時代の回想」(1955)、「われわれの文学の当面の課題」(1957・9)、「写実主義とともに40年――私の創作余談」(1959・5)、「私の創作余談――写実主義について一言」(1961・4)、「横歩文壇回想記」(1962・11) などがあるが、そのなかの「私と自然主義」を中心に、廉想渉の自然主義の最終版を整理してみよう。

① 自然主義の出現時期に対する廉想渉の見解

廉想渉は、韓国での自然主義の出現時期を雑誌『廃墟』[1920年代初めの文芸同人誌。廉想渉は同人の１人だった。ほかに金億、南宮璧、羅慧錫などが参加。1921年1月に通巻２号で終刊] 時代としている。

(1) この時期の真なる文学的傾向をいえば、「ヒューマニズム」と「ニヒリズム」の交差点上に、自然主義が登場したとするのが妥当ではないかと思う。

23 　中村光夫、『明治文学史』、筑摩書房、1963年、184頁。

それは『廃墟』同人をそう区分することもできるだろうが、新興文壇全体の動向でもあった。……詩壇においては「ヒューマニズム」と「ニヒリズム」が主導的な役割をし、創作においては……自派に属し、自然主義を掲げて名乗りをあげたのが私自身だったことは、筆者も自認するところだ。
　　　　　　　　　　　　（傍点：筆者、「私と『廃墟』時代」、同書、210頁）

(2) とにかく、そんなわけで『廃墟』時代というものがあったとすれば、そして、その時代の功績があったとすれば、詩文学や創作において本格的純粋文学を樹立しながら普及に努め、一方で人道主義、虚無主義という2つの傾向を左右の岸としつつ、自然主義文学の確立するところに重点が置かれていたといえるだろう。
　　　　　　　　　　　　　　　　　　　　　　　　　　（同書、211頁）

『廃墟』時代の小説界は自然主義に特徴づけられるとした廉想渉の主張は、さらに一歩踏みこみ、金東仁と自分の文学は自然主義的なものだったという主張につづく。『廃墟』には、自然主義とされるような小説や評論がなかったから、その時期を自然主義の樹立期とすれば、1921年に発表した「標本室の青ガエル」を代表とするしかない。廉想渉自身もそう考えていた。

(3) 私が『開闢』誌に処女作「標本室の青ガエル」を発表したのはその翌年（1921年）春のことだが、韓国文壇に自然主義文学が樹立されることになったのも、決して意識的な動きでもなければ、輸入したものでもない。
　　　　　　　　　　　　　　　　　　　　　　　　　　（同書、210頁）

「個性と芸術」は翌年（1922）の発表だから、「自然主義を掲げて名乗りをあげた」のが自分だったという廉想渉の主張には、その評論も含まれるとみなければならない。1編の小説だけで自然主義文

学の樹立云々はいえないからだ。だとすれば、自然主義文学の樹立期は1921年ころだというのは、彼自身の見解であることがわかる。

その時期に金東仁も自然主義的な作風のものを書いていたという廉想渉の言葉には、どの小説かの指摘はない。たしかなのは、金東仁の「甘藷」以前の作品を指していることである。自身の「金の指環」、「電話」以前の作品と、金東仁の「甘藷」以前の作品を自然主義とするのであれば、それは先に分類した(A)型の自然主義でないことは明らかである。とすれば、3期に入って彼が自然主義と呼んでいたものは「個性と芸術」の自然主義論と合致する自然主義(B)型、すなわち、日本の自然主義になる。

「標本室の青ガエル」、「個性と芸術」以前にも、すでに韓国ではゾラの自然主義が紹介されていた。「個性と芸術」が発表された1922年4月以前でゾライズムを紹介したものは、以下の通りである。

　白大鎭　：「現代朝鮮に「自然主義」文学を提唱する」、『新文界』、1915年12月
　曉鐘　　：「小説概要」、『開闢』、1920年6月
　金漢奎　：「八大文豪略伝」、『新天地』、1921年1月
　ＹＡ生　：「近代思想と文芸」、『我聲』、1921年7月
　曉鐘　　：「文学上にみる思想」、『開闢』、1921年10月
　金億　　：「近代文芸」、『開闢』、1921年6、7、9月〜1922年3月

「自然主義文学というものは、いわゆる現実を露骨に正直に描写する文学であるから、それは偽りもなく、空想もない文学」だとする白大鎭は、1915年の時点で、すでにゾライズムの基本的な性質をしっかりと紹介し、ほかの人びとも(1)無神論的傾向、(2)暗黒面

の描写、(3)決定論的思考、(4)客観主義などの傾向をゾラの特徴と指摘していた。なかでも、金億が「近代文芸」でまとめたゾラの紹介は詳細かつ正確である。

(i) 現実の真相をそのまま描写しようとする。
(ii) 唯物論的、機械的人間観を備えている。
(iii) 人物を実験的に研究する科学主義 scientific method であり、「石ころも人の頭脳もみな同じく決定論に支配される」と考える。
(iv) 人間の自由意志を否定する。
(v) 客観的態度による観察を通じて分析し、解剖する。
(vi) 獣的 bestialism である。したがって獣性の神聖な王国 The bestialization of holy kingdom を試図し、人間の病的側面、醜く汚れた面を主に記録する。
(vii) 代表作である「ルーゴン=マッカール叢書」Les Rougon-Macquart は、病的に神経質な女性がルーゴンとマッカールという2人の男性と関係し、産まれた子どもたちの物語を描いた20巻の大作で、そこでは「社会のあらゆる面がそのまま」つめこまれており、バルザックと肩を並べる大著である。

ほかはともかくとしても、「個性と芸術」の発表誌の『開闢』で数か月前に、同じ『廃墟』同人の金億がこれほど詳細に自然主義を紹介していながら、「自然主義を掲げて名乗りをあげたのが私自身」と廉想渉が主張するのは、彼の自然主義とゾライズムが別物だったと考える以外に納得がむずかしい。それはまた、廉想渉がゾライズムを自然主義とせず、日本の自然主義だけを自然主義と確信していたことにもなる。

白鐵の場合も同じ原理が当てはまるだろう。彼も日本への留学生であり、日本の自然主義を唯一の自然主義だと考えて、「標本室の

青ガエル」を韓国最初の自然主義小説とした可能性が高い。白鐵も「幻滅の悲哀」、「現実暴露の苦痛」を自然主義の本質とみていたからである。(『朝鮮新文学思潮史』、1948年版、首善社、上巻、334〜8頁参照)

　廉想渉の自然主義が日本の自然主義だった可能性は、彼が自身と金東仁の初期作品をすべて自然主義としたことにも確認できる。廉想渉が、評論と作品がともに大きく変化した1924年以降の自身の文学を自然主義から脱したとしていたことも、裏づけの1つである。

　したがって、50年代以降に登場した評論家たちが、『廃墟』時代の廉想渉の文学を自然主義ではないと反論するのも当然である。彼らにとって、自然主義はゾライズムを意味するからである。先に指摘した通り、廉想渉の自然主義を日本的な自然主義だと肯定して初めて、彼を自然主義の第一走者とした白鐵、趙演鉉、廉想渉の主張に妥当性が生まれるのである。[24]

② 自生的自然主義論

　ところで、廉想渉は自身の自然主義を外国の影響を受けて形成されたものではないと主張する。「意識的な動きもでなければ、輸入したものでもない」としているからである。この発言は、3期の評論のいたる所に出てくる彼の一貫した主張の1つだ。彼によれば、韓国の自然主義は模倣や輸入によるものではなく「自然生成したもの」である。それが模倣でない理由を、彼はまず時代的な条件に求める。

⑷　われわれの自然主義文学や写実主義文学は模倣や輸入ではなく、自分たち

24　1：『国文学全書』、新丘文化社、1961年、322頁。
　　2：趙演鉉『韓国現代文学史 第一部』、現代文学社、1956年。

の土台に自然に生成したものであること、また、創作（小説）はほかの芸術にくらべ、時代相や社会環境がより反映されるため、その時代と生活環境が、自然主義的な傾向をもつ作家や作品を生みおとさせたのだという意味である。　　　　　　　　（傍点：筆者、「私と自然主義」、『全集』12、219頁）

(5) 万歳運動直後はいくらか希望の光がさした気がし、物心両面での活力も生まれたが、それも一時のことで、独立運動は海外へ地下へと姿を隠し、民族経済、民族産業振興の機運もそがれてしまい、たった１つ文化面において民族陣営に許された２つの新聞も、削除、押収、停刊と、自分たちの声をそのままあげられないのは武断政治の10年と何らちがいがない、そんななかに生きていた気鋭の青年たちは、四方八方塞がれ窒息しそうな状態だから……こういった事情が、新文学の主流を自然主義へと導いた大きな要因だったといえるのである。　　　　　　（傍点：筆者、同書、219頁）

　こうした主張は、「韓国の現代文学」(1952)、「私と『廃墟』時代」(1954)、「文学少年時代の回想」(1955)、「横歩文壇回想記」(1962)などにくり返し現れる。3・1独立運動直後の政治、経済、文化的条件が、韓国の自然主義発生の理由だとしているのである。

　その言葉とともに彼が主張するのが、自然主義の「否定の文学」としての特性だった。物心両面で悲惨をきわめた当時の時代状況が「厭世的であり、現実的否定の文学的表現として現れたもの」[25]が自然主義であり、自身の「標本室の青ガエル」は「まさにその時代相をそのまま描いたもの」[26]だともいっている。彼は、暗澹とした現実が、自然主義を自生させた最初の条件とみている。環境決定論的な見解である。

　２番目に指摘しているのは科学文明だ。「かつ、遅まきながら科学文明に触れ、科学精神を体得したわれわれであったからといえよ

うか⁽²⁷⁾」という言葉に、そのことが確認できる。しかし、廉想渉が重視しているのは１つめの条件である。２つめはたった一度しか出てこない。彼が韓国の自然主義の自生条件だとくり返すのは、3・1独立運動後の悲惨な社会状況だけだといってもよい。それは、彼が最後まで自然主義の最大の特徴を、「人生の暗黒醜悪な」面を「如実に描写」することと考えていた証拠である。人生の暗い面を映すことだけが自然主義の特徴のすべてでないように、暗澹とした社会的条件だけが自然主義発生のすべての理由にはなりえない。彼の言葉通り、内発的な要因でしかない。それも非常に重要な要因であることはまちがいない。だが、自然主義の場合には外来的な要因も同様に重要である。

　彼の問題は、外来的な要因を無視しているところにある。外国の文芸思潮の名をそのまま使いながら外来的な要因を無視したところに、彼の主張の弱さがある。「作家の質と時代相がたがいに交わり１つの傾向が表れ、それが主流化すること[28]」を文芸思潮の出現とする彼の考え自体が、外国の影響から来ているともいえるからである。外来思潮の受容への、潔癖といえるほどの拒否反応はどこから来るのか。次の引用文は、それを確認する糸口を提供してくれる。

(6)　作品が模倣でできるものでない以上、輸入や作為によって１つの傾向が形成され、登場するはずはない。

　　　　　　　　　　（傍点：筆者、「私と『廃墟』時代」、同書、210頁）

　この文章から、廉想渉が文芸思潮の受容を作品の模倣と混同して

25　「私と初期作品時代」、『平和新聞』、1954年5月24日。
26　同上。
27　「韓国の現代文学」、『全集』12、174頁。
28　「私と『廃墟』時代」、同書、210頁。

1　名称の単一性と概念の複合性

いたことがわかる。韓国の自然主義が輸入品ではないことを証明する、次のような言葉がそれを示している。

(7) 処女作「標本室の青ガエル」を発表する際、意識的に自然主義を標榜して名乗りをあげたわけではなかった。そこに登場する人物や事件がすべて実在の人物であり、作者の体験した事実であったという点だけでも、首肯できると思う。
　　　　　　　　　　　　（傍点：筆者、「私と自然主義」、同書、219頁）

　外来思潮の影響の肯定は作品の模倣を意味すると考えていたことが、実在の事件だから模倣はできないという主張から読みとれる。外来思潮の輸入は、もちろん外国作品の模倣や翻案だけを意味するものではない。影響関係の授受は、思考の方向や表現技法のような基本的原理の受容にとどまるのが通例である。国によって慣習や伝統、地理的・時代的な条件が異なるから、外来思潮を全面的にそのまま受けいれることは不可能である。受信国の条件で受容可能なもののみが受けいれられ、残りは修正が加えられるか、あるいは捨てさられるのである。
　廉想渉や金東仁の場合も例外ではない。影響関係が認められるのは思想や創作方法、素材の選択などに限られ、それさえも部分的な受容に留まり、作品の模倣は意味しない。理論や技法の面では日本の影響を受けたと自ら認めているから、廉想渉が外国文学の影響を否定しているのは、作品の模倣という点に限定されたものといえる。

③ 自然主義と写実主義についての廉想渉の観点

　廉想渉は、自然主義の文学史的な意義をかなり高く評価した文学者である。

(8) 自然主義は近代文学の分水嶺であり、われわれが近代文学の樹立において自然主義をその新たな出発点とし、基盤としなければならないことは当然の帰結であり、必要な過程でもあった。

（「私と『廃墟』時代」、同書、210頁）

(9) 自然主義文学は、どの国の文学にあっても1つの大きな分水嶺を築いたが、韓国の現代文学はまさに、その分水嶺からはじまったものといえる。

（「韓国の現代文学」、同書、173頁）

　この2つの引用文の1つめの共通点は、どの国でも自然主義が、近代と前近代の文学を分かつ分水嶺となった思潮だったという見解である。そうした見方は「私と自然主義」でも、西洋と日本において近代文学の分水嶺は自然主義・写実主義だという部分にくり返される。だが、西洋の場合この言葉はあてはまらない。西洋では自然主義以前に、すでに数百年の近代文学の発展期があったからだ。

　この言葉があてはまる国は、日本しかない。日本では、自然主義小説が近代文学の基礎を確立したとみなされている。廉想渉のこうした誤解は、ヨーロッパの近代文学を日本と同じものととらえたことによる。『早稲田文学』を講義録に文学を独学した廉想渉の知識の限界が、そうしたところに表れている。

　日本との共通点は、自然主義を近代文学の出発点とするところにもみられる。日本同様、韓国でも、自然主義作家といわれた金東仁や廉想渉は近代小説のトップランナーだったからだ。しかし、それ

29　「横歩文壇回想記」、同書、235頁。
30　「私と自然主義」、同書、218頁。
31　『自然主義文学論』I、173頁。

以前の文学の前近代性を全面的にロマンティシズムに求める、次のような意見には問題がある。

⑽ 韓国で現代文学に規定されるだけの新文学が発芽したのは、日清戦争前後——日帝勢力の侵入がはじまった60年前のことだった。その初期には、近代文学としての十分な形態を備えることができなかったが、いずれにせよ、純然たるロマンティシズムの束縛から逃れられなかったのである。

（傍点：原作者、「韓国の現代文学」、同書、173頁）

ここで私たちは、廉想渉のロマンティシズム概念の曖昧さを読みとることができる。「個性と芸術」で、反浪漫主義、反理想主義的な自然主義論と浪漫主義的芸術観を一緒くたにしていたことが証拠だ。自然主義文学の近代性を反浪漫主義なところにみ、李光洙やそれ以前の文学を浪漫主義的であるという理由で前近代的だとしながら、自身の自然主義的文学は近代文学の先頭に置くのである。そうした見方から、浪漫主義は前近代的思潮とされている。

2期、3期で、廉想渉は自然主義への愛着を失いはじめる。それでも、自然主義が韓国の近代文学の出発点であり、「画期的な主流」（「韓国の現代文学」）を成す思潮だったことを重んじる傾向は変わらなかった。自然主義の文学史的な価値に対する肯定的な評価は、最後まで揺らぐことがなかったのである。

その一貫した評価にもかかわらず、廉想渉の自然主義は2つの系統に分けられる。長谷川天渓の用語を借用した、日本の自然主義と大正時代の新浪漫主義が1つになってできた初期の(B)型と、ゾライズムと弁証的写実主義が1つになった2期の(A)型である。そうだとすれば、3期の自然主義は、この2つのどちらに属すのかをたしかめる必要がある。

3期になると、廉想渉の自然主義論には、2期でほとんど消えていた初期の用語が再登場していることが目につく。

(11) 当時の韓国の現実相が、自然主義に向かって走るよりほかなかったことをみおとしてはいけない。つまり、第1次独立運動で民族意識の覚醒が進み、無形とはいえ精神的効果をあげただけに、それが失敗に終わった幻滅の悲哀と、第一次世界大戦後の世界的な不景気の渦に飲みこまれ、一層窮迫する生活を強いられた植民地の民の文学的表現として、否定的自然主義文学以外なかったのである。　　　　　　　　　　（傍点：筆者、同書、174頁）

(12) 父親は「万歳」後の虚脱状態で自堕落な生活にふける、無理想、無解決の自然主義文学の本質のような、現実暴露の象徴たる「否定的」人物であり……[32]　　　　　　　　　　　　　　　　　　（傍点：筆者、同書、237頁）

(13) 自然主義から、その短所であり病巣の、科学万能の機械主義をはじめとする極端に客観的態度、無解決、また今ではごくあたりまえで笑い話のようになってしまった現実暴露や性欲描写など陳腐なものを抜きさって、書くに値することを選びぬくのが写実主義というものである。
（「私の創作余談――写実主義について一言」、『廉想渉』、韓国文学研究所編、ヨンヒ、1980年、317頁）

　(11)は自然主義の発生条件について言及したものだが、ここで廉想渉は、韓国の自然主義発生の重要な要因を「幻滅の悲哀」にみていることがわかる。
　(12)は「三代」について書かれた文章である。この文章から推察

32　「横歩文壇回想記」、『全集』12、237頁。ほかに、235頁でも同じ言葉がくり返し登場している。

1　名称の単一性と概念の複合性

するに、廉想渉は「無理想」、「無解決」、「現実暴露」、「否定的要素」などを自然主義の本質とみており、主人公の父親・趙相勲(チョ・サンフン)はそれらを代表する人物と設定されていることが確認できる。1922年の主張が、1961年に復活しているのである。

ところで、⒀に興味深い部分がある。「現実暴露」を自然主義とみることが「笑い話のようになって」いるという言葉である。これは1950年代後半から、廉想渉の初期作品や評論を自然主義とすることに異論が高まったことと深く関係している。自然主義をゾライズムだと考える世代の登場とともに、「個性と芸術」の自然主義論が批判の対象になったのである。

しかし、そうした批判にもかかわらず、廉想渉が日本型自然主義への信頼をもちつづけていたことは、1年後の「横歩文壇回想記」が証明している。そこでは数か所で初期の用語が用いられ、⑿と同様の発言が登場している。

3期では、初期では使われなかった印象自然主義という言葉が一度出てくる。「主観の混入を許す非純粋客観主義を『印象自然主義』と分けて呼んだりもしていたようだが……」(傍点：筆者)という解説が後につづく。印象派自然主義は島村抱月の用語であり、性質的な面で廉想渉が写実主義の特性の1つとしていた「主客合一」をも許容する、日本式の自然主義の一派を意味している。

ほかによく出てくるのが、「無解決」という言葉である。

⒁ また「無解決」ということ、すなわち結論を出さなかったり解決を図らないということは、科学的、つまり客観的であってこそ自然主義文学の当然の態度というわけだが、私はつねに、無解決を目指すよりも、狭かろうが主観で、あるところまでは自己流で解決しようと努めてきた。該博な知識や豊富な経験、深い思索や覚悟もなしに、狭量な自分の主観の一部を前面

に出して何か生半可な結論を出すよりは、いっそ読者の自由な判断にまか
　せるほうが正しく、度量の広い態度かもしれない。生粋の自然主義作家た
　ちも、独断に流れることを恐れて「無解決」にとどめたが、「独断」とい
　う非科学的なものが恐ろしいばかりに科学万能主義の態度をとっただけの
　ことで、私が「無解決でも構わない」といったのは、純粋に謙虚な道義的
　見解である。
　　　　　　　　　　　　　　　　　　　（「私の創作余談」、同書、316頁）

　この引用文でわかる通り、「無解決」という言葉は少し否定的な立場で論じられている。廉想渉によれば、無解決は自然主義の態度である。だが、当時すでに彼は自身の文学を無解決の境地を超え、「解決や結論を与えることは、生活態度において積極的に断定を下すという意味で必要だと考え」ていたから、その言葉を批判的に使用したのだ。無解決のかわりに解決を選ぶ文学を廉想渉は写実主義としていた。したがって、この時期の自身の文学を、自然主義を脱したものとみている。

　「無解決」という言葉が、日本の自然主義のスローガンの1つだったことを想起してほしい。(7)に出てくる体験主義的な主張もやはり同じである。日本の自然主義は、フランスの自然主義の「真実」尊重思想を「事実」尊重思想と誤解してとりいれたため、真実を描くことはつまり実際に起きた事件を描くことを意味すると考えた。だから作家が直接体験した事実か、でなければ実在の事件をモデルにして作品を書くのが理想的だという傾向が生まれ、虚構性を排除した「無脚色」「排虚構」などの日本式スローガンが生まれることになった。

　33　「私の創作余談」、『廉想渉』、韓国文学研究所編、ヨンヒ、1980年、315頁。
　34　『自然主義文学論』Ⅰ、74頁参照。
　35　「私と自然主義」、『全集』、220頁。
　36　『自然主義文学論』Ⅰ、134〜137頁参照。

廉想渉が(7)で指摘したように、「標本室の青ガエル」(1921) は「作家の体験した事実」を書いたものである。「闇夜」(1922) も同じであり、「除夜」(1922) はモデル小説という点で、日本の自然主義と類似性をもつ。日本では作家の自伝的小説か、そうでなければモデル小説を書くことが自然主義文学の正道と考えられていた。だから、廉想渉がこの小説を日本文学の模倣ではないとするのは、体験内容の異質性を意味しているだけで、「排虚構」の傾向にまでは適用されていないとみられる。

　「幻滅の悲哀」、「現実暴露」、「無理想」、「無解決」、「印象自然主義」などの用語や、創作の原理である「無脚色」、「排虚構」という傾向の復活は、廉想渉の自然主義が、最後まで日本の自然主義と癒着していたことを明らかにする。最後につけ加えれば、日本の自然主義の専門用語が再登場するのは、主に『廃墟』時代前後の自作への論考の場合だ。彼は、その時期の自身の作品だけを自然主義だと考えていたのである。

　3期の自然主義論の特徴の2つめは、2期の自然主義、写実主義の分類法を継承していることにみつけられる。2つの思潮は似ているという認識のうえに、自然主義と写実主義の併存現象、自然主義＝精神現象、写実主義＝表現方法という分類様式、3つの思潮の永続性への信頼、自然主義＝科学主義、客観主義などの等式が、そのまま引きつがれている。そうしていながら、写実主義と自然主義のちがいを(i)主客合一主義 対 客観主義、(ii)肯定の文学 対 否定の文学、(iii)解決の終結法 対 無解決の終結法、(iv)行きすぎない科学主義 対 度を越した科学主義 などに求める分類法を確立していたことが、次の引用文からわかる。

(15) 大抵は「自然主義すなわち写実主義」と混同したり、大したちがいはない

とみすごすようだが、同根の異なる枝とはいえ両者は明確に区別されるべきである。われわれは ①自然主義は手放しても、写実主義は捨ててはならないのだ。かといって ②自然主義を一歩前に進めれば、必ず写実主義にいたりつくというものでもない。……③ただ今の散文文学がもつ普遍的な形態なのであり、自由な表現方式なのだと、私は考えている。
④現実的、科学的、客観的でなければならないという主要要件からみれば、自然主義の分身であるとはいえ、自然主義の短所であり病巣である、科学万能の機械主義をはじめとする極端に客観的態度、無解決、また今ではごく当たりまえで笑い話のようになってしまった現実暴露や性欲描写など陳腐なものを抜きさって、書くに値することを選びぬくのが写実主義というものである。　　　　　　（傍点：筆者）（「私の創作余談」、同書、317頁）

①から読みとれるのは、写実主義優位論である。この時期になると、廉想渉には自然主義格下現象が現れる。それまで自然主義が位置していた場所に写実主義がとってかわり、写実主義の優位性が露骨に示される。その理由は④に表れている。廉想渉が自然主義の欠点として指摘するのは⑴科学万能思想⑵極端な客観主義⑶無解決⑷現実暴露⑸性欲描写などである。そのうち、⑴はフランスにのみ該当するものだが、⑵は日本にもあてはまる。田山花袋の主張した「平面描写」も、客観主義をとったからである。もっとも、花袋自身がすぐに「立体描写」という言葉で「主客合一」を唱え、日本の場合は後者が主導権を握った。⑶は主客合一のような理由で拒否され、⑷は、廉想渉が肯定の文学を礼賛する方向に舵を切ったことが理由として挙げられる。この２つは、日本の自然主義の特性でもある。⑸は簡単には規定できない。程度のちがいはあれ、日本の自然主義もゾラも、この項目で非難を浴びたからである。

そうしてみると、上記５つのうち、ゾライズムだけに当てはまる

項目はわずか1つしかなく、残りは日本と共通するものか、日本にのみみられる特徴である。廉想渉が拒んだ自然主義の欠点は両方に共通したものとはいえ、その関心は、(B)型に対するほうが圧倒的に優勢だったと結論づけられる。

自然主義の肯定的な面への評価は、より(B)型のほうが優勢だった。前述のとおり、廉想渉は自然主義の文学史的価値と存在価値を高く評価し、永続性のある思潮だとみているが、それにあてはまる国は日本以外なかったのである。

自然主義の場合、フランスと日本に若干の共通点があるものの、写実主義になると共通性はみつけづらい。日本では、ゾライズムを模倣した小杉天外らの前期自然主義が写実主義とみなされており、フランスの写実主義とは共通項が少ない。用語が出現する順番に、わずかに共通性が読みとれるくらいのものである。

廉想渉の写実主義は日本の写実主義とは無関係である。西欧の写実主義の概念をとりいれていたからである。広義の写実主義と狭義の写実主義のいずれもが、西欧的概念と類似性をもつ。だが、出現の順は逆だ。自然主義と離れて出会う写実主義は、社会主義リアリズムである。しかし廉想渉は例外だった。彼は自然主義を離れると弁証的自然主義には向かわず、ただの写実主義に移行したのである。廉想渉は弁証的写実主義を通じて写実主義の概念を知ったから、順序が逆転したのだ。

先に指摘した通り、廉想渉には写実主義も2種類あった。だが、3期で自身の文学と結びつけていた写実主義が広義の写実主義のほうだったことは、③でたしかめられる。「散文文学のもつ普遍的な形態なのであり、自由な表現方式」という言葉がその証拠である。裏づけとなる言葉は、次の引用文にもみられる。

(16) どんな文学思想をもっていても、まずは自然主義をくぐり抜ける必要があり、創作において表現方法は写実主義を基本としなければ、すべて火遊び、戯言にしかならないということなのだ。だから自然主義作品が写実的となるのは当然であり、とすれば、自然主義以後、自然主義を脱したすべての現代作品も、写実精神的でなければ作品としては通用しない。

(傍点：筆者、「私と自然主義」、『全集』12、218頁)

(17) 自然主義から離れ写実主義を忠実にやってきたとはいえ、それが明らかな進一歩とはならないことを、私自身よくわかっている。だが私は、自然主義的な制約を無視してでも、その枠のなかで回っていた自分の作品をとりだして、写実主義という自由の境地に置いたつもりだった。それは自然主義からの解放ということになるだろうか。

(傍点：筆者、「私の創作余談」、前掲書、316〜7頁)

　時代や流派を超越する写実主義、自由な写実主義とは、広義の写実主義である。表現方法にのみ当てはまる写実主義を、廉想渉は「広い写実主義」(37)と呼んでいた。だが、その広さには制限がある。彼は写実主義を自然主義とにたような時期に現れた思潮と思っていたからである。(38) 廉想渉は、自然主義と写実主義が(ⅰ)科学主義、(ⅱ)再現論、(ⅲ)客観的かつ現実的態度などを共有していると、「『討究・批判』三題」で語ったことがある。フランスと類似する現象だ。そうしながら、写実主義を表現方式だけに限定し、流派を超えた思潮だとみるところに混線が生じる。彼の写実主義の概念は、狭義の写実主義と広義の写実主義の複合型であるとみるのが正解だろう。同

---

37 「韓国の現代文学」、『全集』、176頁。
38 『討究・批判』三題」では、写実主義は「近代文学上の新たな機軸」とされており、廉想渉の写実主義は狭義の写実主義と出現時期が同じであることがわかる。

様の複合現象は⒂にもみられる。⒂の③は明らかに(B)型の写実主義だが、すぐ下の④は、自然主義の極端さや欠点がとり除かれた写実主義だから、(A)型に近いものとなってしまう。

だが、3期の写実主義よりも2期の写実主義のほうが、(A)型の色合いがより濃厚である。自然主義と同じように、2期での主張は、日本よりもフランス側に寄っていたのである。3期になると、自然主義の概念は(A)型に回帰する一方で、写実主義の範囲は広くなり、(B)型の傾向が浮かびあがってくる。

次に明らかにしなければならない課題は、廉想渉と写実主義との関係である。

⒅ 現在の自身の位置について語るのは、なかなか歯がゆいものだ。だが1つだけいえることがある。写実主義から一歩も退いたことがなく、文芸思想においては自然主義から一歩先に進んでかなり経つということだ。

(「私と自然主義」、『全集』12、220頁)

時期がいつかは明示しないままに、廉想渉は自身の文学が自然主義を脱してかなり経つという。客観的にみて、その時期は彼の世界に写実主義が入りこみはじめた1924年ころと考えるのが妥当だろう。創作と批評の両面で、廉想渉に最も大きな変化が生じたころだからである。

それを自然主義から脱した時期とするならば、自然主義とされるものは、個性至上主義に深く結びついた初期の自然主義期のものと非常に近い。廉想渉の3期の自然主義が、(B)型の影響圏内にあると考える理由はそこである。3期の自然主義は、(ⅰ)否定の文学、(ⅱ)体験主義、(ⅲ)近代文学の分水嶺を成す思潮、(ⅳ)無解決の終結法、(ⅴ)現実暴露、(ⅵ)印象自然主義などの特性をもつという点で、日本

の自然主義と結びついていた。

評論に表れた彼の自然主義は、2期のものを除けば、終始一貫して日本の自然主義的性格を帯びていたことが以上から確認できる。それが、1960年代になっても1924年以前の自身の文学を自然主義としていた理由である。自然主義を好んだ時期も、自然主義を捨てさった後も同じ傾向が読みとれる。廉想渉にとって、自然主義とはすなわち日本の自然主義を意味していたのである。

---

39 廉想渉と抱月は、自然主義の極端な傾向をきらっていたという点で共通している(『自然主義文学論』I、76頁参照)。
40 「個性と芸術」で「暗黒醜悪な面を如実に描写」することを自然主義とする見解に似ている。
41 写実主義論で廉想渉が主張した主客合一の傾向と同じである。

2　用語の源泉の探索

　序論で言及したように、1910年代の韓国の青少年たちは、誰もが日本留学を夢みていた。だが、彼らの本当の目的地は「ハイデルベルク」だった。そこに行けないから、西欧文化に触れるため、仕方なく日本を目指したのだ。廉想渉もそうした青少年の1人だった。彼は中学生で日本に渡ったため、日本化された西欧文化と西欧文化そのもののちがいをみきわめる能力をもたなかった。中学生だったから、原書も読めなかった。日本語でしか読書ができなかったのである。そのため、日本化された西欧文化を無条件にとりこんだ。文学にかんしても同様だった。

　自然主義の場合、それは危険な賭けだった。日本の自然主義は、原型となるフランスの自然主義との共通性が希薄だったからだ。それを知らない彼は、日本の自然主義を唯一の自然主義と信じこんだ。そのため、白大鎮、金漢奎、金億などが1915年からゾライズムを詳細に紹介していたのにもかかわらず、1922年の自分の文章を韓国最初の自然主義文学だと発言することになったのである。

　廉想渉が日本の自然主義を唯一のものと思いこんだのは、ゾライズムを正確に知りえなかったことに理由がある。廉想渉は、金億や李光洙、朱耀翰らとは異なり、英語やフランス語で本を読める状況になかった。彼は6年間日本の学校に通ったものの、ほとんどは中学、高校課程だった。大学は1学期しか通わず、それさえも、学費不足で十分に通学できなかったから、原書を読めるほどの語学力はなかったのである。

　だが、より大きな理由に日本文学への信頼があった。廉想渉は、

初期にゾライズムを写実主義と呼んだ日本の文壇の傾向を妄信していたから、ゾラと自然主義を結びつけることができなかったのである。(「用語」の項参照)

　西欧の言語に通じていないかわり、日本語の実力はほかの留学生を圧倒していた。廉想渉は日本の中学、高校に5年ほど通った。当時の留学生のなかで、最も徹底的に日本語と日本文学を学んだ人間といえる。さらに彼が通った学校は府立中学だった。李光洙、金東仁、朱耀翰らが通った明治学院がミッションスクールだったこととは対照的である。朱耀翰が明治学院卒業後に入学した一高を除けば、1920年代初頭の文学者のなかで、廉想渉だけが日本の公立学校に通っている。明治学院の出身者たちが親西欧的だったなら、府立中学出身者は親日本的といえる。日本文化の神髄と接する機会が、より多かったからである。反面、韓国文学の素養は浅いものにならざるをえない。そうした状況は、廉想渉の次のような言葉にもよく表れている。

(1) この時期、われわれが受けた教育が日本語によるものであり、日本文化を生で注入されたのは併合後に共通の運命ではあったが、私は少年期の後半を韓国的なものからいっそう遠ざかって過ごしていたので、ますます不利だった。たとえば、春香伝を文学的に吟味する前に、徳富蘆花の「不如帰」を読んだり……　　　　　　　　　（「文学少年時代の回想」、同書、215頁）

　廉想渉が日本文学に自信をもっていたのには、そうした事情があった。時調［在来の定型短歌。ハングル（諺国文字）で作る韓国固有のもの］を作ったことはなくても和歌を詠んだことはあるほど、日本文学と近い空気のなかに育ったため、

42　「文学少年時代の回想」、『全集』12、215頁。

日本文学への見識で自分に並ぶ者はいないと自負していた。なかでもとくに自信があったのは、自然主義についてである。廉想渉は、日本の自然主義の機関紙だった『早稲田文学』を「講義録」にして文学を学んだのである（同前）。当時の韓国人留学生のなかで、『早稲田文学』を読みながら自然主義をきちんと学んだ人間は、廉想渉をおいていなかったのだ。

　金東仁はそうではなかった。彼は欧米の探偵映画により、文学に開眼することになった。探偵映画から探偵小説に進み、そこから『世界文学全集』へと読書の幅を広げた。とはいえ、貴公子としての気位の高さと傲慢さをもつ彼は、「日本文学なんかは、そもそも侮っており」（「文壇30年史」、『金東仁全集』6、18頁参照）、日本文学を体系的に学ぶつもりはなかった。だから金東仁は廉想渉ほど日本文学を深く知ることはできず、また知る気もなかった。彼は、実質的には日本文学の影響下にありながら、自身の世界は西欧文化圏内のものだと錯覚していた。そのため、彼の作品には、日本文学との影響関係が読みとれる資料はほとんどない（『自然主義文学論』Ⅰ、「金東仁の外国文学」の項参照）。

　金東仁と理由は異なるものの、日本文学の研究を避けようとしていた点では、李光洙も同じだった。彼は独立宣言文を書いた愛国の志士であり、反日的な姿勢は確固たるものだったから、日本文学への心酔を意識的に自重した可能性がある。全榮澤も同じだ。府立中学に通った廉想渉、日本軍中尉の弟である廉想渉、日本で5年ほど中等教育を受けた廉想渉だけが、日本文学に敵意をもたなかったといえるだろう。だから、『早稲田文学』を「講義録」に文学修行に励むことができたのである。その自信が、日本の自然主義だけを唯一の自然主義と唱える勇気の源となったのだ。

　彼の日本文学への心酔は、ほとんど生理的なものだったといって

も過言ではない。文学にかんするかぎり、日本は廉想渉にとって最高の国だった。そうした思いは帰国後も消えることなく、韓国人が有島武郎の文章を盗用する事件が起きると、彼は「文芸万引」という文章を書いた[44]。「万引」は日本語である。廉想渉にとっては有島武郎のほうが、文章を盗用した韓国人作家よりはるかに親しみが感じられる存在であり、だからこそ、日帝時代であるにもかかわらず、日本人作家の文章を盗用した同じ民族の文学者を万引犯と罵倒する勇気がもてたのである。そうした形で日本文学への愛着を露わにすることは、当時のほかの韓国文学者たちにはあまりみられなかった。内面では日本の影響を受けながら、誰もそれを表に出そうとしないというのが、植民地に生きる韓国文学者たちの二重姿勢だった。

日本文学への廉想渉の心酔ぶりは、小説を書くうえで乗りこえるべき先輩作家に、李光洙や金東仁の名を挙げなかったことでもわかる[45]。彼の文学のアイディアルモデルは、有島武郎や志賀直哉のような日本の「白樺派」作家たちだったからだ(「廉想渉と日本文学」項目参照)。韓国の先輩作家など眼中になかったのである。金東仁が生涯をかけて超えるべき先人に李光洙を置き、つねに李光洙と逆のことばかりして、自分だけの世界を確立しようと努力したのとは対照的である。

43 「文学と私」、『金東仁全集』6、16〜19頁。
44 『東亜日報』、1927年5月9〜10日。
45 「李光洙氏に対してはさほどくわしくない。「無情」や「開拓者」などで文名を得たことや、東亜日報に「先導者」を連載しているときに『それは講談であって小説ではない』とつまらない話をしているのを聞き、あるいは彼の流暢な文章を読んだくらいのものだ」(「文壇の今年、今年の小説界」、『開闢』42号、1923年12月、34〜35頁)。この文章から、廉想渉が李光洙の小説への評価を露骨に切り下げていることがわかる。「一言でいうと、文芸作品というより宗教書の一節や伝道文のようだ」という言葉がこれにつづき、李光洙文学への軽視傾向を証明している。金東仁が生涯、李光洙文学にライバル意識をもっていたこととは対照的である。

廉想渉は、韓国の近代文学を育てたのは母乳ではなく、粉粥〔新生児用の粥〕とコンデンスミルクだった、といういい方をしたことがある。(46) 粉粥は日本文学であり、コンデンスミルクは日本を介して間接的に輸入された西欧文学である。だとすれば、廉想渉はこの時期の作家のなかで、最も徹底的に粉粥の影響を受けた文学者といえる。のみならず、彼はコンデンスミルクの影響も受けているが、2つをとりこんだ場所はいずれも日本である。彼のコンデンスミルクは日本製だったのである。

　日本文学に対する、そうした徹底した研究は、廉想渉を近代文学の本質に接近させる肯定的な結果をもたらしもした。日本の近代文学の本格的な研究が、廉想渉の近代小説を成長させる有益な与件ともなった。日本の近代文学が目指していたのも欧化主義だったから、廉想渉は日本を介して、西欧の近代に接することができたわけである。彼が韓国最初の本格的な近代小説作家となった要因はそこにある。

　廉想渉の自然主義が、日本的な自然主義に固定された理由も同じである。彼の場合は、コンデンスミルクの産地も日本だったのだ。そうした環境が、彼と日本文学のあいだに深い絆を形成した。廉想渉の自然主義の源泉を、日本文学者との影響関係に求める理由はそこにある。

(1) 廉想渉と日本文学

　廉想渉と日本文学の影響関係を探ることは、金東仁の場合より容易である。彼は、金東仁のように影響を隠したり、否定しようとしていないからだ。だが、ほとんどが概括的、表面的な言及に止まり、具体的内容が出てこない場合が多い。それだけでなく、直接に

影響を受けた文学者となると、金東仁と同じように黙りこむ傾向がある。源泉の具体的な資料が明示されないから、推測に頼らざるをえないという限界がある。

廉想渉の文章で日本文学との影響関係がうかがえる資料は、次のようなものである。

(1) 作品としては夏目漱石のもの、高山樗牛のものが好きで、この２人の作品はあらかた読んでいた。　（「文学少年時代の回想」、『全集』12、215頁）

(2) 自然主義全盛時代だから、彼ら代表作家の作品から、思潮上なり、手法上なり、少なからず影響を受けたことも否定できない……初期の文学知識の啓蒙は、主に『早稲田文学』（月刊誌）から得たものといえる。作品を読みおえると月評や合評を追い、求読するうちに文学知識や鑑賞眼が高まったわけだが、『中央公論』、『改造』、そのほかの文学誌のなかでも……『早稲田文学』は私にとって、独学者の講義録だった。

（傍点：筆者、同上）

(3) 徳富蘆花の『不如帰』を読んだり……尾崎紅葉の『金色夜叉』を下宿の母娘に読んでもらったり……。　（同上）

(4) 有島武郎の『生まれ出づる悩み』という短編集を抜きとると、また横になった。　（「闇夜」、『全集』9、56頁）

(5) 英文学講義を聞いたりすることはなく、語学力も小説を原書で読める程度にはならず、西洋作品も邦訳で読んだが、松井須磨子を主演にした島村抱

46　コンデンスミルク論、「何事にもときがある」、『別乾坤』、1929年1月。

月の芸術座新劇運動が盛んなころで、そこで上演される西洋の翻訳ものを読みはじめたことが最初だった。

(「文学少年時代の回想」、『全集』12、215頁)

① 反自然主義系の文学者との影響関係

これらの引用文に出てくる作家のうち、廉想渉が好きで作品をあらかた読んでいると明かした夏目漱石や高山樗牛は、ともに明治時代の反自然主義系文学者である。廉想渉の自然主義が意識的なものではなく、読書の態度も偏っていなかったことがわかる。夏目漱石は、反自然主義というより非自然主義系に分類される作家だ。彼への廉想渉の評価はすこぶる高く、「学ぶべきは技巧」(『東亜日報』1927年6月7～13日)でも、「夏目ほどの作家はいない」と語っている。だが、作品には類似するところがほとんどない。したがって、影響の実質的な検証はむずかしい。廉想渉は夏目の個別の作品を具体的に評価したことがなく、漠然と彼の作品が好きだといっているだけだからである。高山樗牛の場合さらに曖昧だ。小説家でないうえに、高山樗牛のニーチェ主義は廉想渉にはみられない。漱石と樗牛は、廉想渉が作家精神を形成するうえで、間接的に滋養を与えた文学者といえるだろう。徳富蘆花や尾崎紅葉の場合も同様に具体的な言及がない。彼らの作品を読んだというだけである。

この4人はすべて明治期に属し、反自然主義のグループだったという共通点がある。高山樗牛を除く3人は小説家である。廉想渉が好んだ作家は反自然主義系が多く、ほとんどが明治期の小説家だったというぐらいしか、たしかめられることはない。中学、高校時代に、彼らの作品を手あたり次第読みながら、文学についての素養を身につけたと思われる。

有島武郎との関係はちがっていた。彼は、廉想渉の日本への留学

時期である大正時代の作家である点で、先の文学者たちと異なる。過去の時代の作家ではなく、同時代の新たな風潮を代表する作家だったのである。そのため、直接的な影響関係がみられ、深度もちがう。有島武郎は、廉想渉の作品に直接的に影響を与えた唯一の作家といえるだろう。

　彼の影響力の大きさは、廉想渉自身が提供する資料（次の引用文）や、金允植の『廉想渉研究』(168〜183 頁参照)で両面的に検証できる。それだけではない。随筆「文芸万引」においても、廉想渉は有島武郎を人間的にも尊敬していると告白する。[47] 文学だけでなく人間的な面でも、最大の影響を受けた作家が有島武郎だったことがわかる。

　有島武郎の小説が彼におよぼした影響は、「闇夜」に出てくる次のような文章にもみることができる。

⑹　5、6頁ほど一息に読んだ彼の目は、わけもなく涙ぐんでいた。彼はあえてぬぐおうともせず、そのまま壁を向いて横になったまま、また最初のページから読みなおした。涙はまだ乾いていなかった。10頁、25頁ほど読むと、彼は手にしていた本を開いたままで静かに脇に置き、涙の乾いた目を閉じて横になった。人生で初めて経験する涙だった。

（傍点：筆者、『全集』9、56 頁）

　廉想渉が「生まれ出づる悩み」を読む場面である。彼は有島武郎の本を読みふけり、「人生で初めて経験する涙」を流したという。長いあいだ「涙腺が枯渇」していた彼の瞳に涙がとめどもなく流れるほど、小説の影響は大きかったのである。廉想渉が、誰かの作品

47　ある韓国の詩人が有島武郎の著作『新旧芸術の交渉』を盗用したことに憤慨し、廉想渉はこの文章を書くにいたった。そこには、「公正にみて、有島武郎は人格者だから自殺したのだろう。一般に情死というとしても、その一面を私は認める」（『東亜日報』、1927 年 5 月 9〜10 日）と、有島への偏愛ぶりがみられる。

を読み感涙を流したと告白しているのは、この小説をおいてほかにない。それは、模索していた創作の方向に啓示を得た喜びの涙だったともいえる。この小説によって彼の告白体小説の枠が整えられた、というのが金允植の主張である。廉想渉は、この小説の影響下で「闇夜」を書くことになったのである。

有島の影響はそこで終わらなかった。有島武郎の「石にひしがれた雑草」が廉想渉の「除夜」の源泉であると金允植はいう。「『除夜』の直接的な創作主題──『石にひしがれた雑草』」、「制度的装置としての告白体の完成」(前掲書、180〜188頁参照)などの項で、金教授は、両作品のプロットや人物の類似性、遺書形式の採択、冒頭と結末の類似性などを挙げ、両作家の類似を主張している。類似性を確保するために、廉想渉はモデルの条件まで変更していた(48)。

だが、「廉想渉は有島武郎の地平に閉じこもり、一向に脱することができなかった(49)」という金允植の主張は、初期の作品にのみ当てはまるものだ。有島武郎の地平に覆われた作品は、「闇夜」と「除夜」だけだからである。有島武郎を代表とする白樺派から廉想渉が得たものは、人間の内面への関心だった。それは、一人称の視点、手紙形式などを通し廉想渉のなかで告白体小説として帰結した。

だが、廉想渉の告白体小説は「除夜」を頂点に衰えていく。「墓地」の世界がはじまるからである。廉想渉はそれ以後の作品を自身の真骨頂であるとしているから、有島武郎の影響は初期(彼のいう自然主義期)に威力を発揮したところで終わったといえる。理論面で長谷川天渓の用語と個性至上主義が同居していたその時期、彼の小説は有島武郎の地平に閉じこもり、一人称の告白小説となってしまった。彼の初期３作品は、そうした条件下で日本の自然主義のルールをとりこんだものである。日本の自然主義は三人称私小説だったから、視点の面で初期の３作は自然主義と主我主義の複合体

である。だが、韓国ではいまだに「標本室の青ガエル」を自然主義の小説としている。

　有島武郎の影響の下に創作された告白体小説は、廉想渉の本質にいたるジャンルではなかった。彼の一生を通してみたとき、その時期は彼自身の本質が歪曲されていた期間だったといえる。田山花袋にあって、平面描写を主張していた時期が花袋の本質と合っていなかったことと対照的である。廉想渉は田山花袋に比べ、客観描写が適性に合う理性的な作家だった。写実主義に向く作家なのである。

　有島武郎は、廉想渉が作品に影響を受けたと告白している唯一の作家である。『早稲田文学』の影響が絶対的だったと強調しながら、田山花袋、島崎藤村などの自然主義系の代表作家に対する細かい言及がないのに比べ、「生まれ出づる悩み」の作家への態度は例外的である。欧米の作家でも、有島武郎と比肩する名前をみつけることはできない。明治期の反自然主義系作家たちへの愛着が創作の土台にすぎなかった一方で、有島武郎の影響は創作に直結しており、それを作家自身が認めているのである。

　有島武郎のほかに廉想渉が精神的に密着していた白樺派の文学者は、柳宗悦と志賀直哉である。この２人の家を直接訪ねるほど、廉

48　主役の崔貞仁を淫乱な女性として描くため、作家は彼女をほかの男性の子を妊娠したまま結婚して追い出される設定にしたが、その部分はモデルの羅慧錫と異なる。
49　『廉想渉研究』、174 頁参照。
50　自然主義時代の作品は花袋文学としては歪みの時代である。和田謹吾、『増補　自然主義文学』、文泉堂出版、1983 年、217 頁。
51　(a)「このときの「朝鮮行」のいきさつについて……東亜日報社の廉想渉さんが中心になって動いたそうです。そういえばかれは慶応大学の学生のころ、柳が書いた「朝鮮人を想ふ」を読んで感激し、我孫子の家に訪ねてきたことがありました。」(「夫・柳宗悦を語る」、『季刊　三千里』、1984 年冬　第 40 号、92～93 頁、金允植、前掲書、84 頁から再引用。(b)「彼（廉想渉）は志賀直哉を日本の作家として非常に尊敬していた。親しい著名な日本の民族学者、柳宗悦の紹介で、ソウルに来る途中に奈良に寄り彼と会った話は面白かった。」(趙容萬、「30 年代の文化界」、『中央日報』1984 年 11 月 2 日、金允植、前掲書、86 頁から再引用)この文章から、廉想渉が２人と会うことになった経緯が明らかになる。

想渉と彼らの関係は親密だった。

(7) 彼は、日本の作家として志賀直哉を非常に尊敬していた。……志賀の言葉に、自分が小説を書くときは、これから起きる事件や人の動きが目の前にパノラマが広がるようにみとおしてみえるので、そのまま書くというものがあり、自分も彼のように、みわたしてみえるので、そのまま小説に書いていくのだといっていた。

(趙容萬、「30 年代の文化界」、『中央日報』、1984 年 11 月 12 日、金允植、
前掲書、86 頁から再引用)

(8) 氏が私と一日中語りあった話題が朝鮮芸苑の将来を頌栄する以外になかったことからみても、氏がどれほど朝鮮の芸術を熱愛し、どれほど朝鮮民族の芸術的才能の豊かさを喜んでいるかわかるはずだ。

(『東亜日報』、1920 年 4 月 12 日、　金允植、同書、85 頁から再引用)

　この文章から、志賀への共感は小説作法についてのものであり、柳宗悦へは民族芸術への共感であることがわかる。白樺派を代表するふたりの作家との交流は、南宮壁［ナム・グンビョク 1894〜1921、現代詩人］が橋渡しをしたものだった。『廃墟』派と白樺派は、人間的な交流をもっていたのである。

② 自然主義系の文学者との影響関係

　これについては、雑誌『早稲田文学』との関係の考察が必要となる。廉想渉は個別に作家を論じる代わりに、雑誌を講義録に文学修行をしたと語っているからである。自然主義の代表的な作家である田山花袋や島崎藤村は、この雑誌に代表作を発表していなかったから、『早稲田文学』の影響は評論に偏っていたと思われる。『早稲田

文学』は評論家としての廉想渉を育む、重要な乳腺の役割をはたしていたといえるだろう。西洋文学の知識も、大部分がこの雑誌から得られていたことが引用文(5)からわかる。

『早稲田文学』は1891年に創刊された文芸誌で、第1次は1891〜1898年、第2次は1906〜1927年、第3次は1934〜1949年と、長期間断続的に刊行された雑誌である。「自然主義の牙城」の役割をはたしたのは、第2次の時期にあたる。

当時の主幹は、自然主義を代表する理論家の1人の島村抱月だった。抱月は、この雑誌で「『破戒』を評す」(1906・5)、「『蒲団』合評」(1907・10)、「文芸上の自然主義」(1908・1)、「自然主義の価値」(1908・5)などの評論を立てつづけに発表する一方、芸術座を結成し、新劇運動も行なった美学者である。したがって、『早稲田文学』と廉想渉を結びつける最初の人物は、島村抱月ということになる。抱月は、廉想渉が影響関係を明らかにしている唯一の自然主義系作家である。

廉想渉が抱月から受けた影響の1つめは、「西洋の文学」への開眼だった。文学初心者の廉想渉は、オスカー・ワイルド、シェイクスピアらにかんする知識を、島村抱月の芸術座から学んだと語っている。抱月の芸術座と廉想渉の関係は、芸術座の中心的な俳優、松井須磨子の情死のエピソードが「樗樹下にて」(1921)に登場することからもうかがえる。

2つめに挙げられるのは、ドラマへの関心の開拓だ。韓国の近代作家は日本の新劇運動から多くのことを学んだ。李人稙は直接演劇運動に参加し、金東仁と廉想渉は演劇から文学に入門して、対話の妙味を小説に生かす力を養った。廉想渉の2期の小説で、対話が人物の間接描写に大きな役割をはたしているのは、演劇によって"会話の妙"を知らしめた抱月の芸術座の影響といえる。芸術座の影響

は自然主義系より非自然主義系の作家について多くを知る助けとなり、日本よりも西洋の文学を学ぶことを手伝った。抱月は、廉想渉にとって文学の全般的な知識を授け、導いてくれる、師匠のような存在だった。

　3つめは、廉想渉の自然主義論の整理に大きく貢献したことだった。自然主義について抱月の影響を検証する手がかりの1つが、印象自然主義という用語である。抱月の主観挿入的印象派自然主義という用語が廉想渉の文章でも使われていることが、次の引用文で確認できる。

(9) だから私は、純客観主義というものはありえないとしている……同様に、主観を挿む主観的制作態度はただ自然主義文学においてのみならず、いっそう科学的、現実的であることが要求される今後の文学で、さらにそうなっていくだろう。主観の混入を許す非純粋客観主義を印象自由主義と区分して呼びもしていたよう……。

（傍点：筆者、「私の創作余談」、前掲書、315頁）

　この発言は、抱月の「文芸上の自然主義」(1908) を下敷きにしたものである。そのなかで抱月は、本来の自然主義と印象派自然主義を区別している。(52) 本来の自然主義は、純客観的──写実的なものであり、ゾライズム的な性格を備えるが、印象派自然主義は主観挿入的──説明的で、日本の自然主義ににている。抱月が作りだした用語だから出所は明らかだ。廉想渉の主客合一主義も、同じ所から来ていることがわかる。主観挿入的自然主義が、廉想渉の2期の写実主義の実体である。

　さらに、この文章は廉想渉の自然主義と写実主義の概念区分に影響を与えた。抱月は写実主義を自然主義と同系統の思潮とみなし、

「その包容するところは自然主義より広く、自然主義は写実主義の一部であるといえる」[53]としている。従来、日本の文壇がゾライズムを写実主義としていた見解とは明らかにちがう。2期になると、廉想渉も抱月の定義通りに写実主義を受けとめていたことは、「『討究・批判』三題」にみられるもう1つの自然主義ですでに明らかにした。自然主義は純客観主義であり、「極端な自然の模写」であって写真のようなものだが、写実主義は画家と同様の権利を作家がもっている「温和な様式」であるとする抱月の見解も、廉想渉の2期[54]の自然主義観にそのまま反映されている（「用語」項目2参照）。

4つめにみられるのは、芸術観の類似である。抱月は美学者だったから、ゾラの芸術観を受けいれなかった。彼にとって、芸術の本質とは「真」ではなく「美」であった。廉想渉も、芸術において「美」を排除しない芸術観を生涯もちつづけていたことは、すでに確認済みである。（「芸術観」項目参照）。ほかにも、抱月の「朝鮮だより」（『早稲田文学』、1917年10月号）が廉想渉の韓国観に絶大な影響を与えていること（「源泉」項目参照）を想起すると、抱月が彼にもたらした影響は多面的であったといえる。

次に、ハウプトマン（Gerhart Hauptmann）についてである。抱月は、「文芸上の自然主義」でハウプトマンに言及しているが、それがそのまま廉想渉の「健全・不健全」（『東亜日報』、1929年2月11～12日）に投影されている。この文章で廉想渉は、抱月と同様ハウプトマンとゾラを自然主義の代表作家としている。廉想渉の2期の自然主義論が、抱月の影響圏内にあったことがわかる。

先に指摘した通り、そうした抱月の影響は、廉想渉の世界では2

---

52 「近代評論集1」、『日本近代文学大系57』、角川書店、1972年、284～7頁参照。
53 同書、278頁。
54 同書、280～1頁。

期以降に位置づけられる。初期の評論で自然主義論を主導していたのは、抱月ではなく長谷川天渓だった。廉想渉は抱月の自然主義論を受けいれると同時に、天渓的な自然主義を捨て、自分は写実主義者になったのだと公言した。抱月の自然主義論は、廉想渉が「標本室の青ガエル」のような初期の曖昧な自然主義を捨てさせることに貢献したのである。

　時期的にいえば、抱月の自然主義論は天渓のそれが挫折した後に登場する。天渓が先頭でラッパを吹きならして去った後に、抱月が冷静かつ科学的な態度で自然主義論を整理した。廉想渉もその順番に従って、初期には天渓の自然主義論に陶酔し、2期では抱月のそれを受けいれることになったのである。

　不可解なのは、廉想渉に自然主義論にかんする影響関係を隠したがる姿勢がみられることだ。抱月についても、芸術座や西洋文学の知識を提供された場としての部分ばかりが語られ、抱月から自然主義論を受容したという発言はない。その傾向は、影響の直接性に起因するものと思われる。そのまま真似をしたことから来るコンプレックスで、影響を否定したかった可能性もある。その推測の裏づけとなるのが、長谷川天渓と『太陽』の場合である。

　天渓は、『早稲田文学』とは無関係だった。彼が自然主義期に主幹を務めていた雑誌は『太陽』である。田山花袋の「露骨なる描写」(1904・2) をはじめ、「幻滅時代の芸術」(1906・10)、「現実暴露の悲哀」(1908・1)、「論理的遊戯を排す」(1907・10)、「所謂余裕派小説の価値」(1908・3) など、自然主義にかんする天渓の評論が重点的に発表された雑誌が『太陽』である。ところが、天渓と『太陽』の関係について廉想渉は言及していない。しかし、廉想渉がその雑誌をよく知っていたことがわかる文章は残っている。

⑽ 次に君を誤解していた点は、東京で『太陽』そのほかに日本文で数回論文を発表したことについてだった。

（「南宮璧君の死に接し」、『開闢』18号、1921年12月、141頁）

　廉想渉の韓国観に大きな影響を与えた徳富蘇峰の「朝鮮の印象」（18巻9号）も、この雑誌に掲載されている。それでも彼は、天渓と『太陽』について沈黙を守る。天渓の「幻滅時代の芸術」や「現実暴露の悲哀」の一部を、「個性と芸術」（1922）にそのまま書き写したことへの負い目からくるものといえる。

　廉想渉が自然主義のスローガンとして使っていた「幻滅時代の悲哀」、「現実暴露の悲哀」などの用語は、天渓の評論のタイトルである。天渓のそうした文章と「個性と芸術」に表れた廉想渉の自然主義論の類似性については、「『個性と芸術』に現れた自然主義」で扱ったため再論しない。だが、廉想渉の初期の自然主義論は天渓のものがすべてであったことを思い出す必要がある。自然主義と個人主義を結びつけ、自然主義を現実否定の文学とみ、自然主義を虚無主義と関連づける姿勢などは、すべて天渓の特徴だからである。

　2期で廉想渉は、抱月やプロレタリア文学などの影響によって天渓とちがう自然主義があることを知り、そこから自身の文学を自然主義ではないと宣言した。だから、「幻滅の悲哀」と「現実暴露の悲哀」は生涯彼の自然主義の本質として残っている。先に挙げた天渓の2つの評論は、廉想渉の(B)型自然主義の直接的な源である。天渓の影響は、抱月よりもずっと直接的で露骨だった。時期的には天渓が抱月より先に自然主義論を主張した人物である。廉想渉にとっても、天渓の自然主義論が先に表れ、影響も大きかったから、抱月より先に天渓との影響関係を検証するのが筋だろう。しかし、廉想渉が天渓の名前を伏せているために順番が前後するのである。

評論家としての田山花袋も天渓と同じ扱いを受けている。田山花袋も、天渓同様、「露骨なる描写」、「大自然の主観」、「小主観」、「平面描写」、「立体描写」など、日本の自然主義を牽引する用語を創案した自然主義論のトップランナーである。廉想渉が花袋に影響された可能性がある部分は、「平面描写」と「立体描写」についてだ。実際、廉想渉の２期以降の写実的描写は花袋の平面描写、立体描写の範囲を脱していない。

　平面描写という言葉は金東仁も使用している（『自然主義文学論』Ⅰ、高麗苑、1984年、321頁参照）。玄鎮健も、他者の作品の評に２つの用語を使っていたことが、次の引用文からわかる。

(11) 近ごろの作品に、平面描写が多いと非難の声が高まっている今、この描写でいえば、平面を脱し立体描写に一歩近づいているらしいところが、非常に喜ばしいことです。　　　　　　　　　　　　　　（『朝鮮文壇』9、293頁）

　玄鎮健がこう語った合評会に、廉想渉も参加していた。田山花袋の用語が、当時韓国でも使用されていたことがわかる。だが、廉想渉が花袋の評論に言及することはほとんどなかった。そうした傾向は、作品にも表れている。李光洙は「蒲団」を読んで、花袋に対する感想を日記に綴るほどだったが、廉想渉は花袋の作品への言及は避けている。

　藤村に対してもにたような傾向がみられる。「『三代』におよんだ外国文学の影響」（『現代文学』97号、1963・1）で金松峴は、「三代」と「破戒」、「家」、さらに花袋の「田舎教師」など、日本の自然主義系小説と廉想渉の小説のあいだに、多くの影響関係があることを指摘している。とくに「題材上の影響は絶対的とみられる」というのが彼の主張だ。そうした意見の裏づけになるのが、２人の作家の家庭観

の類似である。藤村の「春」に出てくる「家庭は罪悪の巣窟」であるかのような青木の科白は、廉想渉にもこだまのように登場する。

廉想渉も、彼らから影響を受けた事実は認めている。日本の自然主義の代表作家たちから「少なからず影響を受けたことも否定できない」（引用文(2)）としているからだ。だが彼は、花袋や藤村の名を出すことを望まなかった。1927年発表の「学ぶべきは技巧」（『東亜日報』）には藤村の名がわずかに出てくるものの、評価は否定的である。

「文学少年時代の回想」がもともと短い文章であり、廉想渉は自身に影響をおよぼしたものを本格的に検証した文章を書いていないため断言はできないが、事実上彼はこの２人の作家にかなりの影響を受けている。それは、講義録だったという『早稲田文学』だけをみても想像にかたくない。両作家はその雑誌の固定的な寄稿作家ではなかったにせよ、頻繁に文章が掲載されていた。(58) 抱月らによる

55　田山花袋のエピソードは「階級文学を論じ いわゆる新傾向派に与える」（『全集』12、80頁）で次のように触れられるのみである。「日本の田山花袋だか誰だかが、自然主義全盛時代に乞食の心理を研究しようと、夜に変装して上野公園を彷徨ってみたという話があったが、それだって私にいわせれば、いくらそんなことをしたところで乞食の心理、感情、気分の表面さえ味わえないはずだし、得られた体験もやはり、『ブルジョア』的見地からくる客観的批判にすぎないなと思う」。傍点部分のように、扱いはおざなりであり、花袋の考証のための努力も否定的に取られていることが分かる。

56　(1)「島崎藤村の『破戒』を読む。平凡な感じだ」（隆熙3年11月19日 日記）
　　(2)「花袋集を読み、その勇気に感嘆した。だが私には批評の才能がないのか、花袋のものがそれほどいいかはわからない。」（隆熙4年1月14日 日記　1925年4月『朝鮮文壇』第7号）

57　(1)伝統的な家族制度を批判している点で「家」、「生」と主題が類似 (2)主な人物の年齢、学歴などが類似し、副次的人物の類似形も多い。〈例：正太（「家」）と炳華（ビョンファ、「三代」）の類似性〉(3)登場人物の対samurai性関係の類似性 (4)死体の醜さを挿入 (5)構成や小道具の使用の類似性 (6)取材対象の日常性 (7)性欲描写の省略傾向。

　　金松峴は、同様に藤村と廉想渉の類似性を指摘しているが、そうした類似性は花袋にも該当するとみられる。『『三代』におよんだ外国文学の影響』、『現代文学』97号（1963・1）

58　田山花袋「一兵卒」（1908・1）、「女の髪」（1912・7）、「トコヨゴヨミ」（1914・3）、「芍薬」（1918・1）。
　　島崎藤村、「種の爲め、女」（1908・3）、「浅草より」（1908・12）、「古きを温ぬる心」（1911・9）など、主にエッセイをこの雑誌に発表し、小説は別の場所で発表していた。ともに代表作は他誌で発表している。

「蒲団」や「破戒」への合評も掲載されていたから、廉想渉が彼らの重要性を知らないはずがなかったのである。

もちろん、廉想渉がどの時期の『早稲田文学』をいつ読んだかによって問題は変わってくる。廉想渉は自然主義期が終わった後に日本へ渡ったため、抱月の自然主義論や花袋、藤村の前述の作品を発表当時に読むことは不可能だった。だが、抱月の文章のなかには「蒲団」評や「破戒」評が含まれており、抱月の自然主義論を読んでいれば、少なくとも合評に目を通していた可能性は高い。

非自然主義系の作家の場合とはちがって、自然主義系の作家は理論や作品面で最も影響を受けたと思われる天渓、花袋、藤村が、そろいもそろって発信者のリストからも外され、抱月についても、自然主義と無関係の部分でのみ言及されるというのが、影響関係にかんする廉想渉の陳述書の特徴である。伏せ字にされた部分をめくれば、彼の文学の発信元が明らかになるといえるだろう。白樺派の作家２人と前述の４人の作家が、日本で廉想渉に最も直接的な影響を与えた面々だ。その影響は、廉想渉文学の根幹ともいえる基本の部分だった。

(2) 廉想渉と西欧文学

西洋文学との関係を辿ることのできる資料は多いが、大部分が断片的なものである。ある作家は名前だけで、そうでない場合も、有島武郎や島村抱月のような影響関係が成立しているケースはまれだ。発信国が多いうえに体系的にとりこまれたわけではないため、金東仁がそうだったように、無名の作家が大きくとりあげられることもあれば、ゾラのような重要な作家がおざなりにされることもある。

次に問題になのは間接受容という条件である。先に指摘した通

り、廉想渉は日本語を介して西洋文学を知った。したがって日本の受容様式に支配されないわけにはいかなかった。当時日本で巻きおこったロシア文学熱、ゾラよりもフローベールやモーパッサンからとりこんだフランスの自然主義、島村抱月の芸術座の演劇ブームなどが、間接受容のプロセスで廉想渉におよんだ発信国の影響である。作家が提供する資料と、作品にみられる外国文学の影響を探った論文をもとに廉想渉と西洋文学の影響関係を推測すれば、以下のようになる。

① フランス文学との影響関係

❶ 自然主義系の作家との関係

(1) 例をあげると、仏国のモーパッサンの作品「女の一生」のように、未婚の処女が夫となる人は偉大な人物だろうと想像し、結婚生活は神聖で意義深い、男女の結合だとしていたものが、いざ結婚してみると平凡な男にすぎず、男女の関係は結局、醜猥な性欲的結合にすぎないと気づき悲嘆するというのが、自然主義作品の骨子である。

(「個性と芸術」、『全集』12、35頁)

(2) 「自然科学」という精子と「実際哲学」という卵子の受精で、「自然主義」という精神現状と「写実主義的表現」という形態がヒキガエルのごとく生まれ、「ボヴァリー夫人」－「女の一生」－「ナナ」などの子をなしたのだと、私はそう考えている。　　　　　　　　　　（「『討究・批判』三題」、同書、154頁)

(3) 「偉大な芸術は科学的でなければいけない」としたフローベールの言葉は、客観的、現実的な点で八峯以上に力強い主張であったが、フローベールは無産文学者ではなく、自然主義者の巨頭だった。　　　　　　（同書、156頁)

(4) しかし、「ただ1つのことにはただ1つの言葉しかない」というフローベールの名言を思い出すのだ。そして、洗練された一言、一言のあいだには調和がなければならないのである。

(「余の評者的価値を論ずるに答えて」、同書、16頁)

これ以外に「健全・不健全」(『東亜日報』、1929年2月11〜12日)のなかで、ゾラとイプセンの名前が病的側面の露出と関連して登場する。結論は、ゾラだけでなく自然主義自体を否定するものになっている。

(5) 自然主義だの写実主義だのといった主知的傾向から抜けだし、主情的、主観的立場で、たぎる理想や生命への愛着とともに生まれる作品を、われわれは良書と呼ぶのであろう。

(「健全・不健全」、『東亜日報』、1929年2月12日)

こうした資料をみると、フランスの自然主義のうちで廉想渉が代表作家としているのは、ゾラではなくモーパッサンやフローベールである。なかでもモーパッサンは、初期の段階から自然主義の代表的な作家として登場する。フローベールは、2期で自然主義の巨頭と目されている。それだけではない。この2人の作家の自然主義は肯定する一方で、ゾラのそれは極端な客観主義とし、つねに否定的な扱いをするところに廉想渉の特徴がある。(2)の「ナナ」がモーパッサンやフローベールの作品の次に置かれているのも、ゾラの比重を軽くみる廉想渉の視点の表れだ。フローベールはゾラより先輩だが、モーパッサンは後輩であるにもかかわらず先に作品名が出てくるのである。

ゾラよりモーパッサンやフローベールを自然主義の中心人物とみ

なす傾向は、日本と同じだった。日本では写実主義と呼ばれる前期自然主義でゾライズムを原型としながら、本格的な自然主義時代になると、ゾラにかわりモーパッサンやフローベールを自然主義の本家とする現象が起きた（『自然主義文学論』Ⅰ、3章参照）。日本の自然主義がゾラを疎外したのと同じ現象がみられることから、廉想渉は、外国文学を受けいれる姿勢にも、日本自然主義への追従があったことが確認できる。

❷ 反自然主義の作家との関係

反自然主義系の作家は名前が出てくるだけで、影響関係を検証できるだけの資料がみあたらない。作品としては「シラノ・ド・ベルジュラック」、「レ・ミゼラブル」などである。「健全・不健全」で「レ・ミゼラブル」の序文が文学の健全性との関連で登場し、ヴィクトル・ユゴー、アンリ・バルビュスなどの名前が挙げられるのみである。

② ロシア文学との影響関係

ロシアの作家と廉想渉の関係が読みとれる資料は、日本文学の場合よりも多い。廉想渉がロシア文学から受けた影響の大きさが推察できる。日本の影響は思想であれジャンルであれ具体的なものだったが、ロシア文学からの影響は、逆に一般的、普遍的なものだった。

ロシア文学への心酔現象は、ひとまずは明治、大正期の日本文壇におけるロシア文学熱の影響とみることができる。明治の文学は、二葉亭四迷の「浮雲」からロシア文学の影響下にあったが、その理由として、(ⅰ)二葉亭のような優秀な翻訳家がいたこと、(ⅱ)日露戦争によってロシアに対する関心が高まったこと、(ⅲ)明治末期の日本社会とロシアの条件の類似などの外部的要因、また(ⅰ)ロシア文

学の現実感と実直、(ⅱ)ヨーロッパ的な美の伝統が欠如し、反伝統的なものを追求する類似性、(ⅲ)生活の敗残者への日本の小市民の共感(59)などがあった。

　それらは、そっくりそのまま韓国にも当てはまる要因だった。韓国の小説家もほぼ同じような理由で、西洋よりロシア文学に親近感を抱いた。文芸思潮の一面性を押しつけられることもなく、ヨーロッパ的な美の伝統に無関係であったことも、日韓両国でロシア文学が歓迎された理由の１つといえる。だが、韓国人作家のロシア文学熱には日本にはない要素が加わっていた。それは日本文学を受けいれることに対する、植民地の知識人たちの抵抗感と関係している。1910年代に日本で学んだ韓国人作家たちは、できることなら日本文学の影響を受けたくなかった。反日感情のためである。ロシア文学にはそうしたコンプレックスを感じさせられることはなかったし、西欧文学より親しみがもてる利点があった。それだけではない。19世紀のロシア文学には、全世界を感動させる新しさがあった。さらに、ロシア文学にかんするかぎり同じ受信側の国だから、日本も韓国も受信者という同等の立場に立つことになる。したがって、草創期の文学者たちは安心してロシアの作家に接近した。廉想渉も例外ではなかった。

(1) その山を越えると小説の大作に手を出したが、大体は英、仏のものよりロシアの作品で、トルストイやツルゲーネフよりはドストエフスキーやゴーリキーのものが好みだった。(「文学少年時代の回想」、『全集』12、215頁)

　こうした発言は李光洙や金東仁にもあてはまった。彼らも廉想渉のように、英・仏の作家よりはロシアの作家に大きな影響を受けた。廉想渉は、ライバルの金東仁から処女作を「ロシア文学の輪郭をな

ぞったもの」と賞賛されるほど、当初からロシア文学に接近していた。彼が外国文学で最も影響を受けたのはロシア文学であり、そこにはトルストイ、ドストエフスキー、ツルゲーネフ、ゴーリキー、プーシキンなど、ロシアの名だたる作家がすべて含まれている。

　トルストイは、処女作「標本室の青ガエル」から登場する。主要人物であるトルストイズム崇拝者の狂人・金昌億(キム・チャンオク)が、作家が礼讃する対象になっているのである。だが、廉想渉は、トルストイからはさほど影響を受けていないと語る。

(2) 「ヤースナヤ・ポリャーナ〔トルストイの居宅〕」が聖地のごとく幼い頭に印象づけられたのは、おそらく徳富蘆花の「不如帰」や「自然と人生」などに耽溺していた文学少年時代に、杜翁訪問記だのエルサレム巡礼の紀行文だのを読んだときからだろう。しかし……実際、杜翁の作品を系統立てて読むことはできなかったし、文学少年時代にいい加減に拾い読みし、昨日のことのように記憶に残っているのは、「復活」を芸術座の演劇でみたことや、『戦争と平和』を読破した後で、その雄大な「スケール」に感激したことなどだ。……そんな関係で、作品を通じて感化されたことは、知らず知らずにはあるかもしれないが、意識的には、かなり少ないと思う。

（「芸術論と人生論」－トルストイ25周忌特集　朝鮮の作家とトルストイ、『毎日新報』、1935年11月20日）

(3) 杜翁は愛の教訓を与えた。だが私はこういいたい。「私には何もかも無用だ……血族や親族について――いわゆる動物の――愛もないうえに人類にも失望した私である」と。　　　　　　　（「樗樹下にて」、『全集』12、31頁）

59　吉田精一、『自然主義の研究』上、東京堂、1955年、525頁参照。

廉想渉が徳富蘆花からトルストイを知ったこと、トルストイの住居が聖地に感じられるほど崇拝していたこと、作品としては抱月の芸術座で「復活」をみたこと、しかし文学上の影響は「かなり少ない」ことが(2)でわかり、トルストイの博愛主義には同調できなかったことが(3)に確認できる。トルストイへの無条件の崇拝は文学少年時代のことであり、作品上は影響を受けていないとくり返し明かされている。評論家の意見も同じである。金東仁や金允植が廉想渉の処女作をロシア文学と結びつけて論じたとき、その対象はトルストイではなくドストエフスキーだった。作家の言葉通り、廉想渉の小説にトルストイの影響が認められる資料は皆無に近い。彼は李光洙のように博愛主義をとりいれることはなく、金東仁のようにトルストイから人形操縦術を学ぶこともなかった。

　博愛主義が李光洙の思想的中枢を形作ったように、人形操縦術 [金東仁の創作方法論。芸術家は、一個の世界を創造し、作中人物はその世界のなかで、作者の意図どおりに動かなければならないとするもの] によって創作法の基礎を固めるほど、金東仁はトルストイを全的に尊敬していた。トルストイにより文学で感動を生む力を開かれ、初期の作品ではトルストイを模倣（「弱き者の悲しみ」と「復活」、「狂炎ソナタ」と「クロイツェル・ソナタ」）しながら、小説家が神の目線でみることを学んだ。自身の世界が確立されてからは、過剰に写実的な部分に拒否感を抱いたりしたが、思想や手法がまったくちがっても愛慕の情は変わらないと告白している（「首を垂れるのみ」、『毎日新報』、1935年11月20日参照）。金東仁が最も多くの影響を受けたロシアの作家はトルストイである。彼は、トルストイを体系的に読みあさることで文学の修行をはじめた作家なのだ。

　廉想渉はそうではなかった。ヤースナヤ・ポリャーナが聖地だという点は廉想渉も金東仁と同じである(60)。それは、大正期の日本を覆っていたトルストイ熱の余波といえる。白樺派はその熱気の中心

にいた。大正期の日本で学んだ2人の作家は、無意識のうちに白樺派のトルストイ熱に感染していたのかもしれない。だが、廉想渉はドストエフスキーの方を好んだ。初期に書かれた「樗樹下にて」に、次のようなドストエフスキーの言葉が出てくる。

(4)　「病的な状態でみる夢は、異常に鮮明な輪郭をもち、現実に似通っている……すべての光景で、芸術的な調和したディティールが存在するゆえに、その夢をみた本人が、たとえプーシキンやツルゲーネフのような芸術家でも、現実には考え出せない。このような病的な現夢は、通常長いあいだ記憶にとどまり、人を衰弱させ、過敏になった機能に深刻な印象をあたえるものである」──「ドストエフスキー」の言葉である。私は過去の経験に照らして、この見解に同意する。　　　　（「樗樹下にて」、同書、27頁）

廉想渉は、トルストイよりもドストエフスキーが好きだったと引用文(1)で証言し、ここでも、ドストエフスキーの夢の原理に全面的に「同意」するのである。金允植は、ドストエフスキーの夢の原理への同意が、「標本室の青ガエル」に帰結したとみている。

(5)　この場合、夢とは何であろうか。心理的な現象である。廉想渉はそれを神経組織と結びつけていた。神経症、憂鬱症、××症など、どんな病的症状でも、廉想渉文学の方法論の核に置かれる。……精神症状が芸術と連結しうるという思想こそ、ドストエフスキー文学の重要な創作方法論を成している。……健康な人間が作家になるには、神経症患者にならなければならない。……廉想渉はそれをドストエフスキーから、ある程度学んでいた。　　　　　（「2つの試金石──トルストイとドストエフスキー」、

60　金東仁は、「廣津和郎がトルストイの思想を攻撃する文章を読み、二度と廣津氏の作品を手にしなくなった」（『金東仁全集』6、587頁）というほどトルストイを尊敬し、慕っていた。

『廉想渉研究』、137〜8頁）

　この文章で金允植は、「標本室の青ガエル」に出てくる主要人物の神経症の源泉はドストエフスキーにあるとみている。たんなる鬱病を誇張し、創作生活の糸口をつかんだ廉想渉の出発点には、ドストエフスキーの影響が潜んでいるという主張だ。金東仁の意見もこれと似ている。「標本室の青ガエル」を読んで「ロシア文学の輪郭をなぞったもの」と判断したのは廉想渉の「多悶性」のためで、だから、ドストエフスキーと結びつけられるのである。だが、その「多悶性」はすぐに姿を消す。ドストエフスキーの影響がみられるのは主に初期作品である。廉想渉には「ソーニャ礼賛」（『朝鮮日報』1929年9月22日〜10月2日）という作品があるが、彼の小説にはソーニャ［ドストエフスキーの作品「罪と罰」の登場人物。家族を貧しさから救うために売春婦になる］ににた女性はほとんど登場しないから、そうした点でドストエフスキーの影響を受けたとは考えづらい。

　ツルゲーネフについての言及はさほど多くない。しかし、引用文(4)で、彼がツルゲーネフをプーシキンとともに最上級の作家としながら、大きな影響は受けなかったことがわかる。「民族・社会運動の唯心的一考察」（1927）でも同様の評価をしている。

(6) たとえば、ツルゲーネフの「処女地」に登場する思想や感情が、革命後のロシア人にはもちろんのこと、反動期にあるわれわれの見地からみても、それはブルジョアから借りてきたピストルの域を出ないものであり、決して反動の主体である「処女地」時代のロシア青年自身や、現代のわれわれ自身のことではない。……しかし作品としてみると、時代、階級、人種を超越した普遍性と芸術美をもつため、今後も芸術的には生きながらえるだろう。

（『全集』12、88頁）

廉想渉はトルストイの場合と同様に、思想面ではツルゲーネフに共感できなかったという。だが、時代を越えて生きつづける普遍性と芸術性は高く評価しており、その方向で影響を受けたと金松峴は指摘している。「『三代』におよんだ外国文学の影響」で、金松峴はツルゲーネフの「その前夜」、「父と子」と「三代」のあいだに次のような類似性があるとしている。

(ⅰ) アルカージー(「父と子」)、インサロフ(「その前夜」)と趙徳基(チョ・ドッキ)、『三代』主人公)、金炳華(キム・ビョンファ)(徳基の友人)の階層面での類似性
(ⅱ) 主人公の友人がニヒリスティックな長髪族で、急進的、性格破綻者である点
(ⅲ) 対女性関係の類似性
(ⅳ) 死体の醜悪さの露出傾向
(ⅴ) 反宗教的姿勢でのバザーロフ(「父と子」)と炳華の類似性
(ⅵ) 道徳的な面での徳基とアルカージーの類似性
(ⅶ) 客観描写
(ⅷ) 性欲描写の省略

金松峴以外にも、「標本室の青ガエル」でのカエルの解剖場面をバザーロフ(「父と子」)のカエルの解剖場面の借用とする見解がある。つまり、処女作から「三代」まで、持続的に影響関係がみられるか

---

61 廉想渉の小説に登場する女性は、肯定的なタイプより否定的に描かれた女性が多い。畢順(ピルスン)〔小説『三代』の女性登場人物〕タイプよりも品行の悪い愛人タイプが多い。畢順タイプは大体が副次的人物に設定され、主要人物は愛人タイプが多くなっている。例外は「愛と罪」に出てくる順英だ。作者は彼女の性格について「朝鮮女性の理想——とまでいえないとしても、少なくとも自分の求める女性美が発見できるよう描こうとしているが……」(「私にもなんとか1人はいる」、『別乾坤』、1928年2月、112頁)と語り、彼女がソーニャにた理想の女性であることを明かしている。

ら、人物像の設定や作風で廉想渉はツルゲーネフから意外に多くの影響を受けていたという話になる。

　金東仁も、ツルゲーネフには高い関心を抱いていた。文学を志しはじめた中学時代に出会った作家がツルゲーネフである。だが、金東仁はツルゲーネフがプロットに無関心だったことを指摘する。そのせいで、いつも作品の終結部が不自然に処理されるというのである（『全集』6、216頁）。だが、「狂画師」のように、作品の最後の部分に作家が登場する手法は、ツルゲーネフと共通の特徴である。

　廉想渉は、ツルゲーネフよりゴーリキーが好きだったといっているが、ゴーリキーについては「ロシアプロレタリア文学の開祖であるゴーリキー」くらいしか出てこないし、作品上の類似もみあたらない。廉想渉が社会主義リアリズムに反対する立場をとっていたためと思われる。

　次はプーシキンである。

(7) 彼らは、あたかもプーシキンが「モーツァルトとサリエリ」や「けちな騎士」や「ボリス・ゴドゥノフ」を書いて当時の時代を表現したように、現代を表現する。……それらの作家のなかには、ロシアプロレタリア文学の開祖であるゴーリキーをはじめとして労働者詩人ゲラシモフ、キリーロフのような大家がおり、これは現代ロシア文学者の第二集団として、「プロレタリア文学者」といった公然の名はもたない。
（「プロレタリア文学についてP氏の言」、『朝鮮文壇』16号、1926年5月、240頁）

　プーシキンに対する廉想渉の知識は詳細である。プロレタリア文学を否定するために書かれたこの文章では、プーシキン以外にもロシアのプロレタリア文学者の名前が多く出てくる。だが、作品と作

家名が列挙されるだけである。そのことから、廉想渉がロシアのプロレタリア文学を知っていたことはわかるが、彼らと異なった文学観をもっていたために影響関係はなかったと考えられる。

ロシア文学との関係で特筆すべきは、彼がフセーヴォロド・ガルシン（V. Mikhailovich Garshin）の「四日間」を1922年に翻訳していることである。たとえ重訳でも、廉想渉がロシア文学を翻訳した事実は注目に値する。言語に通じているにもかかわらず、日本の作品を翻訳したことはないからである。このことから、廉想渉へのロシア文学の影響は、日本のそれよりもある部分では幅広いものだったと確認できる。ロシアにゾラ的な自然主義文学が存在しなかった点も考えあわせると、廉想渉とゾライズムとの無関係さが再確認できる内容といえる。

ほかの国で彼に影響を与えた作家の代表は、イプセンである。ノラに対する愛着が、廉想渉の「至上の善のために」（1922）に頻繁にみられることから、初期の個人尊重思想にイプセンの影響があった可能性はある。

だが、廉想渉も金東仁と同じく、ヨーロッパよりはロシアから多くの影響を受けたといえる。日本以外ではロシア文学の影響が最も大きく、また広範だからである。日本文学からの影響は評論と小説の2つのジャンルだが、ロシア文学は主に小説家に作品性の影響を受けている。だから小説に限定すると、ロシア文学の影響のほうが日本のそれより大きいといえるのである。

(3) 韓国の伝統文学との関係

① 伝統文学に対する否定的な視角

　どの国の自然主義の作家も、大方が自国の伝統文学に否定的な姿勢をもっていた。同時代性を尊重する自然主義が過去より現在を重視することが原因の１つだが、ほかの理由として自然主義の作家たちの伝統文学に対する知識の浅さや、彼らがほとんど全員コスモポリタン的な姿勢をもっていたことが考えられる。

　その点はフランスと日本もにていた。エミール・ゾラは同時代性の原理を重要視したし、イタリア系文学者だったから国粋主義と距離を置くことができた。地方の小都市に育ち、高卒程度の学歴だったため、フランスの伝統文学への造形も深くなかった。ゾラが、大胆にも過去の修辞学を拒むことができた理由はそこにある。

　日本も同様だった。明治時代の代表的な文学者は大部分が武士階級の出身であり、武士階級の文学である漢学、漢詩などに造詣が深いだけでなく、町人文学の俳諧、浄瑠璃、歌舞伎、戯作などにも関心が高かった。(62) そうした傾向は自然主義期以降の作家たちにもみられる。谷崎潤一郎、芥川龍之介の作品には、江戸の町人文学の影響が濃厚に表れている。(63)

　ところが、自然主義の作家たちはちがった。国木田独歩、正宗白鳥、岩野泡鳴などは古典文学に関心がなく、(64) 古典文学に素養をもつ徳田秋声、田山花袋らは、意識的に古典趣味を排除しようとしていた。(65) そのうえ、彼らは町人文化を楽しむ機会の少ない地方出身者だった。伝統文学について造詣を深めることができなかった人びとだ。(66) 彼らは伝統的な雅文体とも距離があった。泉鏡花のように優雅な美文を書く能力がなかった。だから、'as it is' を標榜する排技巧

の文体を、たやすくとりこむことができた。つまり、彼らは容易にコスモポリタン的な傾向をもつことができたのである。

　日本文学の伝統とは距離があり、国粋主義的な流派でもなかったから、自然主義派は韓国人留学生が親近感を覚える要素を備えていたといえる。大家族主義や儒教の没個性主義との闘いなど、主題に共通性があったことでも、日本の自然主義派は韓国人の文学志望者たちが最も共感を抱きやすい流派だった。

　なかでもとくに廉想渉は、日本の自然主義者たちとの共通点が多かった。彼は現在重視の姿勢が徹底していた。「過去の人の生活の実話がいくら美しかろうと、現代の私たちには縁遠いものだ」（「三つの自慢」、1928）というのが彼の主張である。したがって、小説でも過去の生活を反映する古典小説は、現代人に無縁のものと考えた。

　出身階層にも類似性がみられる。廉想渉は日本の自然主義作家とはちがい、生まれはソウルの旧市内である四大門［朝鮮王朝時代に外敵に備え、現在のソウル中心部に東西南北4つの城郭門が置かれた］の内側だった。だが下級武官の出身（「作家の階層」項目参照）のため、漢学の素養はあっても漢文学とは縁がなかったらしく、またパンソリ［民俗芸能の1つで、物語に節をつけて歌う1人劇。朝鮮王朝後期に庶民がはじめた］から生まれた古代小説や高麗歌謡、時調、歌辞文学など、伝統的韓国文学とは距離があった。プロレタリア文学者との論争の際、彼は戦略的に時調文学の振興にかんする文章を書いたことがある。だが、それは自分が時調を詠んだこともなく、よく知らないという告白文だった。小説に

62　吉田精一、『現代日本文学の世界』、60～61頁参照。
63　吉田精一、『自然主義の研究』下、東京堂、1958年、581頁参照。
64　吉田精一、『自然主義の研究』上、35頁。
65　吉田精一、『自然主義の研究』下、128頁。
66　同書、568頁。
67　同書、568頁。
68　「文学少年時代の回想」でみると、廉想渉が学んだ漢文の本は『童蒙先習』、『千字文』程度にすぎない。そのため「私は漢学に暗いから」（「朝鮮と文芸・文芸と民衆」、『全集』12、129頁）という発言もしている。

ついても同様である。日本に渡る以前に韓国の小説をほとんど何も読んでいなかったに等しかったことが、次の引用文からもわかる。

(1) 春香伝を文学的に吟味する前に、徳富蘆花の「不如帰」を読んだり、李人稙の「雉岳山」は、母が読んでいたとき、そばでこっそり涙を隠しながら聞いていただけ……　　　　　（「文学少年時代の回想」、『全集』12、215 頁）

そうした事実は、彼が韓国の伝統文学についてほとんど白紙の状態だったことを明らかにする。韓国文学の知識において、廉想渉は金東仁や李光洙よりずっと劣っていた。近代作家についても同様で、金東仁の「李人稙論」のようなものを書いたことがない。[71] 李人稙の小説を読んでいなかったのだ。廉想渉は、日本の自然主義の作家たちと同じく、反伝統文学の立場をとるしか方法がなかったのである。加えて、中学生時代から長いあいだ、学校で韓国蔑視の教育を叩きこまれた。そうした状況で、自国の文化と文学への否定的な姿勢が形づくられていったのである。廉想渉は、1920 年代の作家のなかで最も辛辣、冷酷に、韓国文化と韓国文学を否定した作家だった。韓国が被植民地だったことも勘案せず、かぎりなく日本寄りの目線で故国の自然と文化を痛烈に論評した。1928 年に『別乾坤』に掲載された「三つの自慢」が、その代表例である。

(2) 朝鮮人の自慢を挙げてみる。曰く勇気が無し、曰く信無し、曰く義理無し、曰く進取の気性無し、曰く趣味無し、曰く情操無し……あまりに「無」の字ばかり数えすぎて十指がくたびれるほどだ。次は「有」の字で数えてみよう。狡猾、奸智、陰謀、詐欺、猜忌、怠惰、淫逸、愉安、姑息、虚飾虚礼、血縁重視、依頼心……　　　　　　　（『別乾坤』、1928 年 5 月、50 頁）

(3) 李朝500年は土台を台無しにし、千秋万歳の大罪を犯し、ろくでもない
　　ことをしてきたが……飯を食うだけ糞をひるだけで、4千年のあいだ、
　　身体をだらりと伸ばして狭い部屋の隅でゴロゴロ……　　　（同書、52頁）

(4) 昔話を1冊にしてみたところでせいぜいが、供米300石で盲の父を捨て、
　　我が身を売る分別のない若い娘を天の遣わした孝行娘と称揚するとか、ネ
　　ズミをつかって前妻の娘を罠に陥れる話、継母の手で横死した姉妹の怨霊
　　がついて溺れ死ぬのに、さも血を分けたきょうだいの情のためだと賞賛す
　　るような水準にしかならず……　　　　　　　　　　　　（同書、51頁）

　肯定的なところがまったくみあたらない。ここで、廉想渉はアウトサイダーの立場から冷徹に、「彼ら」の悪い点ばかりを羅列する。民族性と文学への手厳しい批判は風土や文化にもおよぶ。雑誌社から、韓国の「自慢できる人情美談を書くようにという注文」を受けた彼は、「思い浮かぶものがなくて困ったが、やっとひねり出し」て、なんとか「空」と「金剛山」と「ハングル」（彼はそれを、カギャコギョ[가갸거겨・ハングルの覚え歌の冒頭]と表している）の3つを考えついた。だが、どこにでもある空を自慢するのは「しまりがない気もするが、子どもの獅子鼻、兎口も自慢する人もいるだろうし、まあ我慢して自慢してみるかな」と冷ややかないいまわしで、空が自慢の種にならないことを念押しする。

　金剛山も同じだ。山は人間が作りだしたものではなく「天地創

69　「時調について」（『朝鮮日報』、1925年6月12日）、「時調にかんして」（『朝鮮日報』、1925年10月6日）、「時調は復興するか」（『新民』23号、1927年3月）などがある。
70　「時調は今まで1首も作ったことはないが、少年のころ日本の和歌は詠んだことがあった。」（「文学少年時代の回想」、『全集』12、215頁）、「私は時調をくわしく知らないが」（「崔六堂印象」、1925年3月、同書、193頁）など。
71　廉想渉は李人稙、李光洙について、金東仁のような作家論を書くことはなかった。

造の神功」だから、自慢にはならないと彼はいう。彼によれば、人生で最も大事なのは食べることである。しかし、「それほど大事な『食』の次にくるものが三千里彊土内にあるというのだから」自慢なことは自慢だが、自分は「未だ食に満たされず、その素晴らしい１万２千峰の金剛山の霊姿も拝謁できていないありさま」だと、金剛山の美しさが自分に無関係なものであることを明言するのである。

　廉想渉は、もともと自然美に関心のない作家だった。都市出身で都心に暮らす彼にとって、空や名山は食後にでも眺める贅沢品でしかなかった。彼は、食糧不足で金剛山のようなものをみる余裕はなかったと自慢げに公言する。そこには、金剛山を拝めない悔しさなど微塵もない。旅路を背景にした「標本室の青ガエル」や「墓地」などの作品でも、彼は自然の美しさについて書くことはなかった。「空」、「金剛山」などを自慢しようと思わない理由はそこにもある。

　リアリストの廉想渉にとって、自然の優先順位はつねに食の次になる。だが、ハングルはそうではない。ハングルは神の創造物ではなく、人間が作りだしたものなのだ。彼は、神の作品に価値をみいださない作家である。したがって、ハングルは廉想渉が韓国で唯一自慢の種と思うことのできる文化遺産である。彼はそれを、「自慢中の自慢」という言葉で表現している。

⑸　これほど整い、これほど巧妙で、これほどわかりやすく、これほど書きやすくて、これほど宇宙の音という音の神髄を集めて作った偉大な芸術はないだろう。
（同書、52頁）

　ことさらハングルの利点を書き連ね、それを創造した民族の力を褒めたたえる。しかし、それもただし書きつきだった。４千年という長い月日に、せいぜいハングル１つしか残せなかった祖先の無能

ぶりを糾弾するのである。廉想渉はそれを、「飯を食うだけ糞をひるだけ」式の野卑な物いいで表現する。それだけではない。ハングルは貴重な文化的遺産ではあるけれども、登場した時期が遅いために、韓国の国文学は日本に500年ほど遅れをとったと嘆く文章を同じ年に書いているのである。

(6) だが同じ文化を受けいれた日本と比較するとどうだろうか？　あちらが漢字、漢文を学びはじめたのは約1500年前だが、(王仁が論語を伝えたときからみて) われわれより遅れること3千年ほどである。その後500年を経て日本には文学が発明された。ということは、あちらは文化的出発が遅れたにもかかわらず、独自の文字で国文学を発展させたのが、われわれより500年早いということなのだ。

(「朝鮮と文芸・文芸と民衆」、『全集』12、128頁)

　この文章で廉想渉は、漢字の使用から500年で独自の文字を作った日本と、漢字を使って3千年は経つのに、ようやく500年前に自前の文字を作り、それさえもありがたがらず漢文学に血道をあげてきた韓国人の愚かさを比較している。何千年遅れで文字のある生活をはじめ、いまだに小説も漢文混じりの文を使っている日本と、世界に類をみないハングルを創製した重さと意義を、完全にとりちがえて評価しているのである。

　漢詩に対する韓国人の鑑賞眼についても、彼は疑問を呈する。詩人・陶淵明の詩趣の豊かさを韓国人は十分理解しうるかという問いに、廉想渉の答えはやはり否定的だ。「そうした詩境を知る審美眼が私たちの血に息づいているかといえば、まったくの疑問である。たんなる崇め奉り、模倣なだけではないか」という文章があるからである。1928年ころの廉想渉の目には、韓国人は熱情も探求力も

ない民族に映った。同じ逆境にありながら、イタリア人は偉大な文学を作りだしていると彼はいう。韓国人の芸術を創造する能力や鑑賞眼の欠如へのそうした指摘は、大なり小なり金東仁、李光洙にも通じるものである。

(7) 私たち朝鮮人のように幸福を得られない民も珍しいでしょう。最も愚かで、最も貧しく、山河はみおとりし、市街もみおとりし、家屋も衣服も暮らしも遅れ、科学も発明も哲学も芸術もなく……
（「芸術と人生」、『李光洙全集』16、三中堂、1962 年、29 頁）

　李光洙のこの言葉は、程度の差はあれ民族観としては廉想渉と同じか、大同小異である。植民地教育を受けた世代のそうした劣等感は、当時の留学生に共通する特徴だったといえる。自国の文化を学ぶ前の幼いころに日本に渡った留学生たちは、韓国文化の劣った面ばかりを誇張する植民地教育を注入され、激しい劣等感を抱くようになったのである。廉想渉の場合が、度を超えて極端だっただけのことだ。

　彼はまた、漢文で書かれた作品は国文学の範疇から除外するべきだという見解をもっていた。彼が韓国の文学遺産の貧弱さに絶望した理由の１つはそこにある。韓国の文学的遺産のうち、比較的前向きな評価を下していたジャンルが時調だったことも、時調がハングルで書かれたものだからと考えられる。だが、時調にかんする廉想渉の知識は極めて初歩的だ。彼が韓国の文学的遺産に絶望感を抱いていることは、「もともと朝鮮文学の苗床は、それほどしっかりしていなかった」(「文壇 10 年」、1930) という言葉にも推察できる。

(8) 李朝百年のあいだ、もし朝鮮人が独自の文学をもてるだけの情緒的訓練を

する意欲があったなら十二分に可能なことであり、文芸の民衆的涵養も手にすることができたはずだ。だが、訓民正音の歴史が私たちに残した業績は、何編かの時調と龍飛御天歌、春香伝、沈清伝、洪吉童伝、雲英伝、薔花紅蓮伝、謝氏南征記……十指に満たない粗雑な通俗小説数編と、そのほか、雑歌俗謡の口伝を文字化したものを出ないのである。

(「朝鮮と文芸・文芸と民衆」、『全集』12、126〜127頁)

ここで、文学的遺産の貧弱さは、「情味に枯渇し相互相助の精神が薄弱」な民族性と結びつけられている。これらの文章で彼が、韓国文学が貧弱になった理由に挙げているのは、おおよそ次のようなものである。

(ⅰ) 500年という国文学の歴史の短さ
(ⅱ) 漢文崇拝の時代的風土による弊害
(ⅲ) 創作条件の未整備
(ⅳ) 独創性と芸術的渇望の不足
(ⅴ) 儒教の芸術蔑視思想の影響

韓国の伝統文化への彼の視角が、否定一辺倒であることが確認できる。したがって、こうした否定的視点が形成された要因の考察が必要となる。

② 文化的劣等感の源泉

❶ 廉想渉と日本

廉想渉が留学したころの韓国の青少年にとって、日本は、彼らが夢みたユートピアであるハイデルベルクの代用品だった。廉想渉には、その傾向がより色濃かった。中学課程の約5年を日本で学んだ

経歴と、保守的な家庭に育った成長環境のせいだ。そのために彼は、日本の近代に無抵抗な状態で引きずりこまれていった。

　彼が東京をユートピアだと思わざるをえなかった理由の1つめは、「眼鏡」に象徴されている。「頭がいつもズキズキし、すっきりしないことが多かった」彼に、母親はよく、牛の脳髄を調理して食べさせた。ところが日本に来て眼鏡をかけたところ、「頭もサッパリし、やぶにらみの癖も」よくなった（「文学少年時代の回想」）。廉想渉にとって、東京は近視を矯正し、暗く息が詰まりそうだった世界を明るく変えてくれた場所だ。いやがる牛の脳髄を食べさせるくらいしか方法がなかった当時の韓国の後進性と比べて、眼鏡は日本への畏敬の念を倍加させた。

　2つめの理由は、学問の新しさである。祖父に「こいつはどうしてこんなに鈍いんだ」と頭を小突かれながら学んだ、つまらない「千字文〔漢文初学者のための習字本〕」や「童蒙先習〔韓国最初の児童用教科書〕」に比べて、日本で学んだ新式の学問は何もかもが驚異に感じられた。欧米の新風潮や新文学の感動は、「かつて接したことのない新しい世界の発見」（同上）だった。東京は彼にとって、西欧が出かけてきて居座った、驚くべき「新天地」だった。韓国が「鎖国的・封建的遺風」に支配された場だったから、その新しさは驚嘆の念を呼びおこした。

　3つめは文学に対する開眼である。

(9) 日本に渡ってからは体の調子も良くなり、環境が一変したせいで若造の厭世気分や憂鬱が洗い流され、日本語を大慌てで学ぶうち、文学的な情緒で閉ざされていた心が初めて開かれた思いだった。おかげで、いつのまにやら文学という新たな世界に目をぱっちり見開くことになっていたのである。個人的な事情ではなく、亡国の民となったことで失われた光明や希望

が再び差しこみ、生気を得、熱意あふれるようである。

(傍点：筆者、同書、213頁)

　そのような彼の驚きは、韓国での暗澹とした生活が下敷きになっている。植民地の首都の「蕭条、索漠、殺伐とした社会環境」と、封建的な遺風がのしかかる大家族の束縛を抜けだした解放感が、新たな学問の魅力との相乗効果となり、近代化した東京の雰囲気に我を忘れてのめりこむことになったのである。近視のわが子にいやがる牛の脳髄ばかり食べさせる母親、漢字だけを詰めこみ式に教えては、何かにつけて頭を殴る祖父、職を失い、収入が途絶えた父親と困窮する生活、封建的思考で個性を伸ばすことを許さない大家族の束縛などが、韓国での彼の個人的な生活風景だった。

　裕福な環境のなか、一族の貴公子として自由に育った金東仁は正反対だった。彼は、日本に来て唯我独尊な生活ぶりが通用しなくなり、言葉がわからない劣等感、同級生に後れをとる不安などに苦しめられ楽園喪失の状態だった。そう考えると、廉想渉が金東仁よりもはるかに東京をまばゆい場所だと感じたのは、韓国での窮屈な環境のせいだった。

　解放感は異国だったこととも関連していた。思春期の子どもにとって異国は憧憬の対象である。みしらぬ場所だからこそ、まるで新天地に降りたったような新鮮さがあり、日常に追われなくてすむから行動の自由も保障される。エキゾチシズムの充足と解放感は、韓国人留学生を東京に惹きつけた、もう1つの引力だったともいえる。東京のもつそうした魅力は、程度のちがいこそあれ日本の地方出身の青少年にも当てはまった。彼らにとっても、東京は「西欧の出張所」的な性格をもっており、新たな天地、自由の保障された解放区だったのである。だから、彼らもまるでハイデルベルクにでも

行くような気持ちで東京に集まったのだった。

　日本の自然主義派の作家は、そうした「上京組」で構成されていた。島崎藤村や田山花袋などが代表例である。藤村が金東仁と同じミッションスクールの明治学院に通っていたことや一流校出身でないこと、廉想渉のように大家族主義の束縛や刺激のない日常生活からの解放を夢みていたこと、地縁のない東京での暮らしに苦労したことなど、彼らの遊学体験は韓国人留学生たちのそれとよくにている。廉想渉の1924年以降の作品にみられる藤村の「生」や「家」との類似点は、そうした環境や体験の類似からくるものといえる。

　だが、両者を分かつ大きなちがいがあった。彼らの置かれていた政治的状況のちがいである。1910年代の韓国は日本の植民地であり、当時の韓国人留学生にとって、東京はどこまでも敵国の首都だった。日本の上京組の学生のようにたんなるみしらぬ土地ではなかったのである。国権を失ってわずか2年で廉想渉は日本へ渡り、金東仁は2年遅れて東京に向かった。植民地にされたばかりの国の10代の若者には、日本は否定しようがない敵国だった。

　そこに、憤怒にもにた葛藤が生じる。敵国をユートピアのように感じてしまう葛藤である。敵将の娘を愛した兵士のような葛藤と自己嫌悪が、彼らの内面を混乱させた。最後の致命的な条件により、眼前の好ましいものまで絶望一色に塗り変えられることに、幼い彼らは耐えがたかったのである。相克する2つの要素のあいだで苦しむうちに、1910年代の韓国人留学生の内面に二重性が生じるようになった。東京は彼らにとって愛憎半ばする葛藤の場所となったのだ。早婚した妻を敵のように憎みながらも日本人女性は愛せない、「墓地」の主人公、李寅華（イ・インファ）がその代表である。

　葛藤はときを経るほど深くなった。大正デモクラシー下の東京では、それほど差別的な待遇を受けなかった李寅華が、関釜連絡船に

乗りこもうとした瞬間から要観察人物になったことを肌で感じる、それほどの政治的な逼迫状況だったのである。だが、「墓地」を書いていた時期も、廉想渉にとって日本は変わらずユートピアだった。李寅華の「ああ、京都へ行きたいな」という科白がそれを物語っている。しかし、東京との蜜月が許されなくなる決定的な時期が来る。1923年の関東大震災だ。それ以降、韓国人学生たちは東京で下宿を借りられない極限の状況に置かれる。あらゆる苦労をものともせず1926年に再来日をはたした廉想渉も、もはや日本への幻想を抱きつづけられないような状況に直面する。彼は結局、下宿がみつからないことを証言するかのように「宿泊記」を書き、韓国に帰国すると、二度と日本に行かなかった。政治状況が、少年のころの日本への幻想を粉々にうち砕いてしまったのである。

　にもかかわらず、教えこまれた植民地教育の片鱗はそのまま残り、自国の欠陥を得意気にあげつらう「三つの自慢」(1928)や「文芸万引」(1927)のような文章を書くことになる。中学時代に植えつけられた嫌韓意識の影響は消えなかったのである。自国の文化をしっかりと吸収する前に植民地教育を受けた少年は、その目線で、1910年代の日本と韓国を引き比べた。そこに生じた文化的劣等感はそのまま内面に根を下ろし、1955年の「文学少年時代の回想」にいたるまでつづいていた。

❷ 劣等感が形成された原因

　廉想渉が文化的な劣等感を抱いた具体的な要因に、まず、自国の伝統文化への知識の欠如がある。

⑽　私の経験からいえば、文学的素養を外国で養い、新文学の基礎もなく開拓者的な役割を負ったとはいえ、あるいは、われわれの文学水準が低いのは

不可避の事実とはいえ、あまりに自国のものを軽視、蔑視してき、さらに古典にみむきもしなかったのが、自身の文学修行の大きな欠陥で……

（「文学少年時代の回想」、同書、216頁）

1955年の時点で自認しているように、廉想渉には韓国の古典文学の知識が不足していた。日本留学前に彼が読んだ韓国の小説は、「雉岳山［1908年に刊行された李人稙の上篇と1911年に発刊された金教済作の下篇からなる新小説］」以外ないといっても過言ではない。それさえも母親が読むのを耳にした程度である。彼が、自国の古典について白紙状態のまま日本に渡ることになった原因は、家が代々武官だったこと、つまり文学書を読むような雰囲気の家系ではなかったことや、日韓併合後主として日本で教育を受けたことなどにある。

父親が書店をもっていたから好きなだけ本が読め、兄も修養同友会［独立活動家・安昌浩が組織した民族運動団体］の指導者だった金東仁は、日本に行く前に韓国の文学作品を多く読んでいた。李人稙や李光洙の作品を読み、燕巌・朴趾源や金時習、金萬重らの名に親しみ、「春香伝」などの古典小説にも目を通していたのである。韓国で初めての本格的作家論である「李人稙論」や「春園研究」を書くほど、金東仁は同時代の先輩作家に造詣が深かった。（『自然主義文学論』Ⅰ、359～363頁参照）。廉想渉にはそうした部分がない。韓国文学への知識をほとんどもたないまま、彼は中学生として16歳で日本に渡った。そして8年間（1912～1920）の青少年期を日本で過ごす。だから、「春香伝」を知る前に「不如帰」を読み、「血の涙」の前に「金色夜叉」を知り、「三国遺事」を読む前に「古事記」に出会ったのだ。文字通り「他邦文学のなかで成長」（「文学少年時代の回想」、1955）したわけである。

廉想渉は、日本語で作文を書いて京都の府立中学で名の知れた存在になるほど、徹底した日本語教育を受けて慶応大学に進学した。(72)

日本語の読解力や表現力という点でみれば、李光洙や金東仁は「廉想渉の敵ではなかった……日本語の文章を一番よく知っていたということは、つまり日本の近代文学の深淵を一番よく知っていたという意味」(金允植『廉想渉研究』、31頁)になる。結果生じたのが、自国文学への劣等感だった。劣等感のために韓国文化を卑下したことを、廉想渉自身「不幸で不名誉なこと」(「文学少年時代の回想」、1955)だったと、後日認めている。

　劣等感の2つめの理由は、日本の文学界と自分自身を同一視して韓国文学を評価しようとした姿勢にある。彼は漢字に熟達せず、ハングルで書かれた作品もほとんど読んでいない状態で、韓国には文学が存在しないという固定観念をもつ。だから、韓国文学を卑下するような発言をためらいもなくできたのである。卑下したのは古典だけではなかった。同時代の先輩作家も無視している。彼の「文学少年時代の回想」には、影響を受けた文学作品や作家の名前に韓国のものは1つも出てこない。金東仁の場合の切れ目なくつづく李光洙への反発やライバル心、李人稙への礼賛といったものは、廉想渉にはない。そうした批判や礼讃が関心の強い表れだとすれば、廉想渉には自国文学への関心が欠如していた。

　先輩や同年代の韓国人作家に対する無関心は、彼が日本文学やロシア文学のレベルを念頭に置いて韓国文学を軽んじていたことを明らかにする。夏目漱石や高山樗牛、有島武郎、志賀直哉などの日本の作家たち、それに日本語訳で知ったドストエフスキー、トルストイ、ツルゲーネフなどのレベルでみたとき、彼には、李人稙や李光洙や金東仁はみな物足りなく映ったのである。

72　京都府立第二中学校では、校門を守る守衛まで「廉(ﾘﾑ)さん」と声をかけるほど有名だった。全校に作文が一番上手だという評判だったからである。そのときの廉想渉の「わが家の正月」という6枚ほどの小品は、学校が沸きかえるほど内容だったのだ。(趙靈巖、「韓国代表作家伝」、修文館、1953年、174頁)

2　用語の源泉の探索

廉想渉が無意識のうちに自分を日本の作家と同一視していたという可能性は、1927年に書かれた「文芸万引」(『東亜日報』、1927年5月9〜10日)で表面化する。廉想渉は有島武郎の文章を盗用した韓国人作家に盗人の名を着せる。故国の作家を万引犯呼ばわりして擁護したのは、日本の作家だった。そのことは、彼が韓国の作家より日本の作家の方に、より強い血縁意識をもっていたことを伝えている。「彼ら」韓国人が「我ら」日本人作家の文章を盗用する行為を許すことができなかったのだ。廉想渉は、日本統治時代の3・1独立運動を「動乱」[73]と書いたこともあるし、「墓地」の李寅華の帰国を「帰省」と表現したこともある。日本人と同じ視点で生きていたのである。それだけではない。彼は1920年代の韓国人作家のなかで、最も遅くまで「彼」という漢字の三人称代名詞を使用した作家だった。ハングルと漢文の混用度、また日本式漢字の使用比率では、同時代の韓国人よりも日本人に近い(「文体」項目参照)。彼を作家として育てあげたのは日本の文壇だったといっても過言ではない。

　廉想渉自身それは認めていた。だから、1929年に書いた「何事にもとときがある」(『別乾坤』)で廉想渉は、「コンデンスミルク論」をもち出す。近代の韓国文壇は母乳ではなく、「粉粥」と「コンデンスミルク」で育ったというのが彼の主張だった。粉粥が日本文学ならコンデンスミルクは西欧文学といえる。だが、その両方を提供した乳母は日本である。日本の文壇は彼の文学的素養を育てた乳母だった。彼は8年にわたり乳母の手で育てられ、乳母との親族意識を育んだ。その親族意識によって、彼の韓国文化観は否定的なものとなった。韓国の文学的伝統との距離の遠さは、彼自身のいい方を借りれば「文学修行の大きな欠陥」であり、「不幸で不名誉」だった。民族文化を否認する行為だったからである。

しかし、日本文学への深い洞察は、別の見方をすれば、廉想渉だけがもつ貴重な財産だった。そのおかげで、1910年代の日本文学のレベルを自身の文学的出発の基準線に設定できたのだ。日本文学と西欧文学の結びつきから近代文学を深く理解するようになったのも、やはりそのせいである。日本文学とのつながりから、廉想渉は近代小説の実体に触れることができた。その結果が、1931年発表の「三代」といえるだろう。李光洙、金東仁などをさしおいて、彼らより遅いスタートの廉想渉が韓国近代小説novelの頂点をなす作品を書けたのは、日本を介して西欧の写実主義小説の神髄に触れていたからである。

　廉想渉の世界で日本文学への盲目的な追従が整理されはじめるのは、三人称代名詞「彼」が、ハングルの「ユ」〔「彼」の意〕に変わった時期である。金允植の言葉にあるように、「彼」「彼女」の世界を乗りこえてはじめて、廉想渉は1人の韓国人作家となったのである。金允植はその時期を、廉想渉の最初の単行本『牽牛花』が刊行された1924年8月としている（『廉想渉研究』、235頁）。彼が日本の文体の影響を脱し、自身の文体を確立した時期である。「標本室の青ガエル」や「闇夜」などで使用された抽象的で難解な漢字体の文章がソウル中産層の生活用語を使うものに変わり、文体が告白体から客観的な描写体へと移行して、廉想渉文学の分水嶺となったのだ。

　そうした変化は、留学時代に学んだ日本式の国漢文混用体から幼年期の生活用語への回帰を意味している。そのときに新たな文体のモデルとなった本を、金鍾均は廉想渉一族の家宝の「種松記辞」でとしている。廉想渉の高祖母が書いた「種松記辞」は、純祖年間

73　廉想渉は「文壇十年」で、3・1独立運動を「己未動揺、己未動乱」などと表現している。（『別乾坤』、1930年1月、415～416頁参照）。

［朝鮮王朝23代・純祖の在任時代の1800～1834年］に書かれた内簡体［ハングルで書かれた女性の書簡体］の記録集である。日常生活の細々とした記録をソウル中産層の「都会っ子」の言葉で記したその本が、廉想渉のハングル文体に貢献したという金鍾均の主張は妥当性がある。廉想渉がその本を読み、涙まで流したという事実(75)からも、「種松記辞」に影響を受けた可能性を探ることができる。

　だとすれば、その本は伝統文学からの影響のうちの最も重要な遺産だといえるだろう。1924年の前と後で廉想渉文学に線が引かれる最大のちがいは文体の変化なのだ。廉想渉が粉粥とコンデンスミルクから得た栄養と新しい文体が一つになり、「三代」が生まれた。日本文学を介しての近代への深い理解と最も韓国的な文体が相互を補完し、韓国近代小説の記念碑的な作品が生まれたのである。

　劣等感の3つめの要因に挙げられるのは、歪んだ自己愛である。故国の文学の貧弱さに過剰なまでの怒りをみせる根底には、自虐的な自己愛が潜んでいたとも考えられる。自分自身に対する廉想渉の眼差しが否定的な面に偏っていることをみても、そうした推測は可能だ。

(11) 容貌からして「ヒニク」〔日本語のハングル表記〕な風で、間の抜けたところがあり、融通が利かず気が荒いと、他人もそういうし自分でもその通りだと思うから、憎まれやすいたちで……
　　　　　　　　（「いわゆるモデル問題」3、『朝鮮日報』、1932年2月24日）

(12) 容貌は鬱陶しく、金なし、名もなし、性格はひねているから……　　（同上）

　自己評価が低い傾向の延長線上に、国や民族への否定的な視点があったとみられる。廉想渉の「個性と芸術」に、個人の個性と民族の個別性を直結させている部分があるからだ。そのことが、後に廉

想渉が民族文学論の旗手となる要因の1つだったといえる。

　次に考察しなければならないのは、民族文学の独自性に対する見解だ。廉想渉は日本文学の影響は認めるものの、模倣については否定する。

> (13)　文化と文学は、ある面で国境や民族圏を超越する世界的意義や様相、価値をもつのだから、そんなに偏狭なことはいいなさんなといわれるかもしれないが、自分の祖先は放っておいて他人様の祖先を大事にするという俗な比喩は使わないまでも、文学はどこまでも自己表現から出発するのであり、自身・自民族・自国を離れてはありえず、そう考えると、われわれは精神的・文学的・文化的に、移民や異邦人や植民地に自分の国土を任せることはできないのである。（「文学少年時代の回想」、『全集』12、214頁）

　廉想渉の主張していた自然主義自生論も考えあわせると、彼の日本文学への愛着は模倣や追従を意味するものでないことがわかる。よって、「三つの自慢」に現れた民族文化への卑下は、民族文化の否定ではなかったと考えられる。文化的伝統の貧弱さへの劣等感は、それ自体が逆説的な自己愛の発露ともいえるからである。廉想渉の民族意識を知るのに最適な資料は「独立宣言文」だ。「独立宣言文」は文章の性格上、自国の民族への否定的な見解は許されない。廉想渉の場合も例外ではなかった。

　「独立宣言文」と「三つの自慢」は、自民族に対する廉想渉の2つの視点を語っている。1つは政治的視点、もう1つは文化的視点である。前者が肯定的視点なら、後者は否定的視点を代表する。後者での自己侮蔑的な伝統観を自己愛の歪んだ形とみれば、彼がこの

74　金鍾均、『廉想渉の生涯と文学』、博英社、1981年、253頁。
75　同書

2つをあわせもっていた根拠になるだろう。

　廉想渉の研究者は、大きく2つのグループに分かれる。第1グループは「独立宣言文」が彼本来の姿だという立場をとる。廉想渉を民族主義者とみるのである。金鍾均らがそこに属している。「三つの自慢」を廉想渉の韓国観の本質だとする第2グループは、金允植に代表される。廉想渉の初期作品は、日本が提供する粉粥とコンデンスミルクの影響によって形成されたとする立場である。だが、その2つは不可分の関係といっていいだろう。当時、ほかの韓国人留学生がそうであったように廉想渉も文化的には日本文学に心酔し、政治的には「独立宣言文」を書かずにいられなかったのである。その2つの相克する要素の葛藤のなかで、1920年代の韓国文学は胎動し、基礎を固めていった。

　成長期の8年を東京と京都で過ごした廉想渉は、1910年代の日本を基準に文学をながめる癖があったといえる。1910年代の日本と日本文学の長所を本格的に体得し、自己化した府立中学生の廉想渉は、その基準で韓国の文化面を評価し、あまりに劣った故国の姿に自虐的な怒りを爆発させるほかなかった、という見方もできる。

　主我主義の時代に日本に留学した留学生たちは、理性では文化的植民地にされないよう必死の努力をしていたが、中・高等課程を日本語で学んだため、朝鮮語で文章を書こうとすると「まるで目隠しされたような (金東仁)」状況に置かれた。だから、みしった日本の文体をモデルにするしかなく、また、日本の小説から人物設定の方法や終結法などを学ぶほかなかったのである。そこに彼らの葛藤がある。故国の伝統に向けられた怒りや劣等意識の出所もそこだ。日本のものを学ばずには、韓国文学がはじめられない状況だったのである。「三つの自慢」を書いた1928年5月は、廉想渉が日本文壇への進出を夢みて再訪日したものの挫折し、韓国に帰国した直後に

あたる。だからこそ、この文章には自民族への自暴自棄的な批判がこめられたと思われる。

のちに廉想渉自身もそれを認め、「あまりに自国のものを軽視、蔑視してき、さらに古典にみむきもしなかったのが、自身の文学修行の大きな欠陥」(「文学少年時代の回想」)だとしている。そして、「われわれの古典文学がいかに華やかさに欠け、現代からみてつまらなく、いまひとつのものだとしても、それを尊び研究した土台のうえでなければ、自身の伝統に正しく触れることはできないからだ」(『全集』12、216頁)という結論にいたるのである。

❸ 劣等感の源泉──明治・大正期の日本人の韓国観

草創期の韓国人作家は、ほとんどが中学・高校課程を日本で学んでいたため、廉想渉と同様に韓国の文化や歴史にかんする知識を身につける機会がなかった。彼らは無防備な状態で日本の前に身を投げだしており、日本人の韓国観をそのまま鵜のみにした可能性が高い。明治・大正期の日本人の韓国観に注意を向けなければならないのは、それらの評価が韓国の近代文学の初年兵たちにおよぼした影響の大きさを確認する必要があるためである。廉想渉の場合が代表的だった。彼は5年ほど日本の中学・高校課程を履修し、さらに府立中学でも修学した。したがって、ほかの作家に比べて韓国を卑下する文章を、より多く目にしたとみられる。

日本の近代化は、「征韓論」とともにはじまった。明治維新の中心勢力だった西郷隆盛は「征韓論」の主唱者だった。韓国人留学生に大きな影響を与えた福沢諭吉も同じ類である。福沢諭吉は「朝鮮人民のために其国の滅亡を賀す」(朴春日、『近代日本文学における朝鮮像』、未来社、1969、42頁)という文章を1885年に書き、「朝鮮は日本の藩屏なり」(1887)、(同書、49頁)と公言してはばからなかった。

そうした環境の下で形成された日本の近代文学は、出発点で「征韓論」の論理に汚染されたまま胎動をはじめた。大正期になり、大正デモクラシーの雰囲気のなかで韓国侵略に対する吉野作造・柳宗悦らの「日本反省論」が台頭すると韓国蔑視の視線は大きく後退するが、昭和になって再び戦争に巻きこまれると、明治時代の軍国主義の亡霊がまたもや跋扈するようになる。

日本では、明治初期から韓国問題を題材にした作品が登場する。東海散士、与謝野鉄幹のように明成皇后殺害事件にかかわったとされる作家までおり、彼らの韓国観が読みとれる資料はかなりの数にのぼる。だが、ここでは廉想渉が影響を受けた範囲にしぼり、明治初期から廉想渉の留学期間前後までに時期を限定することとする。したがって、対象となるのは、夏目漱石の「満韓ところどころ」(1909)、石川啄木の「九月の夜の不平」(1910)、高浜虚子の「朝鮮」(1911)、徳富蘇峰の「朝鮮の印象」(1912)、島村抱月の「朝鮮だより」(1917)、谷崎潤一郎の「朝鮮雑感」(1918)、柳宗悦の「朝鮮人を想ふ」(1919)、「朝鮮の友に贈る書」(1920)、「朝鮮とその芸術」(1922)、田山花袋の「満鮮の行楽」(1924) などである。

それらの随筆にみられる韓国観は、肯定的なものと否定的なものに分けられる。否定的な視点で韓国の国民性をとらえるものが多いため、まずはそちらをみることにする。

(1) 凡そ朝鮮人程空論を好むものはない、朝鮮人程党争を好むものはない、……老論小論、南党北党、あらゆる党争の弊は今猶ほ朝鮮人に遺伝せられて居ると認定せねばならぬ。……朝鮮人程流言浮説に動かさるゝものはない。然るに朝鮮に向つて無制限に近き言論の自由を主張するが如きは、実に危険千万である。

(徳富蘇峰、「朝鮮の印象」、『太陽』18巻9号、381頁)

(2) 之を内地人に聞くと、朝鮮人はむやみに慷慨する癖がある併しそれが根柢ある感情から出たものでも何でもない、中心は極めて無定見な民族であるといふ、又或人は、朝鮮人には譎詐が多くて本心は到底分からないといふ、併し此等の解釈は、一方から見れば日本人も御多分に漏れない、……（島村抱月、「朝鮮だより」、『早稲田文学』、1917年10月、225頁）

ここでみられる韓国人の特性は、(1)空論と党争を好む、(2)わけもなく憤慨し、無定見である、(3)虚言が多い、などである。夏目漱石はこれに、仕事が雑で意地が悪いという項目を追加し、山路愛山は図々しさを加えている(77)。

徳富蘇峰は、韓国国民を否定的にみる日本人の代表である。彼は、朝鮮人はそうした欠陥をもつ劣等民族であるから、その病弊をなくすために教育が必要だと主張した。「数百年にわたって養ってきたものを一瞬で変えることは容易いことではないが」教育を通して「矯正することが急務だ」というのである。蘇峰は韓国を「歴史上、完全な独立国だったことが殆どない」未開の国と考えていた。李光洙の「民族改造論」は、こうした韓国観に影響されたものといえるだろう。

夏目漱石も「満韓ところどころ」で韓国人を野蛮人扱いしている(78)。彼は「満韓ところどころ」という題をつけながら、韓国をきちんととりあげないという傲慢さをみせる。

島村抱月の場合は他者の評価を借りる形である。抱月自身は、そうしたことは韓国人だけの欠陥ではなく、東洋人全体の属性だとみ

---

76 朴春日、『近代日本文学における朝鮮像』、未来社、1969年、125〜128頁参照。
77 同書、70頁。
78 同書、86頁。

ており、韓国人の民族性への批判は若干薄まっている。しかし、抱月の文章が廉想渉の否定的な韓国観の直接的な要因だった可能性は高い。この随筆が発表されたのは廉想渉の日本滞在時期であり、当時、彼は熱心に『早稲田文学』を読んでいたからである。廉想渉は文学論でも抱月にかなり影響された作家だ。

夏目漱石も、廉想渉が非常に好んだ作家だった。漱石の文章をすべて読んだと豪語しているから(「文学少年時代の回想」)、この文章も廉想渉に影響を与えた可能性が高い。だが、韓国人を最も苛烈に評した徳富蘇峰の「朝鮮の印象」が廉想渉の「三つの自慢」の出所だったことは、ほぼまちがいないだろう。自国を墓ととらえた(「墓地」参照)廉想渉の思考は、蘇峰の「朝鮮十三道の山も川も野も畑も、悉く去にし文明の墳墓地なるかの如き感じがする」(「朝鮮の印象」)という文章からきたとみられるからである。日本人は日韓併合を合理化するため、韓国人の劣等性を探すことに夢中だったのであり、その代表が蘇峰だったから、廉想渉が「三つの自慢」で韓国人を「4千年のあいだ、飯を食うだけ糞をひるだけ」の民族と酷評したのは蘇峰の影響といえる。そうした韓国人への否定的な見方に影響されたのは、廉想渉だけではなかった。李光洙も韓国人の民族性に劣等感を抱いていたことが、次の引用文から確認できる。

(3) 私たち朝鮮人のように幸福を得られない民も珍しいでしょう。最も愚かで、最も貧しく、山河はみおとりし、市街もみおとりし、家屋も衣服も暮らしも遅れ、科学も発明も哲学も芸術もなく……

(「芸術と人生」、『李光洙全集』16、29頁)

ほかの作家もにたような劣等感を抱いていたことを考えると、これらの随筆が韓国の青少年におよぼした影響は、非常に大きいもの

だったといえる。

　先の3人が韓国の否定的な面のみに焦点を当てていたのとは反対に、高浜虚子は小説「朝鮮」で、韓国人の欠点の代わりに、韓国に住む日本人たちの醜悪さを暴露して対照をみせる。作中の話者である「余」は、釜山に降り立つなり、少年に荷物を運ばせて労賃を渡さず大声で怒鳴りつける日本人と出会い、大邱では、自分のいとこに5円にもならない陶磁器を30円ほどで売りつけられる詐欺に遭い、友人からは自分の果樹園にはいりこんだ近所の牛を撃ち殺し、その主人を打ちつけた話を聞かされる。そして、彼らの悪行を自身のことのように恥じ入る。

　この小説には、韓国人の乱暴な行為は出てこない。道端に腰を下ろした、ソクラテスのように威厳に満ちた老人たちが、なぜ植民地の民族とならなければいけないのか疑念を抱きつつ、話者は「朝鮮人として各々愉快な自己の天地を作らしめよ」という。そして、妓生〔朝鮮の芸妓〕の家でも「人の花園に足を踏みいれたような」自責の念を抱く。⁽⁷⁹⁾

　韓国人の国民性を肯定的にみている点で、彼は先の3人の作家よりは人道的な面がみられる。だが、虚子もつまるところ、日本帝国主義の追従者の立場を大きくはずれない。彼は韓国をみたうえで、「やはり日本人は偉大だ」との想いを抱くのである。虚子に対して当時の朝鮮総督が謝意を送ったのも、それと関連しているだろう。⁽⁸⁰⁾
韓国人を肯定する眼差しの裏には、徳富蘇峰と同じような思考が横たわっているのである。韓国の若者たちが萎縮し、「葉銭意識」〔葉銭は韓国の古い銅銭。旧弊にしがみついて没落したと自らを卑下する意識〕と呼ばれる劣等感に苛まれざるをえなかった理由がそこにある。

79　高崎隆治、『文学のなかの朝鮮人像』、青弓社、1982年、38〜50頁参照。
80　同書、38頁参照。

民族性は卑下しながら、韓国の自然や風景となると日本人の見方は肯定的なものが多い。田山花袋や谷崎潤一郎がいい例だ。花袋は、「満鮮の行楽」で金剛山の美しさを賞賛している。平壌の都会的な美しさに対する感嘆もみられる。花袋は乙蜜台で、松林のなだらかな稜線に、朝鮮にしかみられない独特の自然美を発見する。谷崎潤一郎の「朝鮮雑感」にも、韓国の天候と風景への礼讃が登場する。

(4) 港に着いて、町の後ろに聳えて居る丘の上を、真白な服を着た朝鮮人が鮮かな秋の朝の日光にくっきりと照らし出されながら、腰を屈めつつ悠々と歩いて行く姿を見た時には、一と晩のうちに自分は幼い子どもになつて、フェアリー・ランドへ連れて来られたのではないかと云ふやうな心地がした。……年が年中あんな景色と天気とばかりが続いたら、多分朝鮮は世界一の楽土だらう。(『谷崎潤一郎全集』22、中央公論社、1983年、61頁)

　鬱陶しい湿気に覆われた日本を離れやってきた彼は、韓国の清明な秋の気候に感嘆し、白い服を着た人びとの姿を神秘的なものと受け取る。２人の作家は、産業化で遅れをとった韓国の街並みに、過去の日本の雰囲気を発見する類似性がある。

(5) 実際、あそこに行くと、本当に朝鮮らしいといふ気がするね。……つまり、平安朝、藤原朝の感じがするね。矢張、日本は昔は朝鮮と同じだつたんだね。朝鮮の風俗が、感じが、そのまゝ藤原朝、平安朝に模倣されて行ったんだね？　日本の昔の京都は、丁度あんな感がしてゐはしなかったかな？
(『満鮮の行楽』、338頁)

　これは、平壌をみた田山花袋の感想である。懐古趣味をもつ花袋

は、その古風さゆえに平壌を愛することになった。そして、「昔は朝鮮のほうが都で、日本が田舎だったことがある」と感じる。日本文化の源流が韓国にあったことを認めるのである。しかし、秘苑〔昌徳宮内の宮廷庭園〕を訪ねて、少し複雑な心情になる。あまりにも生々しい「廃址」を目にし、衝撃を受けるのだ。花袋は、やがて荒廃するであろう美しい過去の痕跡を前に、自分がただの「遊覧者」として立っていることを嘆く。韓国の歴史的現実を考えざるをえない立場に置かれるのだ。そして、自分が朝鮮人にとって侵略者の立場に属していることを自覚する。日本統治が朝鮮人に歓迎されないことだと気づくのである。だが、花袋にできることは、彼らをこれまでどおりそっとしておいてほしいと望むのがせいぜいだった。それで終わりだとしても、1つの国の消滅に対する胸の痛み、消滅をもたらした加害者の側にいることを申し訳なく思う気持ち、韓国文化が日本文化の源流であると認めたことなどは、花袋だけがもちえた人間くささといえる。自然主義者がコスモポリタンであることが想起される。

　韓国の風景に、かつての日本の古典的な雰囲気を思い出させると感じた、もう1人の作家が谷崎潤一郎である。花袋が平壌にのみ、かつての日本と韓国の類似をみたのに対し、谷崎はソウルも、平安朝時代の風俗画のなかを歩くようだと感じる。だから、「平安朝を主材にした物語なり歴史画を書かうとする小説家や画家は、参考の為めに絵巻物を見るよりも寧ろ朝鮮の京城と平壌を見ることをすゝめたい」[81]という。谷崎も、花袋同様に政治的な立場を排除し、審美的にのみ韓国を眺める。懐古趣味をもつ2人の作家は、韓国の古風さを肯定的に評価したのである。

81　『谷崎潤一郎全集』22、中央公論社、1983年、62頁。

韓国の風景が過去の日本に似ていることを認める点では、徳富蘇峰や島村抱月も同意見である。蘇峰はソウルが、「王朝時代から足利の中世までの風俗の活現」のようであり、まるで風俗画のなかに入った気分になるといっているし、抱月も、「山水風俗としては、伝来の朝鮮は純然たる王朝以前の日本を二十世紀につぎ合したもの」のようだとみる。

だが、同じものをみていても、花袋・谷崎の評価と蘇峰・抱月のそれは正反対だった。後者は否定的にみているからだ。彼らは、韓国の古典的な美しさを日本文化の源流と認める代わりに、骨董品のように活気のないものと受けとめる。蘇峰は、「朝鮮十三道の山も川も野も畑も、悉く去にし文明の墳墓地なるかの如き感じがする」とした人間である。蘇峰にとって「古色」とは、歴史が成した苔ではなく死の色だ。彼の韓国観は、「韓南第一の都会」も「日本の穢多村同然」という山路愛山の見解(82)と同質のものである。蘇峰は、「韓国の自然も人間もことごとく粗末」なのは、「長いあいだ、攻撃や外部の侵入」を受けてきたからだとする。だから、日本がしっかりと守ってやれば「朝鮮の再生復活」が叶えられると考える。彼は、韓国を「歴史上、完全な独立国だったことがほとんどない」国とみていたのである。

蘇峰のそうした韓国観は、韓国社会や韓国の自然に対する国粋主義的な視点を反映している。骨董品のよう、墓のような国に活力を注入できる唯一の方法は政治だが、その政治を日本の憲兵がうまくやっているから、朝鮮は歴史上「未曽有の善政」が敷かれている、というのが彼の見解である。

(6) 今日に於てこそ朝鮮人民が初めて大手を振って、我が物を我が物とし、我が思う様に生活することが出来るのである。斯く正義は行はれ、治安は保

たれ、鉄道や道路や、運輸交通の便は開かれ、学校や農事試験場や、工業伝習所や、あらゆる人智を開発し、……伝染病予防清潔法実施等、あらゆる衛生の手段は講ぜられ、最早此の上は眼をつぶっても、朝鮮は土地として富み、民として栄え、人として幸福を得るの外はないことになつた。

(徳富蘇峰、「朝鮮の印象」、『太陽』18 巻 9 号、380 頁)

蘇峰は、韓国がもっと早く日本と併合していたら、より幸せだっただろうとまでいう。韓国人を教化に従わない原住民、生蕃とみる手配師(「墓地」参照)と、さして変わらない。抱月の韓国観もそれに似ている。

(7) 朝鮮は土地も痩せて居るが生活も枯痩である。険苛である。もつとも京城だけはさすがに植民地的な豊富さを持つてゐないでもないが、それが何となく内密的で、頭上に何か一枚憚るものを被つてゐるような感じである。山水風俗としては、伝来の朝鮮は純然たる王朝以前の日本を二十世紀につぎ合したものである。……山水は穏やかで眠るが如くである。動々もすると、禁欲宗の人たちが隠居するに適するやうな国になりさうである。国家が何のために生じ、個人が何のために生きてゐるかを本当に考へることの出来ない人の手になる政治が、こゝにも我等の生命を涸渇せしめやうとしてゐる、朝鮮にも満鉄気分の注入が必要である。

(『早稲田文学』1916 年 11 月号)

抱月も蘇峰のような植民地史観で韓国をみている。彼の目に映る韓国は、痩せて険苛な土地、立ちおくれた所、隠居生活にふさわしい場所、誤った政治が生命を枯渇させる場所であるだけだ。蘇峰が

---

82 朴春日、前掲書、70 頁参照。

韓国人を教育しなければならないと断じたのと同様、抱月は「満鉄気分の注入が必要」と結論を下す。彼は、亡国の民として韓国人が悲嘆に暮れていることは認める。だが、韓国が前に比べて良くなったのは日本のおかげと考えるから、「今のような幸福で進歩的な生活を営めるような組織を作ってもらい、独立自治を認めてもらう」ことまで望むのは、日本人の政治家がどうしても受けいれがたい無理な要求だとする立場をとる。日韓併合で韓国人は幸せになるとする点で、抱月は蘇峰と意見を同じくしている。論調がややおとなしいだけのことだ。

　すでに指摘した通り、この２人の否定的な韓国観は廉想渉に絶大な影響をおよぼした。廉想渉の否定的な韓国観に作用したのは、韓国は立ちおくれ、荒涼とした雰囲気であるという抱月の指摘である。廉想渉はそれをそのまま、「蕭条、索漠、殺伐とした社会環境」や「鎖国的・封建的な遺風」（「文学少年時代の回想」）と表現しただけだ。廉想渉にとっても、「古色」とは死の色であったのである。まずはその点で、廉想渉は抱月、蘇峰と志向が似ていた。だからといって、彼らの政治的見解まで受けいれたわけではもちろんない。日韓併合が韓国を利するという考えを受けいれていたなら、「独立宣言文」を書いて投獄されることはなかったはずだからだ。

　次に似ていたのは、韓国が後進的である理由への、抱月と廉想渉の見解だ。抱月同様、廉想渉も、過去の政治の誤りによって、韓国は生命を枯渇させる土地に変わったと考えている。廉想渉はその２点で抱月の見解を受けいれ、伝統への見方も否定的になっていったものと思われる。

　他方、花袋や谷崎による韓国の自然の礼讚は、廉想渉には意味のないものだった。彼は自然礼賛者ではない。自然の美しさに無関心で浪漫趣味をもたないところが、日本の自然主義作家と最もちがう

点だった。廉想渉は徹底的な反浪漫主義である。だから、花袋や谷崎が自然を賞賛したところで、廉想渉の民族的自尊心の回復には何の役にも立たなかった。ソウルや平壌の古典的な美しさへの賞賛も同じだ。新しいものコンプレックスをもつ廉想渉にとって、古いものは無条件にすべて醜く、悪いのである。結局、韓国に肯定的な2人の作家のせっかくの賞賛も、廉想渉には無意味だった。

3つめは、韓国の芸術に対する見解である。この場合も、抱月の文章が廉想渉の「三つの自慢」の手本になっている。韓国には過去に文学が存在しなかったといったのは、抱月だったからだ。

(8) 朝鮮の過去には文芸といふべき文芸がない、工芸に近いものは多少あつたであらうが、詩も無ければ小説も無く劇も無い、精神文明の象徴は殆ど全く無い……朝鮮の過去には歴とした生活があつた、生活のある所に文芸の起こり得ない訳はない、それが起こらなかったとすれば必ず社会状態に畸形な所、病的な所があつたからである

(島村抱月、「朝鮮だより」、『早稲田文学』、1917年10月、226～7頁)

「朝鮮の過去には文芸がない」という抱月の主張は、韓国の近代作家に多大な影響をおよぼした。李光洙、金東仁、廉想渉らがみな、同じ趣旨のことをいっているのである。李光洙は「芸術と人生」で韓国には「芸術がない」と書き、「文士と修養」では、今後朝鮮に文芸運動が生まれるだろうという抱月の言葉を引いている(『李光洙全集』16、17頁)。廉想渉は「朝鮮と文芸」で、過去の韓国には工芸はあっても文芸はないという抱月の主張を踏襲し、「三つの自慢」

83　廉想渉は政治を機関車、文学と芸術を客車、寝台車に喩えて、次のように書いている。「機関車が故障して石炭が燃やせず、でくのぼうのように突っ立っているのに、客車や寝台車だけ走っていけというのは話にならない」(「何事にもときがある」、『別乾坤』4巻1号(1929年1月)、29～30頁)

のような文章を書いた。金東仁も、「先人の遺産がないから、われわれが文学を手にしようとすれば、まったく新しく作り出すほかない」と、抱月の言葉をくり返している。

抱月は、自然主義の定義、外国文学の紹介のみならず、韓国の伝統文学観においても廉想渉に大きな影響を与えていた。幼くして日本に渡った廉想渉は、韓国の伝統文学にかんする抱月の言葉をそのままとりこんだ。それが廉想渉に劣等感として作用したところに、抱月の発言がもつ威力を実感できる。

韓国の文化遺産について、抱月と正反対の意見をもっていた人物が柳宗悦だった。彼は「美の窓を通して眺める時、それは驚くべき国であった」と韓国を評している。涙ぐましい苦難の歴史にあえぎながら、その経験が「彼らの芸術を永遠のものにし、その作品を永劫の美に導く」原動力となったとする。彼は「真と善と美とを除いて、朝鮮を永遠ならしめる基礎はない」と力説し、韓国人を勇気づけてくれた。光化門を守ろうと抗議して、ブラックリストにいれられることすらあった柳宗悦の韓国芸術に対する畏敬の念は、次の文章にも表れている。

(9) 日本の古美術は朝鮮に恩を受けたのである。法隆寺や奈良の博物館を訪ふ人はその事実を熟知してゐる。……然るに今日の日本は少くとも酬いるのに固有な朝鮮芸術の破壊を以てしたのである。……私は世界芸術に立派な位置を占める朝鮮の名誉を保留するのが、日本の行ふべき正常な人道であると思ふ。教育は彼等を活かすための教育であつて、殺す爲の教育であつてはならぬ。（柳宗悦、『朝鮮とその芸術』、春秋社、1975 年、13 頁）

柳宗悦は、日本が韓国の学生に自国の歴史を学べなくしているのは不当だと指摘したこともある。柳の文章が東亜日報にそのまま掲

載されたことでも、日帝時代の日本の知識人にあって柳宗悦が最も親韓的な人物だったことがわかる。日本の古美術が韓国の影響下にあったことを認めた、もう１人の作家が花袋だった。「昔は朝鮮のほうが都で、日本が田舎だったことがある」と、彼は認めている。だが、彼らが礼讃したのは工芸や建築であって文学ではなかった。抱月の言葉が威力を発揮した理由が、そこにある。徳富蘇峰、島村抱月らが韓国の植民地化を肯定しているのに対し、柳宗悦、田山花袋らは反対の立場だった。

それとはまたちがう立場から、後者と見解を同じくしていた作家のグループがある。代表は石川啄木だ。「九月の夜の不平」で、石川は日韓併合の知らせを受け、「地図の上／朝鮮国にくろぐろと／墨を塗りつつ秋風を聴く」（朴春日、前掲書から再引用、94頁）という短歌を詠んでいる。しかし、啄木が韓国の滅亡に危機感を抱いたのは、韓国を想ってのことばかりではなかった。反政府主義者の啄木は、軍国主義勢力の膨張による「時代閉塞」の徴候が、対内的には人権弾圧として現れていることに不安を感じていたのである。その不安は、関東大震災の渦中に大杉栄が暗殺されるという形で、現実のものとなった。啄木同様、日本の社会主義陣営や民権運動家が日韓併合を非難した[87]のは、彼らと韓国が同じように弾圧の対象にされていたことによる。それを親韓思想と見誤り、民権運動家に友愛の情を抱く韓国人留学生も多かった。だが、それは誤解だった。社会主義者と韓国人は、ともに帝国主義に追いつめられる対象だっただけである。

84 『金東仁全集』6、10頁。
85 『朝鮮とその芸術』、春秋社、1975年、序3頁。
86 同書、序17頁。
87 「日韓併合と侵略戦争に反対した作家としては田岡嶺雲、徳富蘆花、内田魯庵、与謝野晶子、木下尚江、小杉未醒などがいた。」（朴春日、前掲書、71〜77頁参照）

理由はどうあれ、軍国主義に反対する勢力は、廉想渉や韓国人の自尊心の回復に寄与した。田山花袋、谷崎潤一郎の審美的な韓国礼讃、石川啄木らの理念的な同情心なども、韓国人の劣等感を和らげることに貢献した。なかでも最も大きな力になったのが柳宗悦だ。柳が、韓国にも芸術があり、それは日本芸術の源流をなすものだと説いたことは、韓国人作家を大いに鼓舞した。廉想渉が柳宗悦の妻のリサイタル開催を手伝い、柳宗悦の講演会開催に尽力したのもそのためだった(88)。彼が「個性と芸術」において柳宗悦の言葉を一部引用したのは、前例のない待遇だといえる(89)。当時の韓国人作家は、日本文学を愛していても、日本人への好感を示すことはなかったからである。柳宗悦は例外だった。柳は、廉想渉だけでなく、『廃墟』派の南宮壁などとも交流があった。徳富蘇峰、島村抱月が廉想渉に文化的な劣等感を植えつけた元凶なら、柳宗悦はそれを帳消しにした人物だったといえる。

88　金允植、『廉想渉研究』、94〜97頁参照。
89　『全集』12、40頁。

第2章

現実再現の方法

1 芸術観の二重性と主客合一主義
2 ミメーシスの対象の二重性
3 選択権の排除——言文一致運動と排虚構
4 価値の中立性と描写過多現象

1 芸術観の二重性と主客合一主義

　エミール・ゾラの芸術観は、真実尊重思想が基本とされている。「実験小説論」が科学主義をとるからである。実験小説の目的は「美」ではなく「真」にある。したがって、ゾライズムは美学や倫理のかわりに事実性を重視する。ゾラは抒情性の置かれていた場所に、事実性と資料を置きかえた。自然主義が反美学的文学となった理由はここにある(1)。だから、文学者は芸術家ではなく、「分析家であり解剖学者」である。科学者と同じなのだ(2)。文学者は冷徹な客観主義者にならねばならず、事実を立証する実験者でなければならない。立証できないことは科学ではない。だから、考証を重視することは、ゾラの科学的芸術観の重要な属性となる。

　事実を重視し、考証にこだわり、客観的な姿勢を重要視したのは、フローベールやゴンクールも同じだった。だが、彼らは「真実」を「美」より優位に置くことは拒否した(3)。ゾラとフローベールが区分される決定的な要因は、前者の真実優位の芸術観である。前章ですでに明らかにしたように、自然主義が流派を成しえずゾライズムとして孤立した理由は、ゾラの真実尊重の芸術観をほかの文学者たちが拒んだからだった。彼らは審美的だったため、ゾラの芸術観を受け入れることができなかったのである。

　ゾラの芸術観を念頭に廉想渉をみると、まず目につくのが、1期と2期での芸術観のちがいだ。「個性と芸術」にみられた1期の芸術観が、ゾライズムだけでなくリアリズム全般とも相反していたことは前にみたとおりだが、改めて要約すると以下のような特徴をもつ。

(1) 独異的生命を通じてこそみとおしうる、創造的直観の世界……。

（『全集』12号、39頁）

(2) 芸術は模倣を排し、独創を求めるから……。　　　　（同書、40頁）

(3) 真、善、美によって表現されるところの偉大で永遠の事業……。

（同書、38頁）

これらは、直観と独創性を重視した反模倣の芸術観である。ここでの芸術は、「真、善、美を表現する偉大で永遠の事業」となる。ところが、同じ文章にそれとはちがう見方も含まれている。

(4) 人生の暗黒醜悪な一面の如実な描写で、人生の真相はそういうものなのだと表現するためなのであり、理想主義、あるいは浪漫派文学への反動としておきた手段……

（同書、35頁）

この部分は、初期の廉想渉の芸術観にみられた写実主義的側面を代表している。模倣を拒む芸術観のすぐ脇に置かれた模倣論である。「個性と芸術」が自然主義と結びつけられる根拠の部分でもある。だが、前述したようにこの一節は長谷川天渓の評論に出てくる言葉のオウム返しにすぎず、ゾライズムとの関連はほとんどない。「個性と芸術」では自然主義の特徴が6つあげられているが、無理矢理ゾライズムと結びつけようとすればここしかない。タイトルどおり、この文章は個性論であり、自然主義はそのなかの1つのエピ

---

1 『自然主義文学論』I、129〜133頁、「真実尊重の思想」項目参照。
2 *Le Naturalisme au théâtre*, R.-E, p. 152.
3 『自然主義文学論』I、47〜48頁、「芸術観」項目参照。
4 「用語」項目『「個性と芸術」に現れた自然主義』参照。
5 同上。

ソードにすぎない。それでさえ「幻滅の悲哀」、「現実暴露の苦痛」などの用語で覆われ、直観と独創性の礼讃が主であることがわかる。その時期の廉想渉にとって芸術は絶対的な価値であり、「偉大で永遠の事業」だった。そこに、現実をあるがままにみようという微かに写実的な見方が挿入されているだけである。

　2期になると「生活第一義」の原理の登場で芸術の絶対性は弱まり、反模倣の芸術観は姿を消す。一方、形勢不利だった写実主義の観点が強化され、模倣論に立脚する芸術観が確立された。1926年に書かれた「階級文学を論じ いわゆる新傾向派に与える」に、「芸術とは……『再現』から出発するもの」という言葉が出てくる。2期の評論には、「再現」、「反映」、「解剖」、「報告」などの用語が頻出する。そのときから、写実主義的芸術観が定立され、芸術家も創造者から報告者に格下げとなった。本人の言葉を借りれば、彼の写実主義期が始まったわけである(6)。

　1期の芸術観は親浪漫主義的なものだった。日本の自然主義よりさらに浪漫的だ。廉想渉は、一人称で私小説を書いていたのである。日本の自然主義者は、少なくとも視点だけは三人称をとっていた。一人称は大正期の自我主義時代での流行だが、それを使用した初期の作品を、廉想渉は自然主義だとしている。彼の1期の自然主義を、自然主義(B)型と呼ぶことしよう。主我主義と長谷川天渓の用語が結びついた、廉想渉式の自然主義である。

　2期では、個人主義に代わって写実主義が出現する。写実主義と結びつく自然主義を、筆者は自然主義(A)型と分類した(7)。「『討究・批判』三題」にみられた自然主義がそれである。だが、2期でもゾラと廉想渉の芸術観には大きな開きがあった。1つに、自然主義と写実主義を内容と形式に二分するやり方がある。自然主義＝内容、写実主義＝形式という公式は、廉想渉が2期の評論で一貫して訴え

た確固たる主張である。写実主義をフォーマル・リアリズム（formal realism）とみれば、その言葉には妥当性がある。だが、ゾライズムに先行したフランスの写実主義は、フォーマル・リアリズムだけを意味したわけではなかった。それは、科学主義、客観主義、価値の中立性などの要素をゾラと共有していた。あまりに決定論的な人間観や真実優位の芸術観がちがうだけである。廉想渉はそのちがいを認識せず、写実主義は形式だけのものと規定したのである。（1 章「『討究・批判』三題」に現れたもう1つの自然主義」参照）。

また、この時期の廉想渉は、自分が「形式」の側に立っているとはっきり自覚していた。「弁証的写実主義」の偏内容主義を批判した彼の立場が、形式の重要性を物語っているのである。ゾライズムは形式より内容を重視し、反修辞学的芸術観をもつから、このことは廉想渉がゾライズムと無関係の作家であることを示すもう1つの理由となる。廉想渉自身、当時の文学を「写実主義」だと明言していないから、その点に問題はない。

2つ目のちがいは、客観主義に対する姿勢に表れている。廉想渉は客観主義を好まなかった。彼は、「純客観主義というものはありえない」と考えた。客観主義のかわりに主客合一主義をとったのだ。1929 年に書かれた「文学上の集団意識と個人意識」では、客観主義は写真師の仕事にすぎないとしている。彼は「作家の心境を客観化」することを好んだ。だが、ゾラが「ひどく薄くて透明なガラス」を介してみようとした現実は、客観的現実である。科学者のように冷徹な目で、現実を可能なかぎり正確に誠実に再現しようとするの

---

6 「用語」項目「芸術観に現れた再現論」参照。
7 同上。
8 「私の創作余談」、前掲書、315 頁。
9 Damian Grant, *Realism*, London: Methuen, 1970, p.28 参照（日本語訳 デイミアン・グラント『リアリズム』、後藤昭次訳、研究社出版、1971 年）

が、デュランティやゾラに共通する志向性であり、客観主義はゾラだけでなく、リアリズムそのものの特徴といえる。ところが、廉想渉はそれを否定した。彼は、極端な客観主義を自然主義の欠点と考えていた。それだけではない。廉想渉は一人称視点で書かれた小説を自然主義と呼ぶ人間だった。だから、自分が自然主義を捨てた理由の１つに、極端な客観主義があったと語る。廉想渉は２期に入り、自然主義がゾライズムであることを知るやいなや、自然主義を離れる。ゾラ的な自然主義だけを捨てたのではなく、日本の天渓的な自然主義まで捨てさったのである。「私の創作余談」(1961)からは、廉想渉が天渓とはちがう自然主義を知っていたことが読みとれる。

　日本の自然主義は種類が10を超える。廉想渉は時期に応じて、そのなかから好みに適うものを選びとっていただけだった。だから、日本の自然主義自体と決別したわけではなくても、彼は自分が自然主義を捨てたと考えた。主客合一主義は日本の自然主義と無関係だと考えていたのである。主客合一主義を選択して以降の自身の文学を、廉想渉は自然主義ではないと主張している。

　自然主義を捨てたことを、彼は「進一歩」と表現した。彼によれば、写実主義は自然主義の２つの類型の短所をすべてとりさり、いい部分だけを集めた理想的な思潮である。したがって、写実主義に向かうことは「前進の一歩」となるわけである。彼は写実主義の優越性が認められる項目として、主客合一主義をあげる。それは無解決に解決を加味することをも意味する。だが実は、主客合一主義は日本の印象派自然主義の特徴でもあったのだ。廉想渉は自然主義と袂を分かったといいながら、実質的には日本の自然主義の枠から抜けだせなかった作家であることがわかる。

　こうした錯視現象は、彼の主客合一主義と客観主義の概念が曖昧なために生じていた。実際、彼の主客合一主義は、描写の面だけみ

れば客観主義と大きく変わらない。もしその2つがまったく異なる性格だったら、廉想渉の2期以降の文学は写実主義となりえない。フランスでは、写実主義も自然主義と同様に客観主義をとる文学である。日本ではゾライズムを標榜した前期自然主義を写実主義と呼ぶため(13)、主客合一主義は写実主義とはなりえなかった。日本の印象派自然主義も、やはり客観主義を否定するものではない。主観的選択権を許容する点を除けば、描写の客観性は認められているからである。つまり、廉想渉の主客合一主義は極端すぎない客観主義を意味するといえる。極端という言葉は、ここでは重要な意味をもつ。

自然主義のなかで廉想渉が捨てさろうとした項目をゾライズムに探すと、極端な客観主義のほかに科学主義があげられる。ゾライズムの特徴を、全部切りすてなければならなくなるわけだ。なかでも極端な客観主義への反発が一番強かった。廉想渉は、自分の好む写実主義がもしも客観主義を意味するなら、自分は写実主義を捨てようとまでいうほど、客観主義をきらっていた。それは「写真師の仕事」だと考えたからである。

極端な客観主義を写真師とみなし忌避する傾向は、金東仁にもみられる。金東仁も廉想渉と同じく、「主観を通して眺めるところの描写」を礼賛した(14)。彼は作家を画家とみなし、「小説絵画論」を主張した作家である。玄鎭健の文学に否定的な評価を下したのも、そこに写真師の仕事ぶりをみたからだった(『自然主義文学論』Ⅰ、280

10 これはデュランティの言葉だが、ゾラは実験小説論でそのまま使用している。ゾライズムとリアリズムが手法面で共通していたことが、ここから推測できる。(P. Cogny, *Le Naturalisme*, Presses universitaires de France, 1976, p.3 参照)〔日本語訳 ピエール・コニー、『自然主義』、河盛好蔵・花輪光共訳、白水社、1957〕
11 「私の創作余談」、前掲書、316 頁参照。
12 同上。
13 日本ではゾライズムと類似性がみられる前期自然主義を写実主義と呼ぶ。ゾライズム自体を写実主義とみているのである。(相馬庸郎、『自然主義再考』、70 頁参照)
14 「二月創作評」、『金東仁全集』6、191 頁。

1 芸術観の二重性と主客合一主義

頁参照)。小説は「人生の絵画」であって、写真であってはいけないというのが彼の主張である。

　この２人の作家の主客合一主義的傾向を文字どおり解釈すれば、ゾライズムだけでなく、フランスの写実主義派とも相反する。フローベールもゾラと同じように客観主義をとっているからだ。フローベールは、ゾラよりさらに徹底して客観主義を志向した。ところが、廉想渉が最も多く言及しているフランス写実主義派の文学者はフローベールである（「フランス文学との影響関係」項目を参照）。

　前述のとおり、廉想渉の主客合一主義の源泉はフランスではなく、日本の自然主義である。日本の自然主義は、描写の面では客観主義を志向したが、実質的には「霊肉一致」、「主客合一」の段階にとどまっていた。これを彼らは「自家客観」、「主観を没した主観」と呼んだ。デイミアン・グラント（Damian Grant）は、民主主義的でない国では客観主義が通用しづらいとしているが、日本の自然主義系の作家が主観を好む傾向は、その言葉に妥当性を与える。

　金東仁や２期以降の廉想渉は、口では日本の自然主義作家たちのように主客合一主義を唱えていたが、実際は花袋や藤村よりはるかに客観的だった。彼らより理性的なのである。金東仁や廉想渉にセンチメンタリズムはほとんどない。なかでも廉想渉は、終始一貫して抒情性を排した文章を書く作家だった。初期の作品も例外ではない。「標本室の青ガエル」に表れているのは、感傷主義でもルソー的な自然愛好思想でもない。人間の内面への関心だけである。金東仁と同様、廉想渉も自然より都市を愛し、詩より科学に高評価を与えた。彼は反浪漫主義的な作家だから、日本の自然主義のなかに残る感傷性、主情性などを脱ぎ捨てていた。廉想渉の留学時期は、「弁証的写実主義」の時代だったのである。

　大正時代は、社会主義リアリズムと新浪漫主義が共存する時代

だった。新浪漫主義は廉想渉が初期の文学で個性を礼賛し、内面風景に没入することに役立ち、社会主義リアリズムは、廉想渉の文学が花袋や藤村のそれより客観的になることを手伝った。だから、評論家の趙演鉉のように、その時期の廉想渉の文学を「純客観的な表現方式を特徴としたもの」とみることも可能になる。彼によれば、廉想渉は「フローベールの純客観的な写実方式が、唯一の表現方法だった」作家である。彼は、廉想渉がうんざりしそうな言葉を頻繁に使用する。「純客観的」という言葉である。はなはだしくは「ある意味、一種の写真師的職能だけを文学的技能とした作家とみることができる」という一節だ。⁽¹⁸⁾

この発言にも妥当性はある。廉想渉は韓国小説史のなかで、客観的描写を本格的に取り入れた最初の作家だった。李光洙や金東仁よりも価値中立的であり、選択的なところが少なかった。2期の小説では、花袋が主張した平面描写の技法が支配的になる。視点が多元描写的⁽¹⁹⁾なために、客観化した世界が人間の内面に重きを置いたものだったところがちがうだけで、「現実の如実な再現」を試みた点では同時代のほかの作家より写実的だった。終結法にも同じことがいえる。彼は無解決の終結法を脱していたかのようにいっているが、2期以降の小説の大部分は無解決の終結法をとっている（「終結法」項目参照）。理論と実際の乖離といえるだろう。

理論と実際が異なるという点では、廉想渉はゾラににていた。ゾラは、理論的には厳格な客観主義を志向していたが、小説ではフ

15　同書、217 頁。
16　『自然主義文学論』I、151～154 頁、「主題の客観化」の項参照。
17　Damian Grant, *Realism*, p.9（日本語訳 149 頁参照）
18　趙演鉉、「廉想渉論」、権寧珉編、『廉想渉文学研究』、民音社、1987 年、436 頁。
19　岩野泡鳴の「一元描写論」を受け、金東仁が造った視点の名称。作家が数人の作中人物の目を通して事物を観察できるため、「誰の心理であれ、作家が自由に書くことができる」視点である。（『自然主義文学論』I、314～321 頁参照）。

ローベールよりさらに視点のゆれがみられる。ゾラの生きた時代は、印象主義、象徴主義がオーバーラップしていたからである。逆に廉想渉は、理論的には主客合一、解決の終結法を主張しながら、作品では無解決の終結法と客観的描写法を用いた。彼が学んでいたのが、社会主義リアリズムの時期だったためである。

　彼は保守的な作家にふさわしく、一度決めた原則を変えることがなかった。だから、2期以降の作品は、内面の客観化を模索する傾向で一貫している。ミメーシス〔mimesis＝現実描写。他者の言語や動作を模倣して、そのものの性質などを如実に表そうとする修辞法〕の対象を人間の内面にし、客観主義的な表現方法をとることは不変の原理となっていたのである。

　1期と2期で隔たりがあるにもかかわらず、廉想渉の芸術観は1期、2期を通して日本の自然主義の影響下にあったといえる。1期より2期のほうが写実主義的ではあるが、日本の自然主義が浪漫主義と写実主義、双方の要素をあわせもっていたために、廉想渉の芸術観もにたような性格をもちつづけることが可能だった。そこに大正時代の影響も加わって浪漫主義が主我主義に変質し、写実性が強まっただけのことである。

　廉想渉の自然主義と日本の自然主義の結びつきを証明する、もう1つの資料は、彼が自然主義の代表作を「ボヴァリー夫人」、「女の一生」、「ナナ」の順番でみ、代表的な作家をフローベールとしたことにも表れている。廉想渉はフローベールを「自然主義の巨頭」と呼んでいた。廉想渉の(A)型の自然主義の師がフローベールだったこともあり、廉想渉の自然主義がゾラと結びつくことはなかった。そうした傾向は日本の自然主義と軌を一にしている。[20] 日本の自然主義が、手法の面ではフローベールやモーパッサンを、内容面ではルソーを師としていたのに対し、廉想渉は1期では白樺派と日本の自

然主義の影響を受け、2期ではフローベールやプロレタリア文学に影響されたところがちがうだけである。

2期の「真」尊重の芸術観も、みかけ上はゾラと類似性をもつようにみえる。だが前述のとおり、極端な科学主義は廉想渉にとって捨てさるべき要素だったから、廉想渉の「真」はゾラのそれとは質のちがうものだった。主観を通してみる「真」だから、科学主義とは相容れない。それが、ゾラと廉想渉、それぞれの芸術観に現れた「真」概念の相違の1つ目である。

2つ目は、廉想渉が「真」と「美」のうち片方だけ選ぶことをきらったことだ。彼は、ともに必要な要素だと考えた。「小説と人生」(1958)では、「探求の真と表現の美にのみ偏るのではなく、『モラル』というものを度外視するのでもない」[21]とまでいっている。事実上、真善美がすべて含まれているのである。自然主義=内容、写実主義=表現の公式を「真」と「美」に置きかえ、2つの必要性を力説し、モラルの必要性まで加えている。偏向をきらう廉想渉のありようを、ここでも確認することができる。

3つ目は「美」を「真」より優位に置くことである。初期の廉想渉は、芸術を「第一課題」と考える芸術至上の傾向をみせていたが、2期にはそれが弱まる。だが、「芸術なしに生きられない」という言葉は生涯つづいた[22]。金東仁のように極端に唯美主義を礼賛することはなかったものの、廉想渉にとって「美」はつねに至高の価値だった。大正期のもう1つの流派である耽美主義の影響である。

20 『自然主義文学論』Ⅰ、85～90頁、「受容態度の恣意性と偶然性」項目参照。
21 「私の創作余談」、前掲書、309頁参照。
22 この言葉は「朝鮮と文芸、文芸と民衆」など1928年に書かれた文章に出てくるが、1962年の「横歩文壇回想記」になると「芸術は永し」という発言となり、彼の芸術に対する愛着が生涯持続していたことがわかる。彼は芸術娯楽説を3回ほど否定した作家である。(『全集』12、110～118頁参照)

それは、廉想渉が形式の重要性を強調しつづけたところにも表れている。彼は、内容より形式が重要だと立証しようとして、「獲得遺伝」の理論までひきあいに出した。プロレタリア作家が廉想渉を技巧主義者と非難したのは、廉想渉がプロレタリア文学の偏内容主義を猛烈に批判したことに起因する。

次に注目したいのは、李光洙式の啓蒙主義や、プロレタリア文学など功利主義的文学観に対する廉想渉の反発である。彼は、芸術に「成心（＝功利性）」が生まれることが許せなかった。その点は金東仁と共通している。彼らは、芸術の純粋性への信仰を生涯捨てることができなかった。金東仁は貧しさのために歴史小説を書くことを恥じ、廉想渉も新聞に大衆小説を書くことを恥じていた。

2人の作家は、(i)「美」優位の芸術観、(ii)形式尊重、(iii)反功利主義的芸術観、(iv)芸術と科学の同一視などの共通点をもっている。ちがいはその強度だ。極端を好む金東仁が芸術至上主義をとったのに対し、廉想渉が極端をきらっただけにすぎない。そうした類似点は、2人が大正時代に日本で中学課程を修めたことと関連するといえる。新浪漫主義や唯美主義などが社会主義リアリズムと混在していた時期の日本で、2人は、前者に魅力を感じる作家に属した。大正時代の主我主義や芸術至上主義が、彼らの芸術観の形成に大きな影響をおよぼしたのである。

だが、金東仁と同じく廉想渉も、1期であれ2期であれ、1つの原理に依存するかわり2つの原理を共存させる傾向があった。廉想渉は1期で主我主義的芸術観と日本の自然主義の芸術観を共存させ、2期では模倣論に立脚する芸術観と芸術優位思想を同居させた。「善でもなく悪でもない、その中間」に足をかけて生きるのが人間だと考えていたのにふさわしく、廉想渉は、芸術観でも両面性を一緒に受け止める中立的姿勢をみせていた。ゾライズムをきらっ

た理由も、過度の偏向性のためとみられる。

　最後に考察しなければならないのは、廉想渉の考証への態度だ。この点で廉想渉は、ゾラ、花袋、藤村、東仁に比べて安易である。ゾラは、未知の題材を自分のものにするためにノート片手に現場をはいずりまわり、その分野の専門家になってから小説を書いた。金東仁もにている。彼は科学者、音楽家、医師、画家、貧困層など、自分の知らない世界の人物を多くとりあげた。資料調査に時間をかけた可能性が高い。花袋や藤村も同様である。非自伝的小説を書くとき、彼らはモデルが不可欠だと考え、スケッチ旅行に出かけたり、実地踏査をしたりした。

　廉想渉は少しちがう。彼は非自伝的小説であっても、自分に馴染みのある人物だけを対象とした。非自伝的小説に登場する男性キャラクターは、考え方や学識、年齢、居住地などが作家とにている。それだけではない。登場人物も互いににかよっていた。忠緒（「南忠緒」）と德基（「三代」）は同じような人物類型であり、「ヒマワリ」の榮喜と「除夜」の貞仁もにている。周辺の人物も同様である。皆、作家に近い人物たちなのだ。

　背景も同じである。廉想渉の小説の舞台は、作家が生まれ育ったソウル四大門の内側に限定されている感がある。廉想渉は日本の自然主義系の作家に比べ、徹底して近しい場所や人物を選びとっていたから、資料調査にさほど手間がかからなかった可能性が高い。だが、真実＝事実の公式では花袋や藤村よりはるかに徹底していた。

23　「階級文学を論じ いわゆる新傾向派に与える」、同書、61頁。
24　廉想渉は功利主義的文学観を「成心」と表現しており、「成心というものは禁物」（同書、163頁）だという立場を明らかにしている。
25　彼は「非妥協と大衆性」（『ソウル新聞』、1958年9月18日）で自身が「窮に耐えられず」新聞に大衆小説を連載したことを、寡婦の失節と喩えている。「私の文学修練」（1950）にもにたような文句が登場する。

1　芸術観の二重性と主客合一主義

廉想渉は２期以降も「直接体験」にもとづいた自伝的小説を多く書き、非自伝的小説ではかわりにモデルを立てた。その点でも、彼は日本の自然主義作家たちと酷似している。より近しいモデルを愛用した点がちがうだけである。

結論的にいえば、廉想渉の芸術観はゾライズムとの相同性が非常に低い。極端な科学主義を嫌悪したからである。科学の好む度合は、ゾラよりもフローベールやバルザック、スタンダールに近い。廉想渉は実験小説論の追従者ではなかった。したがって、「真」を「美」より優遇することはせず、考証のためにノートをもって駆けまわることもなく、極端な客観主義も好まなかった。フランスで廉想渉の写実主義の師を探すとすれば、ゾラではなくフローベールなのである。

反面、日本の自然主義との類似は大きい。１期では個人主義と自然主義の連結、長谷川天渓の用語の愛用、真実と事実の同一視現象などに同質性がみられる。２期は、印象派自然主義の主客合一的傾向、写実主義的表現などで類似性をもつ。ゾラよりフローベールを好んだことも、やはり日本の自然主義の影響に含まれる。さらに、白樺派の主我主義、芸術至上主義的な傾向や、弁証的写実主義の決定論的思考が加わったため、廉想渉の芸術観に対する日本文学の影響は圧倒的だったといえるのである。

金東仁とは、主客合一主義、「美」優位の芸術観、反功利主義的芸術観などで共通している。大正期的な特徴だけを共有しているのだ。もっとも程度はちがいがある。廉想渉は、芸術至上主義者ではなかった。彼は、大正時代の思潮のうち芸術至上主義ではなく、写実主義をとりこんだ。廉想渉の写実主義は、簡潔さを「リアル」の本質とみる金東仁のそれのようなニセ写実主義（『自然主義文学論』Ⅰ、385〜390頁参照）ではない。選択権を排除した価値中立的な写実主

義である。写実主義の本質に、より近づいたものといえるだろう。したがって、廉想渉の「美」優位の芸術観は、「真」よりは「美」を尊重する、という相対的な意味あいとなる。

　金東仁は徹底して一面性を愛好する作家だが、廉想渉はつねに相対主義的だった。彼は偏向をきらい、金東仁的な一面性の強調を好まない。だから、廉想渉の芸術観はつねに複合的である。1期では浪漫的芸術観と日本の自然主義が共存し、2期では模倣論的傾向と「美」優位の芸術観が共存している。

2 ミメーシスの対象の二重性

　リアリズム系の文学では、ミメーシスの対象が外部的、可視的現実になることが、ホメーロス（Homer）の時代からの常識である。リアリストの目は鏡でなければならないから、人間の内面の動きも、鏡に映った部分以外描くことができない。外面化傾向 extérioriser は、リアリズムの根本的な条件である。P. コニー（Pierre Cogny）はバルザックとスタンダールのちがいを、「内面の外面化」と「外面の内面化」に対比させている。スタンダールはまず内面から考えたが、バルザックは外面を先行させたのである。そこに、バルザックが「自然主義の父」と呼ばれた理由があるというのがコニーの意見だ。

　自然主義でも外面化傾向は不可欠な要件である。リアリストやナチュラリストたちが再現しようとする現実は、デュランティの言葉どおり、「われわれが現に住む時代、社会的環境」である。鏡のように冷徹な目で、それをありのまま telle quelle est 描写することが彼らの目的だ。自然主義では、「鏡説」は「スクリーン理論 Théories des écrans」となる。ゾラは、リアリストのスクリーンを「完全な透明度を備えたガラス」と定義した。鏡同様、ガラスも可視的世界以外みせることはない。したがって、視点も外面的視点 external point of view となるのが通例である。

　日本の自然主義も、外部的視点をとる点ではゾライズムににている。だが、それは表面的な類似性にすぎない。実際は「主人公の一人称観察、思索の記述」を主とした、「内面描写」の芸術だったからである。外部的視点は「内面の外面化」のための努力にすぎず、

バルザックよりはスタンダールと類似性がある。日本の自然主義は私小説が主軸だが、私小説は心境小説ににているから、人称の区別は大きな意味をもたないと考えることもできる。しかし、大きな意味をもたないとしても、外的視点と内的視点 internal point of view には、やはり差がある。同じ私小説であっても、それだけ外面化の幅にちがいが生まれるからである。その差異の幅が、日本では自然主義派と白樺派の私小説の性格のちがいだった。

廉想渉の小説の視点は、フランスのみならず日本の自然主義ともちがう面をもっている。彼は一人称で私小説を書いたからである。本論が対象にする 10 編の自伝的小説のうち、半分は一人称視点となっている。2 期にも 2 編の小説が一人称で書かれているから、廉想渉の小説と日本の自然主義小説にはちがいがあることがわかる。廉想渉は自伝的小説にとどまらず、非自伝的小説でも一人称を使ったが、それはゾラはもちろん花袋や藤村にもないことだった。

視点による外面化の差は、にたような時期のにたような人物の物語を、視点を変えて描いている小説の検討でたしかめられる。自伝的小説では(1)「標本室の青ガエル」対(2)「闇夜」、非自伝的小説では(1)「除夜」対(2)「ヒマワリ」が好例だろう。この場合、自伝小説とモデル小説というちがいにもかかわらず、一人称で書かれた(1)のグループには共通性がある。内面的世界への関心である。それに対し、(2)のグループは相対的に外面化されている。「標本室の青ガエル」と「闇夜」に出てくる次のような文章から、そのちがい

1　E. Auerbach, *Mimesis,* Princeton Univ. Press, 1974. 1 章 "Odysseus' Scar" 参照。
2　「鏡説」を主張した人物はスタンダールである。『赤と黒』(『世界文学全集』5、正音社、1959 年、33 〜 78 頁参照)。
3　P. Cogny, *Naturalisme*, p.40.
4　同書、3 頁。
5　吉田精一、『自然主義の研究』下、455 頁。

がわかる。

(1) 私が南浦［現在の朝鮮民主主義人民共和国、平安南道の工業都市］に行った前夜は、その症状がさらにひどかった。間半に満たない部屋高くから吊るさがった電灯の光が眩しく、消してしまえばまた幻影に苦しめられるのではないかという恐れもなくはなかったが、ままよと上半身裸のままガバリとおきあがり、スイッチをひねって横になった。しかし、「ジーン」という音が戸の隙間に消えると、再び頭に襲いかかってくるのは鬚面用のメス、ひきだしのなかのカミソリだ。メス……カミソリ、カミソリ……メス………、忘れようとすればするほどぐずぐずと離れず、いつまでも頭のなかをグルグルまわっていた。

(「標本室の青ガエル」、『全集』9、12頁)

(2) やや明るい気分で家を出た彼は、夜照峴市場付近でごった返す人びとのあいだをするりと抜けようとして、また眉をひそめることになった。

　右の方向へ首をやや傾き加減にすくめ、片手はズボンのポケットに突っこんだまま、わずかに左に傾いた肩のうえに何かが乗っているように、緩慢な歩調でガヤガヤしたなかをそろそろ這うように進んで大通りに出、ようやく頭をあげてフウッと息をした。彼はたった今、こみあった通りに出ながら、自分が人の暮らす人間界にいるようだとは少しも思わなかった。最も醜悪な、今にもつんのめって倒れそうな魍魎の戯れ、集まり蠢くどんよりとした白い雲をかき分けながら、あてもなく流されていくようだった。生活という烙印が、狡猾や貪婪という名で刻まれた顔を目にするたび、彼は、手にしていた短杖で一思いにみな殴りつけたくなった。

(「闇夜」、同書、53頁)

(3) 巍巍たる眺めの楼閣は目と鼻の先だが、急勾配はそれほど楽ではなかった。私たちは相当苦労して、どうにか登りきった。しかし頂上で、ある呉

服店の広告のベンチが真っ先に目に飛びこみ、浮碧楼［大同江川べりの崖上に立つ楼閣］では腰を下ろすまではしたが、目が悪くなかったことが改めて不愉快に感じられた。

(「標本室の青ガエル」、同書、16頁)

(1)では、内面しか表現されていない。そのように内面だけを表現した描写は、「闇夜」にはほとんどない。あったとしてもかなり薄まり、外部的現実と結びつけられる。一方、主要人物が歩きまわる街の名は、「標本室の青ガエル」では省略されたり、軽い扱いになっている。前者では主要人物の内面の比重が大きく、後者では外面の比重が相対的に大きい。同じように外部的現実を描写した(2)、(3)でも、(3)で「相当苦労して、どうにか登りきった」と簡単に処理された部分が(2)では細密に描写されるのである。(2)で私たちは、市場の付近を歩いていく登場人物の苦い表情、うつむき加減の顔、ズボンのポケットに突っこまれた手、歩く速度などまですべて知ることができる。人物の外貌だけではない。(2)では彼が歩きまわる街の市場や商売人、せわしい街に登場人物が抱く思いなどが、はるかに詳細に書きこまれている。外面化の分量が増加しているのだ。

「除夜」と「ヒマワリ」の場合も、それとにている。「除夜」では人物の内面だけが描かれ、外界が除外されるのに対し、「ヒマワリ」では外部の世界が多彩な広がりをみせる。結婚式の披露宴の場面に始まり、幣帛［結婚式で新郎新婦の家族たちだけが集まって行なう儀式。新婦が舅姑に贈り物をして挨拶する］の場面、ホテル、榮蕙の家、京城駅、木浦の旅館、H邑でのいくつかの場面などが順番に描かれ、茶礼［陰暦の元旦、祖先の誕生日などに、祖先に行なう簡単な祭祀］を執りおこなう場面で終わる。空間の幅が非常に広く、描写が精密である。

それだけではない。内面描写の幅もやはり広い。「除夜」のように、ある女性の内面だけを集中的に描くのではなく、周辺人物の心理もとりあげられている。「内面の外面化」の分量が増えているわ

けだが、それは多元描写の技法によるものである。にたような人物のにたような時期を対象にしていても、三人称ならそれだけ外面化現象が幅広くみられることがわかる。三人称私小説のそうした外面化現象は、廉想渉や花袋、藤村などに共通する点である。

　だが、一人称小説はちがう。自身と他者の内面を一人称で告白する小説は、花袋や藤村にはない。それは白樺派の影響によるものと言える。明治に比べて内面性尊重の傾向が強かった大正時代の私小説は、大部分が一人称で書かれていた。そうした小説を、葛西善蔵は「自己小説」と呼んで私小説と区別している。(6)「飾らぬ真率な自己表白の文学というのが、白樺派の大きな特色」（「大正の文学」）であるため、彼らの告白小説は「自我小説」、「自分小説」などと呼ばれたりもした。(7)甚だしくは実名小説まで登場するほど、白樺派の自我尊重熱は高まっていた。

　廉想渉は、白樺派の影響のもと小説執筆にとりかかった作家である。彼の初期３作の源泉を、金允植は、有島武郎の「生まれ出づる悩み」と「石にひしがれた雑草」だとしている。(8)廉想渉の１期の一人称私小説は、白樺派の告白体小説に類似点が多い。それは金東仁にも、そっくりあてはまることである。金東仁は廉想渉とちがって日本の自然主義には影響されなかったが、白樺派の影響は一緒に受けている。金東仁も、一人称私小説を好んで描いていたのである。

　だが、金東仁は他者の内面を一人称で書くことはしなかった。彼が内面に関心を抱く人物は、自分以外にいなかったからである。廉想渉が他者の内面を一人称で書いていることは、金東仁と廉想渉を分かつ１つの基準となる。人間の内面に対する興味の幅が、それだけ広いことを意味するのである。もっとも、そうした小説は「除夜」以外なかった。「除夜」に描かれた崔貞仁（チェ・ジョンイン）の近代的な精神は、廉想渉自身のものと同じだった。つまり、その部分は作家自身の内面告

白ともなりうる。だから、貞仁の役割は彼女の性的な堕落相以外にない。金東仁とそれほどかけ離れているわけではないのである。

　大正文学のもう1つの影響は、廉想渉が非自伝的小説を書いたことに表れている。花袋や藤村は初期に「田舎教師」、「破戒」などのモデル小説を書いたが、「蒲団」以降はほとんどモデル小説を書かなかった。「排虚構」の「無脚色小説」を理想としたからである。したがって、主に作家の内面を「直写」する私小説が書かれたが、視点はどこまでも三人称がとられた。彼らは自我の内面を客観化することで、自然主義を成しとげようとしたわけである。筆者はそれを「内視鏡を通した模写」と考えている。大正期の一人称私小説は、鏡の機能自体を否定するものだったということができる。主我主義の成熟とともに自我の内面の比重がさらに大きくなり、告白体小説のフレームが固まったのである。

　そうでありながら、一方で虚構的な小説が書かれていたことも大正期の特徴である。自然主義派で「排虚構」、「無脚色」の掛け声と無縁だった作家は、国木田独歩以外いない。だが、大正期には谷崎潤一郎、菊池寛のような作家たちが虚構的な小説を書いていた。虚構の幅がそれだけ広くなった時代に廉想渉は文学を学びはじめたから、日本の自然主義作家よりも非自伝的小説の数が多い。日本の自然主義小説より廉想渉のほうが、写実的な小説を書いたのである。その点では金東仁も同じだった。大正文学の影響は、両作家に大きな共通点を与えた。

　2期以降になると、廉想渉の写実的な傾向はますます強くなり、

6　日本文学研究資料刊行会編、『大正の文学』、有精堂出版、1981年、22頁。
7　中村光夫は、『明治文学史』、191 〜 192頁で「自己小説」と呼び、平岡敏夫は『日本近代文学史研究』（有精堂出版、1969年）、229頁では「自分小説」としている。
8　「廉想渉の鬱病の源泉ー『生まれ出づる悩み』」『廉想渉研究』、168 〜 172頁、『『除夜』の直接的な創作主題〜『石にひしがれた雑草』」、同書、180 〜 183頁参照。

一人称が減る現象がおきる。主我主義よりは写実主義の影響が際立ち、本人の言葉どおり、彼の文学の写実主義期が訪れるのである。金東仁はちがった。30年代になると、金東仁は唯美主義を標榜した作品を書き、「甘藷」の系統の写実的傾向から抜けでる。その一方で、月刊雑誌『野談』や歴史小説が後につづいていく。廉想渉が金東仁よりも写実的な作家と評価される理由は、そうしたところにある。

問題は、廉想渉が2期以降の作品を写実主義としていることではなく、1期のものを自然主義とみているところにある。彼は、一人称で書いた「標本室の青ガエル」を自然主義の作品と考えていた。明治文学と大正文学の影響を同時に受けた廉想渉は、そのちがいを混同した状態で、白樺派的な視点をもつ私小説に長谷川天渓の用語をつなぎあわせ、それを自然主義と考えていたのである。(「用語」項目参照)

初期に比べれば内面性への執着が弱まったことは事実だったが、2期以降も、廉想渉の小説は外面より内面に重きが置かれている。バルザックよりスタンダール的傾向が優勢なのだ。それは、人間心理への執着に起因する。廉想渉は生涯、生理より心理に重点を置いていた。彼のミメーシスの対象はつねに人間の内面だった。告白体が主軸の初期はいうまでもなく、2期でも、廉想渉の関心は相変わらず人間の内面にあった。

初期とのちがいは、対象範囲が広がり多元描写に移行したことや、告白体から脱して客観的な心理分析を試みた点である。2期以降は、数人の心理が価値中立的な立場で冷徹に分析されている。彼の分析態度は厳正で科学的だった。人間心理のニュアンスを捉える鋭敏さ、それを分析する冷徹さが結びつき、廉想渉を心理分析の大家にしていた。

内面を客観化する点で、廉想渉は花袋や藤村と共通する。1期の告白体小説より2期のほうが、むしろ自然主義の作家たちと通じる部分が多いのである。廉想渉のなかでは、大正文学と明治文学がそんなふうにいくつかの点で混融している。しかし、内面への関心は1期と2期にちがいはない。個人の内面への執着は、廉想渉の重要な特徴である。

　そうした傾向から脱した例外的な小説が「墓地」だった。「墓地」では、デュランティの言葉どおり「われわれが現に住む時代と社会的環境」が幅広くとりあげられる。彼はこの小説で、「万歳」[1919年3月1日、朝鮮の独立のために全国で万歳を叫んだ事件。3・1独立運動のこと]前年冬の韓国の状況を、総体的な眼で捉えようとした。東京留学時代の女性関係まで具体的に書きこみ、連絡船内での植民地の市民の悲惨な状況、日々浸食され減っていく釜山の韓国式建造物、サーベルを下げた小学校の教師、汽車の車両で取調べを受ける思想家や親日派たちの言動……旅路を通じて現れる、そうしたパノラミックないくつかの時代の側面から、「万歳」前年の韓国が「墓地」に変わっていく様子を、具体的、外面的な描写で克明に描くのである。だが一方で、早婚した妻が死にかけている室内の場面も並行して書かれる。

　そうした両面性は廉想渉の世界になかなかみられない要素である。「三代」のような長編でも、再び現れることはなかった。廉想渉の小説は旅路から始まり、室内に収束した。同時に社会性の幅も狭まる。時代や社会的な環境がパノラミックに描かれることは二度となかった。(「背景」項参照)

　その点で、廉想渉は藤村とにた道をたどっている。藤村が、社会的階層の問題をとりあげた「破戒」の世界から、室内のみを描いた「家」の世界に舞台を狭めた理由が時代状況だったように、廉想渉の世界で社会性の幅が狭まっていったのも、政治的に閉塞する時代

の空気と深く関係していた(10)。だから、彼の世界にせっかく現れた社会への関心は萎縮し、２期以降、室内を舞台にした心理分析だけの小説が量産されるのである。

　最後に検討しなければならないのは、廉想渉と金東仁の視点のちがいである。廉想渉と金東仁は、ともに主客同一主義を支持していた（前章参照）。だが、２人の主客同一主義は、視点において、それぞれ異なる様相をみせる。廉想渉のそれは同一人物の内と外を一緒に描くことを意味していた。金東仁の場合、額縁小説に表れて主体と客体が二分化され、視点も一人称と三人称とに分かれる。金東仁の主我主義は、自身と関連する部分にのみ適用されるからである。

　そうでない場合でも、金東仁は、作中人物１人の視点を通して事物を眺める一元描写の手法を愛用した(11)。廉想渉はそうではない。彼は、人物の比重を均等に取り扱った。「三代」の徳基と炳華洪敬愛と畢順の比重に大きな差はない。廉想渉は多元描写の手法を愛用していたのである。金東仁は、多元描写を廉想渉の欠点とみていたから、その視点を用いることはほとんどなかった(12)。金東仁は価値中立的になりえない作家であり、その分、写実主義と距離があった（次項「選択権の排除」の項で触れる）。だが、純客観的視点を排除する点では、金東仁も廉想渉と同じだった。

　したがって、廉想渉は視点においてもゾライズムとは距離があり、日本文学と多くの類似点があった。⑴一人称視点の愛用、⑾非自伝的小説の数の多さ、などは大正期文学の影響とみられるし、⒳内面の客観化を試みる点は、花袋や藤村に共通している。⒴「内面への関心」の持続性は、明治・大正の２つの時代の文学に相通じる特性である。私小説が主軸だった日本では、どちらの時代も内面に関心が向けられた時期に位置づけられるからである。結果として、廉想渉の文学が日本文学の影響圏内で形成され、成長したこと

が再確認される。

　金東仁とのちがいは、大正文学の特徴との相違という形で現れる。廉想渉は一人称で他者の内面まで描き、多元描写の視点を愛用したが、金東仁の内面性はつねに１人の人間に限定される。それが一元描写の視点であり、額縁小説の形式である。主我主義の強さでは金東仁が廉想渉を凌駕するが、視点の中立性、客観性などは廉想渉が金東仁より優位に立つ。廉想渉は唯美主義者ではなく、写実主義者なのである。

　だが、廉想渉の写実性は２期以降に確立される。初期３作は客観化の作業が不十分なために、ノベルの域に達しない作品で終わっているのである。金允植が、廉想渉の小説のスタートを「墓地」とした理由はそこにある。にもかかわらず「標本室の青ガエル」を自然主義の小説だとしたところに、廉想渉の問題点がある。

9　吉田精一、前掲書、70〜71頁。
10　李在銑、「日帝の検閲と『万歳前』の改作」、権寧珉編『廉想渉文学研究』、民音社、1987年、280〜288頁。
11　『自然主義文学論』I、314〜320頁、「一元描写論」参照。
12　「読者として煩雑な感が生じ、進むうちに、その小説の力点がどこにあるのかもわからないようにまでなるので、想渉の『ヒマワリ』は一元描写の手法で書いてさえいれば、もう少し明瞭な作品になったのにと思った」（傍点：筆者）『金東仁全集』6、222頁。

3 選択権の排除―言文一致運動と排虚構

　現実を「正確で真摯に」再現しなければならない文学は、形式面で、日常語の正確な再現を志向する言文一致体の文章を必要とする。「演劇における最良の文体とは、話される会話を最も巧みに要約」することだとするゾラの言葉は、小説にもそのまま適用される。言文一致は、すべてのリアリズム小説の基本課題である。それは近代とともに胎動し、自然主義期に頂点に達した。

　日常語を正確に再現することは、修辞学の拒否を意味する。人は、日常生活において美的基準に則って話したりはしないからである。したがって、日常語を再現する文章は、美文体ではありえない。それだけではない。正確性も備えていなければならない。だから、ゾラは「明晰で、客観的で、乾燥した文体」を礼賛した。手本は「調書」だ。ゾラは、誇張した表現をきらい、警察調書のような正確さを好んだ。自然主義が「排技巧」という課題と密接な理由はそこにある。

　それはまた、選択権の排除を必要とする。「すべてを語らなければならない」というゾラの言葉は、「われわれは選択しない」という意でもあるからである。自然主義者たちが卑俗な語彙も避けることなく用いた理由はそこにあり、専門分野の用語や科学用語まで気にせず使用した根拠も、同じところからきている。(i)無選択の原理にもとづくディテール描写の過多、(ii)文体美学の軽視、(iii)用語の卑属性、などはゾライズムが文体の面で非難された項目である。

　日本の自然主義も言文一致に力を注いだ。だが、歴史が浅いせいで言文一致体の確立そのものを自然主義派が担わなければならな

かったところに、フランスとのちがいがある。「浮雲」から始まった言文一致運動は、硯友社の流れをくむ復古的な傾向を経て、明治30年代の写生文運動が追い風となり、自然主義派の登場で初めて、日常語を再現したやさしい文体を確立する。言文一致体の確立は、自然主義派の功績の１つである。[5]

　フランスの場合と同様に、言文一致運動は「排技巧」という課題と密接な関係があった。日本の自然主義も、ゾライズムのように修辞学を拒否した。硯友社風の修飾が多い雅文体を拒んだのである。自然主義者たちは、そういう文体では現実をありのままに再現できないと考えた。花袋の「メッキ論」がそれを代表している。[6]

　選択権の排除は、日本でも「排虚構」の形で現れる。「無脚色小説」が彼らの理想だったからである。それを彼らは、「自然の筋」に則ると表現した。自然の筋に依存する無脚色小説は、「無解決」の終結法とトーン tone の中立性をともなう。[7]だが、選択権の排除が卑俗語の使用に表れるケースは多くはない。自伝的小説が主だったからである。

廉想渉の言文一致

　韓国近代文学の最重要課題も、やはり言文一致だった。それは李

1　*Le Naturalisme au théâtre*, R.-E, p.172
2　A. Hauser, *The Social History of Art and Literature* 4, London : Routledge & Kegan Paul, 1981, p. 34.〔日本語訳　アーノルド・ハウザー、『芸術と文学の社会史』3、高橋義孝訳、平凡社、1968 年〕
3　同書、64 頁。
4　R.-E, p.152.
5　『自然主義文学論』Ⅰ、147 頁参照。
6　「選択を遺ったり鍍 (メッキ) をやつたりすると以前の文学に後戻をすることになる」、『日本近代文学大系 19　田山花袋集』、角川書店、1972 年、410 頁。
7　『自然主義文学論』Ⅰ、144 〜 145 頁参照。

人稙に始まって李光洙、金東仁へとつづく近代小説家に共通する課題だった。ところが、廉想渉の1期の小説はそうではなかった。初期3作の文章はハングルと漢字の混用体である。表記法も、旧字体の非日常的なものだ。

　もちろん、当時、韓国人の作家で小説を漢字まじりに書いたのは彼だけではなかった。まだ言文一致体が確立されていなかった1920年代初期には、多くの作家が日本と同じように漢字まじりの文章を使った。問題は漢字がまざっていることではなく、漢字の比率だった。その時期の作家で廉想渉ほど、小説に多くの漢字語を用いた作家はいない。彼の小説の文章は評論と変わらず、漢文の比率もほぼ同じである。

(A) 東西親睦會會長, ──世界平和論者, ──奇異한 運命의 殉難者, ──夢現의 世界에서 想像과 幻影의 甘酒에 醉한 聖神의 寵臣, ──五慾六垢, 七難八苦에서 解脫하고, 浮世의 諸緣을 저버린 佛陀의 聖徒와, 嘲笑에 더럽은 입술로, 우리는 作別의 人事를 바꾸고 울타리밧그로 나왓다.

　東西親睦会会長、──世界平和論者、──奇異な運命の殉難者、──夢現の世界で想像と幻影の甘酒に酔いしれる聖神の寵臣、──五欲六垢、七難八苦から解脱し、浮世の諸縁に背く仏陀の聖徒と、嘲笑に汚れた唇でわれわれは別れの挨拶に替え、垣根の外に出た。

(「標本室の青ガエル」、『全集』9、29頁)

(B) 近日 나의 氣分을 가장 正直하게 吐說하면 鸚鵡의 입내는 勿論이거니와 所謂 사람의 特權이라는 虛言도 하기실흔 症이 極度에 達하얏다. 間或 口舌로 사하는 것은 不得已 일일지 모르되 붓끗으로까지, 붓끗은 姑捨하고 活字로 까지 無數한 努力과 時間과 金錢을 浪費하야 가며 빨간 거짓말을 박아서 店頭에 버려노코 得意滿面하야 錯覺된 群衆을 又一層 眩惑케 함은 確實히 罪

惡인 것갓치 생각된다.

　近日の私の気分を最も正直に吐説すれば、鸚鵡の口まねは勿論のこと、所謂人間の特権だという虚言も口にしたくない症状が極度に達している。たまに口で話すのはやむをえないとしても、筆先まで、筆先はさしおいて活字でまで、かぎりない労力と時間と金銭を浪費しながら真っ赤な嘘を書いて店先に並べ、得意満面で誤解している群衆をさらにいっそう眩惑するのは、確実に罪悪と同じと思われる。　　（「樗樹下で」、『全集』12、21頁）

(A) 主觀은絶對다. 自己의主觀만이 唯一의 標準이아니냐. 對己의主觀이 容許하기만하면 고만이다. 社會가 무엇이라하던지, 道德이 무엇이라고 抗議를 提出하던지, 神이 滅亡하리라고 警告를하던지, 귀를기울일필요가 어대잇느냐.

　主観は絶対だ。自分の主観だけが唯一の標準じゃないか。自分の主観が許しさえすれば、それが一番だ。社会が何と言おうが、道徳が何だとか抗議の声をあげようが、神が滅亡の警告をしようが、耳を貸す必要がどこにある。　　　　　　　　　　　　　　　　　　（「除夜」、『全集』9、61頁）

(B) 그러면 나의 이른바 至上善은 무엇인가? 他에 업스니 以上에 累累히 陳述한 바, 自我의 完成이, 自我의 實現이 곳 이것이다. 함으로 엇더한 行爲던지, 自己의 靈魂의 生長慾과 擴充慾을 滿足케 할 수 잇스면 그것은 곳 善이다.

　であれば、私のいわゆる至上の善とは何だろう？　他にないから、上で累々と述べてきた自我の完成が、自我の実現が、まさにそれである。つまり、どんな行為であろうが、自己の霊魂の生長欲と拡充欲を満足させることができれば、それがまさに善である。

（「至上の善のために」、『全集』12、56頁）

(A)は小説、(B)は評論だが、文章上は区別がつかない。引用文をみると、廉想渉が評論に近い量の漢字を小説でも使用していることだけでなく、語彙も同じようなものを使っていることがわかる。当時の廉想渉は、小説の文体的特性を認識していなかったと思われる。小説は想像的文学 imaginative literature、評論は解釈的文学 interpretive literature に属するという基本的な区別さえなされていないことが、引用文によって証明される。評論は論理的、観念的な文章だから漢字を使用しても支障はない。だが、小説はそうはいかない。観念小説であっても観念の肉化が求められる。小説は具体的に現実を再現するジャンルだから、外来文字の漢字の使用は妥当ではない。まず具体化という項目に抵触するのだ。外来語彙は生活と遊離しているために抽象的になりがちであり、小説ではタブーとされている。

　漢字使用の2つ目の問題は、ブルジョア（市民階級）の文学である小説の本質に抵触することである。小説は、ロマンスの時代から庶民向けの文学として出発したジャンルだった。ロマンスという言葉自体、ロマンス語（＝俗語）で書くことを意味するのである。ノベルはロマンスから、ロマンス語で書くという原則を受け継いだ。ラテン語による貴族文学とは正反対の、庶民にわかりやすい文学として生まれたのが小説だからである。それが、知識層の言語である漢字語やラテン語の使用をタブー視する理由だ。

　にもかかわらず、廉想渉の初期の小説は、評論と同じ量の漢字が使われている。漢字には読みがなも振られていない。言文一致に背く行為である。初期に彼が書いた漢字語は、(ⅰ)すでにハングルで日常語化している漢字語をあえて漢字表記したもの、(ⅱ)一般的でない、無理な合成語、(ⅲ)日常生活でほとんど使用しない難解な漢字語、などに分けられる。初期3作と「墓地」を例にみていくと、

以下のようになる。

(i) 舌盒、躊躇、手巾、換腸、柳廓、鬚髯、闖格、天堂、疲劳、停車場、暫間、磨勘、長鼓、何如間、異常、疑問、経験、満足、電燈、気分、世界、裸体、永遠、雑草、築臺、親庭、答禮、未安、講演、帽子、自己、母親、中心、生命、籠檻、潺潺…

(ii) 昂憤、沈寂、晝宵、穏静、沈静、奔焰、悶笑、真純、冷罵、忽變、放釋、躁悶、鬱陶、殉難者、讚栄、焦悶症、層甚…

(iii) 蠹食、催促、轟轟、軋響、巍巍、瓢簞、屠劣浦柳、煎縮、幽隧美麗、罵倒、哄笑、喧談、詰難、燼灰、専賣、雜遝、魍魎、貪婪、瘡痍、鷖女、芒斷、奔擾、窺覘、漱洗…

(i)は、日本の近代小説の文体が手本だと思われる。花袋や藤村の小説の文章と比べてみると、ハングル漢字混用体の(i)は、日本の小説文体を模範にしていることがわかる。

(1) 数多い感情づくめの手簡(てがみ)——2人の関係は何うしても尋常(よのつね)ではなかった。烈(はげ)しい戀に落ちなかつたが、語り合ふ胸の轟(とどろき)、相見る眼(あひみ)の光、其底には確かに凄じい暴風(あらし)が潜(ひそ)んで居たのである。

(「蒲団」の冒頭、『田山花袋集』、日本近代文学大系19、124頁)

(2) 蓮華寺(れんげじ)では下宿を兼ねた。瀬川丑松(うしまつ)が急に転宿(やどがえ)を思い立って、借りることにした部屋というのは、その蔵裏(くり)つづきにある二階の角のところ。

---

8 M. Boulton, *The Anatomy of Prose*, 2章参照。
〔書誌情報 M. Boulton, *The Anatomy of Prose, London*: Routledge & K. Paul, 1954〕

(「破戒」の冒頭、『島崎藤村』、新潮日本文学2、52頁)

　この引用文と廉想渉の文章は、㈠分かち書き〔韓国では単語ごとに分けて書く〕していない点、㈡国漢文を混用している点で共通し、日常語化した漢文の語彙を漢字で表記している点にも、両者の類似性がみられる。だが、異なる部分も多い。日本と韓国では漢字の使用法自体にちがいがあるからだ。前述の花袋と藤村の国漢文混用体と廉想渉のものには、次のような相違点がある。

　1)日本の小説では、難解な漢字には必ず読みがなが振られ、漢字を知らない階層でも読めるようになっている。韓国の場合も同じだ。小説ではできるだけ漢字を使わないが、どうしても使わなければならない場合はカッコ書きするのが通例である。金時習〔キム・シスプ 1435～1493。朝鮮文学史上初の漢文小説である『金鰲新話』の著者〕や朴趾源〔パク・チウォン 1737～1805。思想家、文学者。実学思想の研究と普及に努め、漢文短編小説を著わした〕のように、漢字で小説を書く作家もいたにはいたが、朝鮮時代でも小説の大部分はハングルで書かれ、漢字はカッコのなかに入れられていた。近代作家の場合は言わずもがなである。李人稙は、日本のように読みがなを振る方法で書き、李光洙や金東仁はカッコ書きしていた。ところが、廉想渉にはそうした気遣いがなかった。したがって彼の国漢文混用体は、漢文を知らない階層は読みづらい。

　2)日本の漢字語は韓国の吏読文〔新羅時代に使用された漢字での朝鮮語表記法。日本と同じく音読みと訓読みを一緒に使う〕のように、音読みと訓読みを一緒に使う。訓読みは固有語であり、日本の小説は漢字に訓読みでかなを振るから、漢字語が日常語化している。前述の引用文でも、「手簡」、「転宿」は「てがみ」「やどがえ」と読みがなが振られている。つまり、漢字語の使用は言文一致と抵触しない。いわば、漢字語を含めての言文一致なのである。日本では現在もそうした文体を使っている。だが、韓国では、(ii)、(iii)に登場するような漢字語は日常語になっていない。韓国は音読みだけ

だからである。

　3) 韓国では(i)のように日常語となった漢字語を漢字で表記しない。漢字から来た言葉であっても、すでに韓国語化しているものは外来語として扱われないから、誰も「手ぬぐい（수건・スゴン）」や「ヒゲ（수염・スヨム）」を「手巾」、「鬚髯」と書かない。語源すら忘れるほど、韓国語化した語彙だからである。それをわざわざ漢字で表記するのは、無用な衒学趣味だといえるだろう。廉想渉がそうした語彙まで漢字で表記したのは、日本の国漢文混用体の影響とみることもできる。

　だが、日本と韓国では漢字の使用法がちがうから、日本のように音読みと訓読みをあわせて使う初期の小説の国漢文混用体は、(i)であっても、小説として受け入れにくいところがある。読みがなを振らないのは漢字が読めない読者を無視する行為であり、訓読みでないために言文一致にも抵触する。

　そうした面は(ii)、(iii)でさらに強まる。(ii)は、一般的には使われない不自然な造語であり、(iii)は大学で学んだ人間でも辞書なしに読めない漢字が多い。論文であっても、やむをえない場合を除き使用は控えるべきとされるまれな単語である。そうした難解な漢字語を、読みがなも振らずに小説で使うのは、小説の本質に背くものである。

　漢字の濫用が廉想渉だけの特徴だったことは、同時代の作家である李光洙や金東仁の初期の小説の冒頭の文章と比較するとよくわかる。

(1)　경성 학교 영어 교사 이 형식은 오후 두 시 사년급 영어 시간을 마치고 내리
　　쬐는 유월 볕에 땀을 흘리면서 안동 김 장로의 집으로 간다．
　　京城学校の英語教師李亨植は午後二時に四年生の英語の時間を終え、降

りそそぐ六月の陽ざしに汗を流しながら、安洞にある金長老の屋敷に向かっている。(「無情」、『李光洙全集』1、三中堂、1962年7頁)〔日本語訳:「無情」、波田野節子訳、平凡社、2005〕

(2) 가정교사 강 엘리자베트는 가르침을 끝낸 다음에 자기 방으로 돌아왔다. 돌아오기는 하였지만 이제껏 쾌활한 아이들과 마주 유쾌히 지낸 그는 껌껌하고 갑갑한 자기 방에 돌아와서는 무한한 적막을 깨달았다.

家庭教師カン・エリザベートは、教え終わると自分の部屋に戻った。戻りはしたが、つい今しがたまで快活な子どもたちと向きあい、楽しくすごしていた彼女は、まっ暗で狭苦しい部屋に戻ると、とてつもない寂しさに襲われた。

(「弱き者の悲しみ」、『金東仁全集』1、朝鮮日報社、1987年、11頁)

(3) 묵업은 氣分의 沈滯와 限업시늘어진生의 倦怠는 나가지안는 나의발길을 南浦까지끌어왓다.

歸省한後、七八個朔間의不規則한生活은 나의全身을 海綿가티 짓두들겨노핫슬쑨안이라 나의魂魄까지 蠹食하얏다.

どんよりした気分の沈滞とかぎりなくつづく生の倦怠が、進まない私の歩みを南浦まで運んでいった。

帰省後7、8カ月間の不規則な生活は、私の全身を海綿のように打ちのめしただけでなく、私の魂までも蠹食した。

(「標本室の青ガエル」、『全集』9、11頁)

(1)と(2)を、廉想渉の「標本室の青ガエル」と比較すると、言文一致の程度にどれほど差があるか、はっきりとわかる。李光洙は、固有名詞以外はほとんど漢字を使わず、金東仁は1頁に2、3個の漢字語を使用しているものの、「보법(歩法)」、「굉대(宏大)」とい

うふうに必ず漢字をカッコに入れ、漢字がわからない人も問題なく読めるようにしていた。金東仁や李光洙が草創期から言文一致を自覚して文章を書いていたことが確認される。

なかでも、金東仁の文章への関心は格別なものがあった。彼が雑誌『創造』を通じて試みた近代文学運動の最も基本的な事項が、近代的な叙事文体の確立だった。言文一致体を李光洙からさらに一歩進めるために、金東仁は相当な努力を傾けた。彼は、時制、三人称代名詞、終結語尾などにまで細かく注意をはらった。廉想渉にだけ、そうした気遣いが欠けていた。初期の廉想渉は、小説のジャンル的特徴や言文一致に明確な自覚がなく、評論のような文章で書いて小説と呼んでいた。文体だけではない。内容面も、「樗樹下で」（評論）と「闇夜」（小説）、「個性と芸術」（評論）と「除夜」（小説）での重複の多さが、それを証明している。廉想渉は、李光洙や金東仁ほど小説のジャンル的特徴に神経を使わず、言文一致に対する認識もない状態で小説を書きはじめたといえる。

金允植が指摘するとおり、当時の廉想渉にとって韓国人作家は眼中になく、日本だけを手本にしていたのだとしても、やはり、小説文への認識が不十分だったという誹りは免れないだろう。先に指摘したように、日本の国漢文混用は、日常語を使ったり訓読みに読みがなを振ったりすることで言文一致をはたしていたから、廉想渉の、生活と乖離した語彙の乱用とは次元が異なる。

文章面にみられる言文一致の退化現象は、廉想渉の初期の小説の致命的な欠陥である。それは、まるで20世紀にラテン語で小説を書くような行為だ。どの国にも、これほど難解な語彙で書かれた小

---

9 『金東仁全集』6、11頁参照。
10 「『彼』の記号体系と『ユ』の記号体系」、金允植、『廉想渉研究』、233〜236頁参照。
11 同書、11頁参照。

説はない。特に自然主義小説に、そうした難解な文体は許されない。現実に使われている言葉との隔たりが、あまりに大きいからである。

　だが、それは初期の小説にだけみられた現象だった。年を重ねるにつれ、廉想渉の小説から難解で不自然な漢字語が少なくなっていく。読みがなが振られていないことを除けば、日本式の国漢混用体ににた言文一致がなされていくのである。もっとも、読みがながないから、漢字を知らない階層は依然として読めないという問題は残っていた。

　やがて、廉想渉はそれらの難点をすべて克服した。そして、誰も知らなかった、繊細かつ純粋なソウルの固有語を土台に、本格的な言文一致体を確立する。この競争で、廉想渉は非常に有利な高地を押さえていた。李光洙や金東仁がとうてい知りえなかったソウルの豊かな固有語が、彼の生活語だったからである。

　標準語を生活語にするというのは、韓・日・仏３か国の自然主義作家のなかでも廉想渉にだけ許された条件だった。金東仁、玄鎮健だけでなく、ゾラや花袋、藤村も、みな地方出身で、自国の標準語の語彙を十分理解していない作家だった。エミール・ゾラは父親がイタリア人の南仏育ちであり、花袋や藤村も「上京組」の作家である。雅文体を使いたくても使えない、地方出身の作家だったのだ。花袋や藤村などが雅文体を拒んだ理由を、そこに求める評者もいる。

　金東仁や玄鎮健も、花袋、藤村らににていた。彼らは、ソウルっ子の言葉を知らない地方出身者だった。言文一致体への情熱にもかかわらず、金東仁の小説の地の文に登場する「저픔」（チョプム）、「완하다」（ワンハダ）などの方言が、それを証明している。廉想渉だけが例外的に、首都に暮らす中産層の言語を、流暢に駆使する能力を備えていたので

ある。

　ソウルっ子の言葉を自由に使いこなせることは、韓国の伝統的な生活文化に通じていることを意味する。それは、ノベルの属性の1つである風俗描写の可能性を、廉想渉だけが例外的に手にしていたことでもある。伝統を知る者だけが、近代を知ることができる。ヘンリー・ジェイムズの言葉どおり、伝統のないところにノベルは生まれない。(14) 伝統社会が完全とはいえないアメリカやロシアの小説が、親ロマンティックになる理由もそこにある。(15)

　同じ原理は、金東仁にも当てはまる。彼は、封建社会の風俗を十分知りえない、朝鮮西北地方の人間である。金東仁が「雑草」の執筆を中断せざるをえなかったのは、両班〔양반：高麗、李氏朝鮮時代の特権的な官僚階級、身分。官位・官職を独占世襲し、種々の特権・特典を受けた〕の世界を知らなかったからだという金允植の指摘には、妥当性がある。(16) 伝統社会を知らないことは、金東仁が風俗小説の作家となるうえでの障害となった。金東仁が本格的なノベル作家になりえず、歴史小説に逸脱した理由の1つは、そこにあったといえる。

　それだけではない。金東仁は、早い時期に開化した裕福な家庭で育ったため、韓国の近代が抱える問題とは無縁だった。韓国近代小説の重要テーマの1つである旧制度との闘いを、金東仁は知らなかった。廉想渉だけではなく、李光洙、李箕永、蔡萬植なども苦しめられた早婚の問題は、金東仁とは無関係だったし、大家族制度も同様である。彼は、個人主義や主我主義が何の苦労もなく認められた。そのうえ、彼は400坪相当の大きな屋敷に隔離されて育ち、

12　花袋と藤村、泡鳴、独歩、秋声など、日本の自然主義の作家はみな、地方出身だった。
13　加藤周一、『日本文学史序説』下、筑摩書房、1980年、332頁参照。
14　ヘンリー・ジェイムズ、『ホーソーン論』（1879）。「ノヴェルとロマンス」、『シンポジウム英米文学』6、学生社、1974年、8頁から再引用。
15　同書、25〜28頁参照。
16　金允植、『金東仁研究』、13頁参照。

自分が暮らしているコミュニティの風俗からさえ、疎外されていたのである。そうした条件によって、金東仁はノベリストになることを妨げられた。

廉想渉はそうではなかった。彼はソウルの中産層家庭に深く根づいていた、旧制度のなかで育った。金東仁のように現実と切りはなされて成長するかわりに、近所の住人や隣接する中産層の大家族に揉まれて育った。だから、ソウルの中産層が暮らす伝統的コミュニティの生態を、隅から隅まで知りつくせる立場にいた。廉想渉の作品の背景が、ソウルの四大門のなかに限られているようにみえるのは、そこが彼自身の生活拠点だったことに起因している。それが、廉想渉がノベリストとなる、もう1つの条件だった。ノベルの背景は、人口密集地でなければならないからだ。(17) 都心で育ったこと、伝統社会の実情を熟知していたことが、ノベリストになることを手伝った要素である。

廉想渉は、ノベルを書くための条件を十分に満たす、20年代唯一の作家だった。だから、彼が日本式の国漢文混用体から抜けだし、生活語を武器にしはじめると、「墓地」、「三代」などの本格的な近代小説が生まれるようになったのである。それは、廉想渉だけができる仕事だった。ソウルの標準語と廉想渉文学は、そうした不可分の関係で結びついている。ゾラ、花袋と藤村、李光洙、金東仁、玄鎮健などと廉想渉が区別される条件が、まさにそれである。

廉想渉の小説から漢字語表記が消えるのは「ヒマワリ」の頃である。初期3作に始まって、「死とその影」までつづいた漢字過多現象は「ヒマワリ」で消え、「電話」で初めて、日常語の使用が定着する。「墓地」から試みられていた言文一致が、「ヒマワリ」を経て「電話」で完成するのである。彼は、観念の世界から現実へ立ち戻り、その時点から名実ともにノベリストとなる。

問題は、彼が自身の初期の小説を自然主義とみていることである。人間の内面への関心という点からみれば、初期3作は注目に値するが、表現技法では自然主義の小説になりえていない。言文一致がされていないから、文章面での妥当性がないのである。どの国にも、評論の文体で小説を書く自然主義は存在しなかった。言語と現実の距離があまりにかけ離れているから、そうした文体で現実をありのままに再現するのは不可能なのである。廉想渉の自然主義が、初期では作品に肉化できず、長谷川天渓のスローガンで終わった理由の1つに漢字過多の文体がある。漢字語が生活語でないために、廉想渉の自然主義は抽象性から抜けだすことができなかった。漢字語の濫用は、初期の小説を小説らしくしなかっただけでなく、彼の自然主義を抽象的なものにする決定的な要因になった。

　だが、本人の意に反して2期の文章は、むしろゾラ、花袋や藤村などと相同性をみせる。彼が自然主義から抜けだしたと公言している時期に、彼の自然主義は肉化され、具体化されたのである。そして終生、彼の世界を支配した。頑固なまでに客観的な目線で、むしろ花袋や藤村、金東仁を凌駕するほどだった彼の表現方法は、その時期に確立されたのである。

　言文一致、外面化現象、価値の中立性、視点の客観化などの特徴をもつ2期の表現方法を、廉想渉は写実主義と呼んでいた。彼にとっての写実主義は、表現技法に比重が置かれていた（「写実主義との出会い」の項参照）。しかし、写実主義と自然主義は、現実を再現する方法においては、ほとんどちがいがない。ゾライズムがリアリズムと区別されるのは、科学主義、決定論など内容に関係する部分である。だが、日本の自然主義はその部分をとりいれなかった。日

17　「ノヴェルとロマンス」、『シンポジウム英米文学』6、7頁参照。

本の自然主義とゾラが共通するのは、現実再現の方法だけである。つまり、廉想渉が写実主義と呼んだものは、日本式の概念でいえば自然主義にもなる。したがって彼の自然主義は、初期よりも２期において、具体的に表れるといえる。

廉想渉の文学を写実主義とみるか、自然主義とみるかは、自然主義を日本式に定義づけるか、フランス式に定義づけるかによる。フランス式でみれば、廉想渉は自然主義とはなりえない。しかし、日本式でみれば、彼は１期だけでなく、２期も自然主義者だったといえる。１期は長谷川天溪のスローガンによって、２期は表現技法によって、廉想渉は自然主義者と呼ぶことができるのである。

次にとりあげなければいけないのは、廉想渉の考証の姿勢である。彼は、考証へ不信を次のように語っている。

> 日本の田山花袋だか誰だかが、自然主義全盛時代に乞食の心理を研究しようと、夜に変装して上野公園を彷徨ってみたという話があったが、それだって私にいわせれば、いくらそんなことをしたところで乞食の心理、感情、気分の表面さえ味わえないはずだし、得られた体験もやはり、『ブルジョア』的見地からくる客観的批判にすぎないなと思う
> 「階級文学を論じいわゆる新傾向派に与える」(『全集』12、80頁)

廉想渉は、考証にもとづいて虚構的な物語を書くことを否定していた。直接的な体験から湧きあがるものでなければ、いくら忠実に考証したところで、外皮的なものにすぎないと考えたからである。その点でも、廉想渉とゾライズムの関係は明白だ。彼は、「排虚構」のスローガンを叫んだ日本の自然主義を、そのまま踏襲していた。実のところ、日本の自然主義より徹底した体験主義をとっていたといえる。日本でも、非自伝的小説は考証プロセスを重視する傾向が

あったからだ。モデル小説であるにもかかわらず、「田舎教師」を書くために、花袋はその人物が暮らした地方へスケッチ旅行に出かけ、藤村も、小説の舞台となる場所をよく旅した。廉想渉はそうではない。彼は、自身がよく知っている場所だけを舞台にして小説を書いた。自分のみしった人物の話だけを書いたのである。廉想渉にとって、真実＝事実の原理は絶対的だったといえる。だから、彼は体験していないことは拒んでいた。

そのため、廉想渉の考証には粗さがみられる。典型的なのが、彼の自然主義の代表作とされている「標本室の青ガエル」だ。すでに数人が指摘しているとおり、アオガエルの内臓からモヤモヤと湯気が立つことはない。変温動物だからである。ほかにもある。アオガエルは、解剖用のカエルではない。あまりに小さすぎるため、解剖用には向かないのだ。彼がアオガエルの考証を経ずに小説を書いたために、そうした事態が生じたわけである。考証を重視しないから、彼の非自伝的な小説は大部分がモデル小説だった。それだけでなく、自分ににた階層の人間の物語——廉想渉が自信をもって語ることのできる、親しい人びとの物語になっているのである。

金東仁はそうではなかった。彼の非自伝的小説の主人公は、作家と異なる階層、異なる職業をもつ登場人物である。率居（ソルゴ）（「狂画師」）と白性洙（ペク・ソンス）（「狂炎ソナタ」）は画家と音楽家、「赤い山」、「K博士の研究」は、話者が科学者である。すべて、考証の努力が必要な作業だ。作品には専門用語も多く出てくる。金東仁は考証を重要視する作家だったのだ。彼は「春園研究」で、春園・李光洙の考証のいい加減さを数度にわたり指摘している。程度のちがいはあれ、そうした科学主義的な再現方法は、金東仁とゾライズムが結びつく部分である。廉想渉はちがった。彼はゾライズムから離れた場所に立っていた。

4　価値の中立性と描写過多現象

　選択権を排除するための努力が卑俗語の使用として現れる現象は、廉想渉にもあまりみられない。花袋や藤村の場合と同じように私小説を多く書き、非自伝的小説の場合でも、自分ににたインテリを主要人物に置いたから、卑俗な言葉はほとんど出てこない。

　題材にかんしても同様である。彼はカネと性にかんする題材を多く扱っているが、男性主人公に物質万能主義の人間や、性的に堕落した人物はほとんどみられない。カネと性の両方にまたがっての堕落の様相は、崔貞仁（「除夜」）や趙相勲（「三代」）などに表れるだけである。だがその場合にも、性的乱倫は間接的に描かれるのがつねである。廉想渉の小説には、男女の裸体描写はほとんどない（「主題」の項参照）。花袋や藤村らと同じように、廉想渉も溝に蓋をかぶせておくタイプであり、卑俗性と結びつくような現象はみられない。

　金東仁はちがった。卑俗性の点で、ゾラが非難されたのと同じ要素がいくつもみられる。金東仁は自伝的小説でも卑俗語を使うことがあった。それだけではない。娘がいる部屋で愛人と戯れる父親（「キム・ヨンシル伝」）、大便で栄養食を作る科学者（「K博士の研究」）、屍姦する音楽家（「狂炎ソナタ」）、殺人を犯す画家（「狂画師」）といった人物の物語を多く扱い、「大便学」、「蓋を開けた溝」などと批判されたゾラとにた部分が多い。廉想渉が花袋、藤村側にとているのに対し、金東仁はゾラと類似性をみせる。

　卑俗性に比べて、「排技巧」という点では２人の距離は近くなる。廉想渉は金東仁のように芸術至上主義は標榜しなかったが、芸術を至上の価値とみる部分は共通していた（「芸術観」の項参照）。極端を

きらう廉想渉は、金東仁のように表現技法の刷新に打ちこむことはなかったものの、日本の自然主義者のように「排技巧」をスローガンに掲げることもなかった。ゾラの芸術観よりもフローベールの芸術論に親しんだ作家だったことは、廉想渉の初期の評論でも確認できる。

(1) しかし、「ただ1つのことにはただ1つの言葉しかない」というフローベールの名言を思い出すのだ。そして、洗練された一言、一言のあいだには調和がなければならないのである。

（「余の評者的価値を論ずるに答えて」、『全集』12、16頁）

文章の正確さや洗練美に対するそうした興味は、大正期の芸術至上主義的な文学風土と関係している。日本の自然主義ではゾラと同様、修辞学の拒否現象がみられたのに、韓国で「排技巧」のスローガンと自然主義が結びつかなかった理由はそこにある。

だが、金東仁は廉想渉の文章に満足していなかった。

(2) 彼の描写法は、非常に散漫である。1つの部屋のなかに甲、乙、丙の3人がいたら、彼はその3人の動作、心理はもちろんのこと、座っている場所だの、さらには彼らの影が床に映っている位置だの、「彼の影と日差しの境界線を跨ぎ置かれた灰皿まで」も描写せずにはいられない。……調理的才能が彼には欠乏している。……不必要な場面が多い。これが彼の作を、一見散漫な生活記録にみせているのである。

（「朝鮮近代小説考」、『金東仁全集』6、152頁）

---

55 姜仁淑、『自然主義文学論』II、高麗苑、1991年、第5章「自然主義に対する否定論と肯定論」1参照。

(3) 無技巧、散漫、放心、そうした下でも、人生の一面を十分に発見することはできる。ただ、その散漫な描写方式のせいで、深い印象を残すことができないだけ……

(同前、153頁)

(4) 廉想渉は、その豊かな語彙と細やかな筆致が当代の独歩ではあるが、オチをつけるのが下手で、「未完」あるいは「つづく」とつけるべき作品の最後に、「終」という字を置く人間……

(「文壇30年史」、同書、34頁)

(2)で金東仁が指摘する廉想渉の欠点は、(i)描写の散漫と無選択性、(ii)多元描写の2つである。廉想渉は多元描写のせいで散漫になるという発言を、金東仁はほかの所でもしている。金東仁が好んだのは一元描写だからである。

廉想渉も、初期は一元描写だった。1人の人物の内面に関心を集中させていたのである。初期3作の世界がそれだ。一元描写体の小説では、「灰皿の位置」のようなものは問題にならない。人物の内面に作者が没入しているから、外界への関心は小さかったのである。一元描写体を使用していたから2期よりは金東仁に近く、そのため、廉想渉の初期の文学が金東仁の非難の対象から外れていたことは、次の引用文からもわかる。

(5) 「標本室の青ガエル」は、ロシア文学の輪郭をなぞったものであった。筆者の羨望と驚異がそこにある。だが、朝鮮人の想渉はすぐに朝鮮文学を発見した。沈着と煩悶は、彼の作品から消えた。「前進するために到達した場所」に到達した。彼はそこに到達しながら、朝鮮文学の輪郭のまんなかに、想渉個人の道をみつけだした。

(「朝鮮近代小説考」、廉想渉編、同書、152頁)

金東仁の非難する散漫な技法は、廉想渉がロシア文学的な多悶性を失った後の文学、すなわち２期以降の文学だけにあてはまる。彼自身が「写実主義」と呼んだ文学が、批判されたのである。金東仁は芸術至上主義的な芸術観をもっていたため、廉想渉の写実主義を好まなかった。金東仁の目からみれば、それは「散漫な生活記録」にすぎない。散漫の美学は、写実主義の無選択の原理に起因するものである。簡潔の美学が「東仁の味」なら、散漫の美学は「想渉の味」といえる。

　韓国では、「排技巧」のスローガンはプロレタリア文学から表出した。だから、プロレタリア文学の側からみれば、廉想渉は金東仁とともに技巧派だった。その分類の仕方には根拠がある。廉想渉は金東仁とともに反プロレタリア文学の旗手であり、プロレタリア文学派の内容偏重主義を攻撃した武器が、形式優位思想だったからだ。

　だが、文章の長さでみると、廉想渉と金東仁は対照的である。李仁模の調査によれば、金東仁の「狂公子」は１つの文章の平均字数が31.8であり、廉想渉の「束縛（굴레）」は51.5である。後者の文章がさらに３分の１以上長い。ちがいは、文章の長さだけではない。廉想渉は、描写対象の選択と省略を忌避する傾向がある。彼の場合、無選択の原理は、卑俗性では無縁のものだったが、描写対象の選択権の排除には現れるのである。その結果生まれるのが、起伏がなく描写過多がつづく現象である。

　金東仁はそうではなかった。彼は、初期２作では精密な描写を試みたが、「甘藷」を書く頃から簡潔の美学が定着した。彼自身が言

56　「文壇30年史」、『金東仁全集』6、34頁参照。
57　「階級文学を論じいわゆる新傾向派に与える」、『全集』12、6頁。
58　李仁模、『文体論』、東華文化社、1960年、147頁。

う「東仁味」をもった文章とは、簡潔体である。簡潔の美学は選択権の容認を意味するから、廉想渉と正反対の傾向が現れる。作家を神と考える金東仁は、選択権を作家の特権とし、その特権をもって自由自在に剪定して、簡潔体の文章を作りだした。

　金東仁が考える「リアルの神髄」は「簡潔」である。「『実在しうる事実』を現実に即して描写することがリアルなのではない」[59]。それは「写真」にすぎないと金東仁は考えた。作家は写真師ではなく画家であり、作家のすべきことは「残りをすべてとりはらって骨だけ残し、それを正当化して表現」[60]することである。したがって、「甘藷」の登場人物・福女（ポンニョ）の価値観のゆらぎや死なども、数行で簡単に処理される。リアリズムの 'as it is' の原理自体を否定するのである。金東仁がノベリストとしての地位を確立できなかった理由の1つが、そこにある。ノベルは、作家に選択権の放棄を求めるジャンルである。現実をあるがまま再現するリアリストは、選択権をもってはいけないからである。

　リアリズムは、作家の価値中立的姿勢も要求する。リアリストにとって題材に高低がないように、描写対象にも高低はない。だから、彼らは「すべてを語らなければならない」。リアリズムのディテール過多現象は、選択権の排除から来るものである。廉想渉が灰皿の位置まで描写しようとするのは、現実をあるがままに再現しようとする、リアリスト的な姿勢である。2期の廉想渉は、リアリストだったのだ。そのために、廉想渉の文章は散漫だと非難された。フランスのリアリストたちが非難されたのと同じ項目[61]である。

　金東仁は、文章の点で彼を非難した人間の代表である。彼は、廉想渉のハムレット的多悶性は高く評価したが、描写法や構成への不満は多かった。芸術観が互いに異なっているのである。廉想渉が、1人の人間の内面を深く掘りさげる態度を変え、数人の人物の内面

と外面を均等な比率で扱いはじめたのは「ヒマワリ」からである。その小説で、彼は初めて多元描写法をとっている[62]。

多元描写だけではない。「ヒマワリ」で初めて、彼は他者の話を三人称で書き、登場人物の名前に記号のかわりに固有名詞を与えているし、外面化現象が増え、直接描写の分量が多くなった。漢字の消滅現象まであわせると、「ヒマワリ」は表現技法上、1つの分水嶺を成す作品といえる。金東仁が好んだのは、それ以前の作品群だった。しかし、初期の小説の場合にも、金東仁が認めていたのは描写法ではない。描写対象が人物の内面であること、その内面的苦悩の深さが、金東仁の高評価の実体だった。

(3)は、散漫ではあるものの、廉想渉小説がもつ価値について肯定的態度を示しているが、それもやはり、内容に対しての可能性が高い。彼は、廉想渉を「不注意のドストエフスキー」といい、「技巧の鈍才サッカレー（William Makepeace Thackeray）」と呼んだからである。技法上の欠陥はあっても、廉想渉に対する金東仁の評価は高かった。ただ、せっかく発見した「人生の一面」を散漫な文体が台無しにしている、と金東仁が嘆いていることから、描写の放漫さへの不満は変わらなかったことがわかる。

(4)になると、廉想渉の技法への評価も、かなり寛大なものになる。語彙の豊かさ、筆致の繊細さによって、廉想渉が独歩的な位置を確立していることを認めており、(2)、(3)より高い評価だ。かわりに登場したのは、終結法への批判だった。廉想渉の無解決の終結

---

59 「創作手帳」、『金東仁全集』6、233 頁参照。
60 「近代小説の勝利」、同書、177 頁参照。
61 無選択の原理から来る退屈さ、描写過多からくる散漫などは、リアリストたちが共通して非難された項目である。（『自然主義文学論』I、144 頁参照）。
62 「小説作法」（『金東仁全集』6、222 頁参照）で金東仁は、廉想渉がもし「ヒマワリ」を一元描写で処理していたら、作品はずっとよくなったとして、彼の多元描写の欠陥を指摘している。

法に、金東仁は賛成できないのである。金東仁は小説技法のうち、プロットを非常に重要視する作家だった。金東仁が作家の優劣を判断する基準はプロットである(63)。なかでも、金東仁が最重要視したのが終結法だった。彼の好む終結法は、無駄なエピソードを挿まず、「『終末』のクライマックスめがけて一直線に進行させる」(『金東仁全集』6、188頁)タイプのものである。はっきり終わる、劇的な終結法なのだ。それは無解決の終結法と正反対のものである。金東仁が日本の自然主義の影響圏内に入らない作家だったことが、改めてたしかめられる。

　廉想渉の文学に対する金東仁の非難は、リアリズムがもつ姿勢への批判だともいえる。リアリズムは価値中立的な態度を支持するから、作家の選択権は排除されなければならず、選択権を排除すれば「すべてのことを全部描かなければ」ならないから、簡潔の美学が現れることはない。ディテール描写の多さは、リアリズムの不可避な要素だ。したがって、廉想渉の描写法に対する金東仁の非難は、裏を返せば廉想渉がリアリストだったことを証明する材料になる。

　廉想渉は、2期以降のリアリズム的技法を日本の自然主義からとりこんだ。だが、初期は白樺派の影響圏で作品が成立していたとみられるから、金東仁との共通項も生まれるのである。しかし、2期になると白樺派の影響は減り、かわって唯物論的写実主義と自然主義派の影響が大きくなる。金東仁の言葉を借りれば、廉想渉はその時期になって初めて、自分に合った技法を手に入れた。それは、自然主義派の技法だった。プロレタリア文学は写実主義的な傾向を強めるのに一役買ったが、廉想渉の描写法を花袋や藤村よりもさらに写実的にしただけであり、実質的には、廉想渉の2期の技法の枠組みは、自然主義派から得られたものである。

　無解決の終結法や無脚色の原理に対する確信、多元描写、平面描

写など、すべて日本の自然主義の技法上の特性である。廉想渉は２回目の日本行きで藤村の小説を読み、「学ぶべきは技巧」という文章を書いたことがある。その言葉は正しかった。２期の廉想渉は、技法の面で、日本の自然主義から強い影響を受けていた。無選択の原則からくる描写の客観化や、描写過多から生じる散漫さは、花袋の平面描写の原理と矛盾しないし、一元描写や多元描写という用語は、岩野泡鳴が作りだしたものである。

　無解決の終結法も、日本の自然主義のスローガンの１つだった。廉想渉は、花袋や藤村よりさらに徹底して無解決の終結法をとった。廉想渉自身は否定しているが、大衆小説を除く彼の小説は、ほとんどが無解決の終結法である。卑俗語が登場しない点も含めれば、廉想渉の技法の基本的な枠組みは、日本の自然主義から得たものでできていることがわかる。『早稲田文学』の影響は、彼の人生を支配していた。日本の自然主義は、手法の面でゾライズムと多くの共通点があった。ゾライズムはリアリズムと表現手法が共通しているから、日本の自然主義がゾライズムと共通していたものは自然主義ではなく、写実主義だった。

　廉想渉が、２期以降の自分の文学が写実主義で一貫しているとみることは、西欧的概念では妥当性をもつ。しかし、日本はちがう。日本での自然主義成立の要件は写実主義的手法しかないから、その２つは複合的な性格をもつのである。

　廉想渉は、天渓のスローガンを自然主義と呼び、日本の自然主義の手法を写実主義と呼んだ。しかし、実質的に彼が受け継いだものは日本の自然主義だった。「排技巧」、「無脚色」、「無解決」、「平面

---

63 『金東仁全集』6、188〜204頁の創作評や「小説作法」、「春園研究」などに、金東仁のプロットへの関心が現れている。

64 「私と自然主義」で、解決を与えることが必要だと発言している。(『全集』12、220頁)。「私の創作余談」にも、同様の発言がある (前掲書、316頁)。

描写」、「多元描写」などは、日本の自然主義だけにみられるスローガンだからである。彼が写実主義だと考えたものは、日本の自然主義の技法だった。

　廉想渉は、自然主義からすっかり抜けだし、写実主義からは一歩も引くことなく、40年を歩んできたと主張している。(65)別な言い方をすれば、初期は思想面で日本の自然主義の影響を受け、2期以降の40年間は、延々と日本の自然主義の技法のうちに文章を書いていたことになる。ちがうのは、花袋や藤村の文章にくらべ、廉想渉の描写体のほうがより写実的なことだけである。藤村の描写法は、印象主義を導入したというほど抑制されたものだった。廉想渉が、花袋の平面描写よりも徹底して無選択の原理にもとづくことができたのは、プロレタリア文学の影響だった。彼はプロレタリア文学を通じて、写実主義の本質を体得した作家だったから（「用語」の項目参照）、自然主義よりさらに「sec（乾燥）」した文体を確立することができたのである。

　廉想渉の小説に、価値中立的なリアリズムの手法が確立したのは、「ヒマワリ」からである。それは、廉想渉と日本の自然主義の共通要素で形成されている。しかし、同時にゾライズムとも共通分母をもっている。日本の自然主義は手法の面で、ゾライズムと通じていたからである。

　金東仁はそうではなかった。彼は、反リアリズム的な芸術観をもっていたから、表現技法の面ではゾラ、花袋や藤村、廉想渉の誰とも異なっている。廉想渉と金東仁が相通じるのは、芸術優位思想と1期の告白体小説くらいのものである。

　廉想渉は、自分では写実主義だと考えながら、実質的には日本の自然主義の手法を長く堅持した作家だった。形式の面では2期が、日本の自然主義と結びつけられる時期である。主客合一主義、人間

の心理に対する関心、言文一致、視点、終結法、描写法など、すべての面で2期の文学は花袋、藤村の文学と濃密な親族関係にある。主題にかんしてよりも手法の面で、多くの類似点をもつのである。

---

65 「私の創作余談」、前掲書、315〜317頁参照。

第3章

文体混合の様相

1　人物の階層と類型
2　背景──「ここ−いま」の
　　クロノトポス（Chronotopos）時空間
3　カネの具体性と性の間接性
4　無解決の終結法
5　ジャンル上の特徴

1　人物の階層と類型

　フランスの自然主義のもう１つの特徴に、文体混合がある。自然主義の小説は、人物の凡俗性、背景の日常性、主題の卑属性など「低い文体 humble, low style」の要素を多く備える一方、悲劇的な終結法によって「高い文体　sublime, high style」も混ざりあうという文体混合 mixing of style の様式をとる。同じように、文体混合があっても、浪漫主義では「崇高とグロテスク sublime and grotesque」が混合するため、低級な素材と悲劇的な終結法の並立は、自然主義のみの特徴となるのである。

　理論上、廉想渉の自然主義論はゾライズムより日本の自然主義と相同性をみせる。ところが、廉想渉は初期の小説だけが自然主義とかかわるものと主張する。以後の作品は、自然主義を乗りこえ、リアリズムに進んだというのが彼の意見だ。その言葉の妥当性を明らかにするためには、作品に現れた文体混合の様相を検討する必要がある。したがって、廉想渉の小説の登場人物の階層や類型、主題、背景、終結法など、いくつかの項目で文体混合の様相をとりだし、それをもとに作品の変化の時期を探ることで、廉想渉の自然主義の性格を明らかにしたい。

　フランスの自然主義の最初の特徴は、登場人物の階層が没落していく現象である。バルザックは主として貴族とブルジョアを描き、フローベールは田舎の中・下層に属するボヴァリー夫妻を登場させたが、ゴンクール兄弟の「ジェルミニー・ラセルトゥー」では下女が主人公である。エミール・ゾラの「ルーゴン＝マッカール叢書」が後につづく。ルーゴンは農場の季節労働者であり、マッカールは

住所不定の密猟者だ。人物の階層が次第に下がっていくのである[(1)]。ゾラの「ルーゴン＝マッカール叢書」は、農夫と密猟者の子孫たちの物語である。

　そこに、もう１つ悪条件が加わる。登場人物の生理的欠陥である。アデライードは神経症患者であり、彼女の情夫マッカールはアルコール依存症だ[(2)]。人間の運命を絶対的に決定づけるとゾラが信じた血の決定論は、遺伝をとおして、人物たちを病的なジェルミニー型へと作りあげていく[(3)]。父母双方から二重に負の因子を受け継いだマッカールの家系が、ゾライズムの代表的な人物群となる。フランスの自然主義は、最下層の、生理的に非正常な人物たちによって具体化され、その点で写実主義と区別される。

　日本の場合は、それとはちがっていた。日本の自然主義は私小説と密接に結びつくため、花袋や藤村の場合、生理的に異常な人物はほとんど登場しない。大部分が貧しいが、出身階層は低くない。作家と同じ中産層の知識人が主軸だからである。自伝的小説でない場合は、登場人物の階層はやや下がる。『破戒』や『田舎教師』は、みな下層階層出身である。なかでも被差別部落（韓国でいう「白丁（ペクチョン）」[(4)]）出身の丑松（島崎藤村『破戒』）が、最も出身階層が低い。だが、彼は教育を受け、小学教諭になって階層をあげる。学歴も、自伝的小説の登場人物に比べれば低いとはいえ、ともに小学校教員であり、「半知識人的存在ではあるが、結局は小市民的」[(5)]だから、ジェルミ

1　*Les Rougon-Macquart* 1, p. 3 (Préface)
　〔書誌情報　Emile Zola, *Les Rougon-Macquart* 5 vols., Bibliothèque de la Pléiade, Gallimard, 1961.〕
2　同書１、３ページ、同書５巻付録の家系図、『自然主義文学論』Ⅰ、242～259頁「ルーゴン＝マッカールと決定論」等参照。
3　『自然主義文学論』Ⅰ、同章参照
4　明治時代まで、四民の下で賤業に従事していた人びと。『エッセンス日韓辞典』、民衆書林参照。
5　相馬庸郎、『日本自然主義再考』、八木書店、1981年、122頁。

ニーやマッカールの階層よりは高い。ゾラの分類法に従えばボヴァリーの階層に属している。このようにあらゆる面で異なるため、韓国の自然主義の特徴を考察するには、つねに仏・日両国との対比研究が必要となる。

(1) 人物の階層と類型

ゾラの登場人物がもつ特徴は、(i)階層の低さ、(ii)人物類型でのジェルミニー的性質、である。この2つの面から、廉想渉とゾライズムとの関係をみることにする。

① 人物の階層

❶ 自伝的小説の場合

自伝的小説の登場人物の階層は、作家に対応する。そのため、作家の階層を探る必要がある。廉想渉の祖父は中枢院の議官を務め、父親は郡守を歴任したことがあるが、家柄は両班ではなかった(「作家の階層」で詳述)。経済的な面では、金允植の表現どおり「中産層に属していたということだけは確実」(前掲書『廉想渉研究』10頁)であるが、日韓併合で父親が失職すると、子どもに十分な高等教育を受けさせるのもむずかしいほど生活は苦しくなり、廉想渉が小説を書きはじめたころには中産層の下位に属していたとみられる。廉想渉は軍人だった兄の助けで中学は卒業できたものの、大学は1学期しか通えず、中途半端なインテリだったため、学者や大学教授になることはかなわなかった。

出身階層と学歴という面では、廉想渉と金東仁はにている。だが、経済的にはちがっていた。金東仁は父親が裕福だったから、廉想渉よりはるかに恵まれた成長期を過ごした。しかし、遺産を使い

はたした後は、廉想渉と同じ小市民に転落する。そうした環境は、自伝的小説にそのまま反映される。金東仁には登場人物の階層移動がみられるが、廉想渉はちがう。成長期も独立後もブルジョアだったことがないから、自伝的小説でブルジョアが主要人物になることはない。出産階層でみると、廉想渉はゾラよりも高い。学歴は同程度である。他方、花袋や藤村とは、出身階層も学歴もにている。彼らは、経済的には中下層に属しており、短いあいだ私立大学に通ったものの、退学している。自伝的小説の人物も作家ににている。廉想渉は1期と2期のあいだに階層移動はなかったから、自伝的小説を通じて、人物の環境を探っていく。

(i) ルンペン・インテリゲンチャ

「標本室の青ガエル」(1921)と「闇夜」(1922)が、これにあてはまる。両作品はともに、廉想渉が無職の状態だった頃を描いたものである。主人公たちは、小遣い銭や交通費にも困るほど生活が苦しい。だが、まだ結婚しておらず、扶養してくれる両親もいるから、絶対的な貧困状態に置かれているわけではない。それだけでなく、彼らは職を得ようとすれば得られる能力をもっている。「標本室の青ガエル」と「闇夜」は、廉想渉が東亜日報を辞め、五山中学に移動するまでの失業時期を書いたにすぎない。期間は2か月ほどで、そのあいだに廉想渉は、雑誌『廃墟』[1920年代初めの文芸同人誌]の創刊準備を進めていた。だから、崔曙海〔チェ・ソヘ〕[1901〜1932。小説家。最下層での自らの困窮生活を土台に、主人公の極貧状態を写実的に描いた小説を発表した]の小説の登場人物たちが置かれていた、最底辺の貧しさとは隔たりがある。

定職に就いていない点では、「遺書」(1926)、「宿泊記」(1928)も同じといえる。だが、当時の廉想渉は、すでに著名な作家であり、新聞連載の原稿料で最低限度の生活は維持できる状況だった。それだけではない。彼の2度目の東京行きは、東京の文壇への進出を考

えてのものだったから、どこからみてもプロレタリアとはいいがたい。彼の自伝的小説には、プロレタリアがほとんどいない。ほかの小説の主要人物は仕事をもっているが、みな肉体労働ではないから、日雇いの労働者や貧農の階層の人物はいない。廉想渉は一時大阪で工場労働者だったことがあるが、自伝的小説の登場人物にそうした職業をもった人物もいない。

作品名	視点	職業	学歴	未婚／既婚
1. 標本室の青ガエル	一人称	なし	大学中退	未婚
2. 闇　夜	三人称	なし	〃	〃
3. Ｅ先生	三人称	中学教師	〃	〃
4. 死とその影	一人称	小説家	〃	〃
5. 金の指環	三人称	銀行員	商業高校卒業	〃
6. 検事局待合室	一人称	新聞記者	大学中退	〃
7. 輪転機	三人称	新聞社幹部	〃	〃
8. 遺　書	一人称	小説家	〃	〃
9. 宿泊記	三人称	小説家	〃	〃
10. 墓　地	三人称	学生	高校生	既婚

(ii) サラリーマン

「標本室の青ガエル」と「闇夜」以外の主要人物は、大部分が新聞記者や教師、銀行員などのホワイトカラーのサラリーマンである。[6]「輪転機」(1925)のように、月給の出ない新聞社幹部もいるにはいるが、それ以外はみな一定の収入を得ている。作者と同じように、経済的な余裕はないからブルジョアとはいえないものの、プロレタリアでもないから、プチブルジョアということになるだろう。出身階層も、同じソウルの中産層らしいことが作家の階層から類推できる。

(i)、(ii)をまとめると、自伝的小説の登場人物にジェルミニー型はおらず、ボヴァリーの階層のみである。経済的には、無理をすれば数年の海外留学が可能で、知的な面では当代の文化界を代表する

エリート青年という廉想渉の登場人物は、ゾラよりも日本の自然主義の私小説に出てくる人物と相同性をもつ。廉想渉自身、花袋や藤村と同じ階層の出身だからである。

最後に「墓地」に触れておく。この作品を自伝的小説とした場合、主人公の年齢が一番若い。高校生なのだ。時間的背景も、万歳[1919年3月1日、朝鮮の独立のために全国で万歳を叫んだ事件。3・1独立運動のこと]前年の1918年だから、デビュー作より前の時代である。だが、階層の面ではほかの自伝的小説とにている。廉想渉の家庭が、まだそれほど貧しくなかった頃であり、既婚者である点をのぞけば、階層自体の条件に変化がない。「標本室の青ガエル」の登場人物、金昌億(キム・チャンオク)の場合も同じである。

❷ 非自伝的小説の場合

しかし、非自伝的小説の登場人物は、階層に格差がある。最下層から最上層におよび、階層に多様性がみられる。

作品名	学歴	職業	未婚／既婚	同居家族
1. 除夜	専門大卒	元中学教師	既婚	大家族
2. ヒマワリ	…	中学教師	…	…
3. 電話	中卒程度	会社 貨物主任	…	夫婦
4. 生みの母	大学生	学生	未婚	大家族
5. 孤独	大学中退	無職	既婚	下宿
6. 小さな出来事	…	作家	…	夫婦
7. 南忠緒	帝大卒	無職	…	大家族
8. 飯	高校程度	無職	既婚	大家族
9. 糞蠅とその妻	非識字者	労働者	既婚	妻、母親
10. 三代	高校生	学生	…	大家族

6 「金の指環」の主要人物のみ銀行員で、残りはほとんどが新聞記者や教師であることから、「金の指環」が虚構的な要素を加味した作品であることがわかる。
7 「墓地」の登場人物は既婚者で子どももおり、兄も小学校教師の設定である。自伝的小説に分類するには問題が多いが、最近金允植が廉想渉の族譜〔一族の系譜を記した家系譜〕から「配全州李氏」の項目をみつけだし(『廉想渉研究』241～245頁参照)、この可能性が出てきた。年齢、学校などの条件が作家と同じだったからである。

(i) プロレタリア

　登場人物が最下層に属しているのは、「糞蠅とその妻」(1929) である。知的な面でも最も低い。2人とも文字が読めないからである。それだけでなく、男性は知的な能力に問題がある。知識、知能などで、彼は最底辺にいる人物だ。職業も同じである。「糞蠅」は背負子を担いで歩く、貧民街の雑役夫である。彼は無識無産層に属している[8]。だが、無職ではないから極貧ではない。彼の悲劇は知的な低さによるものであり、貧しさに起因するわけではない。

(ii) ルンペン・インテリゲンチャ

　それにくらべて、有識無産層にあたる登場人物は、はるかに悲惨な生活をしている。「小さな出来事」(1926)、「飯」(1927) などの登場人物がこの分類に属している。非自伝的小説にはめずらしく一人称視点で書かれた「飯」の場合、話者からみた主人公チャンスは極貧にあえいでいる。働かないからである。彼は日本で数年暮らした人間だが、思想家として挫折して以来、働いたり野良仕事をしたりということは考えもせず、いたずらに家族を飢えさせている。あげくに居候まで引っぱりこみ、ギリギリの家族の生活をさらに苦しくさせる。だから、そこでの葛藤は、完全に食べていく飯の問題1つに帰結する。彼は「糞蠅」より貧しい。下宿生と、雑役夫である兄弟に寄生する人間だ。貧しさを解決するあてがないところが、自伝的小説に出てくるルンペンたちとは異なる。家長の失業状態がつづくから、家族はずっとプロレタリアでいるしかない。だが、チャンスは思想家だから、知的には最下層ではない。

　「小さな出来事」の場合、持続的な失業状態ではないものの、カネのせいで妻が自殺未遂を起こす点で、貧困が生死の問題に結びつ

いている。「飯」では、主人公に少ないながらも副収入があったが、ここではそうしたものも一切ないため、貧しさは死に直結するのである。問題は、どれだけ貧しかろうが雑役はできないという思考回路にある。キルジンはいうまでもなく、彼の妻も荒仕事に手を出すつもりはなく、自殺が彼女の唯一の解決法である。彼ら夫婦は、高等教育を受けたインテリだからだ。そういう意味で、彼らはチャンスと同じである。だが、彼らの貧しさは一時的なものにすぎず、原稿料が出れば解決する。キルジンの貧困は、扶養家族があることと養ってくれる両親がいない点で、「標本室の青ガエル」や「闇夜」の人物のそれと質的にちがう。

　つづいて、「孤独」(1925)である。この小説では、下宿代の問題が争点になっている。失業の原因が思想的なものであることが暗示されるから、簡単には解決の糸口がみつかりそうになく、貧困の継続が予想される。しかし、小説のタイトルは「飯」のように形而下学的なものでなければ、「小さな出来事」のように日常的な事件でもない。どこまでも精神的な孤独が問題なのだ。この小説の主人公は未婚であり、自伝的小説と同様に、カネよりも精神的な面に人物の関心が集中している。経済的には極貧であるにもかかわらず、精神的には貴族である。「小さな出来事」も同じだ。

　この４つの小説の登場人物は、ひとまずはプロレタリア階級に属している点で、自伝的小説の場合より経済的な階層が低い。金東仁にもにたような現象がみられる。金東仁の自伝的小説は、廉想渉より富裕層の登場人物が多いが、非自伝的小説では、福女(「甘藷」)やソン・ドンイ(「ソン・ドンイ」)、サクのような最下層の人間が登場し、廉想渉よりもはるかに格差が大きい。だが、自伝的小

8　金東仁の階級分類法による。彼は階級を有識有産層、有識無産層、無識有産層、無識無産層と４つに分けている(『金東仁全集』６巻、154頁参照)。

説より、非自伝的小説の人物の階層が低い点で類似している。もっとも、ちがいはある。金東仁の非自伝的小説では登場人物の階層がつねに低いのに対して、廉想渉はブルジョアも描いている。廉想渉は、上と下の両方で、自伝的小説にない階層を描いているのである。

(iii) ブルジョア

それ以外の6編の登場人物は、大部分がブルジョア階級に属している。「電話」以外は登場人物がすべて富裕層の子女だ。南忠緒（ナン・チュンソ）（「南忠緒」）はソウル屈指の富豪の一人息子であり、ジョンホ（「生みの母」）は大地主の相続者、徳基（ドッキ）（「三代」）も同様である。崔貞仁（チェ・ジョンイン）（「除夜」）もやはり裕福な家の娘で、夫も金もちだ。したがって、彼らはみな専門的な教育を十分に受け、学歴も、自伝的小説の登場人物より高い。南忠緒は東京帝大の出身であり、ジョンホと徳基も一流大学に通っている。「除夜」や「ヒマワリ」の主人公も同じである。「電話」の登場人物だけが、中産層に属している。自伝的小説の人物の大部分が、経済的に小市民だったこととは対照的である。

だが、彼らには身分上の欠格事項があった。徳基をのぞき、ほかはみな婚外子である。廉想渉の小説では、そうした事情のインテリはおおむね肯定的に描かれる。作家は、婚外子に偏見をもっていなかったのである。にもかかわらず、生みの母親が誰かということや（ジョンホ）、混血児であること（忠緒）、婚外子であること（貞仁）は、依然として登場人物を傷つける要因である。財産のレベルや学力の優位性を相殺する欠格事項なのだ。

出生をめぐる状況や財力のレベル、学歴などでにかよったこれらの小説の登場人物たちは、モデル小説である可能性が高い。「除夜」や「ヒマワリ」と同じように、徳基の系統の登場人物にもモデルが

いたと思われる。日本がそうだったからである。廉想渉は、「排虚構」というスローガンにとらわれていた日本の自然主義の影響圏内に育った作家だったから、虚構の幅が狭い。金鍾均が廉想渉の小説を、すべて体験に基づいて書かれたものだとした理由はそこにある。廉想渉は終生、自分ににた人物か、そうでなければよく知っている人物を描いた。登場人物たちの性別、年齢、知的水準、居住地域などが作家とよくにている。ソウルの四大門の内側に住む、同じ年かっこうのインテリ男性が主として書かれていたからである。ちがいがあるとすれば、財産や出生の条件ぐらいだ。

(ⅳ) 日雇い労働者

そういった点で、「糞蠅」は非常に例外的な存在である。この作品だけが、教養や年齢、居住地域、知的水準、出生階層などで異彩を放っている。非自伝的小説のなかで、最下層に属する登場人物は「糞蠅」しかいない。彼は、廉想渉の世界に現れた唯一の非識字者であり、日雇い労働者である。ほかの登場人物たちは、経済的にはどん底の生活をしていても、みな正常な頭脳をもつ知識青年である。政治的条件さえちがえば、本来の職務を十分にやりとげられる人びとなのだ。だから、問題は植民地という時代的背景と直結することになる。つまり、彼らは階層面で可変性をもつ、暫定的プロレタリアといえる。

自伝的小説か非自伝的小説かにかかわらず、廉想渉の作品の登場人物で最下層に属する人間は「糞蠅」以外いない。廉想渉の描くキャラクターは、底辺の人びとを前面に押したてて写実主義者と一

---

9 『自然主義文学論』Ⅰ、133〜137頁、「事実と真実の同一視現象」参照。
10 「このようにみると、想渉は自分の生活を根拠に、実際の真実を記録することを好んだ作家ということになる。」(金鍾均、『廉想渉の生涯と文学』、149頁参照。)

線を画したゾラとは、類似するところがない。廉想渉の小説には、ナナ(「ナナ」)やジェルヴェーズ(「居酒屋」)のような階層の人間はほとんどいない。底辺の人びとが主要人物になること自体、まれなのである。廉想渉の小説には、インテリ青年が多く登場する。非自伝的小説では階層の幅が広がってプロレタリアやブルジョア知識人も主軸になるが、自伝的小説は小市民層の知識人が登場することがちがう程度である。

自伝的小説に小市民層のインテリ青年が多く登場するという意味で、廉想渉は花袋や藤村に近い。だが、非自伝的小説にブルジョア知識人が登場する点は異なる。日本の場合、自伝的な要素がより支配的だったため、非自伝的小説は数が少なく、ブルジョア知識人が登場することもめずらしい。廉想渉は、花袋や藤村より若干、虚構の幅が広い。

② **人物の類型**

人物の類型は、ゾラの分類法に従って、「ボヴァリー型」と「ジェルミニー型」に分けることにする。人間を決定論の視点からみたゾラは、人間の生理的な側面を重要視した。心理学が生理学にとってかわるのがスタンダールとゾラのちがいだから、自然主義的な人物の類型は、体質によって分類される生理的人間となる。(11) 人間の生理的側面を浮かびあがらせるため、ゾラがとった手法は、遺伝の病的な側面に目を向けることだった。したがって、ゾラは正常な人間より正常でない人間を多くとりあげた。ジェルミニー型がそれにあたる。ジェルミニー型とボヴァリー型を分ける基準は、生理的な側面からみた非正常さ、正常さとなる。

ゾラが好むジェルミニー型の特徴は、まず、その人物が神経症を抱えていることである。実験小説論の見方をとれば、「ジェルミ

ニー・ラセルトゥー」は老いた下女・ジェルミニーのヒステリックな情念を科学的に分析した「『愛欲』の臨床講義 clinique de l'amour」[ゴンクール兄弟、「ジェルミニィ・ラセルトゥゥ」、大西克和訳、岩波書店、1950年、序文参照](12)となる。ジェルミニー型の特徴の2つ目は、「生理的人間」がもつ道徳的な堕落の様態である。ナナ（「ナナ」）やジェルヴェーズ（「居酒屋」）の性的堕落、ジャック（「獣人」）の殺人欲求などがそれを代表している。ボヴァリー型には病的な面がないだけでなく、道徳に対する不感症もない。常識の見地からみた普通の人びとが、ボヴァリー型に属する。そうしたゾラの分類法で廉想渉の登場人物を分類すると、以下のようになる。

❶ 自伝的小説の場合
（ⅰ）ボヴァリー型

廉想渉の自伝的小説は、主要人物の大部分がこの類型になる。常識的、現実的な人間として、ほぼ全員が感情的というより理性的だ。E先生（「E先生」）は学生に人気のある教師であり、「検事局待合室」の主人公は有能な記者、「輪転機」の主人公は新聞社の編集局に籍を置き、ストライキを企てる労働者に上手く対応する。「遺書」の登場人物は、肺病を患う友人を、家族のように世話する良識を備える。ジョルジュ・ルカーチはノベルを「成熟した大人の男性」の芸術形式であるといった(13)。その見方でいえば、初期2作以外の自伝的小説の登場人物は、すべてノベルに当てはまる類型である。韓国の近代の小説家で、思慮深く理性的なキャラクターを最も

---

11 *Le Naturalisme au théâtre*, R.-E, p.140.
12 『自然主義文学論』Ⅰ、240頁参照。
13 "The novel is the art-form of virile maturity", Georg Lukács, *The Theory of the Novel*, Cambridge: The MIT Press, Mass, 1971, p. 71.
〔日本語訳 ジョルジュ・ルカーチ、「小説の理論」、原田義人，佐々木基一訳、桑原武夫ほか編、『世界思想教養全集9——近代の文芸思想』、河出書房新社、1963年〕

多く描いた作家が廉想渉といえるだろう。廉想渉の主要人物はバランス感覚があり、落ちついている。非自伝的小説では、そうした成熟ぶりがさらに増している。

　例外は、初期の「標本室の青ガエル」と「闇夜」の登場人物である。彼らは現実から逃げだしたがる。フルスピードの汽車に乗り、無限を目指して駆けぬけたいのだ。神経が衰弱して夜に眠れず、自殺するのではないかと、引きだしにあったカミソリを庭に捨てる過敏さをみせる。だが、それは一時的な神経衰弱であり、病気ではない。出口のみえない不安、経済的な苦しさ、暗澹たる政治状況からくる倦怠と憂鬱、不規則な生活、飲酒や喫煙で生じた心身の不調などが不眠症として現れ、それが悪化して、ノイローゼのような症状をみせているだけである。

　彼らの不眠症は、病院に行くほど深刻な状態ではない。金東仁がモルヒネを打ちながら、数か月まんじりともせずに夜を明かしていたことと比べれば、まったく軽い症状である。廉想渉が、東亜日報の敏腕記者から、五山中学の有能な教師に転身したことからも、病気の程度がわかる。東亜日報から五山中学に移るまでのあいだに、「標本室の青ガエル」や「闇夜」のハムレット的多悶型[(14)]の人物が挟まっていた。失業期間はわずか2か月ほどにすぎず、すぐに廉想渉は、五山中学に普通に勤めだす。「ハムレット的多悶性」にもかかわらず、彼らもやはり、ボヴァリー型に属しているのである。

　一時的なハムレット役を終え、一度E先生となってしまうと、廉想渉の世界に再びそうした類型の人物が登場することはなかった。廉想渉の体質とあわなかったからだ。初期2作の登場人物は、暫定的に現れて姿を隠した、廉想渉のなかの他人といえるだろう。それは、まっとうな人間の世界から逸脱したがっていた、作家の若き日のロマンティックな肖像に過ぎない。

(ⅱ) ジェルミニー型

自伝的小説にこの類型を探せば、「標本室の青ガエル」に出てくる金昌億(キム・チャンオク)になるだろう。学歴や出身階層、財産のレベルでは、金昌億もほかの自伝的小説の人物たちと同様である。だが、彼は2つの点でほかと異なる。まず年齢がちがう。金昌億は2回ばかり結婚して子どもがおり、10年ほど職場勤めをした経歴もある。1世代上の人物なのだ。さらに根本的にちがうのは、金昌億が一種の精神病患者であることだ。彼は、現実と幻覚の区別がつかず、自我を統制するスーパーエゴをもたない誇大妄想症の患者である。

その点では、金昌億は幼い子どもと同じだ。いわば子どもに退化した大人である。廉想渉が礼讃したのは、金昌億のなかの、その幼さだった。金昌億は、もしかしたら廉想渉が描いた唯一の子どもどもだったのかもしれない。廉想渉は、子どもや少年を書かない作家だった。代わりに、彼は初期2作で、日常的なものと遊離した未婚の青年たちを描いた。しかし、「金の指環」以降、そうした青年が再び現れることはなかった。その頃から、廉想渉の小説の登場人物は性別や年齢を問わず、ほとんどが常識的な生活人となる。彼の世界に子どもは存在しないのである。

もちろん、「闇夜」にも幼子が出てくる。凧あげに失敗する、近所の家の子どもである。だが、その子どもは主要人物の内面の挫折感を外面化する小道具にすぎない。ほかの小説には、そうした挿話的役割の子どもさえ皆無に近い。それは作家も自覚している特性だった。「採石場の少年」(1949) について、作家は、その作品が

---

14 「朝鮮近代小説考」、『金東仁全集』6、152頁参照。
15 「E先生」以降も、「死とその影」に若干にた人物が登場するため、厳密に言えば「金の指環」以降である。

自分にとっての「最初で最後の」少年小説だと語っているからである。採石場にいる子どもは、すでに子どもではなく生活人である。

　子どもと少年の不在現象は、廉想渉の小説が、本質的にロマンティックなものと距離があったことを証明する。初期2作に登場する生活から遊離した青少年たちの消滅も、同じ傾向とみることができる。写実主義小説は生活人の出現とともにはじまる。「標本室の青ガエル」の主人公や金昌億は、どちらも生活人ではない。だから、彼らはノベルの主人公になりえない。「闇夜」も同じだ。「除夜」ではじめて、カネと性が前面に現れる。崔貞仁は、初期3作のなかで最も現実的な人物であり、その対極が金昌億である。したがって、金昌億には道徳的な堕落はみられない。

　「標本室の青ガエル」で、廉想渉は金昌億を「聖神の寵児」と崇めている。狂人へのそうした礼讃は、文体混合の見地からみると「崇高とグロテスク」の混合である。ところで、ヴィクトル・ユゴーの言葉どおり、「崇高とグロテスクの混合」は浪漫主義の最も目立った特徴である。それは狂気礼讃、幼児礼賛を伴う。日本の浪漫主義にも同じことが起きた。幼児や愚者、狂人の礼讃などがそれである（『自然主義文学論』Ⅰ、184頁参照）。

　日本の前期自然主義と後期自然主義のあいだには、浪漫主義が挟まっていた。だから、日本の自然主義は浪漫主義と混ざりあい、浪漫主義的写実主義となってしまった。だが、そうした日本でも、一応自然主義に属すとされる作品に、狂人崇拝思想はみられない。廉想渉のほかの作品にも、狂人崇拝思想は出てこない。金昌億は、青年期に廉想渉が抱いていた、浪漫的趣向の最後の痕跡といえる。

　狂人の扱いには、狂気に対する浪漫主義者と自然主義者の見解のちがいが現れる。現実からの逃避を夢みる浪漫主義者が、狂気を現実の至りつけない高みだと崇拝するのに対し、ゾラは、それを遺伝

的な欠陥とみた。そのことからも、「標本室の青ガエル」がロマンティックな憧憬を描いた小説であることが再確認される。

　副次的人物の金昌億以外に、廉想渉の自伝的小説で生理的な異常をもつ人物は１人もいない。金昌億さえ、聖神の寵児として描かれ道徳的な問題もないから、廉想渉の自伝的小説ではジェルミニー型の人物は１人もいないということになる。

❷　非自伝的小説の場合

〔i〕ボヴァリー型

　非自伝的小説でも、大部分の人物は自伝的小説と同じ類型に属している。やはり、バランス感覚に優れた理性的な人物が主流になっているのである。彼らは、どんな場合でも常識から外れた行動をすることはない。主要人物は、ほぼ例外なく現実的な目をもっている。その点で、初期の２作以外のキャラクターはすべてにいる。金允植の指摘するとおり、ソウル中産層出身の廉想渉の現実感覚が、登場人物たちにも備わっているのである。

　だが、非自伝的小説の登場人物たちはより現実的だ。飯の種とカネの問題が、登場人物の葛藤の原因になっている。ブルジョアの葛藤は遺産の分配に絡み、プロレタリアの争いは食い扶持と結びつけられる。自伝的小説には、そういう人物は登場しない。彼らは、カネや食い扶持の問題をすべてと思うほどの物質主義者ではない。２期になると自伝的小説のキャラクターも大きく現実化するが、１期と同様、どれほど貧しくても自分自身の物質的欲望は、ほとんど表に出さない。「輪転機」のように金銭問題で罵りあいをする最中

16　『廉想渉全集』12、234 頁参照。
17　ヴィクトル・ユゴーの「クロムウェル・序文」、『仏文学思潮 12』、文学思想社、1981 年、198 頁参照。

にも、自伝的人物は利害や打算から一歩身を引いている(「カネの具体性と性の間接性」項目参照)。その部分が、非自伝的小説のキャラクターと異なる点である。後者には、初期から物質主義的な人物が登場する。崔貞仁(「除夜」)がその代表だ。彼女は、韓国の小説に描かれた、最初のホモ・エコノミクス homo economicus といえる。

　したがって、非自伝的小説の登場人物たちは、自伝的小説よりもノベルに適合する。彼らは、カネと性の問題を、隠しだてしなければならない恥ずべきこととは考えない、成熟した「大人の男性」なのである。どこからみても病的な面がみつからないキャラクター群は、ほぼ全員ボヴァリー型である。

(ii) ジェルミニー型

　これに当てはまるのは、背景、主題などで例外的な作品である「糞蠅とその妻」の男である。彼は、生まれつき知的な障害をもつ。生理的欠陥があるのだ。だが、金昌億の場合と同じように、彼も道徳的に堕落したところはない。善良で勤勉な労働者である。他人より熱心に仕事をするから、貧しくもない。廉想渉の小説に出てくる労働者は、ほとんどがルンペン・インテリゲンチャより貧しくはなく、道徳的にも健全である。だが、この種類のキャラクターはつねに周辺人物として処理され、数的にも少ない。「糞蠅」でのみ主人公として登場しているため、この小説は例外的なものである。

　非自伝的小説で、道徳的に最も堕落した人物は崔貞仁(「除夜」)だ。遺伝と環境が堕落の決定要因に設定されている点、性的な堕落が、物欲と相乗作用をもたらす点などで、崔貞仁は廉想渉の世界で最も自然主義の小説のキャラクターに近い類型である。彼女は婚外子であり、ほかの男の子どもを妊娠しながら結婚するというふてぶてしさもある。それだけではない。彼女の結婚は冷徹な計算に結び

ついている。崔貞仁は、廉想渉の１期の小説にはみられない人物類型である。カネと性の両面で、堕落の様相をみせるキャラクターだからである。

崔貞仁は、ほかにもいくつかの点で異例である。例外の２つ目は彼女の性別だ。ここで対象としている20編の小説は、すべて男性が主人公である。作家とにた年齢、学歴などの20〜30代の男性が、非自伝的小説まで独占している。金東仁はそうではなかった。彼の非自伝的小説は、福女（「甘藷」）、妍實（「キム・ヨンシル伝」）、エリザベート（「弱き者の悲しみ」）、コムネ（「コムネ」）など、女性主人公が多いが、廉想渉には羅慧錫〔1896〜1949？ 日本留学後、作家、画家として活躍するが、奔放な生き方を受けいれられなくなった夫に離婚を言い渡され、各地を転々とした後、無料病院で没する〕をモデルにした「除夜」「ヒマワリ」以外ない。そのうち、女性の内面に焦点が当てられているのは「除夜」のみだ。「ヒマワリ」では男女が同じ重さで扱われており、外面化現象が現れているからである。

つづいて問題となるのは、モデル小説という事実である。モデルにない要素が加わってはいても、(18)この小説がモデル小説であることに異論の声はない。そう考えると、「糞蠅」もモデル小説である可能性が高い。金昌億も同じである。結局、ジェルミニー型に近いキャラクターは、すべてモデル小説の主人公といえる。

だが、「糞蠅」同様、崔貞仁も、やはりジェルミニー型とはいいがたい。彼女は将来を嘱望された芸術家であるうえに、明晰な頭脳をもつ知識人であり、並外れて計算能力に優れた生活人である。さらに、「ヒマワリ」では貧しい肺病患者を愛する純粋さもみせる。もし、自己を統制する能力が人間の正常さを測る物差しであるなら、崔貞仁はまぎれもなく正常人である。彼女は自由意志をもち、

---

18 妾の子という設定、妊娠によって家を追い出されるなどの部分はモデルと異なる。

すべてを望みどおりに始末する自由人だ。彼女の不道徳さは、自殺を図ろうとする自己反省によって救済される。パスカル博士のように、崔貞仁は遺伝の鎖を断ち切る超自我を備えている。彼女とにているほかの女性たちも、おおむね強い意志の力をもっている。同じ類型に属しているのだ[20]。

崔貞仁の道徳的な堕落も、遺伝のせいというよりは、当時流行した性解放論に起因するとみるほうが正しい。李光洙、金東仁、廉想渉など、当時のほかの男性作家の作品にも、このタイプの新女性たちが多く登場するからである。男女同権を性の解放で成しとげようとした草創期のフェミニストの観念的な過ちを、同時代の男性たちが否定的に描いただけのことだ。生理的欠陥と結びつく、ジェルミニー型の病的堕落現象とは区別されなければならない。

ほかの作家と同じように、廉想渉にも新女性への否定的な見方が深く根づいていた。崔貞仁タイプのキャラクターに対する否定的なまなざしは、「三代」以降の小説にもそのまま現れている。「ヒマワリ」の崔榮憙（チェ・ヨンヒ）、「三代」の洪敬愛などは、みな崔貞仁と同類である。そうした女性像は自伝的小説にも登場する。「検事局待合室」の李京玉（イ・ギョンオク）がそうだ。しかし、彼女たちはほとんどが副次的な人物である。その点で、「除夜」や「ヒマワリ」が異例であることがわかる。女性が主人公だからである。

道徳的な堕落が現れるもう１つのグループは、ブルジョアを扱った小説に登場する父親たちだ。この類いの小説は、判で押したように、父親が妾を囲うことで生じる遺産相続の問題が描かれる。「三代」の趙相勳（チョ・サンフン）が代表的な人物である。教育者であり、教会の仕事もしていながら、趙相勲は独立運動家の娘を妊娠させ、売春宿に通い、家の金庫を壊して土地の権利書を盗み、刑務所に行く。しかし、彼は精神病患者ではない。急激な開放思潮と儒教的規範の狭間

で精神に破綻をきたす、過渡期的な時代の犠牲者であるだけだ。

　趙相勲タイプの父親たちは、みな副次的なキャラクターである。ブルジョアをとりあげた小説でも、男性主人公たちは心身ともに健康だ。大部分が婚外子ではあるが、学業成績は優秀で、人格的に成熟し、社会主義にも心情的に同調するシンパサイザー（同調者）だから、崔貞仁のように道徳的に非難される行動はしない。崔貞仁とは反対に、作家はこの類型の男性キャラクターを好んでいる。

　こうみてくると、非自伝的小説においても、ジェルミニー的な登場人物は皆無に等しいことが明らかになる。糞蠅には生理的欠陥が、崔貞仁には道徳的堕落がみられるが、両方をあわせもつ人物はいない。欠陥の程度や堕落の様相も、ジェルミニー型と開きがある。副次的人物には道徳的に非難されるキャラクターが多いが、やはり病理的な段階に至る人物はいない。ジェルミニー型はいないと言ってよい。

　自伝的、非自伝的を問わず、廉想渉の小説には極端な人物があまり登場しない。廉想渉の世界には、荒唐な夢を追う理想主義者もいなければ、水火も辞さない情熱派もいない。ドン・キホーテもウェルテルもみあたらないのである。それだけではない。廉想渉の小説には天才も壮士もおらず、生まれつきの愚者も、障害をかかえる者もいない。自伝的小説では、その傾向がよりはっきりするだけのことである。廉想渉は、登場人物の階層だけでなく類型も、時代によって変化させることがなかったから、1、2期をあわせてとりあげた。極端なキャラクターを忌避する現象は、廉想渉の全作品の特徴である。

19　「ルーゴン＝マッカール叢書」20巻、『パスカル博士』（1893年）の主人公。
20　金東仁も廉想渉の女性たちを「情熱のない理智的女子」とみて、それを廉想渉の描く女性の共通する属性だとみなしている。（『金東仁全集』6、152頁）

1　人物の階層と類型

その点で、廉想渉は金東仁とは正反対だった。金東仁が凡人をきらい、極端な人物のタイプを好んだのとは逆に、廉想渉はつねに、普通の人びとの日々の出来事に関心を寄せていた。廉想渉の登場人物と、理想の美を追求して殺人を犯し発狂した金東仁の率居（「狂画師」）はかけ離れている。廉想渉の登場人物は、現実にしっかり足をつけている。

　2人の作家の人物類型のちがいを最もよく表すのが、金東仁の姸實（「キム・ヨンシル伝」）と廉想渉の崔貞仁（「除夜」）である。この2人は、個人としても、時代的な環境でもにかよっている。作家が否定的に扱っている点も同じである。だが、現実感覚が異なる。姸實が新女性になる夢を追うため、足場にしていた現実の基盤を失うあいだに、貞仁はちゃっかり裕福な男の後妻に収まる。『金色夜叉』のヒロインとにたような結婚をするのだ。前者がドン・キホーテなら、後者はロビンソン・クルーソーである。⁽²¹⁾⁽²²⁾

　金東仁のキャラクターにはジェルミニー型が多いが、廉想渉はちがう。廉想渉の世界には、率居や白性洙（「狂炎ソナタ」）のような天才芸術家もいないし、大院君［朝鮮王朝第26代王・高宗の父。高宗の即位に伴い摂政となり、政治の実権を握った］や首陽大君（ソバン）［朝鮮王朝第7代王・世祖。兄・文宗の忘れ形見である端宗の地位を武力で奪いとるクーデターで王となった］のように野心に満ちた政治家もいない。崔書房（「ポプラ」）［書房は官職のない男性の名前につける呼称］のように衝動的な犯罪者もいないし、サク（「赤い山」）のようなチンピラもやはり出てこない。廉想渉の人物は、みな例外なくボヴァリー型だ。日本の自然主義と人物類型がにているのである。廉想渉の登場人物の階層と類型を考察すると、次のようになる。

　Ａ：自伝的小説の場合
　⑴　性別と年齢：すべて 20 〜 30 代の男性（大部分が未婚）
　⑵　学歴　　　：高校生 1、高卒あるいは専門学校中退程度 9

(3) 経済的条件：①暫定的ルンペン 2
　　　　　　　②サラリーマン 5（中学校教師、新聞記者、銀行員）
　　　　　　　③小説家 2
　　　　　　　④高校生 1

B：非自伝的小説の場合
(1) 性別と年齢：20～30代の男性（大部分が既婚者）8、20代の既婚女性 2
(2) 学歴　　　：高校生 2、専門大生 1　専門大卒 2、高卒・専門大中退程度 3、大卒 1、無学 1
(3) 経済的条件：①日雇い労働者 1
　　　　　　　②ルンペン・インテリゲンチャ 3
　　　　　　　③中産層 1
　　　　　　　④ブルジョア 5

　ここでまず目につくのは、男性主人公の多さである。羅慧錫をモデルにした2つの小説をのぞけば、ことごとく男性主人公だ。フランスの自然主義の小説が、決定論を効果的にみせるために女性主人公を多く描いたこととは対照的である。そうした現象は、私小説が主軸だった日本との類似を示している。自然主義派には女性作家がいなかったから、日本の自然主義期における私小説は、男性が主人公になるのが常識だった。非自伝的小説の場合も同じである。
　年齢は、「蒲団」の登場人物より廉想渉の作品のほうが若い。花袋が「蒲団」を執筆した年齢に比べ、廉想渉が若かったことによ

21　尾崎紅葉の小説。
22　彼は無人島でも一生懸命帳簿をつける、典型的な資本主義的人間類型である。I. Watt, *The Rise of The Novel*, 3章 "Robinson Crusoe, individualism and the novel", p. 65 参照。

る。花袋と廉想渉が、ともに「無脚色」、「排虚構」のスローガンに忠実だったことが確認できる。

次に主人公の学歴である。廉想渉の世界では、男女を問わず高等教育を受けた人物が多い。インテリが主軸である点は、自伝的小説、非自伝的小説で共通している。無学者は「糞蝿」のみだ。やはり、ゾラよりは花袋や藤村の方に近い。

経済的な面では、自伝的小説と非自伝的小説のあいだで若干のちがいがみられる。自伝的小説は事務職のサラリーマンが多いため、中産層が主軸となるが、非自伝的小説ではプロレタリアとブルジョアに二分され、中産層が少ないために階層間の隔たりがさらに大きくなっている。廉想渉の小説では、日雇い労働者の主人公が「糞蝿」だけであることから、経済的な面でも、ゾラのマッカール系とは同質性をもっていない。マッカール系の登場人物たちは無識無産者階級に属すため、学力や財産レベルなどでの廉想渉との共通点は皆無に近い。

日本の自然主義との関係は、自伝的小説と非自伝的小説とに分けて比較する必要がある。自伝的小説の場合、性別、学歴、経済的条件などすべての面で、廉想渉と花袋・藤村のキャラクターは類似性をみせる。非自伝的小説の場合も、性別や学歴などでは同じだが、経済的条件だけがやや異なる。廉想渉のほうが、階層のあいだの間隔がやや広がっている。日本は小市民階級の「半知識人」が主に登場する一方で、廉想渉にはブルジョワとプロレタリアが多い。これは、廉想渉のほうが非自伝的小説を多く書いたことに関係していると思われる。別のいい方をすれば、廉想渉のほうが、虚構の幅がより広かったということになる。その点をのぞくと、人物の階層のあらゆる部分に、廉想渉は花袋や藤村との類似性をみせる。

そうした傾向は人物の類型にも現れている。廉想渉の世界には、

例外的な人物がほとんどいない。自伝的小説では、「標本室の青ガエル」、「闇夜」の登場人物がやや神経衰弱的な症状をみせるが、彼らは先天的な神経症患者ではない。非自伝的小説の主要人物で、先天的欠陥をもっているのは「糞蝿」だけであり、道徳的欠陥がある人物も、羅慧錫をモデルにした小説以外にない。そういう点で、「糞蝿」、「除夜」、「ヒマワリ」などは例外的な作品といえるだろう。だが、崔貞仁（「除夜」）は、どこからみても正常人の範疇に含まれるから、廉想渉の世界でジェルミニー型に最も近い人物は、「糞蝿」となる。ところが、彼には不道徳性がみあたらない。それは終結法でも証明されている。「糞蝿」は悲劇的には終わらないのだ。（「終結法」項目参照）。副次的な登場人物では、金昌億（「標本室の青ガエル」）、趙相勲（「三代」）がジェルミニー型に近いが、前者の狂気は礼讃の対象にされ、後者の放蕩は、激変する時代への不適応症状という面が濃厚である。遺伝とは無関係なのだ。

　そう考えてくると、廉想渉の作品のキャラクターは、大部分がボヴァリー型に属しているという結論になる。したがって、ゾラとの関連性は希薄であり、花袋や藤村と類似性がみられる。階層についても同様である。廉想渉のキャラクターと同類なのはフランスの自然主義のそれではなく、日本のものであることが再確認される。

　金東仁はちがっていた。金東仁の作品のキャラクターは、極端な性向をもち、非自伝的小説の登場人物は階層、類型、性別などでゾラと類似点が多い。「ポプラ」の崔書房や「赤い山」のサクなどは、階層と類型でゾライズムと近似値をもち、率居（「狂画師」）や白性洙（「狂炎ソナタ」）なども同様である。[23] ゾライズムを自然主義と呼ぶとき、廉想渉を自然主義者とすることはできないが、金東仁をその

23　金東里は彼らまでを自然主義的な人物だとしている。金東里、「自然主義の究竟」、『文学と人間』、白民文化社、1948年、5〜26頁参照。

範疇に含むことはできる理由の一つが、そういう点である。廉想渉は、自伝的小説、非自伝的小説に関わらず、キャラクターの階層や類型でゾラとの類似がみあたらないからである。

2 背景—「ここ—いま」のクロノトポス
(Chronotopos) 時空間[1]

　フランスの写実主義、自然主義の小説の特徴の1つに、背景の同時代性と近接性がある。「ここ—いま here and now」という時間と空間で起きることだけを、作品の対象とみるのである。デュランティ（Duranty）の言葉どおり、リアリズム小説は、「われわれが現に住む時代 le temps où on vit と社会的環境 milieu social の正確にして完全かつ真面目な再現をなすものであること」を目標とする[2]。したがって、時間的背景として同時代（いま）が、空間的背景としては作家に馴染みのある場所（ここ）が基本になる。ゾラが、その点はデュランティの意見をそのまま受けいれていることが、「実験小説論」をとおしてたしかめられる。

　自然主義系の小説に現れる「いま」という時間は、客観的、外面的な時間だ。歴史的、伝記的な時間 clock time を意味するのである[3]。それだけでなく、作家の人生とも並行する。叙事詩や歴史小説のように、過去の時間を対象にするのではなく、「作家と同時代の

1　M. M. Bakhtin の用語で "the intrinsic connectedness of temporal and spatial relationships that are artistically expressed in literature", *The Dialogic Imagination : Four Essays,* p.84 を意味する。
〔Bakhtin, M. M, *The Dialogic Imagination : Four Essays* (C. Emerson & M. Holquist, Trans.). M. Holquist (Ed.). Austin, TX : University of Texas Press, 1981
日本語訳：ミハイル・バフチン、伊東一郎訳、『小説の言葉』、平凡社、1996年〕
2　P. Cogny, *Le Naturalisme*, p. 3. から再引用。
3　H. Mayerhoff, Time in Literature, p. 4 〜 5.
〔H. Mayerhoff, *Time in Literature*, Berkley and Los Angeles : University of California Press, 1955
日本語訳：H. マイヤーホフ、『現代文学と時間』、志賀謙・行吉邦輔訳、研究社、1974年〕

現実」を描くことが、リアリズム系の小説の特性である。ゾラの表現を借りれば、「現実性の原理 formule actuelle」に依拠しているのである。

　空間の場合も、作家の人生と照応することが原則だ。作家が実際に暮らす、あるいは暮らしたことがある、熟知した馴染みの場所を背景に選ぶのである。「ここ」の空間は、冒険小説のように異国や他郷ではない。リアリズム小説は模写（ミメーシス mimesis）の原理に立脚するために、対象との近接性がなければならない。したがって、作家が成長した場所や現在暮らしている場所の周辺を、背景として選ぶことが望ましい。正確な再現のためには、対象が目の前にあるほうが好都合なのである。

　エミール・ゾラの「ルーゴン＝マッカール叢書」の舞台は、主に作家が幼年期を送った南仏エクス＝アン＝プロヴァンス（プラッサン）と、青年・壮年期を過ごしたパリである。フローベールの「ボヴァリー夫人」の舞台が、作家が暮らした地元や生まれ故郷付近をモデルとした理由もそこにある。彼らの後継のフランソワ・モーリアックが、ボルドー市周辺のランド地方を舞台に作品を書いたのも同じ傾向である。モーリアックはさらに一歩踏みこんで、自宅を作中人物の住居として頻繁に虚構化するほど、みしらぬ場所を徹底的に避けていた。リアリズム系小説では、作家が未知の場所を背景にする場合、現場の調査が必要となる。そうやって書かれた例が、「ジェルミナール」や「サランボー」といった作品である。

　背景の同時代性と近接性の原理は、日本の自然主義にもそのまま当てはまる。私小説が主軸だったから、背景の「ここ―いま」の原理は、すべての小説に自動的に適用されたのである。「排虚構」のスローガンを掲げた自然主義は自伝的小説が主流だったからいうまでもないが、非自伝的小説の場合も、現場調査やスケッチ旅行が必

須であり、同時代の人間を対象とした。「田舎教師」、「破戒」がそうしたケースである。

しかしフランスと日本では、自然主義でも空間的背景の広さや多様性の次元で、大きな格差が生じる。前者の場合はデュランティのいうとおり「社会的環境」の再現が目的とされたから、範囲は広くなった。ゾラは、バルザックのように自分が生きる社会を「全体として」再現しようと、第2帝政期のフランスの隅々まで作品の舞台にした。証券取引所、百貨店、炭鉱、農場、卸売市場、競馬場と、誰も足を踏みいれなかった場所をノート片手に歩きまわり、作家が生きる時代の自国のすべての面を幅広く再現しようと努めた。だから、ゾラの「ルーゴン＝マッカール叢書」は、第2帝政期のフランスの「社会的壁画」になったのである（『自然主義文学論』Ⅰ、186～190頁参照）。

ところが、日本の場合は、社会を全体的に描こうという努力が欠けていた。社会的環境を再現しようと努めるかわりに、社会性そのものを去勢する現象が起きたのである。藤村の「破戒」の系統ではなく、花袋の「蒲団」の系統が、自然主義の主導権を握ることになったからである。だから、社会に対する関心にかわって、個人の内面に焦点をあわせた私小説が自然主義を代表するという奇怪な現象が生じた。

そうした現象は空間的背景を狭め、最初から屋内に限定する傾向まで生みだした。藤村の「家」のようにスケールが大きい長編小説でも、作家自身はその小説に関して「屋外で起こったことを一切抜きにして、すべてを屋内の光景のみに限ろうとした」[7]といってい

4 　ゾラは、フローベールが現代小説に現実性の原理を確立したと賞賛した。R.-E, p. 148.
5 　Bakhtin 前掲書 89 頁参照。
6 　ゾラはこの作品の執筆のため、背景となる北フランスのアンザンに1週間ほど滞在し、取材した。P. Cogny, *Le Naturalisme*, p.6.

る。空間的背景を屋内に限定することを、意識的な原理として用いていたことがわかる。結果、日本の自然主義小説の背景は、過度に狭められて屋内の細密画に終始し、社会に対する関心から遠のくことになった。

韓国の場合がどうだったかをたしかめるため、廉想渉の小説に現れた背景の特性をみてみると、背景の同時代性と近接性という原理が、かなり徹底して守られていることがわかる。彼は歴史小説を書いたことがなかったから、時間的背景は同時代を外れることがなかった。

同時代性という点では、廉想渉はゾラよりも徹底している。ゾラの「ルーゴン＝マッカール叢書」は、第2帝政期を対象にする計画の小説だったが、1巻が発行される前に第2帝政が崩壊してしまった（1870）。ゾラはやむをえず、1871年から1893年にかけて、計画どおり「第2帝政期のある家族の歴史」を20巻の小説に書くことになる。したがって、最後の方の小説を基準にすると、ゾラ自身が設定した背景より20年ほどズレのある時代を背景にしていたことになる。もちろん、その時代はゾラにとってはすべて同時代である。だが問題は、彼が「第2帝政期」と時間的背景を限定して書いたところにあった。

それに比べれば、廉想渉の同時代性の幅は非常に狭く、徹底している。彼が、大体3年以内に起きた話だけを作品化していることは、自伝的小説やモデルが判明している小説の発表年と体験との時間差をみればわかる。

表1の資料から推測すれば、廉想渉は自身の体験をほぼ1年以内に作品化する傾向をもつ作家である。体験が直接投影されていない作品もこれに準じているらしいことは、モデル小説の場合をみれば想像がつく。廉想渉が同時代性の原理を徹底的に守っていたこと

は、彼の小説の主人公が、作者とともに老いていくことでも確認される。

作品名	発表年代	体験との開き	
標本室の青ガエル	1921・8～10	1年未満	①
闇夜	1922.1	約2年	②
除夜	1922.2～6	2年未満	③
E先生	1922.9～12	約1年	
ヒマワリ	1923.7～8	約3年	
検事局待合室	1925.7	約1年	④
輪転機	1925.10	約1年	
遺書	1926.4	1年未満	⑤
宿泊記	1928.1	1年未満	

【表1】

① 廉想渉が五山に行ったのは1920年9月、「標本室の青ガエル」を書いたのは1921年5月である。五山を発ったのが1921年7月だから、「E先生」とは約1年の開きがある。
② 「闇夜」は1919年10月に書かれたとされ、発表年代との開きは2年程度である。
③ モデルの羅慧錫の結婚は1920年4月10日だから2年未満とみるのが妥当である。「ヒマワリ」とは約3年ズレがある。（金允植、『廉想渉研究』、26頁参照）。
④ 「検事局待合室」と「輪転機」は時代日報にいた時期（1924年）とみられるため、約1年の開きがある。
⑤ 廉想渉が東京の日暮里に住んだのは1926年、中心部に移ったのは1927年だから、「遺書」と「宿泊記」はいずれも1年以内に書かれている。

　空間的背景の近接性もこれにている。作家が南浦へ行けば小説の背景も南浦になり、作家が五山へ行けば小説の背景も五山になり、作家が東京に渡れば小説の背景も東京になり、作家が満州に行けば背景も満州になる。しかし、廉想渉が最も多くの時間を過ごした場所はソウルである。それも、主に四大門の内側だったから、彼の小説の大部分はソウル中心部が舞台になっている。作家の生活空間と作中人物の活動空間が完全に一致しているのである。廉想渉には、自分に馴染みがない場所を舞台にした作品がほとんどない。彼には異国趣味も観光の趣味もなかった。金東仁の場合、東京旅行や満州旅行は、実用性とは無縁の一種の「散歩」だった。廉想渉にはそうした旅もほとんどない。廉想渉は金剛山にも行ったことがない

7　吉田精一、『自然主義の研究』下、119頁。

と告白しているが、理由として挙げられるのは貧しさである(8)。だが、経済的な余裕があったとしても、廉想渉は観光旅行を楽しむタイプではなかった。彼は自然に興味を抱かない。だから廉想渉の作品の空間的背景は、一貫して彼自身が生活する場所と密着している。廉想渉は、「ここ―いま」で限定されるリアリズム小説の原則に、全的に符合する作家なのである。

彼は２期以降、作品に変化がないから、小説にみられるクロノトポスを探る作業も、１期と２期のあいだのちがいを明らかにすれば十分だろう。２期と３期の作品のあいだに差がない一方で、１期と２期ではかなりのちがいがみられるため、ここでは主にそのちがいを明らかにして廉想渉と自然主義の関係に焦点を当てる。廉想渉の小説に現れるクロノトポスの様相は、(1)路上のクロノトポス、(2)外と内が共存するクロノトポス、(3)屋内のクロノトポス、の３つの類型となる。

(1) 空間的背景の狭小化傾向

① 路上のクロノトポス

廉想渉の小説の空間的背景は旅路からはじまる。処女作「標本室の青ガエル」が、ロードノベルの形態をとっているのである。だが、彼には路上のクロノトポスをもつ作品は多くはない。１期の「標本室の青ガエル」、「ヒマワリ」、「墓地」の３編以外にはない。

２期になると、旅路の構造は姿を消す。「三代」のように誰かが東京に向かう場合でも、小説のなかでその旅程は省略されてしまう。旅路が減るにつれ、廉想渉の空間的背景は少しずつ狭まり、最後には屋内のみに限られてしまう。路上のクロノトポス構造をもつ前述の作品にみられる、時間と空間の関係は表２のとおりである。

作品名	旅　　程	作品内の時間
1）標本室の青ガエル	ソウル〜平壌〜南浦〜平壌〜北国の寒村（五山）	3日、2か月後
2）ヒマワリ	ソウル〜木浦〜H郡	1週間以内
3）墓地	東京〜神戸〜下関〜釜山〜金泉〜ソウル〜東京	2週程度

【表2】

❶ 異国を含むクロノトポス─「墓地」

　上記3編の小説で、空間の幅を基準にした場合、「墓地」が圧倒的だ。東京から神戸を経由して下関を渡り、釜山、金泉、ソウルときて再び東京に戻る、長い旅路が舞台だからである。廉想渉の小説のなかでも、「墓地」は異国を含む旅路を描いた唯一の作品といえる。ほかの2編は、いずれも国内の旅を扱っているからである。

　しかし、「墓地」に登場する異国は、ギリシアのロマンスに出てくる「冒険的な時間のなかの異国の世界 an alien world in adventure time」とは、かなり性格がちがう。ギリシア小説では異国だけが舞台となっている。のみならず、異国は珍奇で驚くべき品々に満ちた抽象的な世界である。そこでは、すべての事件が偶然の力によって生じる。だが、「墓地」の旅路には、そうした偶然性をもった要素は存在しない。主人公の李寅華は、冒険のために旅に出るわけではないのだ。彼は、試験を控えた学生であるにもかかわらず、妻の危篤の知らせを受けて仕方なく汽車に乗りこむ。だから目的地は決まっており、彼には現実的な旅行目的があった。途中で同じ韓国から来た女学生・乙羅のもとに立ちよること、下関で荷物検査を受けること、金泉で兄の出迎えを受けること、ソウル駅で降りて家に向

8　『3つの自慢』、前掲書、参照。
9　対象外の新聞に連載された長編小説はのぞく。
10　Greek romance の世界は、珍奇で驚くべき品々に満ちている。Bakhtin、前掲書、88頁参照。

かうことなどは、すべて想定された出来事である。そこには、「突然 suddenly」、「たまたま by chance」のくり返しから生じる、劇的な事件は存在しない。

　その旅程に登場する土地は、どこも抽象的な場所ではない。汽車の進む方向にしたがい順番に姿を現わすだけの、明らかに現実の地誌的空間である。その世界には珍品奇品もない。東京－ソウルの旅は、彼が学校が休みになるたびにたどっている、お決まりのコースでしかない。

　それだけではない。東京－神戸－下関という空間は、異国でありながら異国ではない。同じ政府に支配された地域だから、異国といいきれないのである。そのことは、作家が李寅華の帰国を「帰省」とみていることでも明らかだ。東京は、李寅華のもう１つの生活空間なのである。問題は、そこが祖国でも異国でもなく、敵国であると同時にユートピアにも感じられる、複合的な意味をもっていたことにある。そこに、墓地のように感じられる、釜山－金泉－ソウルという空間のもつ二重性が重なる。

　そうした、空間的背景の複合的な特徴は、時間の問題と絡んでいる。小説のタイトルが、空間標題である「墓地」から、時間標題である「万歳前」に改題された事実が、そのことを物語っている。３・１独立運動前年の1918年冬という具体的な時点が抱えていた時間的な特性が、空間的な背景の性格までも規定するのである。

　東京－神戸－下関－釜山－金泉－ソウルの６都市を通過しながら、李寅華が感じ、目にし、体験することは、万歳［1919年３月１日、朝鮮の独立のために全国で万歳を叫んだ３・１独立運動のこと］前年冬の植民地の政治的状況である。それは、1918年の韓国だけの「特別な」時空間だった。「植民地的空間」と「万歳前年という時間」が、小説のクロノトポスの特性をつくり出している。韓国と日本の２つの国の６つの都市を行きすぎながら、1918

年の植民地の社会的環境が、パノラミックに再現されているのである。

「墓地」のクロノトポスの２つ目の特徴は、1918年当時の韓国人の居住空間の内部にある。そこには、早婚した妻、先祖の墓に執着する父、サーベルを下げて教壇に立つ兄、日本びいきの居候などがより集まっている。共同墓地をめぐってもめているという特定の時間にあって、その内部空間の幅は狭い。旅路を移動性空間とすれば、屋内は定着性空間であり、旅路がパノラミックな時代の再現であれば、屋内は時代の、より細密で具体的な面が露わにされる空間である。

廉想渉の世界は、その２つの空間から成る。１期では移動空間が多いが、２期になると移動空間が減り、定着空間だけが残る。「墓地」が１期と２期の過渡期的な時期に位置する理由の１つは、空間のもつ二重性にあるといえる。

❷　異郷のクロノトポス

「標本室の青ガエル」と「ヒマワリ」での旅路は、韓国国内に限定されている。旅路の長さが、それだけ縮小されているのだ。「標本室の青ガエル」は、ソウル－平壌－南浦－平壌－北国の寒村（五山）からなり、ソウルを起点に北へ向かう旅である。「ヒマワリ」は逆に、ソウル－木浦－H郡で構成される南行きの旅路となっている。①の場合と同様、ここでの都市は現実性、具体性をもつ地誌的空間である。

この２つの小説と「墓地」が線引きされる重要なちがいは、前者が移動空間のみで定着空間がないことである。「標本室の青ガエ

11　Greek romance のプロットは「suddenly」と「by chance」によって結びつけられる構造をもつ。したがって、それは「chance time」の性格をもつ。同書 92 ～ 94 頁参照。

ル」の定着空間は、未婚の男が1人暮らしする下宿部屋だ。部屋で彼は、遠くから届いた手紙を読んでいる。そこには生活も日常性もない。したがって、小説におけるその部屋の比重は非常に小さい。「ヒマワリ」はそれすらない。新婚夫婦がホテルで1泊し、新婚旅行に出かけた旅先で小説は終わっている。

　2つ目のちがいは、旅の途中にある街の外部的な状況が描かれないところにある。「墓地」に出てきていた、朝鮮人労働者を誘う日本人ブローカーたちの連絡船内でのやりとり、日本式建物が増えつつある釜山の街並み、日本人としてふるまう混血の女給、縛りつけられた思想家が乗せられている汽車の車両などをとおして現れる外部的現実が省略されているため、時間的背景との結びつきが弱まっている。空間の場合も同じである。2つの小説の登場人物はどちらも社会的、歴史的現実に関心がないから、時間と空間は人物と結びつかず、空回りしている。つまり、そこに現れる時間は、痕跡の残らない真空の時間であり、空間もまた真空地帯の抽象性をもっている。

　実在の都市をとおり、汽車の時間を気にして旅をしながらも、虚空をさまようかのように時空間が空回りしているのは、彼らの旅が外部的状況と無関係なことに起因している。「標本室の青ガエル」で、旅路は現実からの逸脱を意味していた。したがって、その先に待っているのはどこかの場所ではなく、狂人である。フルスピードで、どこへでもいいから駆けだしていきたいと出た旅で、「私」は、現実の桎梏から精神的に完全に解き放たれた狂人・金昌億と出会い、彼を羨望しつつ崇拝する。その人間以外のことはすべて、「私」の関心の外である。外部への関心のなさは、時代と環境に対する関心の欠如を意味する。「私」は自分の内面にのみ関心を集中させる主我主義者だ。だからそれは、自分探しの純粋な内面的旅行で

ある。

「ヒマワリ」の場合は過去への旅という性格をもつ。したがって、「ここ―いま」の社会的条件は、やはり関心の外に押しやられる。それら2つの小説の旅路には、共通性がある。ともに自分の内面に精神力を集中させているのである。「遠い場所」と「過ぎた日々」を憧憬する彼らの内面的旅行は、多分に浪漫的、祭祀的な性格をもつ。評論において、廉想渉が個性を至上の善と主張していた時期の小説だからである。[12]

外部的現実への無関心は、小説がノベルになることを妨げている。リアリズム系の小説の特性は、まず外部的現実を客観的に描くところにあるからである。「遠い場所」や「過ぎた日々」に執着するそれらの小説は内面的、主観的時間に支配されており、抽象的で非日常的である。

伝記的な時間の順序でみると、「墓地」は「標本室の青ガエル」の非現実的、感情的旅行の後の世界に属している。発表年代をみても順番はあう。[13]「墓地」になってはじめて、外部的現実への関心が表に現れ、死んだ妻の葬儀の手続きという現実的な事項を決めなければならない大人の世界が風俗とともに描かれ、主我主義的な人物が姿を消す。この作品ではじめて妻子もちの主人公が登場していることも、偶然とはいえない。

妻子がいる成人の世界とは、生活人の世界である。だから、それ以上散歩的な路上構造をもつことはできない。成人の世界では、カネを稼ぐために仕事に就き、落ち着くことが求められるからだ。リアリズムの立ち位置は、そうした定着空間にある。したがって、旅路が題材の小説は、「墓地」のように現実的な性格をもつもので

---

12 「至上の善のために」、『全集』12、41頁参照。
13 「墓地」は1922年にはじまり、1924年に完成した作品である。

あったとしても、ひとまず親浪漫的な性格を帯びることになる。旅路には決まった所番地がない。旅路は移動空間だから、鏡として対象を精密に描写する作業を妨げる。激動期がノベルの対象になりにくいのと同じ理屈である。リアリズムは模写の文学であるから、ゆらぎのあるものすべてと相克する。したがって、ピカレスク・ノベルのように、旅を舞台とした小説は親浪漫的なジャンルとなる。

廉想渉の文学的変動期は、「墓地」とともに訪れたとみることができる。その後、再び旅路が小説の背景になることはなかったからである。「墓地」を頂点に、廉想渉の小説の背景は旅路の広さを失う。屋内が主たる舞台となっている「電話」の世界に移行し、そこで永遠に定着してしまうのである。「墓地」以前の2つの小説はノベルの前段階に属している。「墓地」以後の作品群になって、ようやく廉想渉の小説はノベルの基本要件を満たすことになる。

② 外と内が共存するクロノトポス

ここに属する小説は、(i)「闇夜」、「死とその影」、「金の指環」などの1924年以前の小説、(ii)東京を舞台にした1926〜1928年の2つの小説、そして(iii)「三代」である。旅路と屋内の中間地点にあるそれらの小説は、旅路を扱ったものに比べ、背景が狭い。空間的背景が、都市の特定区域に限られているのである。代表例が「闇夜」だ。この小説の舞台は、景福宮を中心に直径2キロメートルの狭い地域のなかである。そうした背景の狭小化現象は、屋内が舞台となる③で、さらに強まる。

これらの小説群のもう1つの特徴は、屋内と外をともに扱いながらも、外の比重が③より相対的に重くなっている点である。たとえ狭い範囲のなかでも、主要人物の関心の対象は、屋内ではなく外にあることが、表3から確認できる。

❶ 屋外主導型 ―「闇夜」、「死とその影」、「金の指環」

　空間的背景の面でみると「闇夜」が最も具体的である。ほかの作品では、外が具体的に明示されていない。2回目の渡日時に東京で書かれた作品も同じである。工場がある郊外の地域、「中産層が妾を囲うのにぴったりな場所」(『全集』9、303頁) などの言及はあるものの、地名や場所は明らかにされていない。「闇夜」だけが徹底して地誌的な面をみせているのである。

作品名	行動半径	作品内の時間
闇　　夜	家〜夜照峴市場〜光化門〜通信局〜司僕開川通り〜Aの家〜司僕開川通り〜叔舟監橋〜東十字角〜宗親府〜家〜西十字角〜景福宮〜孝子洞終点〜光化門〜太平通り	1日
死とその影	職場〜風邪をひいた友人の家〜Kの家〜自宅	1日
金の指環	職場近くの電車内〜飲み屋	1日
遺　　書	東京市外線電車駅〜下宿〜Lの家〜Oの家〜下宿	3日間
宿　泊　記	東京の街中の下宿とその周辺	3、4日程度
三　　代	水下洞の徳基の家、花開洞の相勲の家、唐珠洞の敬愛の家、紅把洞の畢順の家の4家族の居住空間と、安国洞の梅堂屋〔売春も斡旋する高級酒楼〕、泥幌屋の飲み屋バッカス、大学病院、警察署、図書館、精米所、食料品店など、都市の外部空間が多彩に描かれる。ただしすべて鍾路区と中区に集まっている。徳基父子、敬愛、畢順の家はいずれも鍾路区にあり、他は中区。空間的背景も狭いが、小説のなかの時間も非常に短い。	2、3か月程度

【表3】

　この小説は、秋夕〔旧暦8月15日。韓国の大きな名節のひとつ〕を過ぎたある日、主人公の「彼」が家を出て徘徊する市内のさまざまな場所を描写する。彼はまず、夜照峴市場を抜けて光化門近くまで行き、通りを渡って逓信局近くで司僕開川周辺の寂しい路地にはいる。そこから友人Aの家に行って再び司僕開川通りに出ると、叔舟監橋から三清洞方面に歩き、宗親府の前で少し休んで帰宅する。夕食をとった後で再び外出し、彼は西十字角をまわって景福宮近くの電車の終点を抜け、光化門、太

平通りを歩いているところで小説は終わる。家よりも街が主な舞台となっているのである。

 2つ目の特徴は彼の外出の無目的性だ。それは散歩にすぎない。人ぎらいで、わざわざ人気の少ない道を選ぶハムレット的な彷徨といえるだろう。彼は人びとの姿を眺めながら、ときに「短杖で、ひと思いに全員を殴りつけたくなる」憤怒に駆られ、ときには「身を震わせて泣きたくなる」症状に襲われもする。「切実で悲痛な思いに張り裂けそうになり、全血管を圧し絞られるよう」ななかで、涙流れるままにソウルの中心街を歩きまわる。心情的な次元では変化が著しく起伏も激しいが、地誌的な面でみれば、彼の行動半径は景福宮を中心に半径2キロメートルほどの距離でしかない。①に比べ、背景の面積が大幅に狭くなっていることがわかる。

「闇夜」の世界と「標本室の青ガエル」には同質性がある。移動範囲が狭くなった点をのぞけば、「標本室の青ガエル」の旅行と「闇夜」の散歩は同じ質のものだ。どちらも実際の目的が曖昧な彷徨だからである。「闇夜」の登場人物は、外部的な現実に関心をもたない。彼は自我の内面にのみ没入しており、自分の立っている地理的位置や時間にさほど意味を感じていない。ここでは「秋夕の頃」という具体的な時間が明示されているにもかかわらず、その具体的時間は「標本室の青ガエル」のように、現実的な意味をもてないまま空回りする。

 空間的な背景も同じである。夜照峴市場、叔舟監橋、宗親府、西十字角などの地名が明示されていながら、その空間と人物の内面を結びつけるものはない。したがって、平壌でもソウルでも大きなちがいはなく、今日でも明日でも関係はない。時空間と人間が密接な関係を結べないとき、日付や地番は意味をなさない。それは空隙の時間であり、虚空の空間である。絵画の歴史で、背景が具体的に

書きこまれながら、人物と有機的な関係にはならなかった時期の絵と、それらの小説はにている。人物の魂が現実から遊離しているから、どれほど具体的に描かれていても、背景は意味をもつことができないのである。現実的背景に対する無関心は、それらの小説がノベルになりえない要因を作り出した。

「死とその影」の場合、背景の広さは「闇夜」ににている。主人公の「私」の行動半径は、職場と２人の友人の家に過ぎない。友人の家の場所は明らかにされていないが、会社帰りに２人の家に立ちより、そのあと帰宅して夕飯をとっていることからみて、それほど離れてはいないことがわかる。外部的現実に対する無関心の度合いも、やはり「闇夜」とにたようなものである。

だがちがいもある。ここでの行動は、初期２作の場合のように無目的なものではない。主人公は、目的があって外出をしている。彼は仕事をもっているから、昼間散歩をしにいく余裕のない人間なのだ。「死とその影」の頃から、廉想渉の小説に行動の無目的性が消えていく。

「金の指環」の場合、電車の車内から飲み屋に至るまでがすべてであり、具体的な屋内は描かれず、回想シーンで屋内が多く登場する。かわりに、外面化現象が現れはじめる。初期３作の、内面性、主観性の世界から脱皮しはじめるのである。

ここまで述べた３つの小説は、主要人物の行動半径が極端に狭いという共通点をもっている。それだけ、空間的背景が狭くなっているのである。それだけでなく、屋内の比重も小さい。未婚男性の登場人物は、家族と精神的なつながりをもつということがむずかしいため、家は寝るだけの場所という意味しかもたない。外の生活に重点が置かれる理由はそこにある。

❷　外と内の並存型—「遺書」、「宿泊記」

　東京が背景の小説の場合も、登場人物の行動半径が狭いことは変わらない。「闇夜」とちがう部分は、実際的な必要性が行動の動機になっている点だ。「遺書」の「私」の外出は、散歩とは異なる。それは人探しという現実的な必要性と直結している。李寅華（「墓地」）の帰国とにた性格のものである。２期の廉想渉の主人公たちは、全般的にあまり無目的な行動をとらない。

　「遺書」の主人公は、遺書のような書き置きを残して消えた友人を探してＬとＯの家に行く。街の名前が明記されているわけではないが、彼の宿所は郊外にあるから、ソウルの中心街をぶらついていた「闇夜」の人物よりは行動半径が広い。だが、彼は友人のこと以外に関心がない。したがって、ここでも東京の都市的な特徴や街の光景、地名のようなものは登場せず、時間への言及もない。時代や社会への関心はないのである。

　「宿泊記」の舞台も東京だ。中産層が妾を囲うのにふさわしそうな街で、主人公は下宿先を求め歩きまわる。関東大震災後の東京での韓国人の下宿探し、という現実的な出来事が問題になっているから、時代状況や韓国人への待遇などの描写はあるが、場所の明示はなく、現実観も薄い。

　この２つの小説の時空間は、①の場合よりも現実的である。「遺書」では人間の生気を奪う東京の大気汚染が、「宿泊記」では震災後の冷淡で薄情な世間のようすが描かれており、前者の小説よりも現実との距離が近づきつつある。それだけでなく、内部空間での人間関係の比重は、①より大きい。これは、同居する人間が家族ではなく友人であることに起因している。廉想渉の世界では、家族との精神的な結びつきが表現されることはまれである。屋内での人間関係の密度が濃い分、屋内と外が並立している。屋内の比重が以前よ

り大きくなった理由に、同居人との関係や、客地での下宿といったことが関連している。主人公の年齢も無関係ではない。

　ここまでの5編の小説は、どれも日付が明らかにされていない。「闇夜」では季節は描かれているものの、日付や時間が曖昧である。ほかの小説の場合も同じだ。自伝的小説だから時期の推定は可能だが、日付や地番の曖昧さは、時代的な状況や社会環境への関心のなさを意味している。「万歳前年冬の植民地」という明確な時空間を描いていた「墓地」に比べると、そのちがいは明らかである。

　これらの小説は、どれも自伝的小説という点で共通している。主人公が未婚男性なのも同じである。だから、彼らの人間関係は交友関係が主軸となり、活動の舞台は屋内より屋外になる。そうではあるが、1期と2期で小説のあいだにちがいがある。1期では内面的、主観的な関心が主導し、「標本室の青ガエル」や「闇夜」のように、遊戯的な彷徨が行動の主軸となっているのに対し、2期になると外部的、客観的な現実に関心の対象が移り、遊戯的な彷徨が減ってくる。そうした変化は登場人物の成熟と並行している。屋内の比重が、1期に比べて2期のほうが重くなっていることも、登場人物の年齢と関係しているのである。その次が、屋内を舞台とした既婚者中心の小説である。

❸　屋内主導型―「三代」

　「三代」は長編小説であり、舞台の広がりが予想されるが、やはりソウルの四大門内に限定されている。鍾路区や中区がメインであり、長編小説の背景としてはかなり狭い方だ。そのかわり、内部空間の比重が重くなり、多様化している。主人公の家族の住まいである徳基の家と相勲(サンフン)の家を中心に、畢順と炳華の家、洪敬愛の家など4家族の居住空間が描かれ、酒場、ホテル、教会、病院、警察署、

図書館、商店など、非住居の建物の内部空間も登場する。生活圏が家に加えて盛り場、病院、学校、官庁、商店と多様になる。居住空間と非居住空間を包含する空間的構図は、長編小説というジャンルの余裕といえる。人間関係が、垂直軸と水平軸を共有している理由も同じである。

 しかし、「墓地」に比べ、社会的な背景への関心は深くない。「三代」に出てくる空間は、社会の有機的な共同体の一部ではなく、それぞれが離れて存在する孤立した場所だから、そこからは、社会のありようはみえない。その理由は、まずこの小説の空間が屋内に限定され、地域社会と遊離していることにある。

 2つ目の理由は、「三代」の空間が登場人物の個人的、私的な面とだけ結びついていることである。この小説には仕事をもつ男性が1人もいない。徳基はまだ学生で学校も日本だから、ソウルでの公的な人間関係は出てこないし、相勲は無職である。炳華はのちに商店主になるが、商売人ではない。したがって、「三代」の人間関係は家族や友人、情婦など、私的な関係に終始する。すべてが私生活の範疇を出ないため、家の内部が作品の主な舞台となり、日常的な事件が風俗の面から描かれる家族史小説になっているのである。

 そこでは外は忌避される。東京への旅行のディテールといったことが省略されるのも、そうした理由からである。藤村の「家」と同じように「三代」でも、背景は意識的に屋内主導型とされている。韓国の家が日本家屋にとって代わられつつあるようすから、万歳前の社会的な変化を読みとった「墓地」での社会的関心は、「三代」になって一家族の日常の出来事に座をゆずってしまう。

 「三代」では時間軸への関心も、色濃く表れている。タイトルからすでにそれは明らかである。「三代」の時間は、「標本室の青ガエル」や「闇夜」のそれとは性格が異なる。後者が、非日常的な真

空の時間であるのとは逆に、「三代」の時間は日常的、具体的な時間である。それは、1930年代初頭の韓国という具体的な時空間と結びついている。韓国でもソウル、ソウルでも鍾路区の趙徳基の家の、垣根の向こうの私的空間に密着しているのである。つまり「三代」は、日常的、具体的な時間と空間の風俗的クロノトポスを有している。総じて、既婚者をとりあげた廉想渉の小説の時空間は、具体的で日常的な性格をもつ。

廉想渉の空間的背景は、路上－屋外－屋内の順に狭くなっていく。②の場合には、屋外主導型から屋内主導型へと移っていき、その順序に従って時間の具体性、現実性も強まっていく。

③　屋内のクロノトポス

建物のなかへと空間的な背景が狭まり、外部の世界が作品のなかで意味を失ってしまうものとして、「除夜」、「E先生」、「電話」、「生みの母」、「検事局待合室」、「輪転機」、「小さな出来事」、「南忠緒」、「飯」などがある。それらをさらに細分化すると、職場を舞台にしたものと居住空間を舞台にしたものとに分けられる。

❶　職場を舞台とする内部空間

「E先生」、「検事局待合室」、「輪転機」などがこれにあたる。なかでも「E先生」は、ある中学校の校内が舞台とされている。校内も教室と職員室に限られるといっていいだろう。「検事局待合室」は検事局の待合室と新聞社に空間が限定されており、背景が屋内に固定されている点では、どれも共通している。職場だから家よりは少し広く、人間関係も社会性を帯びている。「検事局待合室」をのぞけば、女性はほとんどいない。したがって葛藤は主に抽象的、理念的次元で生じる。

❷　生活する家の内部空間

このケースはそうした社会性はなく、人間関係も家族だけで形成され、女性の割合が高くなる。夫婦関係や母子関係が主軸の小説が多いため、問題が生じる要因は、カネや性の問題が絡んだ些細で日常的なものになる。「除夜」、「電話」、「生みの母」、「小さな出来事」、「南忠緒」、「飯」などがそれに該当する。「除夜」をのぞき、すべて２期に書かれた小説であることは注目に値する。２期以降の小説が廉想渉の本領だから、空間的背景が屋内に限定される傾向は、廉想渉研究の重要な部分である。日本の自然主義が、意識的に背景を屋内に限定した傾向と類似するからである。これらの小説に現れる時間と空間の相関関係は、次のとおりである。

(ⅰ) 除夜　　　　：樓閣洞のお針子の家の向かい部屋……１週間
(ⅱ) 電話　　　　：奥の間－夫の会社－飲み屋－奥の間……約１週間
(ⅲ) 生みの母　　：空港－家……約１週間
(ⅳ) 小さな出来事：貸し間……１日
(ⅴ) 南忠緒　　　：部屋と板の間……１日
(ⅵ) 飯　　　　　：家のなか……１日

この６編に出てくる空間的背景は、大体が室内である。「電話」が、一連の小説を代表している。「電話」の主な舞台は、電話が置かれた奥の間である。そこで起きる事件は、日常の平凡な出来事だ。ある家に電話が引かれて外されるまでの、ささやかな事件がすべてだからである。したがって、時間も日常性の限界を逸脱することはない。カネと性が支配する、現実的な時空間なのである。

ほかの小説もにている。「生みの母」、「南忠緒」では遺産の問題、婚外子の問題などが絡みあう。カネの問題の規模が大きくなるだけで、日常の些事を支配する日常的な時間、という点は変わらない。「小さな出来事」と「飯」は食べていくことのむずかしさが葛藤を生む原因だから、カネの規模が小さくなる。ブルジョア、プチブルジョア、庶民の3つの階層の居住空間を貫くカネと性というテーマが、日常的な空間、日常的な時間のなかに広がっているのである。

　「除夜」だけが例外である。この小説では、日常的な空間のなかでくり広げられる非日常的な事件が扱われる。それは、この作品が初期3作に属すことと関係している。初期の作品では、時間が日常性から逸脱したものが多く、「除夜」もその部類に属している。空間規模の縮小は、小説のなかの時間と呼応する。ロードノベルの構造が消滅すると、小説のなかの時間も短縮するのである。

　表4で、①にソウルを背景にした2期の短編小説が圧倒的に多いことがわかる。そのうち、屋内を背景にした小説は過半数を占める。旅先やソウルの外が背景とされた小説、長編小説などは1つも入っていない。背景の狭小性と時間の短縮が、並行していることがわかる。人物、事件、時間、空間というすべての面で、「糞蠅とその妻」が例外的であることが、⑤で改めて確認できる。叙事時間でも、この小説は例外ぶりをみせる。

　廉想渉の小説に、田舎を舞台にしたものは少ない。旅を背景にした初期の小説2編をのぞけば、都市郊外を描いたものが3編、13編はソウルの中心部が舞台となっている。廉想渉は開化後で最初のソウル出身作家である。羅稲香が後につづくが、彼は四大門内の地域の出身でなかっただけでなく、ソウルの中産層の家庭にふさわしくない生活ぶりだったから、廉想渉のようにソウル中産層の言語や風習に精通することはかなわなかった。羅稲香が風俗小説を書けな

かった理由も、そこにある。

①	1日の出来事を扱った小説	「闇夜」、「除夜」、「死とその影」、「金の指環」、「輪転機」、「小さな出来事」、「飯」、「南忠緒」（8編）
②	3、4日間	「標本室の青ガエル」、「検事局待合室」、「遺書」、「宿泊記」（4編）
③	約1週間	「ヒマワリ」、「電話」、「生みの母」、「孤独」（4編）
④	約2週間	「墓地」（1編）
⑤	2カ月以上〜半年	「E先生」、「糞蠅とその妻」、「三代」（3編）

【表4】

　廉想渉の描いたソウルは、ソウルの最も本質的な面に該当する部分である。李人稙、李光洙、金東仁、玄鎭健など、地方出身の作家たちが知りえなかったソウルの生態を、廉想渉は肌で知っていた。彼は、韓国の文壇に現れた最初の都市小説作家だった。この言葉は、彼がノベルのトップランナーだったことを意味している。

　日本の自然主義の作家たちが描いた東京は、中心部ではなく外れであり、登場人物も田舎から上京した人びとだった。彼らは田舎で既知の人間とだけつきあって生活していたから、それは同質的な集団だけでより集まって暮らす、都市のなかの島のような場所だった。住民の異質性を基準に都市度を計れば、日本の自然主義の作家の文学は都市文学といいがたい。彼らの小説が反ノベル的なものとなった要因の1つは、それである。

　西欧の場合はそうではなかった。ヨーロッパの自然主義は、都市文学である。産業文明と科学主義は、都市とノベルが共有する必須条件だった。「ルーゴン＝マッカール叢書」も、パリを描いた小説が自然主義を代表するものとなっている。「ナナ」、「居酒屋」、「獣人」などがそれである。

　ゾラと廉想渉に共通する要素の1つが、背景の都市性である。廉想渉は、ソウルの四大門の内側を舞台にした小説で本領を発揮し

た。2期の小説がそれである。初期2作をのぞき、ソウルを背景にした13編は2期の小説である。田舎を描いた小説「E先生」で、作家は舞台を校内に限定し、自然に恵まれた背景は無視している。廉想渉は自然に関心のない作家である。彼が旅を扱う場合にも、自然描写は出てこない。「墓地」がそれを証明している。廉想渉の関心は都市にあり、都市でも屋内が軸になっていることは、2期の作品をみればわかる。廉想渉にとって、五山は北国の寒村である。流刑地のような場所と言っていい。しばらくそこで辛抱すると、都市に戻って満州に行くまでのあいだ、彼は二度とソウルを離れなかった。ソウルでも、彼は屋内の日常的な生活を主に描いた。日常的、風俗的な次元に、関心を集中させていたのである。日常な時間は、自然から断絶されることが特徴だ。(16) 廉想渉に田舎を舞台とした小説がわずかしかなく、自然描写が少ないのはそのためである。

　人口密集地は、ノベルの舞台にふさわしい場所である。イギリスで「パミラ」〔イギリスの小説家、S. リチャードソンの女〕〔中を主人公とした書簡体小説。1740年刊〕が最初のノベルとみなされた理由の1つに、背景があったことを想起する必要がある。「ロビンソン・クルーソー」〔D. デフォーの小説。難破して漂着した無人島で、主人公ロ〕〔ビンソンは創意工夫で生活環境を改善していく。1719年刊〕は、孤島が背景だったために脇に追いやられたのである。(17) 人間がより集

14　羅稲香の本籍は京城府青葉町1丁目〔現在の竜山区青坡洞1街〕56で、そこが出生地でもある。四大門の内側ではなく外側である。それだけでなく、彼の祖父は平安南道〔現在の北朝鮮平安南道と平壌直轄市をあわせた地域〕成川出身。代々ソウルで暮らした廉想渉のように、生粋のソウルっ子ではない。1924年以降に父親が南大門のソンミッ（성밑）通りに薬局を構えたため、自宅は都心にあったものの大変狭く、稲香は下宿、旅館などを転々としながら生活した。中産層家庭の安定した文化を、十分には吸収できない状況だったといえる。（『韓国作家伝記研究』上、李御寧編、同和出版公社、1975年、121～128頁参照）。

15　Louis Wirth は、住民の異質性を都市の特徴の1つとしている。Hana Wirth-Nesher, "The Modern Jewish Novel and the City : Katka, Roth, and OZ ", *Modern Fiction Studies*, Spring 1978, p. 92から再引用。

16　Bakhtin、前掲書、128頁参照。

17　I. Watt, *The Rise of the Novel*, p. 27 参照。
　〔日本語訳　イアン・ワット、藤田永祐訳、『小説の勃興』、南雲堂、1999（原著1957）〕。

まって暮らすコミュニティ内がノベルの舞台であり、コミュニティの特徴と生態を再現するのがノベルだから、ノベルは風俗小説的な性格をもつことになる。廉想渉はそうした点で、ノベリストになる基本的な条件を具備していた。

現代の都市を舞台とする小説のなかでは、時間は年代記的、現実的なものである。廉想渉の小説は基本的に、具体的な現実の時間に依拠している。彼の小説で順行的な時間構造が圧倒的に多いことも、その証拠の1つとなる。廉想渉には循環的な時間がほとんどみあたらない。彼の時間はカイロス kairos［「時」を表すギリシア語のうち、人間の主観的な時間］的なものではなく、クロノス chronos［「時」を表すギリシア語のうち、過去から未来へ一定速度、一定方向に流れる連続的な時間］的なのである。(18) 現実的、年代記的な時間と都市的な空間が、廉想渉のクロノトポスの中枢をなす背景のパターンだ。廉想渉は、時間的背景の同時代性においては、ゾラを凌駕するほど徹底しており、実体験とのズレが3年以内の作品が多い。同時代性という面ではゾラ、藤村、花袋と廉想渉は、同じ距離にいる。

背景の近接性も同様である。廉想渉は、主に自分の地元の実際の出来事をとりあげた作家だから、資料調査の必要性を感じないほどだった。リアリズム小説の基本条件である「ここ―いま」の原理に反しない背景を選んでいる点で、廉想渉は仏・日両国のリアリストと相通じている。

時間的背景において、作家・廉想渉の人生と登場人物のそれはつねに一致している。廉想渉の小説内の時間は、終始一貫して歴史的、現実的な時間である。彼の小説に無解決の終結法がとられた理由もそこにある。だが、歴史的な時間と登場人物の密着の度合いは、1期と2期で異なっている。初期2作の場合、登場人物は時間を気にすることはない。彼らは自分の内面に埋没し、現実の外でさまよっている。「墓地」でようやく、現実での歴史的な時間と登場

人物の密着がはじまり、次第にその度合いが強まっていく。

　時間的背景に関して考慮しておくべきもう１つの特徴は、小説のなかの時間の長さである。廉想渉の短編小説の場合、ほとんどが１日のあいだに起きた事件をとりあげており、長くても１週間である。その点は、１期と２期で変わらない。長い部類の④、⑤（表４参照）には「墓地」と「三代」が含まれている。ともに長編小説だから当然である。この２編をのぞく残り２編（「Ｅ先生」と「糞蝿とその妻」）は、舞台がソウルの四大門の内側ではない小説である。つまり、廉想渉の短編小説の基本的なパターンは、ソウル四大門の内側を背景に、１週間以内に起きた事件をとりあげるものということができる。

　空間について、まず目につくのは時間の経過につれて背景が少しずつ狭くなっていくことである。旅路にはじまって屋外主導型―外と内の共存型―屋内主導型―屋内の順に、廉想渉の空間的背景は狭まっていく。旅路が背景の小説は、すべて１期に属している。それは、❶異国を含むクロノトポス（「墓地」）と、❷異郷のクロノトポス（「標本室の青ガエル」、「ヒマワリ」）に大別される。「墓地」の場合、旅は目的性を帯びており、主人公も既婚者である。したがって、帰着する場所は暮らす家となる。「ヒマワリ」も条件はにているものの、１点異なるのは、帰着先が日常空間でないことである。「標本室の青ガエル」も、やはり帰着する先は住まいではない。だが、登

18　Cullmann and Marsh are seeking to use the word *kairos* and *chronos* in their historical, biblical senses: *chronos* is 'passing time' or 'waiting time'–that which, according to the Revelation, 'shall be no more'–and *kairos* is the season, a point in the time filled with significance, charged with a meaning derived from its relation to the end.
The Sense of an Ending (Frank Kermode,) p.47.
〔書誌情報　Frank Kermode, The Sense of an Ending : Studies in the Theory of Fiction, New York; Oxford University Press, 1967.〕
〔日本語訳　フランク・カーモード、岡本靖正訳、「終りの意識―虚構理論の研究」、国文社、1991年〕

場人物は独身である。発表の順は「墓地」が一番後だから、現実との密着度が、時代が下るにつれ濃厚になっていることがわかる。

そうした傾向は、2期以後の小説にもそのまま当てはまる。内と外の共存型の場合も、2作目の「闇夜」が現実から最も離れている。両親に養われた無職の青年が主人公になっているからだ。仕事に就くと、そうした無目的な彷徨にブレーキがかかることは、「死とその影」などの作品が証明している。

その次の段階になると、屋内の比重が重くなる。職場か家かを問わず、2期で作品の大部分が屋内主導型に転じるのが、廉想渉の小説の空間的な特徴である。屋内の比重が徐々に重くなりはじめ、最終的には屋内に定着してしまう。あわせて、「墓地」に現れていた社会への関心が次第に薄れ、家のなかの日常的な出来事の割合が大きくなる。

背景の広さと現実性は反比例する。移動空間の消滅とともに行動の無目的性、内面性などが消え去り、生活の場の屋内へ定着するにつれて、現実的、日常的な場所が位置を占めるのである。移動空間の消滅にあわせて叙事時間も短縮し、ディテールの精密描写が伴う。したがって、旅路をとりあげた最後の小説である「墓地」は、1期と2期の転換点となる。そこでは、旅路とともに、2期で主な舞台となる居住空間が登場するからである。

1期と2期のちがいを空間的背景の面で再検討してみると、2期では(i)旅路と散歩が消滅し、(ii)外部的現実が表面化し、(iii)背景が日常化し、(iv)定着空間（家庭や職場）の比重が大きくなる。背景がリアリスティックになっていくのである。旅路を扱った1期の小説は、時間の面でも非現実的だから、初期3作を自然主義小説だとした既存の評価は、背景面でも明らかな誤りであることが確認できる。1期の小説のような背景をとる自然主義は、どこにもないので

ある。2期ではじめて、廉想渉の写実主義ははじまる。

　廉想渉の空間的背景の2つ目の特徴は、大都市を背景にした小説が主流である点だ。20編中15編がこれに該当する。旅路を扱った2編も都市を背景にしているから、「E先生」をのぞいたすべてに都市的な背景が選ばれていることがわかる。これは1期、2期に共通した特徴である。都市も中心部が主にとりあげられるため、都心から外れた小説が例外的であることが、「糞蠅とその妻」で確認できる。

　仏・日の自然主義と対比すると、背景の同時代性と近接性の原理は3か国すべてで共通する。都市を背景にした点では、廉想渉とゾラで共通しており、背景の屋内志向的な狭さは廉想渉と日本の自然主義作家たちが通じている。廉想渉も、2期からは藤村や花袋のように、作品から屋外を締めだそうと努力していたのである。

3 カネの具体性と性の間接性

　ノベルとロマンスを分ける主題の特徴の1つに、カネと性に対する見解のちがいがある。ロマンスが愛と冒険へのロマンティックな追求に夢中になるのに対して、ノベルは現実を動かす原動力として、カネと性に注目する。ノベルは成熟した大人の男性のジャンルである。成人男性の関心は、そういうところにあるからである。

　自然主義になり、カネと性の比重はさらに重くなった。物質主義的な人間観により、「石ころと人の頭脳の同質性」を主張して登場したゾラの自然主義は、「獣性賛美と金欲崇拝に終始している(1)」と非難されるほど、物欲と性欲への関心は執拗だった。だが、物欲の追究はすでに写実主義でもされていたから、事実上、ゾライズムの特色は性的な面の過剰露出にみることができる。自然主義はカネよりも性に力点を置き、なかでも病理学の対象になりそうなほど常軌を逸した男女関係に一層の関心を寄せた。自然主義が「春画」や「大便学」などと呼ばれた理由はそこにある。文体混合の面で、ゾライズムがかかえる最も「低級な要素」が、性的な面の過剰露出である。

　日本の自然主義は私小説が主軸だったから、ゾライズムとは大きな隔たりがある。そうではあるが、ゾライズムと関連がある要素はやはり、「性」に対する関心の表明だ。相馬庸郎の言葉どおり、日本の自然主義がゾライズムから「一番影響を受けたのは、『性』の位置づけに関して(2)」だった。それは浪漫主義と自然主義を線引きする基準であり、北村透谷と島崎藤村を区別する基本要素でもあった。

だが実際には、日本の自然主義の性への態度は、性に対するタブーを破るという初歩的作業に過ぎなかった。大正文学では性の問題の追究が果敢に行われていたのに反し、明治時代の自然主義の性への関心は、消極性をまとっている。「『性』のありようを科学的にみつめ、その実態を作品のなかで発き出すといった性格よりも、封建道徳以来の因襲的束縛から『性』を解放」させる方に重心が置かれていたからである(3)。ゾラのように性の病理的側面を露出させるほどには、時代的な条件が備わっていなかったのだ。性への手ぬるい関心表明さえ、指弾の対象とされるのが、彼らの置かれていた現実だったためである。

　日本の自然主義が、性の問題に消極的にならざるをえなかった理由の１つに、彼らが、戯曲のような大衆文学ではなく純粋文学を志向していたことが挙げられる。江戸時代の好色文学とはちがう純文学だから、性への関心を表明すること自体、タブーを犯す行為とされたのである。

　２つ目の理由は、作家の階層とジャンルの相関関係に求めることができる。日本の自然主義は私小説が主軸だったため、それは作家の私生活に結びつかざるをえなかった。しかし、自然主義派の作家たちは、大部分が下級とはいえ士族の出身だった(4)。儒教の精神主義が支配する封建的な社会から、まさに一歩近代に足を踏みいれたばかりの明治時代の雰囲気では、士族が自分の性生活を晒すのは批判されるべきことだった。田山花袋の「蒲団」が引きおこした騒ぎ

1　J. K. Huysmans, "Emile Zola and L'Assommoir", *Documents of Modern Literary Realism*, G. J. Becker ed, 1963, pp.230〜5.
2　相馬庸郎、『日本自然主義再考』、15頁。
3　同上。
4　日本の自然主義派の作家は島村藤村だけが地方の旧家出身であり、ほかは没落した地方の士族出身である。

が、それを証明している。その小説に描かれた男女関係が肉体的な接触と無縁のものであっても、人びとは「肉の人、赤裸々の人間の大胆なる懺悔録」という島村抱月の言葉に肯いたのだ。感情的なレベルで終わった恋愛でさえ、指弾の対象とされる雰囲気のなかで、性への態度が積極的になりえなかったのは当然のことといえる。結果、藤村の「家」のように、男性の堕落した行動を性病や知的障害児の誕生などに結びつける小説でも、男女間の性交渉は間接的に暗示されるか、省略されている。

　大正時代になると、日本の小説は劇作家の専権事項だった好色文学を積極的に受容し、「痴人の愛」(5)のような性愛を大胆にとりあげた小説も登場する。だが、明治時代の純文学観は幅も狭く、封建的なエリート意識も絡んで、花袋や藤村の文学に性愛が露出されることはなかったのである。

　性の問題だけではない。私小説だけに物欲の露骨な描写も抑えられたり、隠されざるを得なかったのが、日本の自然主義の特性である。そうした現象は、日本の自然主義が、儒教の anti-physics (6)の影響圏を大きく逸脱できなかった時期の文学であることを想起させる。

　そうした環境は、1920 年代初頭の韓国文学にもそのままあてはまった。性倫理の点で、日本とは比較にならないほど厳しい儒教の厳粛主義のなか、韓国の近代文学は 20 年代初頭まで、李光洙式のプラトニックラブがもつ、少女のような潔癖さから抜けだすことができなかった。

　そこに挑んだのが金東仁である。人間の下層構造の露出度だけでみると、金東仁は花袋や藤村よりも、はるかにゾラに近い。彼は、人間を徹底して物質主義的な目で判断した。したがって、彼がみる両性の関係は徹頭徹尾、性が基本になっている。男のやもめ暮ら

しで抑圧された性が異常な形で爆発し、性犯罪をくり返して死刑に処される「ポプラ」の崔書房、娘が寝ている部屋の隅で、年若い妾と怪しい性戯にふける金妍實（「キム・ヨンシル伝」の主人公）の父親、体を売った代金を夫と仲睦まじく一緒に確認する福女夫婦（「甘藷」の主人公）は、ゾラの「獣人」たちににている。

しかし、そうした小説でも、性戯の場面は会話のみで処理されたり（「キム・ヨンシル伝」）、作者の語りで説明されたり（「ポプラ」）、でなければ「甘藷」のように省略されるのが通例だった。作家自身の妓生遍歴をとりあげた「女人」でも、性についての具体的な描写は出てこない。どこにも人間の裸が出てこないのが、金東仁の「淫乱と卑語」[7]の実態である。

性にかんする具体的な描写を省略したまま、性の病理的な面をとりあげようとしたため、金東仁の性は抽象化されている。儒教の厳格主義は、極端な反封建主義者だった金東仁の潜在意識をも縛っていたのである。にもかかわらず、彼の文学が「淫乱と卑語」で貫かれているとされたところに、金東仁と日本の自然主義の作家のあいだの時代的な類似性が垣間みえる。廉想渉も例外ではない。

写実主義が金銭欲を探求しつくし、その後、自然主義となったフランスとはちがい、日本と韓国の場合は、写実主義の主題が自然主義と結びついている。だから、自然主義をチェックする基準はカネと性の2つにならざるをえない。したがって本稿では、廉想渉の世界でその2つの比重が増加する過程に焦点をあてる。

---

5 谷崎潤一郎、大正13〜14年作（1924–25）。
6 M. M. Bakhtinは著書で、中世の特徴をanti-physics傾向とし、ルネサンスはそれに対抗するphysics志向的傾向と理解しているが、これは儒教と開化運動〔開化啓蒙運動。1894年の甲午改革以後の、漢文を捨ててハングルを使おうと展開された国語国文運動のこと〕の関係にもあてはまる。
7 金東里、「自然主義の究竟」、『文学と人間』、白民文化社、1948年参照。

作品名		(カネ)	(性)
1. 標本室の青ガエル	自伝的	−	−
2. 闇夜	…	−	−
3. 除夜	非自伝的	＋	＋
4. E先生	自伝的	−	−
5. 墓地	半自伝的	＋	＋
6. 死とその影	自伝的	−	−
7. ヒマワリ	非自伝的	＋	＋
8. 金の指環	半自伝的	＋	±
9. 電話	非自伝的	＋	＋
10. 生みの母	…	＋	＋
11. 孤独	…	＋	±
12. 検事局待合室	自伝的	−	±
13. 輪転機	…	＋	−
14. 遺書	…	±	−
15. 小さな出来事	非自伝的	＋	＋
16. 南忠緒	…	＋	＋
17. 飯	…	＋	＋
18. 宿泊記	自伝的	±	−
19. 糞蝿とその妻	非自伝的	＋	＋
20. 三代	…	＋	＋

【表5】

廉想渉は、韓国の近代文学者のなかで、カネ絡みの問題への興味を、最も具体的に示した最初の作家といえる。「ロビンソン・クルーソー」の主人公のように、「三代」の祖父はつねに帳簿を握りしめている。性の問題も同様である。廉想渉の小説には、普通の主婦まで出入りする秘密の売春宿、教職者が愛人と密会するホテルなどが登場する。金東仁の場合よりさらに具体的に、婚外交渉が描写されているのである。

だから、問題はカネと性への関心の出現時期にある。それが具体化される時期が、彼の小説がノベルに変わった時期だといえるからである。そこで、この2つの問題について作家の態度が変化する過程を、1期と2期の作品でチェックしていく。

(1) 自伝的小説の場合

表5でまず目につくのは、1期の小説の大部分が自伝小説である

ことだ。「除夜」、「ヒマワリ」、「墓地」をのぞき、残りはすべて、主人公の条件が作家と符合する。先に挙げた作品のうち「墓地」も、金允植によって自伝的小説の可能性が提起されている[8]。「除夜」と「ヒマワリ」だけがモデル小説だが、どちらも同一人物がモデルとされているから、廉想渉の１期の小説は自伝的性格が優勢である。

　２つ目の特徴は、１期の自伝的小説ではカネと性の問題がとりあげられない点だ。(表5参照)。「標本室の青ガエル」、「闇夜」、「Ｅ先生」、「死とその影」などのテーマは、形而上学的なものが主である。題材も非日常的であり、空間的背景は屋外が主な舞台となっている。「標本室の青ガエル」や「闇夜」での問題は、カネや性といった具体的なことではない。経済や政治とも関連が薄い。

　「標本室の青ガエル」の主人公の問題は、現実への嫌悪である。彼は「フルスピードの汽車に乗り」無限に向かって走りだしたいと考える。したがって彼の旅は、目的地に関係のない現実逃避の意味をもつ。そうした欲望が、狂気崇拝と結びつけられる。永遠や無限への憧れが、現実から逸脱した狂人を聖神の寵児と思いこませる要因になるのである。

　「闇夜」もそれににている。この小説の主人公の散歩も無目的、遊戯的なところが、「標本室の青ガエル」の旅とにかよっている。それは家や因習や責任感といった、現実的な事柄からの逃避を意味しているから、踏みしめている大地が平壌であれ、ソウルであれ、関係はない。主人公は自分の内面のみに関心を集中させており、地誌的な場所は意味をもつことができないのである。

　そうした事実は、登場人物２人の個人的な環境と照応する。彼ら

8　金允植、『廉想渉研究』7章、241〜245頁参照。

は、どちらも妻子や職業をもたない自由人である。基本的な衣食住を両親に保証されている彼ら20代の青年は、作家が簡単に仕事を辞めるのと同じように、簡単に現実のしがらみを抜けだすことができる。だから、カネへの関心も、旅費や酒代の範囲を超えない。

　しかし職業をもつと、そうした自由は制限を受けざるをえない。したがって、旅先の自由な空間でのはてしない憧憬、狂気の崇拝、散策が日課の遊戯的徘徊といったものは姿を消す。あわせて、現実との距離が縮まっていく。「E先生」では職場のなかに背景が狭まり、同僚との価値観のちがいから生じる葛藤へと主題が変化するのである。

　「死とその影」もにている。死という問題を扱ってはいるが、ここに出てくる死は、「標本室の青ガエル」のそれとは性格が異なる。それは自殺ではなく病死だ。美しい女性の手にかかって絞殺されるという幻想や、情死と結びつくロマンティックな死への憧れではなく、肉体的な苦痛がもたらす、現実の死を意味するのである。

　だが、その死は影に過ぎない。若者が、消化不良で苦しむなかで一瞬垣間みる、死の影でしかない。「E先生」の現実性も同じである。辞表を書いたところで生活の根本がゆらぐことはないという状況下での、余裕のある現実感に過ぎない。廉想渉の世界にまだ「生活第一義」[9]のスローガンが現れていない時期の現実感だから、それは現実との距離が縮まりつつあるという意味にしかならない。

　2期になると、自伝的小説が減りはじめる。1期で過半数を占めていた自伝的小説が、2期では3分の1ほどに後退する。1期のようにモデルの予想がつく小説も少なくなる。廉想渉の世界で、日本の自然主義のスローガンだった「排虚構」の姿勢が弱体化した現象といえる。

　時を同じくして、男女関係とカネの問題が登場しはじめる。「検

事局待合室」は、自伝的小説に異性関係が登場したはじめてのケースだろう。だが、ここで描かれる男女関係は、関係という言葉を使うのもためらわれるほど、ささやかなものだ。美しい異性にやや関心を抱く程度だからである。実際は、男女は検事局待合室でたった一度顔をあわせたことのある関係に過ぎない。挨拶さえ一度も交わしていないその女に、男がたまに思いを馳せる程度であり、思春期の男子生徒が女優を想うようなレベルで終わるのである。

それとにた作品が「金の指環」だ。主人公は学力や職業で作家と異なり、自伝的小説と断定するのにはやや無理があるが、異性との関係、年齢、帰国してからソウルを離れていた期間などから察するに、自伝性の高い小説と考えられる。ここでの異性関係は「検事局待合室」と同じパターンである。

それらは、作家の異性関係とにている。廉想渉は30歳を過ぎて結婚した作家だが、羅慧錫、シナコ〔初恋の相手とされる日本人女性〕などとの関係以外に、具体的な恋愛経験はない。彼は自分の異性関係が侘しいものだった理由に、(i)初恋の失敗、(ii)容貌への劣等感、(iii)引っこみ思案な性格などを挙げているが、その点は、前述の小説の主人公たちと共通している。

廉想渉の自伝的小説での恋愛は、漠然とした片思いの状態を抜けだすことができずにいるから、性描写が生まれる余地はない。周辺人物の場合も同様だ。「遺書」の羅稲香の恋も、その範囲でとどまっているからである。金東仁の小説、「足指がにている」〔金東仁の1932年の小説。主人公は、妻が妊娠すると、本当に自分の子か疑うが、生まれた子と自分の「足指がにている」と、自分を納得させる〕のモデルが廉想渉であるということを話半分で聞いたとしても、自伝的小説で人間の性生活を描くことを避けた廉想渉の態度は、重要な争点になるだろう。花袋や

---

9 「文芸と生活」（1927年）、『全集』12、108頁参照。
10 「いわゆるモデル問題」3、『朝鮮日報』、1932年2月24日。

藤村の場合のように、儒教的な性教育の厳格さも関係しただろうが、自身の身体性を隠そうとしたことは、リアリストとしての欠陥と認めざるを得ない。モデル小説で逆の傾向が認められることを考えると、その点は、彼の文学がもつ二重性を立証するものといえる。

　カネの問題が本格的に現れる２期の自伝的小説に、「輪転機」がある。この小説は、職場が舞台になっている点で「E先生」ににている。「E先生」で描かれた精神的な葛藤が、ここでは金銭問題に転じている。それは背景の幅とも相応する。「E先生」の舞台が、田舎の学校の校内外に広がっていたのに対し、「輪転機」の舞台はビルの狭い屋内に設定されている。背景の狭小化現象が、主題の現実化と呼応している。「輪転機」は、カネの原理が人間の生に占める比重の大きさを作家が正式に認めた、最初の自伝的小説である。非自伝的小説で、カネとあわせて性の問題が本格的にとりあげられはじめるのも、この頃からだった。

　しかし、自伝的小説でカネの問題に主人公が直接乗り出し、格闘するのは、この小説だけである。そこには、新聞社を救わなければならないという公的な名分がある。その名分は民族的な課題とも直結している。だが、闘いの結果、自分に個人的な利益が全くないことが前提とされている。

　「宿泊記」も、カネが主人公の生活を左右する最重要課題として描かれる小説だ。しかしそこでは、カネでもめごとが起きると、主人公は戦うかわりに譲歩するほうを選ぶ。それは彼の物質観を示している。個人的な面で利害打算を露わにすることを恥と考える高尚な精神主義が残っており、公的な名分がある場合のみ、カネの問題で争う限定的な物質肯定の姿勢が生じるのである。

　その点で、廉想渉は、商売で稼いだカネを自分のためには使わな

い許生〔朴趾源（1737～1805）の〕の延長線上にいる。カネの問題を誰よりも早く、そして徹底的に作品にとりいれた廉想渉も、日本の自然主義の作家たちと同様、自分にかかわるカネや性の問題に完全には現実的にはなれなかったことが再確認できる。限定的なカネの肯定でさえも、この２つの小説でしかみられないことが、それを裏づけている。

「遺書」は、２期の小説のなかで死の問題を扱った唯一の作品である。友人の遺書をみて感じる不安の深さに、羅稲香を思う廉想渉の友情の深さが読みとれ、文学史的な資料としても価値がある。しかし、そこに描かれた死は、「死とその影」の死からさほど進化していない。

とはいえ、「遺書」が２期で唯一、死をとりあげた自伝的小説であることは注目に値する。カネと性がはいりこんできたことで、刑而上学的な苦悩が追いやられた、１つの証拠といえるからである。テーマのめずらしさとともに目を引くのは、この小説が「検事局待合室」をのぞき２期で唯一、一人称を使用していることだ。２期になると、自伝的小説でも一人称は姿を消していく。カネと性の比重が次第に重くなり、廉想渉の自伝的小説では、形而上学的な主題の減少、一人称視点の減少という事象が同時に表れる。やがて、自伝的小説そのものが少なくなっていくのである。

廉想渉の自伝的小説は２期になると、形而上学的な主題のあった場所に形而下学的な主題が収まる。カネと性の問題が表面化し、背景が狭くなり、主人公は現実的になり、視点が客観化される傾向がみられるのである。しかし、自伝的小説の場合、カネの問題は個人の利益と関係がないときだけ肯定されるという制限性がみられる。性はそれよりさらに制限的だ。自伝的小説に出てくる性は、片思いのレベルで終わってしまうからである。そうした制限性は、非自伝

的小説になるとほとんどなくなる。

(2) 非自伝的小説の場合

　非自伝的小説にカネと性が登場する時期は、自伝的小説とは比べものにならないほど早い。自伝的小説で、２期になって制限的に示されていたカネと性の問題が、ここでは初期の「除夜」からすでに本格的にとりあげられるのである。「除夜」は「輪転機」の３年前に発表された。にもかかわらず、すでに打算による結婚や、他人の子を身ごもりながら結婚する新婦が登場する。

　「除夜」の崔貞仁は、廉想渉の世界に現れた、最初の資本主義的人間類型である。カネの計算に抜け目がないだけでなく、自身の物欲を恥じることもない。彼女は、算盤をはじいて結婚する。自分の芸術的な才能を伸ばしてくれるだけの財力をもつ、年上の男の後妻になるのだ。結婚前も、彼女は外国留学のために、妾になることを辞さなかった。目的のためには手段を選ばない崔貞仁は、『金色夜叉』（尾崎紅葉）のヒロインの一歩先を行く経済観念のもち主である。彼女は、廉想渉の世界に現れた最初の経済的な人間だ。無人島でも帳簿をつけていたロビンソン・クルーソーのように、崔貞仁は仁義や羞恥より利益を重視する。ノベルにふさわしい主人公である。

　そうした人間類型の出現は、廉想渉の小説が将来進展していく方向を予見させる。ロマンスからノベルへの移行を予告しているのである。この小説は視点や叙述方法などがじゃまをして、その座を「電話」にゆずらざるをえなかったが、主人公だけ単独でみれば、崔貞仁は、廉想渉によって描かれたノベルに適合する最初の登場人物である。

この小説はモデル小説だ。廉想渉は、真実尊重という自然主義の傾向を事実尊重ととらえ、虚構排斥運動を行なった日本の自然主義に影響された作家だったから、崔貞仁の性格はモデルの羅蕙錫を模写したものとみなければならない。同じ人物がモデルとされた「ヒマワリ」の崔榮憙もカネ勘定に長けた女性だったことが、それを裏づけてくれる。「除夜」だけみれば具体的なカネ計算はさほど出てこないが、「ヒマワリ」ではカネの勘定が具体的である。

　だが、彼女が最初から打算的な人間だったわけでないことは、初恋の人ホン・スサムへの無条件の献身ぶりをみればわかる。つまり、人物の成熟度ともかかわる問題といえるだろう。「標本室の青ガエル」の主人公と「輪転機」の主人公のあいだに横たわる現実感覚の差が、ホン・スサムの恋人だった榮憙と、打算で結婚する崔貞仁とのあいだにも横たわっているからである。それは、もしかしたら廉想渉と羅蕙錫の距離かもしれない。羅蕙錫は廉想渉より年上である。廉想渉が「標本室の青ガエル」的な世界をさまよっている頃、彼女はすでに「輪転機」の世界に到達していたといえる。

　そうした点を勘案しても、相変わらずちがいはある。それは、カネに対する認識のちがいである。崔貞仁は、自分の個人的な欲望のためにカネにしがみつき、それを隠す必要がないと考える女性だった。「輪転機」の主人公は、そうではない。彼はまだ、私的な面で金銭欲をもつことを自分に許していない。崔貞仁は、韓国の近代社会にあまりにも早く現れた近代人である。その極端さが社会に受けいれられなかったところに、彼女の悲劇があった。

　「除夜」は、カネだけでなく性の問題でも廉想渉の世界の先頭に立つ作品である。自伝的小説の男たちがいまだにフルスピードの汽

---

11 『自然主義文学論』I、133〜137頁参照。

車に乗り、無限めがけて疾走することを夢みるころ、崔貞仁はすでに「虚栄心多き女性がさまざまな宝石で身を飾りたてるように」、さまざまなタイプの男と多彩な肉体関係を結ぶ放埓な生活を送る。

妾の子であり、婚外子だった崔貞仁は、「中年男の一団の暇つぶしの遊び場であり、若い男の夜の詰め所」でもある歓楽街で育った。遺伝と環境の両方の条件によって、彼女の道徳への不感症は決定づけられたのである(「決定論」項目で詳述)。彼女は、男を愛するのではなく所有しようとし、処女の頃から男に金銭的な報酬をもらうことに馴れていた。東京での6年は、貞操を売り物にして学費まで賄うといった生活のくり返しだった。やがて、ほかの男の子どもを宿したまま結婚し、それが発覚して自殺を企てる。「除夜」は、彼女が死を決意して旅立つ前に、夫に宛てて書いた遺書の形式をとっている。

この小説で作者は、個性の絶対性への信念、因習に対する反抗などで、崔貞仁と意見を同じくしている。崔貞仁も、廉想渉が初期に愛用していた「幻滅の悲哀」、「主観は絶対だ」などの言葉を好む。それは廉想渉が羅慧錫と共有していた部分である。

だが、廉想渉の自伝的小説の男たちは、物欲や性的放縦、それを肯定する大胆さなどの点で、彼女と肩を並べることができない。崔貞仁は資本主義的な人物だが、廉想渉の男たちは伝統的価値観から完全に脱却できないから、2期の作品でも物欲は隠さねばならない恥ずかしいことと思いこんでいる。性の場合も同じだ。

「墓地」は、既婚男性が主人公になった最初の小説である。主人公の結婚と現実性がつねに比例するのが廉想渉の特徴だから、この小説の主人公も、初期2作の男性たちよりも現実的である。彼の現実性は、カネの計算、異性との関係、社会をみる視点などの成熟度に表れる。旅路と屋内が背景として共存する「墓地」は、1期と

２期の特性をあわせもった小説であり、主題にも同じ現象がみられる。「墓地」を自伝的小説としてみると、この小説はカネの計算が出てくるはじめての自伝小説である。

だが、カネ計算が具体的に出てくるにもかかわらず、主人公の李寅華の経済観念はかなりいい加減である。妻子がいても、経済観念には相変わらず学生くささが残る。彼は、妻の臨終を看取りに来いと実家から送られた金でカフェの女にショールを買い、妻の葬儀の後でも、学費を受けとるとすぐその女に送金する。まだ親のすねをかじっている身分だから、そうしたルーズな面が現れるのである。

金遣いの荒さは直らなかったが、現実をみる目は、初期２作より成熟している。まず、女性とつきあう姿勢に変化が生じている。カフェに行き、女性２人を一緒に相手にするほど大人びるのだ。経済的には自立できていないが、「金の指環」や「検事局待合室」の主人公よりは成熟しているのである。李寅華にとって、女性はすでに恋愛の対象ではなく性の対象であり、憧憬の対象ではなく同居の対象である。

(1) もう一度細かく読むと、どうやら学費を出してくれだとか、なんとか一緒に暮らせたらという思わくが、なんとなくにおわされていた……「金百円を一時に融通してくれというなら、それはできないこともないだろうけど……」「どう考えたって一緒には暮らせない」

（「墓地」、『全集』１ ※『全集』収録名は、改題後の「万歳前」、101頁）

(2) 「……今頃になってぼくにあてがおうっていうんじゃないでしょうね」。私はわざわざそう一言口にして、うなだれたまま座っている炳華の顔をの

12　『全集』9、72〜73頁参照。
13　同書、69頁。

ぞきこんだ。
　　　　　　　　　　　　　　　　　　　　　　　　（同書、103頁）

　「一緒に暮らす」、「あてがう」といった言葉を、当たり前のように口にする李寅華は、女がよこした手紙の行間から金銭的な要求や、性的な要求を同時に読みとるほどに成熟している。一緒に暮らすのは無理という結論が出ると、迷わずカネで関係を清算しようとするほど現実的になった。女の隠れた要求を判読する点や関係の清算手段は、あまりにも大人びていて巧みである。

　⑵も同じだ。つきあううち嫌気がさした女を押しつけようとする従兄の隠れた意図を察し、反撃を加えるいいまわしは辛辣である。そうした現実感覚は、社会的な現実をみぬく洞察力の成熟にも表れる。関釜連絡船内での日本人たちの行状、釜山でみた日本人による中心街の侵食現象、親日的になっていく人びとへの批判、サーベルを下げた兄や、表向き親日団体に頼ろうとする父親らへの分析的なまなざしは、「標本室の青ガエル」や「闇夜」の主人公たちにはない要素だ。自我の内面ばかりのぞきこんでいた目が外に向けられ、個人的な関心が社会に広がり、「万歳運動前年の植民地・韓国」の、墓地のような現実を再現することに成功したのである。

　この小説は、さまざまな面で「三代」の予備的な要素をもっている。李寅華は徳基の原型である。洪敬愛や金義京(キム・ウィギョン)は、羅慧錫をモデルにしたヒロインたちと同類である。彼女たちも「除夜」の主人公より一歩進んでいるが、徳基も「標本室の青ガエル」の世界を脱皮し、崔貞仁の世界に近いところに位置を変えている。もう少しすると、李寅華的なカネ勘定のいい加減さ、日本への脱出願望のようなものがすべて姿を消す。それが「電話」の世界である。作家の現実感覚の変化が、主人公を成熟させる動機になっているといえる。

　「墓地」とちがい、「電話」では夫婦を中心に家庭の日常が描かれ

ている。李寅華夫妻が家計を大人に依存する存在なのに対し、「電話」の夫婦は自力で生計を営む大人たちである。彼らの経済観念には、「成人男性」の眼力が備わっている。夫は浮気をして家に戻るとき、妻にどの程度のものを土産にすればもめごとにならないか知っているし、妻は、夫の弱点を逆手にとって実家の父への贈答品の値をつりあげる。いい争うことすらせずたがいに欺きあい、双方が損をしない方向に事態を運ぶ夫婦は、生活することに長けた大人なのである。

　「電話」は、夫婦がともに現実的な生活人に設定されたはじめての小説である。夫は会社で貨物主任をしており、妻は典型的な主婦である。だが、２人はともに名前がない。夫も、李主事と処理されるだけだ。個性が問題にされない、平凡な主人公の物語であることが、命名法から明らかである。常識的な普通の夫婦として、２人は金銭感覚がしっかりしている。時に相手をだまし弱点も利用しながら、それを恥と感じたり、申し訳なく思ったりはしない人びとである。人間誰しもその程度の欲があると知っているのだ。だから、自分の欲望に寛大であるように、相手の物欲にも寛大である。和解の関係が維持されているのは、そうした成熟のためだ。

　人間のもつ物欲や、善と悪の混合性をあるがまま肯定する廉想渉の姿勢は、「電話」にはじまって以降もそのままつづいた。夜照峴市場に集まった人びとを、わけもなく短杖で打ちのめしてやりたくなった盲目的な人間嫌悪（「闇夜」）は、「電話」の頃になると、自他の物欲と性欲をすべて受けいれる、大人の世界に到達するのである。

　この小説で起きる事件は、はじめて家に引いた電話が売りとばされるまでの過程がすべてだ。電話が、彼らの生活スタイルを根底から変える役目を負うわけではない。電話が引かれる前も後も、彼ら

の生活原理に変化はない。それは、カネに対する執着だ。夫婦や父子、同僚の関係が、カネの原理によってゆさぶられる世界である。

この頃から、廉想渉のすべての主人公は、カネを軸とした行動をとりはじめる。「除夜」、「ヒマワリ」、「墓地」で姿をみせはじめていたカネの原理が、「電話」に至って完全に根を下ろし、ゆるぎない基盤となって最後までつづいていく。

小説での電話の役割は、事件が起きて終わるために必要な装置としての機能である。新たに引いた電話に、最初にかけてよこしたのが妓生だったことから小説ははじまる。彼女の電話のせいで夫婦は朝からいい争いになる。第2ラウンドは、飲み屋へ出かけたい夫が、妻の小言を避けようと、同僚に電話で呼びだしてもらうトリックを企てることだ。3本目の電話は夫が出かけた後で、再び妓生からかかってくる。その電話で、妻は夫が嘘をついて出かけたものの、目的をはたせなかったことを知る。すると、今度は夫から電話がくる。はじめて電話が役に立ったと喜んだのも束の間、内容は家に帰れないというものだった。

そんなこんなで電話が争いの種になり、夫婦は電話を外すことにする。ところがその過程で、またもや問題がもちあがる。電話を買った金主事が、自分の父親に値段を吹っかけて売り、200ウォンほど着服する。そのことを知った妻がいいつけ、金主事の父親からカネを受けとって自分の懐にいれる。電話の投資価値に気づいた妻は「あなた、私たち、なんとかしてまた電話を1台引けないかしら？」というところで小説は終わる。

「電話」に出てくる登場人物たちは、多くの策を弄する。夫は妓生の店で遊んで帰りながら、ソクチョクサム［チョゴリの下にきる肌着］と手袋を買って妻を黙らせ、嘘の電話で妓生の店に出かける作戦を練る。妻は、夫が寝言で妓生の店のキムジャン［立冬の前に行われる、越冬用に大量のキムチを漬けこむ行事］を心配

したのをダシに使い、実家の父親のための服を1着多くせしめる。妓生のチェホンは、金主事と李主事の両方にもちかけて、キムジャン費用を二重どりする計画に夢中になり、妓生のキファはその情報を李主事に提供して、チェホンの顧客を奪う。金主事の父親の息子への不信、父親をだまして電話の仲介料に200ウォンほど着服し、妓生遊びに使おうとする息子……たがいがだましだまされる関係の悪循環ではあるが、彼らのあいだに憎しみはない。どの人物も、人がカネに欲をもつのは当たり前と受けとめているからである。以降の小説にも、同じ原理が適用されている。この点が、自伝的小説と非自伝的小説の主人公を分ける分水嶺である。

「ヒマワリ」と「墓地」にはじまったカネ勘定が本格化するのが、「電話」の特徴である。それは、チェホンの家のキムジャン費用にはじまり、妻のソクチョクサムの値段へとつづく。キムジャンの費用は「少なくても5、60ウォン」とみこまれ、チョクサムの値段は「3円60銭」と、端数まで正確に出てくるのである。やや高額の使用明細は、電話の値段として出てきている。

(3) ……まず、50ウォンはチェホンの家のキムチ代、さらに50ウォンはわが家のキムチ代、200ウォンで質種を請け出して、30ウォンは義父の還暦祝いの服の代金……これなら、女房の小言も聞かなくてすむだろうし、しめて330ウォンを引いた170ウォンを当分の酒代にすれば、今月は給料までチマチマした金に追わなくていいだろう。　　（『全集』9、176頁）

こうした細かいカネ計算は、「三代」の趙議官の遺書の目録に通じるところがある。隔絶された島にひとりで暮らしながら、日々の損益計算を記すロビンソン・クルーソーが資本主義的な人間類型なら、「電話」にはじまった廉想渉の人物たちも資本主義的な人間類

型である。カネの原理に基づいて暮らし、何度も損益を計算する人間類型なのだ。そこでは、布地の種類のようなことも値段によって具体的に等級分けされる。

(4) せめて平絹あたりでパジ〔ズボン〕、チョゴリ〔上衣〕、そこに上等な生地をあわせにした厚手のトゥルマギ〔外出時に着る外套のような服〕、繻子のマゴジャ〔チョゴリのうえに着る上着〕、そのうえ、朝鮮足袋10足は贈らなければいけないというのだ。
(同書、171頁)

　この一節は、「三代」の冒頭に出てくる「とんでもない！……絹蒲団だと？　そういうのは、わしぐらいの年になってはじめてかけるもんだ」という趙議官の叱責と通じている。品物の価格や用途に対する細かい描写は、カネ勘定の具体性とともに、「電話」以後の廉想渉の写実主義の根幹をなす重要な要素である。
　だが、性についての描写はここでもやはり間接的だ。「電話」は、廉想渉の小説のうち、男性の女遊びを本格的にとりあげた最初の作品である。それは、経済力のある既婚者の登場も意味している。「電話」の夫の女遊びは、妓生にキムジャンの費用を出してやらざるをえないほど本格的であり、さらにチェホンとキファという2人の妓生との、複数の肉体関係が暗示されている。しかし、彼の外泊は「その晩、彼は自宅に戻ることができなくなってしまった」と簡単に処理され、具体的な性関係の描写は省略されている。妓生が男を誘惑する場面でも、「首を抱くようにしながら、唇で耳元に触れ」る範囲を出ない。それも、舞台は寝室ではなく大庁マル（接客用の板の間）である。廉想渉の性描写は、対話を通じてなど間接的な手法で描かれるのが通例である。場所も、酒の席や板の間などに限られ、寝室のなかは省略される。夫婦関係か婚外の情事かを問わず、

寝室や肉体的な交渉の場面は忌避されているのである。

　ほかの作品は、(A)貧困の問題を扱った小説──「孤独」、「小さな出来事」、「飯」と、(B)富裕層の財産をめぐる争いを扱った小説──「生みの母」、「南忠緒」、「三代」などに分けられる。

　(A)の場合、カネの問題とは、生存権を脅かす絶対的な貧困状態である。代表的な作品は「小さな出来事」だ。食べていけず、自殺しようとする男女が描かれているのである。「孤独」でも、生存の危機にさらされた貧しい人をとりあげている。「飯」だけは食べる問題だけでなく、飯の種以上の問題を含んでいる。家族を養えず、下宿人を置いて何とか食いつなぎながら、空疎な理念ばかりを振りかざす「主人」と、人の飯を横どりする社会主義者の友人２人が、批判の対象となっている。だが、この作品も結論は留保されたまま終わる。「この世はどうなっていくのだろうか」と、語り手が溜息をついたところで終わっているからである。無解決の終結法だ。

　生存の危機に瀕する絶対的な貧困状態を扱っているから、そこに性の問題は出てこない。「孤独」の文哲（ムンチョル）の、次のような言葉がそれを証明している。

(5)　しかし最近の文哲は、主人の女の顔色をうかがう余裕もなかった。女の顔が穏やかだからって、ないカネが空から落ちてくるわけでもないから仕方ないが……　　　　　　　（『朝鮮文壇』10号、1925年7月、191頁）

　彼がその女と一緒に寺めぐりへ出かけたのは、彼女が自分の面倒をみてくれ、遊ぶ金も出したうえで誘惑してきたからだ。3つの小説のうち「孤独」にだけは男女関係が出てくるが、そのレベルで終わっている。貧しさから苛性ソーダを飲んだ女が、生死の境をさまよう場面で終わる「小さな出来事」はいうまでもなく、「飯」でも、

性の問題が顔を出す余地はない。ゾラの「居酒屋」のように、貧困が性的堕落と癒着する例は、廉想渉にはみあたらない。

(B)のケースはそうではない。廉想渉の小説に登場する富裕層の問題は、つねに性と関係する。「三代」が代表例だ。趙（チョ）3代は、みな性的な問題を抱えている。1代目の趙議官は息子よりも若い水原宅〔スオンチプ・水原出身の女性の意〕を後妻に迎えいれるが、彼女は病身の老いた夫の目を盗んで、秘密の売春宿に出入りする。2代目の相勲は、息子と同学年の洪敬愛に子どもを産ませただけでなく、梅堂屋〔売春も斡旋する高級酒楼の名前〕に通い、新式の教育を受けた新女性、金義京と交際して世帯をかまえる。3代目の徳基の場合、まだ問題が起きているわけではないが、畢順との関係に父親と同じ轍を踏む可能性があることが暗示される。徳基の母親が、畢順のことを第2の洪敬愛と呼んでいるのがその証拠だ。だが、それはまだ可能性に過ぎない。性的な面で堕落しているのは祖父と父親であり、徳基自身ではない。廉想渉が描くブルジョアの相続者たちは、ほとんどが健全である。

そうした現象は、「生みの母」や「南忠緒」にも現れる。そこでも、性的に堕落しているのは当事者ではなく父親たちだ。忠緒とジョンホの2人はともに婚外子である。彼らの家には、自分を産んでくれた生母以外に別の女もいる。父親の女性関係は乱れ、その結果が、次世代に深刻な影響をもたらすのである。

しかし、それら3つの作品では、先代の性生活が乱れていても、身体に障害をもつ子が生まれるとか、藤村の「家」のように知的障害児が誕生するといった病的な現象はおきない。性病のような問題もない。遺伝が問題とされるケースが少ない理由はそこにある。富裕層の男が、一夫多妻制の枠のなかで妻と妾を一緒に養うレベルで問題が終わるのである。したがって、それは封建的因習と深く関係する。徳基や忠緒、ジョンホのように、開化された日本留学生たち

にそうした性の乱れは現れない。学生の身分をもつ男が性的堕落から除外されていることも、廉想渉の特徴の１つといえる。

女たちも、息子の世代とにている。水原宅と「孤独」の女、糞蠅の妻などは、例外的に秘密の売春宿に出入りするが、ほかの作品では、妾でもそうしたタイプの女性はいない。本妻はいわずもがなである。中年の裕福な男が妾を囲うところで、廉想渉の男たちの性的堕落は終わっている。

しかし、そうした場合でも、やはり性描写は間接的に表出するだけで、肉体的な交渉が表面化されることはほぼない。継母の水原宅と息子の相勲がともに出入りし、鉢あわせする梅堂屋の場面も、出くわす場所は中庭である。板の間、中庭などでの男女のやりとりだけが描かれ、寝室が避けられている点で、「三代」も「電話」タイプの小説と近い。「南忠緒」や「生みの母」の場合は、そうした場面すら出てこない。「南忠緒」では、忠緒の叔母と父親の関係が、日本人である母親の美佐緒の言葉から疑わしいと暗示されるだけである。

(B)で性が間接化される理由の１つに、それが主人公の問題でないことがあるだろう。息子の立場からみて、父親の性生活の乱れは、その結果生じる婚外子や遺産の問題以外に、直接的な関係はない。２人の男と１人の女が同じ部屋で一緒に戯れるゾラの世界とは、かなりの開きがある。

総じて、廉想渉には性描写が少ない。父親の女性関係が主軸になっているからである。「生みの母」に出てくる庶母［父親の妾を子どもたちが呼ぶ呼称］のように、女性は容貌より性格が重視されている。しかし、主人公に関わる女性関係はそうではない。その場合は女性の肉体的条件が関心の対象になることが、次の文章から確認できる。

(6) 彼は一目みたときから、もう惜しいと思いはじめていた。背がもう少し高ければといったところで仕方ないが、ふっくらした両頬、光をたたえた眼差しや、しっかりした肩と腰のあたり、目が行ってしまうほど豊かな胸、どこからみても、去年の春に会ったE子とは思えなかった。……今や、男を本当に男として直視する何かの力を備えているようだった。

(『開闢』44号、1924年2月、148〜149頁)

(7) とにもかくにも立ちあがる身のこなしだとか、たっぷりした肩や横に張った尻などが、すでに立派な大人の体つきだと彼は一人で考えた。

(『開闢』61号、1925年7月、3頁)

(8) 女主人は、背はそれほど高くないが体が華奢で、浅黒い顔は丸っこく、口元が目立って窪んでいるようであり、光をたたえた瞳の生き生きしたようすがさばさばした性格を感じさせるが、小さな鼻の両脇が目に向かって吊りあがり、顔の周りに目をやると余白があるようにもみえ、それほど冷たい隙のない人間ではなさそうだ。

(『朝鮮文壇』10号、1925年10月、191頁)

(6)は「金の指環」、(7)は「検事局待合室」、(8)は「孤独」から引用したものである。ここでは、女の身体的な条件が性的な部分と結びついて関心を引いていることがわかる。だが、そうした関心が行動につながるケースはほとんどない。前述のとおり、「金の指環」での恋愛は、プロポーズもないうちに終わり、「検事局待合室」はただ一度会ったきり、「孤独」では、女に連れられて寺遊びに一度出かけるのがすべてである。性的交渉が成立する前に事件が終わってしまい、性的描写の材料がない状態だ。父親たちの場合、性的放縦が描かれてはいるものの描写は省略されているから、(B)のタイ

プの小説はすべて性描写が間接化されるか、省略されているという結論になる。

　反面、カネにかんすることは具体性があり、比重も重い。これらの３つの小説は、すべて遺産分割に絡む葛藤をとりあつかっているからである。(A)の場合と異なり、(B)グループのカネの問題は、遺産分割が家族間の葛藤の原因となる。代表的な例が「三代」である。この小説で、遺産分割の問題に最も醜態をさらす人物は、相勲と水原宅である。相勲は父親の金庫を開け、土地の権利書を処分して警察に拘束されるし、水原宅は夫を毒殺する。だが、徳基が彼らを許すから、事件は静かに幕が引かれる。

　「生みの母」の主人公ジョンホは、財産よりも生みの母を知る問題を重要視している。彼は一人息子だから、財産をめぐる争いは生じる余地がないのだ。父親が息を引きとる前から、庶母や従兄弟のジョンホに対する態度が変化し、さらには女きょうだいまで変わる。莫大な遺産のせいであり、カネは「生みの母」においても絶対的な威力を発揮する。「南忠緒」も同じだ。母親の美佐緒と父親の葛藤は、愛の争いではなくカネの争いである。カネはこのように(B)グループの小説の基本軸を形成する。カネ計算が最も具体的に描かれているのは「三代」であり、「南忠緒」でも金額が具体化されているが、「生みの母」では具体的な状況は示されない。

　性の場合と同様に、物欲から生じる堕落の様相も、やはり父祖の世代のみに現れる。作家と同年代の主人公が物欲にこだわらず紳士的な態度をみせることも、(B)グループの小説に共通の特徴だ。「糞蠅とその妻」は、ここでも例外的である。糞蠅は、(A)の人物たちのように飢餓線上に置かれてはいない。彼は日雇い労働者だが、こまめに貯金している。だからといって、もちろん(B)グループほどの金もちではない。

廉想渉の小説では、肉体労働者はまれである。糞蝿と「飯」に出てくる家主の弟ぐらいだが、その２人は肯定的に扱われている。糞蝿もほかの主人公と同様に拝金主義者ではあるが、彼は自分が稼いだカネを大切にしているだけだ。この小説があらゆる点で例外的であることが、ここでも確認される。廉想渉が最も忌々しく思う人物は、「飯」に出てくる思想家のタイプである。

　うえでみてきた資料によれば、非自伝的小説は自伝的小説よりカネと性の露出度がはるかに高い。１期で、すでに物欲と性欲を肯定する「除夜」が書かれていたことが、それを証明している。２期になると、その傾向は少しずつ強化され、「三代」で頂点に達する。金銭を生の基本軸と認識する傾向は２期でより普遍化され、強化される。崔貞仁の遺書ではじまるカネ勘定は、趙議官の遺書でピークを迎える。

　性の場合もこれとにている。崔貞仁にはじまった性的な堕落は、趙議官で最高潮に達する。しかしどの場合でも、性に関する直接の描写は出てこない。間接化され、省略されているのである。それだけではない。作家と同年配の男性主人公は、ほとんどが堕落した姿をみせない。カネの場合も同じだ。カネと性の両面で堕落するのは父親世代か、そうでなければ新女性に限られるところに、廉想渉の小説の特徴がある。自伝的小説でカネと性が微温的に描かれていたのと同じ原理が、ここでも適用されているといえる。

　結論的にいえば、１期の自伝的小説は、題材自体が非日常的であり主題は形而上学的である。したがって、そこではカネに対する関心は表面化されない。「標本室の青ガエル」、「闇夜」、「Ｅ先生」などはみな、非日常的な題材を扱い、形而上学的な問題に力点を置いている。そうした傾向は初期ほど色濃く、その濃度は背景の広さに比例する。それらの小説はみな、旅路と屋外を舞台にしたものであ

るからである。

　2期になると、自伝的小説の減少現象と呼応して一人称視点が減り、自伝的小説にもカネと性が立ち現れる。あわせて背景も狭小化し、主人公は現実化する。だが、そこに現れた異性関係は、どれも片思いのレベルを超えないから、性的交渉はないといっていい。「金の指環」、「検事局待合室」などが、その傾向を代表する。

　性に比べてカネの比重は重くなり、本格化する。カネの問題が本格的にとりあげられるのは「輪転機」と「宿泊記」だ。この2つの小説は、背景が狭い。なかでも「輪転機」は屋内だけが舞台とされ、カネの問題に終始する。屋内という背景とカネとの相関関係を、ここから推測することができる。しかし、そのカネは私的に使うカネではない。新聞社の運営費だから、公的な性格をもつものである。「宿泊記」の場合、カネだけが問題の核心ではない。廉想渉の自伝的小説には、個人の利益のためにカネに執着し、追い求める人間はいない。だが、非自伝的小説はちがう。

　非自伝的小説の男女関係は、大部分が夫婦や妾という形になっている。したがって題材は日常的なものになり、主題はカネと性の問題に帰着し、背景は屋内に狭められる。そのタイプの最初の作品が「除夜」だ。「除夜」には、カネを基本軸に動く、最初のエコノミックアニマルが登場する。崔貞仁は、趙議官とともにカネ勘定がしっかりできる人物を代表する。「電話」の3年前に出現した崔貞仁は、廉想渉の世界に現れた、最初の資本主義的な人間類型である。彼女は物質を重視するだけではなく、自身の物欲も肯定している。

　だが、崔貞仁には打算によって守りたい精神的な価値がある。芸術である。それだけではない。「除夜」に家計簿は出てこない。遺書の形式で「除夜」が明らかにするのは、趙議官的な遺産の内訳ではなく、1人の女性の内面である。それはノベルの基本要件である

外面化現象とあいいれない。のみならず、カネと性がともに抽象的に描かれる。地の文に、外来文字である漢字の語彙が多いのが証拠である。それらの点によって、この小説はノベルになることを妨げられているのである。

「墓地」は、1期と2期の特性をあわせもちながら、両者を分ける分水嶺的な小説である。そこではカネ計算が具体的に示され、「ヒマワリ」、「電話」へとつづいていく。はじめて既婚男性が登場するこの小説は、性的な面でも、2期的な男女関係の原型をみせてくれる。婚外交渉である。しかし、李寅華はまだ学生だ。だから、カネの計算能力では崔貞仁にかなわない。

廉想渉の世界で、ノベルの基本要件を十分満たす最初の小説は「電話」である。日常的な世界で日常的な題材を扱い、普通の人びとのカネと性を再現した小説だからだ。算盤を弾いたり、浮気することに慣れた人間をありのまま肯定するこの作品は、カネと性の問題が本格的にとりあげられた、廉想渉の最初の小説である。

つづいて、ルンペン・インテリの貧乏生活を描いた(A)グループの小説がある。「小さな出来事」、「飯」、「孤独」などである。そこでは生存自体が脅かされているから、性の問題はほとんど登場しない。

他方、財産問題をめぐって葛藤に巻きこまれる人びとをとりあげた小説がある。そこでようやく、カネが生の基本軸であることが認識される。「三代」が代表作である。カネの問題には、つねに性的な乱れが伴う。したがって、「南忠緒」、「生みの母」、「三代」の3つは、カネ勘定とともに性的な堕落も描かれた代表的な小説である。だが、物質的な貪欲さや性的な堕落は、副次的な登場人物である父親世代だけの役割であり、主人公たちにそうした様相はみられない。父親世代は崔貞仁と同類である。息子世代には、徳基や忠緒

のように肯定的な人物がいる。

　しかし、父親の場合であっても、性に関する直接的な描写は抑えられている。カネ勘定の具体性に比べ、性描写がつねに抽象的な表現になるのが、廉想渉の一貫した特徴である。性的な放縦が問題になる小説は、ほとんどが富裕層を扱ったものだ。崔貞仁や榮喜も富裕層だから、性的放縦が富裕層に限られている点では、男女に差がないことがわかる。彼らは、大部分が高学歴の既婚者である。男性の数が多いため、男性の性の奔放さが量的に多く出てくるだけである。だが、問題は数にあるのではない。同じ富裕層の婚外交渉であっても、男性のものは容認され、女性の場合は遺書を書かざるをえない点にある。新女性に対する20年代的な偏見から、廉想渉も自由ではなかったのである。

　ほかに主題の面で留意すべきは、民主主義と社会主義についてである。前者は「墓地」、「宿泊記」、「孤独」、「南忠緒」などに表れている。植民地の現実を、最も具体的にとりあげた小説は「墓地」であり、「宿泊記」は、韓国人であるという条件が、関東大震災後の東京で下宿を探す障害となることが描かれている。「孤独」では、宿を替えるたびに刑事がようすうかがいに来る場面が登場し、「南忠緒」では混血がもたらす日韓のあいだの葛藤が表現され、「輪転機」では、新聞を守ろうとする情熱によって民族文化への愛情が示される。

　社会主義についての表現がみられる小説は「輪転機」、「南忠緒」、「飯」、「三代」などである。このうち、徳基や忠緒は社会主義へのシンパサイザーとして描かれる。だが、「輪転機」や「飯」はちがう。「輪転機」のトクサムや「飯」に出てくるチャンスは、社会主義者の否定的な面を象徴する。廉想渉の評論にみられる反社会主義的な姿勢が、小説と呼応しているのである。

非自伝的小説は、カネと性の比重がはるかに重く描かれている。しかし、主として裕福な父親と新女性に対象が限られ、作家と同年配の人物は例外的な扱いを受けているところに、カネに対する作家の二重性がみられる。

　廉想渉は、自身の２期以降の文学を写実主義だと主張している。題材と主題の面で、その言葉は当たっている。自分が生きている時代の、なじみのある場所で起きる日常的な事件を、物質との関連のもと正確に再現しているからである。「電話」は、その転換を決定づける契機となっている。「電話」を分水嶺として、廉想渉の世界は前後に分かれる。「電話」の先駆をなすのが「除夜」、「ヒマワリ」などの１期の非自伝的小説である。その後に、カネと性を主題にした「三代」、「南忠緒」などがつづいている。カネと性への関心が時間の経過に比例して増加することは、廉想渉の小説の写実主義化を意味する。カネと性の主題が本格化したとき、廉想渉の小説はノベルとなる。しかし、カネの具体性のみが表され、性的な面が間接化される現象は、廉想渉の小説がゾライズムより日本の自然主義に近似値をもつことを示している。自伝的小説ではカネと性の主題が弱まり、非自伝的小説でも、作家ににた条件の登場人物で同様の傾向が現れる点などにも、やはり日本との類似性が認められる。

4 無解決の終結法

(1) 仏・日 自然主義の場合

　フランスの自然主義における文体混合の最後の特徴は、プロットの下向性である。エミール・ゾラの「ルーゴン＝マッカール叢書」のなかでも、自然主義を代表する「ナナ (Nana)」、「居酒屋 (L'Assommoir)」、「獣人 (La Bête humaine)」などは、すべて悲劇的な終結法がとられている。ナナは生きたまま腐ってゆく悲惨な死を迎えるし、ジェルヴェーズ（「居酒屋」）はアルコール依存症になり、階段下の倉庫脇で死後2日目に発見され、ジャック・ランチェ（「獣人」）は列車に轢かれて、頭も脚もない死体となって一生を終える。自然主義が悲観主義と結びつけられる理由は、このような悲劇的な終結法にある。

　登場人物の階層の低さ、背景の日常性、カネと性という低級な主題などは、どれも低い文体 low style の属性である。それらが悲劇的終結と結びつくことで、「低俗性＋真摯性」という自然主義的文体混合のパターンが生まれる。悲劇的終末は高級な文体 high style の属性だから、真摯性 seriousness を有することができる。悲劇的終結法は、ゾライズムの重要な要件の1つである（『自然主義文学論』I、200〜201頁参照）。

　日本でも、自然主義の小説は死で終わる作品が多い。非自伝的小説の「田舎教師」や自伝的小説の「生」、「家」などがそうだ。だが、自伝的小説では、副次的な人物の死をとりあげざるをえないために悲劇性が薄れるし、「生」は自然死する老女の死だから、悲劇

性はほとんど現れない。「田舎教師」だけは、主人公の死を描いている。若くして病死した点は「ナナ」の場合とにている。だが、ナナがその惨たらしい形相で、ほとんどの人からみすてられたのに対し、前者の墓前には、彼を慕う女弟子が供えた花が置かれている。腐臭漂うナナの死が放置されたのとは対照的な終結部の雰囲気に、その悲劇性の程度を推し量ることができるだろう。

ほかの作品の終結部分はほとんどが離別だが、「破戒」は、新天地へ向けて出発する主人公を数人がみおくる場面で終わる。「蒲団」は、中年の既婚男性が、自分のもとを去った女弟子の蒲団を抱きしめて泣く場面で終わるから、喜劇に近い。フランスの自然主義を代表する作品と比べると、「破戒」や「蒲団」は随分とのどかな結末をみせるのである。

日本の自然主義でそのように悲劇性が薄められた理由は、私小説を中心に発達したことと深く関係している。私小説が主軸だったために、登場人物の階層や類型、主題の卑属性などが弱められ、日本では低俗性自体が明確な特徴としては打ち出されなかった。終結法もそれに呼応している。

2つ目の理由は、日本の自然主義が掲げた「無脚色」、「排虚構」のスローガンと関係がある。日本では、事実と真実を同一視したため、自伝的であろうがなかろうが、モデルのいない小説は自然主義となりえなかった。モデルは作家の可視圏内で調達されたから、非自伝的小説でも、登場人物の階層や考え方に作家との類似性が目立った。

だから、終結法としては「無解決」が選ばれた。'as it is'のスローガンと終結法が結びついて生まれたのが、無解決の終結法である。日常性をそのまま再現した世界に、はなはだしい悲劇は存在しないという写実主義的思考を反映したスローガンだ。結局、日本の自然

主義では低俗性と真摯性がどちらも弱められ、ゾライズムとは関係のない、もう1つの自然主義が生まれでることになる(『自然主義文学論』Ⅰ、201〜204頁参照)。

(2) 廉想渉の作品に現れる「真摯性」の要因

廉想渉は、そうした日本の自然主義の問題点をそのまま踏襲した作家である。ジャンルのうえでは自伝的小説か、そうでなければモデル小説を主に書き、現実再現の方法としては「無脚色」、「排虚構」の原理をとりいれ、終結法は大体において無解決の技法を使った。廉想渉の小説にはクライマックスがない。プロット面での特徴は、事件が起きないまま進み無解決で終わることである。金東仁はそれを、「『調理的才能』の欠如」という言葉で表現している。そうした傾向を実証するため、廉想渉の小説に現れた「真摯性」の要因を分析し、さらに終結法の様相を調べてみることにする。

① 死に関連した作品

1期：(ⅰ)「除夜」
　　　(ⅱ)「墓地」
　　　(ⅲ)「死とその影」
　　　(ⅳ)「ヒマワリ」

2期：(ⅰ)「生みの母」
　　　(ⅱ)「遺書」
　　　(ⅲ)「三代」

1　『自然主義文学論』Ⅰ、133〜137頁、「真実と事実の同一視現象」参照。
2　『廉想渉全集』12、220、237頁などを参照。

20編のうち、直接・間接に死と関連がある作品は上記7編だから、3分の1程度になる。時期的にみると、1期が7分の4と過半数を占め、2期は13分の3と、4分の1に過ぎない。死を扱う小説が減少していることがわかる。それだけでなく、1期は主人公にかかわる死を扱ったものが2編ほどあるが、2期になると、死はもっぱら副次的な人物にのみかかわる。1期に比べ、死の比重が格段に軽くなっているのである。

❶　主要人物と関連づけられる死の様相

　まずは「除夜」が挙げられる。「除夜」は全編、遺書の形式をとっている。しかし、遺書であって死そのものではない。もちろん、自殺を覚悟して遺書を書いてはいる。だが、ほとんどの自殺企図は未遂で終わることが多い。後述の小説「遺書」がその証拠だし、崔貞仁のモデルだった羅慧錫が自殺することなく生きていた事実からも、推測が可能である。「遺書」のHが、遺書を残して姿を消したものの無事生きて戻り、心配した友人たちの笑い種とされるように、この小説の主役も遺書を書くことで、死にたいという想いにカタルシスを得てしまったのかもしれない。だから、この小説には、死にたいという意志はみられても、死の悲劇性は出てこない。

　「除夜」で悲劇性が減じるもう1つの理由は、崔貞仁の死に対する考え方 thanatopsis にある。彼女は、「標本室の青ガエル」の青年が狂気を解脱の方法とみていたように、死を、永遠の幸福の地へ向かう、ロマンティックな道行き程度に考えているふしがある。

(1) 私の涙は私を浄めます。私の涙は……新しい生命の泉でした。私は生きます。永遠に生きます。あなたの胸のなかで、永遠に生きるのです。ああ、

ああ！……この、腰に結ばれたチマの紐が、私に永遠の命を与えてくれるでしょう。ああ、うれしい。すがすがしい気もちです。父のいない子から、かあさんという言葉を聞かないですむことだけでも、どれほど罪が軽くなったかわかりません。どれだけうれしいことか。……２つの命は救われました。

(傍点：原作者、『全集』９、109頁)

　この文章に現れているのは罪責感や苦悩ではなく、歓喜であり感謝である。死は「あなたの胸のなかで、永遠に生きること」であり、２つの生命の救済を意味するからである。したがって、本当に死んだとしても、それは１つの祝福となる可能性がある。死をユートピアに至る救いの道とする、ロマンティックな感傷が、作品執筆当時の廉想渉自身のものだったことは、『牽牛花』(1924)序文の以下の言葉でもたしかめられる。

(2) 自殺によって、自己の浄化と純粋さと更生を手にいれようとする、解放的な若い女性の心の過程を告白したもの……
(同書、422頁)

　李在銑が「死との親和関係」と呼んだそうした傾向は、「除夜」だけでなく、初期３作を執筆時の廉想渉にみられた、一般的な傾向だった。「標本室の青ガエル」、「樗樹下にて」などでの、女性の柔らかな手で絞殺されるというエロティックな幻覚、情死の礼讃など

3　『金東仁全集』６、152頁。
4　この小説のモデルとみられる羅慧錫女史は、1946年に逝去している。
5　この小説で作中話者は、金昌億を「奇異な運命の殉難者、夢幻の世界で想像と幻影の甘酒に酔いしれる聖神の寵児……仏陀の聖徒」(『全集』９、29頁)などとみなしており、狂気崇拝の徴候が表れている。
6　李在銑、『韓国現代小説史』、弘盛社、1979年、254頁。
7　「標本室の青ガエル」、『全集』９、17頁、「樗樹下にて」、『全集』12、26頁などで、女性に絞殺されることが「快感」と表される場面が登場する。

を通じて示される死の映像は、苦痛ではなく一種の悦楽だ。当時の廉想渉にとって、死は狂気と同様、醜悪でわずらわしい現実から抜けだすことのできる脱出口だったのである。そうした脱出口の存在に感謝するのに近い状態だったから、崔貞仁が遺書を書くことは、作家にとっても悲劇と思えなかったのだろう。ナナやジャックの死とははるかに遠い場所に、「除夜」の死は置かれている。

　「死とその影」も、悲劇性がみられないことは同じである。「除夜」の死が遺書の段階にとどまるものだとすれば、この作品での死は影に過ぎない。しかし、ちがう部分もある。「除夜」で死の周囲に漂っていた甘やかな解脱の幻想の代わりに、死に対する生理的な恐怖が描かれているからである。「除夜」は他人の自殺企図だが、「死とその影」は自分自身に差し迫った現実的な死の恐怖だから、生理的であり直接的である。だが、その恐怖は死の影を目にして感じた、過敏な反応にすぎない。人が死んだ話を聞いて帰宅した主人公が、夜、薪炭のガスで瞬間的に眩暈を起こしたことを、死と錯覚する。弔旗を書いてもらう人のことまで考えたりするが、事態は1杯のキムチの漬け汁を飲むことで、簡単に終息する［薪炭で一酸化炭素中毒の症状が出た場合、軽いものであれば、キムチの漬け汁などを飲むことで治るという説がある］。われに返った主人公が、「笑いながら起きあがり、拳を力いっぱい握りしめ、両腕を力強く伸ばし」てみるところで、この小説は終わる。悲劇的というより喜劇的である。

　自伝的、非自伝的を問わず、主人公が死にかかわる小説はこの2編だけだが、それらはともに1期に属している。2期にはそもそも主人公と結びつく死自体がないから、廉想渉の世界に悲劇的な死はないといっても過言ではない。副次的人物の死は、悲劇性が間接化され、真摯性が生じないからである。

❷　副次的人物と関連する死の様相

残りの5編は、副次的人物の死を扱っている。したがって、その死が主人公にどれだけの影響をおよぼしたかによって、悲劇性の有無が決まるといえる。

作 品 名	主要人物との関係	死　　因	年　　齢
墓地	早婚した妻	産後の病気	20代
ヒマワリ	昔の恋人	肺病（3年前に死亡）	20代
生みの母	父親	老人性疾患	60代
遺書	友人	自殺未遂	20代
三代	祖父	砒素中毒	60代

このうち、家族の死をとりあげているのは「墓地」、「生みの母」、「三代」の3編である。死に対する主人公の反応は、比較的淡々としている。悲嘆にくれる者はほとんどいない。「墓地」では、妻の死に悲しみよりも解放感を感じているとみるほうが正しい。李寅華は、早婚した妻を愛したことがない。早婚は、彼が対峙し戦わなければならない古き時代の悪習である。古いものイコール悪いものという時代だったから、大人たちが勝手に決めた配偶者は、彼には放り出してしまいたい荷物のような存在でしかないのだ。そうした早婚した妻への非情な態度は、1920年代の文学者たちに共通する特徴である。

早婚した妻を冷遇しても咎められなかった時代(9)の人物である李寅華は、妻の死が迫っている状況でも、実家から送金された旅費でショールを買ってカフェの女給に贈り、女友だちの乙羅を訪ねて神戸に立ちよる心の余裕がある。

帰国してからも、彼は妻の病室に足を踏みいれることをできるだ

8　「樟樹下にて」（同書、30頁）には情死の礼讃も出てくる。
9　李箕永の小説『故郷』に出てくる金喜俊が、その好例である。

4　無解決の終結法

け避けようとする。死にかけた妻が子どもの心配をするのをみて、彼は「哀れにも思い、滑稽でも」あると感じる。妻が死んだときも、「埋葬して帰るまで、私は涙を一粒も流すことができなかった」という。妻の死に対する李寅華の感情は、以下の言葉に端的に現れている。

(3) 列車が出発するときになって、金泉の兄がデッキに立っている私の方にやって来て「来年の春に来たら、なんとかしてまた祝言を挙げなきゃならんな？ お前は何か心づもりがあるのか？」と、思いもよらないことをいうので、「やっと、墓のなかから這いだすところじゃないですか？ 暖かい春になって、別荘かなんか一軒建てて、偉そうに出歩くようになったら、ですかね？……」と、私は笑ってしまった。　（『全集』1、107頁）

　李寅華が、妻の死を解放や救いととらえているから、この小説はハッピーエンドに近い構造といえるだろう。彼が解放されたかったのは妻からだけでなく、墓のようなソウル自体からでもある。京都行は、二重の解放を意味したのである。
　「生みの母」もこれとにている。ジョンホにとっても、父親の死が新たな人生の自由を予示している。その死によって、彼は父親が反対していた女性と結婚する自由を得、莫大な財産を意のままにする権利を手にいれるのだ。彼は、「不意に目の前にちがう世界がポンと飛びだしたような爽快な気もちが、驚きとともに胸の奥をかきむしるようで、気もちをまとめることができない」状態になる。「墓地」の登場人物とにているのである。
　父親が危篤だという知らせを聞き、ジョンホは気が急いて飛行機で帰国する。父親への愛情からではない。ジョンホは一人息子だから、財産の相続の心配もない。彼が焦燥感を抱く理由はただ1つ、

自分を産んだ実の母が誰かを、臨終の前につきとめたかったのである。父親の発喪[葬礼で声をあげて泣き、故人の他界を知らせること]でジョンホが悲痛に泣き崩れるのは、生母を最後まで知ることができなかった「自分の哀しみが半分以上混ざって」いたからだ。しかし、目的が挫折しても、この小説は絶望ではなく和解の空気が漂うなかで終わる。

(4) 発喪でジョンホは、誰よりも悲しげに泣いた。物心ついたときから母親を探し求めてきた悲しみを、最後に洗い流してしまおうということだったのかもしれないが、大きな感情の波が押しよせてきた。それは同時に、父親に対する哀痛と感謝の涙でもあり、母親の胸の内を憐れむ涙でもあった。女きょうだいにも、感謝と、新たな情を感じた。　　　（『全集』9、191頁）

ジョンホが流す涙は、絶望の表れではなく、家族への感謝と憐憫をともなう「大きな感情の波」を意味している。最後まで生母を教えてくれないまま逝ってしまった父親、父親の死後、自分の権力が弱まることを恐れて何かとクギを刺してくる父親の正妻や腹ちがいの女きょうだいにも、同情と和解を感じて終わっている。だから、その涙はジョンホ自身に加えて家族をも救済する、浄化の儀式といえる。つまり、この小説の終結もハッピーエンドに近い。

「三代」の趙議官の葬儀も、ジョンホの父親のものとさまざまな点で類似している。この小説では、遺産の問題が大きな葛藤を生む。趙議官の死因は、明らかな砒素中毒である。犯人が水原宅であることは確実であり、彼女の一味は徳基を近づけまいと、あらゆる

10　『全集』1、99頁。
11　「やっと、墓のなかから這いだすところじゃないですか？」という言葉が、死んだ妻、ソウル、ひいては韓国全体を墓としていることは、小説のタイトルが「墓地」である点からも推測できる。
12　『廉想渉全集』9、191頁。

策略をめぐらしていた。徳基の父親の相勲は、趙議官の遺書の内容を知ろうと、臨終前に遺書の収められた金庫を壊そうとする。状況は、徳基が「この鍵のせいで自分の命を生き抜くことができないかもしれない」と思うほど深刻である。それでも、趙議官の葬式は静かにとり行なわれる。

(5) それでもどうにか七日葬〔死後7日目まで行なう葬式〕で出棺することとなった。誰がみても立派な葬儀だった。喪主はフロックコートを着るだろうかと思ったが、やはり、屈巾祭服〔経麻で作られた伝統的な葬礼の衣服〕の姿で棺輿に乗った。その後ろには200台あまりの人力車が蛇の尾のように連なった。　　　　　　　　　　　　　　　　　　（『全集』4、281頁）

「すごいね。幸せ者だよ！　この世は不公平なもんだねぇ」。見物人たちがそういってうらやましがる、盛大な葬式となったのである。残された家族の和睦のために、徳基は祖父を毒殺した犯人の捜査を、賄賂を使って幕引きさせる。徳基にとっても、その死は悲痛なものではない。李在銑が指摘した「死との親和現象」が、ここでも生じているのである。彼らは死をとおして、残された者との親和力を得る。故人を毒殺した疑いが濃厚な祖父の後妻まで包容する徳基の行動は、ジョンホとにている。南忠緒も含め、廉想渉が描くブルジョア出身の若い男性たちはみなにかよっている。ジョンホ、李寅華の場合と同じように、徳基にとっても、死が新たな出発の契機となっているのだ。

　祖父の死を扱った章「一代の永訣」の次章のタイトルが「新たな出発」とされていることからも、その傾向が作家の死生観からきていることがわかる。このタイプの男性にとって、家族の死はつねに新たな出発の契機となるし、死との親和力に加えて残された者たち

との和解も伴うから、悲劇性はほとんど現れない。死にゆく者はいつも副次的人物であり、その死が彼らに多くのものをもたらすからである。

「ヒマワリ」と「遺書」は、家族以外の人間の死をとりあげた小説である。「遺書」は、死ではなく死の可能性を扱っている点で「除夜」とにている。だが、「除夜」よりも悲劇性がいっそう薄まっているのは、遺書を書いた人間が副次的人物であるうえに、結果が明らかになるためだ。遺書を残していなくなったHは、無事に生きて戻ってくるのである。遺書を書いた張本人が、苦笑いではあっても、ともかく笑顔の場面で小説は終わっており、やはり悲劇より喜劇に近い。

「ヒマワリ」は、恋人の死を忘れられずにいる女性を描いた小説という点で、廉想渉の世界では稀少価値がある。彼の小説には、ロマンティックラブがほとんどない。大衆小説の場合でさえ、恋愛は甘美なものというよりは、わずらわしさや葛藤の様相を呈するのがつねなのである。そうした意味で、榮憙（「ヒマワリ」の主人公）は、廉想渉の小説になかなかいない人物である。肺病を患って夭折した恋人の墓に碑を立てるため、彼女は、新たな生活そのものを脅かしかねない冒険をする。「除夜」の崔貞仁の堕落は、もしかしたら愛する人を失った榮憙の喪失感の大きさを示しているのかもしれない。2つの小説は同一人物がモデルだが、崔貞仁になる以前の、純粋な心をもっていた頃のモデル・羅慧錫の姿が榮憙である。

しかし、その恋がどれだけ榮憙の人生に重要な意味をもっていたとしても、恋人が亡くなってすでに3年が経過した時点にこの小説はある。悲劇性は否応なく薄まる。それは、榮憙がほかの人間と結

---

13 『廉想渉全集』4、269頁。

婚している事実からもわかる。彼女は、自ら望んで結婚したのである。したがってH郡に向かう旅は、結婚した榮憙が自分の気もちを楽にするために、死者と完全な別れの儀式を挙げるものだったといえる。

(6) 榮憙は、線香の煙があがっていくのをしばらく眺めてから立ちあがった。体がぶるぶる震えた。同時に、目が涙でいっぱいになった。……肩をもう一度震わせた。しかし、その涙はスサムへの哀悼の想いからというよりは、緊張のためにこぼれ落ちたものだった。　　　　（『全集』1、177頁）

　恋愛に対する作家の態度が徹底して非ロマンティックであることが、この場面からも証明される。だから、「ヒマワリ」の終結法も、やはり悲劇の水準には達していない。そのことは、廉想渉のどの小説も、悲劇的には終わらないことを予示する。毒殺された老人の死を立派な葬儀で片づける作家に、悲劇は存在しようがない。
　最後に指摘しておかなければならないのは、廉想渉の小説では、家族より他人の死のほうが重く扱われることである。それは、先の2編での死に対する主人公の反応が、家族の場合より真摯なことに確認できる。「遺書」の主人公が友人の遺書を目にしたときの反応、「ヒマワリ」で榮憙が恋人の墓にみせる悲しみは、家族の死ではみられないものだった。この傾向は「標本室の青ガエル」の金昌億にもあてはまる。李寅華（「三代」）が妻に先立たれたときの反応より、「標本室の青ガエル」で描かれている金昌億の失踪のほうが、はるかに深刻だからである。儒教的家族主義に対する、作家の嫌悪と主我主義の強さが、そうした現象を通じても認められる。
　さらに指摘すれば、2期になると死そのものが減少することだ。1期は死を扱った作品が2倍ほど多く、主人公の死をとりあげたも

のも2編ほどだが、2期ではすべて副次的人物の死となり、数的にも少ない。無解決の終結法がそれだけ優勢になったことを意味している。

死の意味が「真摯性」と結びつく面からみると、やはり廉想渉はゾラには遠く、花袋、藤村近い。「生みの母」や「三代」は、副次的人物が老人性疾患で亡くなる点、残された家族たちの反応などが花袋の「生」とにかよっており、「ヒマワリ」は、肺病で亡くなった青年を恋人が追慕するラストシーンが「田舎教師」と類似し、肺病を患う人への主人公の憐みの姿勢は、「遺書」と「家」に通じる。[15]

❸ そのほか不幸を扱った作品

死をとりあげた作品にも悲劇的な様相が現れていないのだから、ほかの作品に悲劇性がみえづらいのは自明の理である。強いてあげれば、「標本室の青ガエル」の金昌億の家の火災、「金の指環」の片思いの終わり、「E先生」の辞職などだろう。

金昌億の火災とは、彼の番小屋が燃えたことである。狂人がひとりで建てた鳥の巣のような掘ったて小屋は、普通江［ボトンガン・平壌市内を流れる川］ほとりの家々とさして変わらない。それだけでなく、金昌億には自宅が別にあるから、人命の被害もない火災にさほど意味はなく、おまけに彼が火事を楽しんでいるように描かれているので、悲劇とはなりえない。もっといえば、彼は主人公でもない。[16]

「金の指環」の別れも、悲劇といいがたい。2人の男女は愛を告

---

14 「生」の最後も、残された家族たちが家族写真を眺めながら、和気あいあいとした時間を過ごす場面である。

15 「遺書」で主人公が年下のHに胸を痛めたように、「家」でも、主人公は若くして肺病を患う甥を思い、心痛する場面で終わる。

16 「ああ、その偉大なる建物が紅焔の狂瀾のなかで、雲に乗った仙人のように燦爛と浮かびあがるときの、彼の喜びようといったらどうだろうか。彼の口からはきっと、『ハレルヤ！』が連発されていただろう。そして一篇の詩が流れでたのだろう」。(『全集』9号、46頁)

白するあいだがらではなく、デートをした仲でもない。だからといって、男が切ない片思いをしているわけでもない。妹が入院した病室の担当看護師と患者の兄が、入院のあいだ、わずかに関心を抱きあったに過ぎない。やがて、半年後に偶然再会し、彼女が結婚したことを知るというのが事件のすべてである。だから、小説は主人公がしばし「寂しい」[17]気もちになるところで終わる。この物語は、淡い恋心を扱っている点では「検事局待合室」ににている。だが、花袋の「蒲団」よりもさらに希薄な男女関係に過ぎない。

「E先生」の辞職も、やはり悲劇ではない。彼は自発的に辞表を出した。ソウルの人間である廉想渉は田舎が好きでなかったから[18]、そこを去る口実ができたことは心残りな出来事ではなかった。自伝的小説であり、廉想渉は帰京するなりすぐに就職しているからである[19]。経済的にも身分上もほとんど変化はないから、下向的なプロットとはならない。廉想渉の小説のなかでの事件は、真摯性が形成される要因を備えていない。

(3) 終結法の様相

プロットの面で悲劇と喜劇を分ける基準は、プロットが上昇しているか、下降しているかにある。導入部の状況 initial situation より終結部の状況 terminal situation が向上していれば喜劇であり、悪化していれば悲劇である[20]。廉想渉の作品で、はじまりと終わりの関係がどうなっているかをみると、以下のようになる。

（ⅰ）やや好転しているもの：①「墓地」、②「死とその影」、③「生みの母」、
④「輪転機」、⑤「遺書」、⑥「小

さな出来事」

(ii) やや悪化しているもの：　①「金の指環」、②「糞蠅とその妻」

(iii) 平行線をたどるもの：　①「標本室の青ガエル」、②「闇夜」、③「除夜」、④「E先生」、⑤「ヒマワリ」、⑥「電話」、⑦「孤独」、⑧「検事局待合室」、⑨「南忠緒」、⑩「飯」、⑪「宿泊記」、⑫「三代」

　ここでいう「やや」は、非常にわずかな差でしかない。そのちがいの程度は、(i)、(ii)、(iii)をたがいに比較してみれば明らかである。(i)と(iii)の場合、(A)「生みの母」と「南忠緒」、(B)「除夜」と「遺書」のあいだにはほとんど差がない。和解の幅にのみ、若干ちがいがあるだけである。家族内の和解のようだが、前者では腹ちがいの女きょうだいなど、血縁のない家族との和解が成されているからである。
　「除夜」と「遺書」の場合、若いインテリが遺書を書くところまでは同じだが、「遺書」では、遺書を書いた人間が生きて帰ってくる点で異なる。(i)のほかの作品の「好転」レベルも大したことで

17　廉想渉編、『韓国文学大全集』3、太極出版社、1976年、481頁。
18　廉想渉は「標本室の青ガエル」で、五山を、「北国のある寒村」と書いている。
19　金允植の年譜によると、廉想渉は1921年7月に五山中学を辞職し上京し、その年の9月には雑誌『東明』に就職している。『廉想渉研究』、902頁。
20　N. Frye, *Anatomy of Criticism*, 1957.
　〔書誌情報　Northrop Frye, *Anatomy of Criticism: Four Essays*, Princeton: Princeton University Press, 1957〕
　〔日本語訳　ノースロップ・フライ、「批評の解剖」、海老根宏ほか訳、法政大学出版局、1980年〕

はない。①では李寅華が墓のような韓国から去ること、②では、キムチの漬け汁を飲んで炭の臭いによる不快感が消えたこと、④は、輪転機を数日回転できるだけのカネが融通されたこと、⑤ではHが帰ってくること、⑥では原稿料が支払われることくらいだから、(ⅰ)は(ⅲ)と同じ範疇にいれることができる。

(ⅱ)と(ⅲ)の場合も同じだ。「金の指環」と「検事局待合室」のあいだにはほとんど差がない。「糞蠅とその妻」だけは若干悪化する作品だが、その下降の幅は、水の配達人から飲み屋の小間使いにかわった程度に過ぎないから、大きく変動したわけではない。やはり、(ⅲ)にいれても差し支えない部類である。

数のうえでみると、(ⅱ)が最も少なく、次に少ないのが(ⅰ)である。変動の幅が小さいとはいえ、廉想渉の終結法では下降するより、むしろ上昇しているほうが優勢なことがわかる。したがって、まったく悲劇的ではない。彼の小説で、身分下降の様相が最も強く描かれている人物は趙相勲（「三代」）と金昌億（「標本室の青ガエル」）だが、彼らはともに副次的な人物であり、プロットを主導することはできない。

数的に最も優勢なのは(ⅲ)である。導入部と終結部の関係が平行線をたどる類型は、「無解決の終結法」に属している。これまでみてきたとおり、(ⅰ)と(ⅱ)はいずれもこのカテゴリーにいれることができるから、廉想渉の終結法はほぼすべて無解決の終結法に包括されるという結論になる。それは初期３作からはじまった、廉想渉の一貫した終結方法である。

廉想渉は、日本の自然主義の機関紙だった『早稲田文学』で文学修行をした作家である。無解決の終結法も、そこから学んだものだ。彼は、無解決の終結法を自然主義の本質と考えた。初期の評論には、「無解決」という言葉が頻繁に出てくる。だが後期になると、

彼は自然主義を否定し、写実主義の礼賛者になりながら、「無解決の終結法」についてこういう。

(7) また「無解決」ということ、すなわち結論を出さなかったり解決を図らないということは、科学的、つまり客観的であってこそ自然主義文学の当然の態度というわけだが、私はつねに、無解決を目指すよりも、狭かろうが主観で、あるところまでは自己流で解決しようと努めてきた。該博な知識や豊富な経験、深い思索や覚悟もなしに、狭量な自分の主観の一部を前面に出して何か生半可な結論を出すよりは、いっそ読者の自由な判断にまかせるほうが正しく、度量の広い態度かもしれない。生粋の自然主義作家たちも、独断に流れることを恐れて「無解決」にとどめたが、「独断」という非科学的なものが恐ろしいばかりに科学万能主義の態度をとっただけのことで、私が「無解決でもかまわない」といったのは、純粋に謙虚な道義的見解である。　　　　　　　　　　　（「私の創作余談」、前掲書、316頁）

この引用文からは、廉想渉が「無解決の終結法」を自然主義の本質とみていたことがわかる。その場合の自然主義がゾライズムではなく、日本の自然主義であることも同様に確認できる。次に、廉想渉自身の終結法への言及がある。廉想渉は「自己流で解決」という言葉を使っているが、それもやはり「無解決の終結法」のなかに含まれるものだったことは、先にみた作品の導入部と終結部の関係からわかる。廉想渉の小説は、1期と2期で終結法が変更されたことはない。彼は生涯にわたって、「生半可な結論を出す」ことを忌避していた。

ソウル四大門の内側で暮らす、若きインテリ男性の日常を主に描

21　「文学少年時代の回想」、『全集』12、215頁。
22　「私の創作余談」、前掲書、316頁。

いた1、2期の小説には、悲劇も喜劇もない。すべてが「無解決の終結法」の範囲に収まる。「闇夜」と「三代」を比べてみるとわかる。

(8) 彼の目には涙があふれそうになり、彼の心臓は切実で悲痛な思いに張り裂けそうになり、全血管を圧し絞られるようだった……
　　——彼は不確かな足元で注意深く、無限につづくかのような広く長い光化門通り、太平通りを一歩一歩歩いていった。　　（『全集』9、57〜58頁）

(9) 徳基は病院の門をくぐりながら、さっき渡した香典では少なかった気がし、出がけにもう少し金をもって来ればよかった！　と後悔の念を抱いた。それは畢順への想いからだけではなかった
　　……貧しい人、苦労した人は、その貧しさ、労苦だけでも人生の大きな苦労を味わっているのだから、その労には相応のみかえりを受けるべきじゃないか？……そんな道義的な考えが頭に浮かんだ徳基は、畢順母娘の面倒を自分がみるのは当然の義務であり、責任だとも思うのだった。

（『全集』4、417〜418頁）

この2つの作品は、ともに曖昧な状態で終わっている。主人公の内面風景のちがいにもかかわらず、終結部分の処理法に変化はない。初期から2期に至るまで、廉想渉の終結法が劇的な結末とは無縁のものだったことが確認できる。したがって彼のいう「自己流の解決」とは、事件に起伏を与えることを意味するより、登場人物の和解で終わる終結法を指している可能性が高い。終結法の面からみた彼の小説は、1期と2期で変化が認められないかわり、自伝的小説と非自伝的小説のあいだにはちがいがみられる。2期に、登場人物が和解した状態で終わる終結法が多い点である。

初期の２つのモデル小説から、その傾向は現れている。「除夜」では、ふしだらだと追いだした妻のことを、夫は簡単に許す。男たちの独善を批判していた妻は、「あなたの胸のなかで永遠に生」きるために死を選ぼうとし、奇妙な和解が成立する。「ヒマワリ」の場合も、それに近い。旧習だからという理由で嫁ぎ先の茶礼[陰暦の元旦、祖先の誕生日などに行う簡単な祭祀]を拒んだ新婦が、亡き恋人の茶礼をとり行ないながら泣き、横に立つ夫は、文句もいわずに並んで一緒にその儀式をとり行なう。

　その次が、「生みの母」の感動的な和解の場面（引用文(4)参照）であり、さらに「小さな出来事」の夫婦が抱きあうシーンがつづく。「南忠緒」の最後の場面も、やはりそれらと類似したものであることが、次の引用文でたしかめられる。

(10)　「いやなことばかりいって悪かったから、かわりにこれでも一緒に食べていっておくれ」といいながら、美佐緒が座った。忠緒も再び帽子をとり、腰を下ろした。母と子が久しぶりに顔をつきあわせて座り、茶をすすり、家庭らしい肉親の情を呼びおこそうとたがいに努力した。

（『全集』9、289頁）

　和解の終結法は自伝的小説の場合にもみられる。「輪転機」は、労使が和解に至る次のような場面で終わる。

(11)　「本当に申し訳ありませんでした。今までのことを許してください。」
　　と、トクサムの目にも涙があふれそうになった。
　　「許すなんて、当たり前じゃないか。こんなに苦労して一生懸命やってくれているのをみたら、あんまりうれしくて……」
　　と、Ａは相変わらず、とめどなく涙を流しながら立っていた。

(同書、237頁)

　男と女、母と息子、妻と夫、労働者と幹部社員が、それぞれの葛藤を抱えたまま至りつく和解の終結法には、人間を善悪の複合体としてありのまま肯定する廉想渉の人間観が潜む。しかし、1期の自伝的小説に現れた人間観は、そうした性格を帯びていなかった。「闇夜」の主人公は人間の貪欲さと偽善について、ことごとく短杖で打ちのめしたいという怒りを抱えているし、「E先生」は学校でもめ、辞表を叩きつける。

　ところが、非自伝的小説では、すでに1期から人間の貪欲さに対する寛容が示される。自伝的小説でそうした寛容な態度が現れるのは、ずっと後のことだ。「輪転機」でようやく、他人と和解に至る人間観が成立する。

　それは、廉想渉の自己愛の1つの表現だといえる。他人が人間の善と悪を一緒にとりこむのは容認できるが、自分がそうであることには抵抗を感じるという傾向は、金銭や性に対する態度でも、同じ様相をみせるからである(「主題」項目参照)。

　ありのままの人間の実像の肯定が、和解の終結法として帰結するならば、無解決の終結法は、世事に対する廉想渉の見解と深く結びついたものといえる。彼は、死も誕生も同じ事件としてとりあつかう。彼にとって、日常生活のなかで起きるすべての事件は等価関係を示す。彼には、悲劇的にみえる事件も喜劇的にみえる事件もない。だから、毒殺も悲劇としてとりあつかわれることはない。死や離別によって作品をまとめるのをきらったのも、同じ文脈と推測することができる。

　廉想渉の小説で、死が終結部に来ることはほとんどない。「ヒマワリ」は3年前に他界した人間の鎮魂祭を行う光景が描かれ、「墓

地」、「生みの母」などでも、死は小説の中盤に置かれている。彼が描いた最も悲劇的な死である趙議官の毒物中毒死も、「三代」の中盤に配置されている。廉想渉の終結法は、最初から死と結びつけられていない。彼の小説に悲劇的な終結法がない理由はそこにある。

　金東仁は逆である。彼は、登場人物だけでなく事件も、極端なものを選び好みする傾向があった。彼は結末部分での劇的な処理を好んだ。彼には、「主人公を死なせるか、あるいは事件を宿命的に完結させなければならないという、構造的な終末意識が作用している」[24]のである。だから悲劇的な結末が多い。自らも凋落の人生を送ったため、金東仁の小説の終結法は自伝的、非自伝的小説を問わず、おおむね悲劇的に処理されている。「甘藷」、「笞刑」、「明文」、「キム・ヨンシル伝」、「赤い山」、「狂画師」、「ソン・ドンイ」、「ポプラ」、「遺書」などが、そうした作品である。死刑になる、殺される、発狂する、殺人を犯すなどの惨たらしい事件で、小説が終わるのだ。一般に喜劇と同族性があるとされる歴史小説でも、金東仁は悲劇的終結法をよく使っている[25]。

　金東仁の小説が、死の意識と関連づけて研究されることが多いのもそうした理由からである。

　金東仁は終結法で、ゾライズムと類似性をみせる。さらに、彼の小説の悲劇性は、遺伝や性衝動などの生理的欠陥と結びついている場合が多いから（『自然主義文学論Ⅰ』、411〜413頁、424〜437頁参照）、ゾラとの距離はさらに近くなる。廉想渉には「甘藷」や「赤い山」に出てくるような死はほとんどみられない。それだけでなく、死が

23　『全集』9、53頁。
24　李在銑、『韓国現代小説史』、270頁。
25　若者たちが絶望して集団自殺を図る「若い彼ら」のように、金東仁の歴史小説には英雄たちの挫折を描いた作品が多い。

悲劇的終結法とつながってもいない。

　廉想渉は、事件の日常性、無解決の終結法という両面で、日本の自然主義者と類似性を示す。この２つを、廉想渉は田山花袋や島村藤村と共有しているのである。かわりに、ゾライズムとはほとんどかかわりがない。終結法は、廉想渉と日本の自然主義を結びつける重要なリングだといえる。

5　ジャンル上の特徴

(1) 仏・日　自然主義のちがい

　フランスの自然主義は、詩や演劇を好まなかった。エミール・ゾラは、詩を「空中に建てられた言語の楼閣」とみ、演劇は「慣習の最後の砦」だから「舞台のうえでは嘘が不可欠である」と忌避した。ゾラは詩や戯曲を書いたことはあるものの、一番愛したジャンルは小説、それも長編小説である。そのジャンルのもつ様式の自由さと無制限の広さでなければ、決定論的視角から、人間と社会を再現することは不可能だと考えたからだった。

　だから、ゾラは「第2帝政期のある家族の社会的、自然的歴史」を、20巻の長編小説に著した。「ルーゴン=マッカール叢書」である。その小説で、ゾラは同時代のフランスの社会的な壁画を描こうとした。中央市場や証券取引所、劇場や競馬場、兵営やパリの路地裏、鉱山村と農村のすべてを盛りこむためには、それだけの幅が必要だったのである。だが、主たる空間的背景は人口密集地の都市だった。彼は都市の群衆を、小説のなかで表現することを好んだ。彼の小説が叙事詩的特性をもつ理由はそこにある。ゾライズムに適合する様式は、都市の群衆をとりあげた長編小説である。

80　R.-E, p.65.
81　*Le Naturalisme au théâtre*, R.-E, p. 162.
82　P. Cognyは、ゾラの自然主義小説全体にわたる叙事詩的特徴を指摘し(*Le Naturalisme*, p.66)、「ルーゴン=マッカール叢書」3の1652頁に出てくる批評家たちの合評でも、同じ点が指摘されている。
83　「ナナ」、「居酒屋」などは、すべて都市を背景とした群衆を描く小説である。

日本の自然主義は、中・長編を通じて発展した。田山花袋の「生」、「妻」、「縁」のように、3部作の形態をとったものも少しはある。しかし、島崎藤村や田山花袋の自然主義期の作品には短編小説も多い。短編の場合も、「蒲団」のように中編とみなされる量のものが散見され、作家たちがある程度の量を必要としていたことが認められる。だが、その範囲は長くても3部作だから、ゾラのものよりはスケールが小さい。

　日本の場合は作品の舞台が狭い。屋内に限定される傾向があったから、日本では社会の壁画が描かれることはなかった。私小説が主軸になり社会性が弱まったのである。個人主義が確立されていない状況だったために、日本の自然主義は個人の内面を掘りさげる作業となった。結果として私小説が主となり、叙事詩になることができなかったのである。代わりに、日本ではゾラにはない詩との親和性がみられた。抒情詩に近いのだ。藤村や花袋はともに抒情詩人の出身である。自我の内面への抒情詩的な関心が小説に転換されたのが、彼らの告白的な私小説だった。

　自然主義派がはじめた私小説は、三人称視点をとるのが通例だった。三人称視点による客観性の確保に努めるなかで、自然主義の地歩が固まっていった。白樺派がそれを継承し、さらに内面化した。「自分小説」と呼ばれる大正期の私小説は、一人称をとった。作家が主人公となり、より直接的な自伝小説を書くためだった。日本の社会状況は、大正時代に至るまでルソー礼讃の段階で止まっていたから、人物の内面告白の形式でより表現に深みが出る一人称小説が求められたのである。

　次に問題となったのはモデルの必要性だった。日本の自然主義は、「無脚色」、「排虚構」の原理に立脚したため、純粋小説はモデル小説でなければならないとする慣習ができあがった。作家がモデ

ルの場合が私小説である。虚構へのそうした錯視現象は、日本の自然主義小説だけにみられる特性だった。自然主義の最大の功績が自我確立のための闘いだったという日本の特殊事情が、私小説を自然主義の代表ジャンルに固定してしまったのである。

最長で3部作程度の分量、内面尊重と抒情的告白、都市と田舎の二重的背景（『自然主義文学論』I、190〜195頁参照）、屋内中心の人間関係、「排虚構」のスローガンなどの特性を備えた日本の自然主義は、ゾライズムとの共通点がほとんどない。

(2) 廉想渉の場合

韓国の近代小説は、量的な面でゾラと異なる。1960年代まで、韓国では短編小説が純粋小説の主軸とされたからである。長くても中編程度というのが、1920〜1930年代の韓国の純粋小説がもつ量的な限界だった。金東仁の自然主義の小説の分量も、その範囲を出ていない。「甘藷」、「笞刑」、「ポプラ」などはすべてその範囲である。金東仁は、主に短編小説を書いた作家だった。

ところが、廉想渉だけは長編小説を主としていた。[88]植民地時代の韓国の作家では、特別なケースに該当する。『東亜日報』、『時代日報』、『朝鮮日報』、『毎日申報』などの新聞社や、『東明』などの雑誌社に勤務した経歴をもち、小説を連載する紙面が確保しやすかったことも、多くの長編小説を書けた理由の1つといえるだろう。[89]

84　吉田精一、『自然主義の研究』下、119頁。
85　『自然主義文学論』I、210〜218頁参照。
86　平岡敏夫、『日本近代文学史研究』、229頁。
87　加藤周一、『日本文学史序説』下、383頁参照。
88　30冊近い長編小説を書き、代表作も「墓地」、「三代」などの長編小説だから、長編作家とみるのが妥当である。

2つ目の特徴は、作家の資質に関連している。金東仁とちがい、廉想渉は器質的に短編小説が合わない作家だった。彼の本領ともいえる蔓衍体［語句を節約せず、思ったことを書けるだけ書いていく文体］の文章、選択権を排除した粘着質で長い描写などは、短編小説に向かない。廉想渉には、金東仁のもつ「簡潔の美学」がない。金東仁が指摘しているとおり、廉想渉は部屋を描写すると、なかにある灰皿の位置まで書きこまずにはいられない作家である。だから短編小説とは相性がよくない。彼の代表作が長編小説になった理由も、そのあたりにある。

 廉想渉が短編小説を書いたのは、ほかの同世代の作家たちと同様、状況が許さなかったため仕方なくのことだったとみられる。長編小説の執筆が不可能だった初期の短編が、中編に近い量だったのに比べ、長編小説を量産していた1920年代後半の短編が短いことが証拠である。金允植は、「標本室の青ガエル」を中編に分類したことがあるが、「標本室の青ガエル」が中編なら、それより長い「除夜」、「E先生」、「ヒマワリ」などの初期の短編は、すべて中編といえる。反面、2期以降の短編小説は、長さが約半分程度に減っている。2期の作品の1つである「南忠緒」にそえられた次の言葉は、示唆するところが大きい。

> これは長編の性質をもつ題材の一点を選び、断面で描出したものであることを、注意深い読者に特に一言、お伝えしておく。（『全集』9、289頁）

 この言葉は、李光洙が短編小説「無情」発表時に書いたものとにている。

> 此篇は事実を敷衍したものであるから、当然長編となる材料だが、学報に掲載のため概要のみ書いたものであることを読者諸氏はご諒察いただ

きたい。⁽⁹⁶⁾

　1910年代に李光洙が、掲載紙の性格上、長編向けの題材を短くして短編にせざるを得なかった状況は、そのまま金東仁や廉想渉にも当てはまり、韓国の近代小説が短編を中心に発展せざるをえなかったことがわかる。

　しかし、廉想渉は比較的早くから長編小説を書くことが可能だった。はじめての長編「墓地」が書かれたのは、デビュー翌年の1922年である。そこから「三代」が書かれる1931年までのあいだに、彼は「君たちは何を得たのか」（1923年8月～1924年2月）、「真珠は与えたが」（1925年10月～1926年1月）、「愛と罪」（1927年8月～1928年5月）、「二心」（1928年10月～1929年4月）、「狂奔」（1929

89　廉想渉は東亜日報に「君たちは何を得たのか」、「真珠は与えたが」、「愛と罪」を連載し、朝鮮日報には「狂奔」、「三代」、「暖流」、「驟雨」を、毎日申報には「二心」、「無花果」、「牡丹の花咲くとき」、「不連続線」を連載している。在職中に連載したものも多いが、1920年代に連載したものも5編ほどで、彼が紙面確保に苦労していなかったことがわかる。

90　姜仁淑「金東仁と短編小説」、『金東仁全集』5、三中堂、556～562頁参照。

91　「金東仁は、『リアルの神髄は簡潔』であると（『金東仁全集』6、187頁）考える作家であり、金允植は彼のそうした傾向を「描写拒否」とみている。金允植、『金東仁研究』、民音社、1987年、258頁。

92　『金東仁全集』6、152頁。

93　1期の短編は6編中4編が30頁以上なのに対し、2期の短編は30頁を超えるものがなく、平均して20頁以内である。（『廉想渉全集』参照）

94　金允植、『廉想渉研究』、139頁。

95　「標本室の青ガエル」は38頁だが、「除夜」は53頁、「E先生」は43頁、「ヒマワリ」は69頁だから、6編中4編が「標本室の青ガエル」より長い。

96　『大韓興学報』、大韓興学会、1910年4月。

97　①金允植は、この作品が長編にならなかった理由を（ⅰ）「愛と罪」連載中で時間がなかったこと（ⅱ）1926年11月段階では、長編小説たるに十分な内容をもちえていなかったことにあるとみている（『廉想渉研究』、412～414頁）。
　　②しかし金東仁は、廉想渉の「その女子の運命」が雑誌の求めで短くなったため、本来の形になることができなかったと評している（『金東仁全集』6、189頁）。筆者はそのどちらもが理由であったと考える。

年10月～1930年8月）の5編の長編小説を執筆した。廉想渉は合計27編の長編を書いており、量的な面ではゾラに匹敵する。

それだけではなく、彼は連作形態まで試みていた。「三代」群（「無花果」、「白鳩」）と「驟雨」群（「暖流」、「新たな響き」、「地平線」）がそれである。韓国の近代小説家で、本格的な長編小説を最も多く書いた作家が廉想渉だといえる。彼は長編小説のトップランナーだったのである。

したがって、分量的な面では藤村や花袋を凌駕する。(98) だが、廉想渉の連作形態が3部か4部止まりである点で、20巻をひとまとめにしたゾラよりは藤村や花袋の方に近い。

もう1つつけ加えるべき要件は、廉想渉が歴史小説を書かなかった点である。李光洙や金東仁と廉想渉を分ける、最も根本的な識別点がそれだ。歴史小説が不可避的に親ロマンス性を備えることを考慮すると、廉想渉がhere and nowの原理から外れない時空間を、継続的に背景にしていたことは意味深い。それは、廉想渉が韓国最初のノベリストであることを証明しているからである。ジャンル面からみれば、廉想渉は韓国の自然主義系作家のなかで、最もゾラに近い位置に立つ作家である。

しかし、告白小説ということでは事情が変わってくる。廉想渉とゾラの自然主義を隔てる最大の相違点が、告白小説への見解にある。廉想渉は、自身の初期3作を自然主義の小説とみなしているが、(99) その3作はすべて告白小説である。エミール・ゾラも告白小説を書いたことがあった。だがゾラは、自作の「クロードの告白 La confession de Claude」（1865）を、自然主義の小説にはいれていない。

「標本室の青ガエル」をはじめとした3作は、内面性の露出を特徴としているため、リアリズムの基本要件である外面化現象が不十分である（2章参照）。ノベルの成立要件に抵触するのである。旅路

を背景にとりながら、「標本室の青ガエル」が移動空間の外の風景をほとんど描いていないことでも、それは証明される。そうした現象は、告白体小説を書いたほかの作家にもみられた。金允植のいうとおり、告白体は小説でもロマンスでもないのである。⁽¹⁰⁰⁾

その時期に告白体小説を書いたのは、廉想涉だけではなかった。1920年代初頭の韓国の作家たちは、みな告白体の様式に魅了されていた。金東仁は「弱き者の悲しみ」、「心浅き者よ」などで告白体を試み、田榮澤も「運命」、「生命の春」、「毒薬を飲む女人」の3部作で同じ試みをしている。しかし、金允植の主張どおり、「内的告白体をはじめて確立」した作家は廉想涉である。⁽¹⁰¹⁾それだけ廉想涉が大正期の日本文学と密着していたことを意味し、日本を介して近代的なものに最も接近していたことをも示している。⁽¹⁰²⁾

問題は、告白体小説を書いたことではなく、それを自然主義の小説であると主張したことにある。廉想涉と意見を同じくする文学史家たちも同様だ。金東仁の場合、「甘藷」以降の小説をリアリズムとみる点では自他ともに共通しているだが廉想涉の場合、「標本室の青ガエル」を、作家と批評家が一緒になって自然主義と決めつけている。⁽¹⁰³⁾そのことは、彼らにとっての自然主義が、日本式の自然主義以外ないことを物語っている(「用語」の項目参照)。告白体小説が自然主義と結びつけられる国は、日本以外ないからである。

告白体小説としての廉想涉の初期作品がもつ技法上の特徴は、書

---

98 藤村と花袋の長編は、ともに10編以内である。
99 廉想涉は「私と『廃墟』時代」(『全集』12、210頁)、「私と自然主義」(同書、219頁)、「横歩文壇回想記」(同書、230頁)などで、自身の初期作品を自然主義に関連したものと主張している。
100 金允植、『廉想涉研究』、41頁。
101 金允植、『金東仁研究』、12頁。
102 金允植、『廉想涉研究』、77頁、『金東仁研究』6、12頁。
103 金東仁の「弱き者の悲しみ」、「心浅き者よ」を自然主義小説とみる向きはいない。

簡体の活用である。「除夜」は全編手紙とされ、「標本室の青ガエル」は９章がそっくり手紙であり、「闇夜」では、手紙は登場しないものの、「——昨夜手紙を受けとって　S・K氏に捧げる」という副題が、書簡文的性格をもつ作品であることを暗示する。手紙は、廉想渉が告白体から脱して客観的な小説を書いていた時期にも、依然愛用されていた。「墓地」にも手紙が登場し、「三代」では手紙が大きな比重を占め、「二心」でも手紙が重要な役割をはたしている。廉想渉の関心が、つねに人間の内面に向けられていたことを裏づける部分である。１期と２期で関心の方向が変わったことは事実だが、人間の内面への関心は一貫していた。告白小説の時期を過ぎ、写実的な小説へ移行してからも、廉想渉は人間の意識の内面に魅せられ、それを分析することを楽しんだ。心理分析こそ、彼の小説の基本的な特性である[104]。

　だから、廉想渉はゾラと相似性をもちにくい。ゾラが描こうとしたのは、心理ではなく生理だったからである。心理分析の作家という点で、廉想渉はゾラよりも、ゾラ以前の作家たちと類似性をみせる。スタンダールとゾラを分けたのは、心理のかわりに生理を描いた点だったのだ[105]。

　次に、視点の問題がある。日本の場合、自然主義派の告白小説は三人称をとるのが通例とされている。一人称の告白小説は白樺派のものだ。ところが、廉想渉は初期の段階から両方を混用していた。彼の自伝的小説の視点を調べると、そのことが確認できる。

　　一人称を使用したもの：「標本室の青ガエル」、「墓地」、「死とその影」、「検事局待合室」、「遺書」
　　三人称を使用したもの：「闇夜」、「Ｅ先生」、「金の指環」、「輪転機」「宿泊記」

1期と2期に、同じように一人称視点の小説が入っている。三人称の場合も同様である。1期ですでに2編に三人称視点がみられることから、廉想渉が初期の段階から2種類を混用していたことがわかる。

　どの国の作家かを問わず、外国文学の影響を受ける場合、同時代のものとその前の時代のものを混ぜあわせてとりこむことになる。日本の自然主義が、同時代のフランス文学である印象主義と、その前世代の文学である自然主義を一緒にとりこんで印象派自然主義を作りだしたように、韓国の自然主義も、日本の明治期の文学である自然主義と大正文学を混合して受けいれた。金東仁は大正文学から唯美主義をとりいれ、ゾラ的な自然主義と唯美主義を共存させたが、廉想渉は、白樺派の主我主義と『早稲田文学』を一緒にとりこんだのである。

　初期であるほど、2つの流派の混合ぶりは激しい。一人称と三人称の告白小説の同居現象がそれである。廉想渉は自然主義だと考えて「標本室の青ガエル」と「闇夜」を書いたが、金允植は、白樺派だった有島武郎の「生まれ出づる悩み」が廉想渉作品の源泉であると断言し、遺伝の決定性を浮きぼりにした「除夜」の源泉も、やはり有島武郎の「石にひしがれた雑草」だと主張する。つまり、廉想渉が自然主義だと考えていたものは、白樺派と自然主義派が混ざっ

---

104 (1) *Les Rougon-Macquart* 1, Preface (A. Lanoux) 参照。
　　(2) P. Cogny, *Le Naturalisme*, p. 40 参照。
105 R.-E, p. 97.
106 吉田精一、『自然主義の研究』下、366 頁参照。
107 「最初の段階が有島武郎の『生まれ出づる悩み』だった。それに則って彼は『闇夜』を書いた」。『廉想渉研究』、187 頁。
108 「2番目が『石にひしがれた雑草』である。それに則って彼は『除夜』を書いた」(同書、187 頁)と主張し、金允植は「廉想渉は有島武郎の地平に引きこもり、いっこうに脱出できなかった」(同書、174 頁)としている。

た、日本の大正時代の文学だったのである。廉想渉は明治時代の日本を知らないから、2期に現れた写実的な傾向の源泉も、日本のプロレタリア文学である。1期と2期を分ける作風の変化が、実は大正時代の日本文学の2つの流派の影響によるものだったことは、廉想渉と日本文学との密着度を知るいい材料となる。

　次に問題となるのはモデル小説だ。廉想渉だけでなく、韓国の近代小説家は、大部分がモデル小説に一種の信仰をもっていた。直接的なモデルを立てることを避けていたかにみえる李光洙も、自作の「革命家の妻」が独立運動家の李鳳洙氏とその妻をモデルにしたものだと明かしているし、「無情」のシン・ウソンも「M新聞記者だった沈天鳳君」がモデルであり、「先導者」は啓蒙活動家であり独立運動家の安昌浩をモデルにし、ほかの登場人物も実在の人物だとモデルの実名まで明かしている。ほかにも李光洙は、ほとんど潤色を加えていない自伝的小説を多く書いた。

　金東仁も同様である。彼は、「キム・ヨンシル伝」のモデルが当時の著名な女流作家・金明淳だと明かしただけでなく、ひとり暮らしをしていたときに、中学洞の家までやって来た彼女にいいよられたことまで書いている。表面的には否定しつつも、「足指がにている」の主人公のモデルが廉想渉である可能性をにおわせているし、作家の田榮澤氏が、「明文」のモデルは自分だと明かしたこともある。実際の出来事を、実名まで挙げて書いた「女人」は、そうした傾向が頂点に達している。実名が明かされていないモデル小説には「心浅き者よ」があり、ほかに額縁小説のなかのストーリーも、ここまでのケースから推測するにモデルが実在するとみられる。彼が、額縁の形式を借りて現実との類似性を確保しようとした小説に、「ペッタラギ」、「赤い山」、「狂画師」などがある。自伝的小説はいうまでもない。

廉想渉も例外ではなかった。彼は、自作の「標本室の青ガエル」を、実際の出来事をそのまま書いたから、日本文学の模倣なはずがないといい、その小説に現れた自然主義的な要素は、韓国で自生したものだと主張する。「無脚色」、「排虚構」の手法で書かれた自伝的小説は、それだけではない。廉想渉の自伝的小説は、ほとんどが彼の個人史と符合している。

　非自伝的小説の場合は、羅慧錫がモデルの小説が代表作である。廉想渉は、一時恋に落ちた、この非凡な女性をモデルに３編の小説を書いた。それだけでなく、彼女を原型に別の否定的な新女性像を作りだした。さらに興味深いのは、彼が本人の承諾をとって彼女をモデルにしていたことである。そのくせ、本物以上に否定的な要素を加味している。

　男性の主人公は大部分が相似形だが、モデルが作者や周辺の人物である可能性は、彼らの年齢をみればわかる。主人公たちは、作家とともに年をとっていくからである。権寧珉のいうとおり、廉想渉の小説は、大部分が自伝的、あるいは半自伝的小説といえるのであり、それ以外はモデルが実在する小説である。したがって、日本と同様に彼のものにも、各々異なる個性をもつ多彩な群像は登場しづらい。ゾラと日本の自然主義を線引きした要素が、廉想渉にもその

109　廉想渉が東京に留学した日に、明治天皇の大喪の礼がとり行なわれた。
110　『李光洙全集』16、278頁。
111　同書、276頁。
112　同書、277頁。
113　『金東仁全集』6、49頁。
114　同書、303頁で金東仁は、「もちろん、二、三か所共通する部分がないとはいえない」としている。
115　筆者が本人から直接聞いた。
116　『創造』3号、「残った言葉」(『金東仁全集』6、664頁)
117　『全集』12、219頁。
118　同書、230頁。
119　権寧珉の解説。『全集』10、323頁。

まま適用される。「排虚構」のスローガンを共有しているからである。体験の限界性が彼らのキャラクターの限界になるのは、「無脚色」の原理に起因している。

　しかし、親詩性の項目だけは逆の現れ方をする。金東仁とちがって、廉想渉は詩を書いたことがあった。だが、藤村や花袋の詩のような抒情性はなく、レベルも低かった。しかも２編しかない。それから廉想渉は、二度と詩を書かなかった。自分に抒情詩人の素質がないことを悟ったのである。彼は小説より先に評論を書いていた。評論家として金東仁と論争までくり広げた後で、ようやく作家となったのである。フランスや日本でも、自然主義の作家は文芸評論家を兼業していた。自然主義に先行する写実主義自体が、合理主義や理性主義を土台に生まれたものだったから、評論と彼らの小説は、同じ土台のうえに築かれていたのである。

　廉想渉の評論の書き方は、彼の記事の書き方と一緒に論じることができる。廉想渉はもともと、理性的な人間に属する作家である。金東仁と同じで、廉想渉も抒情詩より評論に向いた作家だった。初期３作は、評論との未分化状態が露呈している。それは文体の同質性に明らかである。内面を吐露した初期の告白小説が感動的でないのは、評論的な文体のせいだ。それらの小説は、同時期に書かれた評論と同じ文体である。「樗樹下にて」と「標本室の青ガエル」のあいだに、文章上のちがいはほとんどない。「除夜」と「個性と芸術」の場合も同じことは、次の引用文でたしかめられる。

⑴　帰省後７、８カ月間の不規則な生活は、私の全身を海綿のように打ちのめしただけでなく、私の魂までも蠧食した。

（「標本室の青ガエル」、『全集』９、11頁）

(2) Sという異国の青年を、M君が自宅に招いた日だった。座談に疲労を感じた一同は、散歩に出かけた。　　　　　（「欅樹下にて」、『全集』12、29頁）

(3) 主観は絶対だ。自分の主観だけが唯一の標準じゃないか。自分の主観が許しさえすれば、それが一番だ。　　　　　　　（「除夜」、『全集』9、61頁）

(4) おおよそ近代文明によって得られたあらゆる精神的収穫物のなかで、最も本質的であり、重大な意義をもつものは、おそらく自我の覚醒、あるいはその恢復だろう。　　　　　　　　　　　（「個性と芸術」、『全集』12、33頁）

　(1)と(2)、(3)と(4)のあいだには、文体上のちがいがない。小説をこうした評論的な文章で書いたことが、初期3作に抽象性を漂わせる原因となった。漢字語は外来の語彙であり、抽象性を際立たせる[120]。生硬な漢字語にかわって固有語で書きはじめた時期が、彼の小説の本当の出発期といえる。

　小説の文章に漢字語を使った点でも、廉想渉は日本と相似性をもつ。日本では現在も、小説に漢字語彙がそのまま使われているからだ。だが、それは訓で読みがなが振られ、語彙を固有語としている。小説の文体と評論の文体が同じものは、大正文学にはみあたらない。習作期の廉想渉の、小説に対する概念の未熟さが現れたものとみるほうが妥当である。

　初期にだけ小説で使われていた評論的な文体は、初期の告白小説自体にパトス［pathos アリストテレス倫理学における、欲情、怒り、悲しみなどの情念］的な要因が欠如していたことを証明する。廉想渉の内面告白には、抒情性が抜けおちていた。金東仁と同じように廉想渉にも、パトスの繊細さを礼賛した時期がな

---

120 M. Boulton, *The Anatomy of Prose*, p. 8〜19 参照。
〔書誌情報　M. Boulton, *The Anatomy of Prose*, London : Routledge & K. Paul, 1954〕

5　ジャンル上の特徴

い。ロマンティックな恋愛への憧れもない。ロマンティックラブの不在現象に、2人の作家の写実的な側面が現れている。廉想渉は合理主義者であり、現実主義者なのである。

　廉想渉とフランス、日本の自然主義とのジャンル上の相関関係を図表にすると以下のとおりである。

	作 家 名	エミール・ゾラ	田山花袋と島崎藤村	廉想渉
1	視　点	三人称　客観小説	三人称　告白小説	一、三人称混用、告白小説＋写実的小説
2	外面描写	＋	±	1期：－　2期：±
3	小説の長さと分量	20篇の長編	3部作の長編および　中・短編、長編：10篇程度	3部作の長編および中・短編、長編：20篇以上
4	虚 構 性	＋	排虚構、モデル小説	排虚構、モデル小説
5	告 白 性	－	＋	1期：＋ 2期：－
6	背　　景	都市中心	都市と田舎（屋内中心）	1期：旅路 2期：都市（屋内中心）

　この表でみると、廉想渉とゾラの共通点は、長編小説を多く書いたことと、2期以降に都市を主な舞台としたこと以外にない。廉想渉は花袋や藤村に比べ、はるかに多くの都市小説を書いた作家である。だが、廉想渉の自然主義期は1期だから、それはゾライズムとの共通分母とはなりえない。残りの5項目は、どれも日本の自然主義と同質性をもつものである。彼は量的な面、描写の対象、排虚構の創作態度、告白的な私小説、モデル小説など、すべての面で日本の自然主義に符合する小説を書いた。抒情性の排除だけがちがうだけである。そこに、大正文学からとりこんだ一人称視点の写実主義的な手法まであわせると、彼の小説と日本文学との類似性はかなり大きくなる。廉想渉がジャンルの面で、より徹底して日本の影響を受けた作家であることが再確認できる。

　金東仁と比較すると、廉想渉は藤村、花袋との関係より、はるか

に多くの点で異質である。金東仁は、短編小説だけが純粋小説だと固執したため、本格的な長編小説を書くことができなかった。彼の長編小説はすべて歴史小説である。その点、廉想渉は有利な位置に立っていた。短編小説と歴史小説は自然主義と相性の悪いジャンルだからだ。思潮的な見地を離れてノベリストという点だけで比較しても、やはり金東仁のほうが不利である。歴史小説はロマンス的になりやすいジャンルであり、短編小説はノベルの分量ではない。現実の模写を企図するノベルは、まず、ある程度の分量を必要とする。廉想渉が最初の本格的なノベルの書き手とされる理由は、ここにある。

第4章

物質主義と決定論

1 廉想渉の世界に現れた物質主義
2 廉想渉と決定論

1 廉想渉の世界に現れた物質主義

　フランスの自然主義を特徴づける根本的な要因の 1 つに、物質主義的な人間観がある。もちろん、それは突発的に生じたものではない。自然主義に先行するリアリズムのなかにも、すでに同じ傾向が胚胎されていたからである。

　問題は程度の差である。その差について、ゾラは次のように解明している。

⑴　私は、主義のかわりに法則を選ぶ人間だ……。バルザックは男と女と事物を描きたいという。だが私は、男と女を事物に従属させる。
　　　　　（傍点：筆者）("Différences entre Balzac et moi", R.-M. 5, p.1736.)

　主義を法則に置きかえ、人間と物質の共存関係を、物質への人間の従属に置きかえることが、ゾライズムの役割だとする主張である。そこでは、美徳や悪徳は「硫酸や砂糖のようなもの」になるとゾラはいう。したがって、「人間の頭脳と石」が等価関係になるのである。だからゾラは神を認めなかったし、抒情主義にも反旗を翻した。ゾラの決定論的思考は、そうした物質主義的な人間観と結びついている。

　日本の自然主義は、ゾラ流の物質主義とは距離があった。儒教の精神主義と非常に近接していたからである。明治時代の日本は、表面上は産業社会の姿を備えていたが、思想面では儒教の影響圏を抜けだせずにいた。個人主義、家族主義、道徳主義などが自然主義と結びつけられたのはそのためである。人間が事物に従属されるよう

な社会的雰囲気ではなかったのだ。

　だから、藤村と花袋の自然主義の作品には、ゾラ的な物質主義はみられない。彼らが没頭した主題は、儒教的な「家」の枠組みから抜けだして自我を確立することであり、性やカネを人間の現実として肯定しようとするのが精一杯だった。個人尊重の思想、独創性の確保などの浪漫主義的な課題を含みつつ、伝統との闘いに重点が置かれたのが日本の自然主義の特性である。それは、次の引用文でもたしかめられる。

(2) 旧秩序旧道徳に対して、その不合理を赤裸々に指摘しようとしたのが、自然主義文学のもつた重大な意義であった。明治四十一年が「自然主義と道徳との衝突の年だった」（島村抱月「四十一年文壇の回顧」）といふのはその意味でもある。　　（島村抱月の言葉、吉田、前掲書、下、23頁再引用）

　しかし、それまでの世代と比べたとき、彼らが人間の形而下学への関心を作品に表わしていたことは否定しがたい。性に対する関心がそれである。たとえ抽象的、初歩的なものであったとしても、性のタブーを破ったことは、日本の自然主義の近代的側面といえるだろう。どの国でも、近代化は反形而上学的な傾向を帯びる。問題は

1　*Thérèse Raquin*（1867）の序文に出てくる言葉。Damian Grant, *Realism*, p.38 から再引用。〔書誌情報　E. Zola, *Thérèse Raquin*, Livre de Poche, 1968.〕〔日本語訳『ゾラ・セレクション第1巻　初期名作集』、宮下志朗編訳、藤原書店、2004.〕
2　R.-E, p. 70.
3　長谷川天渓の「幻滅時代の芸術」（1906年10月、『太陽』）、「現実暴露の悲哀」（1908年1月、『太陽』）などの文章に、個人主義の礼讃傾向が現れている。
4　藤村の「家」、花袋の「生」などは、家族主義の弊害をあつかったものである。
5　イプセンの影響がゾラの影響よりも大きかった理由を、島村抱月は、前者の道徳的傾向が日本の自然主義の適性に合っていたところに求めている。（相馬庸郎、『日本自然主義再考』、40頁）
6　相馬庸郎、同書15頁、および吉田精一、『自然主義の研究』下、612頁参照。

程度の差だ。藤村や花袋が、中世的な anti-physics の傾向を否定しつつ、人間と事物との共存を主張したバルザック的段階を目指して背のびしていたとすれば、ゾラは 19 世紀末の段階に至っていたのである。日本の自然主義の文学において、遺伝と環境の決定性が表面化しない理由はそこにある（『自然主義文学論Ⅰ』、270 〜 72 頁参照）。

　金東仁は藤村や花袋よりはゾライズムに近かった。彼は人間の生理的な面を重視し、反儒教主義者で、無神論者だった。極端を好む気質の彼は、道徳や神との闘いも並外れていたし、科学礼賛傾向も徹底していたから、物質主義の面でゾライズムと類似をみせる。彼は、大胆にも「性」と「食」の問題を前面に押しだした。「甘藷」は、食物のために道徳が食いつくされる話であり、「笞刑」は体が理性を抑えこむ過程を描いたものである（『自然主義文学論』Ⅰ、425 〜 428 頁参照）。だが、彼は科学主義の信奉者であると同時に芸術至上主義者だった。彼の極端主義の出所も、芸術至上主義だった可能性が高い。

　廉想渉の場合は金東仁と少しちがう。彼は極端なことを好まない。生まれつきの中庸主義者だ[7]。だから徹底した物質主義者になることもできず、徹底した精神主義者にもなれなかった。形而上学と形而下学の関係でも、廉想渉は「その中間に足をかけている」中間的な性格をみせる。そうではあるが、2 つのうちでは後者のほうに力点を置いていたことが、次の引用文で確認できる。

(3) 形而上学を求めることは、非常に高尚で誇らしいことと思い、また楽しんでもいた。だが、形而下のことは人間の生活の付帯条件みたいなものと思ってきたのが、最初からまちがいだった。……私たちの精神文化は、自分たちのもてるものだけを啓発しても、さほど喉の渇きを感じる心配はない。だが物質文化は、多量に摂取しなかったなら、ひどい崖っぷちに追い

こまれ、へたりこむことになってしまうわけだ。……私たちはそんなふうに物質の大切さを悟った。私たちはそんなふうに、ネジ釘一つさえもちたいと思う。もたなければならなくなる。人はなぜ生きるのだろうと考える人間、あるいは、教える人間がいないからでもないだろうが、人の生命はどんな元素と元素が化合した物質でもちこたえているかを知り、教える人が私たちにはもっと必要だ。……「人はパンだけで生きてはいけない」と。ひどく立派で、美しい教育である。しかし、今日の朝鮮人にとって、ある時期まではそれと正反対をモットーとして指導されなければならないのである。（傍点：筆者）

（「6年後の東京に来て」、『新民』、1926年5月、98～99頁；金允植、
『廉想渉研究』、390頁から再引用）

　この引用文は、形而下学の必要性についての主張としてはじまる。とはいえ、金東仁のように、形而上学を全面的に否定するものではない。自国が滅びる理由が、形而上学重視にあったことへの反省といえるだろう。李朝末期に実学派が主張していたことと重なるこの文章は、朱子学のanti-physics傾向や理想主義的人間観が亡国の要因だったと気づかせることが目的だった。1926年に6年ぶりに日本に渡った廉想渉は、30代にさしかかる大人の目で近代的な生の原理を求め、anti-physicsからphysicsへ向かう方向を確認したのである。金東仁同様、廉想渉も科学を礼賛した作家だ。彼は、科学の発達だけが自国の生きる道だとはっきりと認識して、そうした文章を書いた。反尚文主義的〔尚文主義：特に文芸を重んじる考え方〕な主張といえるだろう。

7　廉想渉は「除夜」、「墓地」の頃から、善でもなく悪でもない中間型を肯定しており、1948年に書いた「朝鮮文学再建についての提議」（『全集』12、170頁）にも「私は偏向をきらう」という言葉が出てくる。
8　「韓国人の生きる道は、第一に科学研究や技術の習得にある」（同書、214頁）。

次は、物質の重要さに対する気づきである。儒教の精神主義が過度な理想化を試みたことで、人間が物質から切り離され、現実感覚が失われたのが李朝500年の精神風土だった。廉想渉はその点に反発した。だから彼の小説には、初期からカネの重要性が浮きぼりになっている。最初の資本主義的な人間類型である崔貞仁（「除夜」）は、「貞操を資本に快楽を貿易」する衒学的な商人だ。彼女の物質主義的な傾向は、「ヒマワリ」でカネ勘定という形で表面化する。その後を「電話」の夫婦が追う。算盤を弾くことを物事の基本とする「電話」の夫婦は、たがいの物欲を肯定することで和合の関係を維持するほどに、物質観が成熟している。そうした現実的な傾向は、「三代」の趙議官になって平衡感覚も備える。彼はカネの効力だけでなく、その弊害まで、正確に理解した人物である。遺産の配分を誤れば子孫に害がおよぶと知っているから、彼はカネを適切に分配しようと最大限の努力をする。カネの正しい用法まで体得していたのである。

　物質に対する作中人物の感覚は、作家のそれを代弁している。廉想渉はどの作家よりも、物質の意味を正確に知る文学者だった。彼は、独立運動もカネの基盤があってこそ可能だということを、「三代」の皮革（ピヒョク）と蔣勲（チャンフン）を通じて明示するし、文学振興も「発動機の回転数と無産者の食器によそわれた米粒の数」の比例にかかっているとみる。それだけ現実感覚が発達している。それは、近代の本質への自覚から来るものといえるだろう。彼が物質の重要性を通して知ったのは、近代と資本主義との相関関係である。彼が「近代的な生が資本主義を離れては成立しえないことを」知り、資本主義の構造的特性もみぬいていたことは、次の引用文からわかる。

⑷　私たちが電気を点けて、石油より安いし明るいと喜んでいるあいだに、電

気会社の株主は配当がどんどん増えると小躍りしていることも、現代文明の酸っぱくなったおからを高い値段を払って食べていることも……すべて、着る人間、使う人間の罪ではないし、正しい道を教える先覚者の誠実さが足りなかったからでもない。

(「6年後の東京に来て」、前掲書、104〜105頁;同書、390頁から再引用)

　罪は、生産技術を会得する前に消費を学んだところにあると、廉想渉は考えた。生産できないまま日本の製品を消費ばかりしているのは、経済的な侵略を自ら招くことである。それを克服する唯一の方法は、物質文化の大量摂取だけだと知ったために、彼は形而下学の研究に重点を置くべきだと主張することになった。

　物質の重要さに対する気づきは、そのまま人間の肉体の肯定へとつながった。動物としての人間の生理的限界をありのまま認める廉想渉の人間観は、「笞刑」に表れた金東仁のそれと同質性を帯びる。生理的な面の欠乏が精神におよぼす影響を、廉想渉はまず、「食」の問題と結びつけて検証しはじめた。「小さな出来事」、「飯」などの2期の作品がその代表である。「食」の問題が、夫婦と友人を引きさきうる強大な力をもつことを実証したのである。なかでも、往年の思想家たちが茶碗の前でくり広げる醜態を描いた「飯」は、人間が動物であるがゆえにもたざるをえない現実的限界を、実感をもって証言する。

　続いて「性」の問題である。「除夜」から登場しはじめる性の問題も、「三代」に向かうにつれて、その濃度をエスカレートさせていく。廉想渉が自然主義的な人物類型とみなしていた趙相勲(「三代」)[10]は、頂点に立っている。彼の堕落は、終始一貫して性と絡ん

9　金允植、前掲書、24頁。

でいるのである。(「カネの具体性と性の間接性」項目参照)。

　物質の重要さに対する認識が、カネと性の両面で深く探索されている点から、廉想渉のもつ近代性の幅がわかる。それによって、廉想渉は韓国で初めての本格的なノベリストの座に就くことになった。

　物質文明の必要性を差し迫ったものだと考えたから、廉想渉は形而下学だけに重点を置いた教育を主張した。だが、そこには「当分のあいだ」というタイムリミットが示されている。

　その期間は、おそらく形而上学と形而下学のバランスがとれるまで、ということだったのだろう。彼は期限を具体的には提示しなかった。彼の書いたものから察するに、そのリミットは彼が永眠する頃になっても来なかったものとみられる。彼は1926年にそうした提案をしたが、1948年の作品でも、科学の学習に力を入れるよう後進に望む一節が出てきている。金允植のいうとおり、廉想渉の形而下学必要論は「その後、一度も変わることがなかった」(『私たちの近代文学論集』、二友出版社、1986年、24頁)。形而上学とバランスがとれるほどには、形而下学を発達させられなかったからである。だから、廉想渉の人生は、形而下学の必要性を訴えることに偏るしかなかったのだ。

　だが、廉想渉の形而下学必要論は、金東仁の場合のように形而上学を全面否定することを意味してはいなかった。儒教の精神主義的伝統があまりに強固だったから、形而下学の側に力点を置くことになっただけのことである。そのことは、彼の世界に現れた親形而上学的傾向に、簡単にみつけられる。

　その1つ目は芸術論である。ゾラは、芸術を科学に従属させた。真実を美よりも高く評価したのが、「実験小説論」の芸術観である。日本の自然主義にもにたような傾向がみられる。「無脚色、排技巧」

の項目がそれだ。やはり、真実が優位に置かれている（同書、133～137頁参照）。

韓国では、「排技巧」のスローガンはプロレタリア文学のものとされた。金東仁と廉想渉は、ともに「真」より「美」を高く評価した。ゾライズムと韓国の自然主義を分ける最も明確なちがいは芸術観にある。日本の自然主義の場合もにていた。韓国の自然主義文学は大正末期にあたるから、日本の文壇の芸術至上主義が流入し、そうした芸術観が形成されたのである。金東仁は芸術至上主義を標榜する作家だったからいうまでもないが、廉想渉にも、芸術が絶対を意味していた時期があった。「個性と芸術」を書いた頃である。2期になると、芸術至上的な考え方はずいぶん弱まり、芸術論も再現論に変化するが、芸術を最高の価値とする傾向だけは変わらなかった。「人生は芸術なしに生きられない」という言葉は、1928年にもよくみかけられる。

精神的な価値に対する信頼は、芸術論以外のいくつかのところでもみられる。そのうちのひとつが、カネと性にかんする二重な態度だ。非自伝的小説では「除夜」から、カネと性にかんすることが露出されるが、自伝的小説で物質主義がみられるようになるのは後のことで、色合いもかなり薄い。30代になり、物質の重要さに十分気づいた頃に書かれた「輪転機」が、唯一金銭問題を本格的にとりあげた自伝的小説であるが、そこでも個人の利害とは無関係な金

---

10 「父親は『万歳』後の虚脱状態で自堕落な生活にふける、無理想、無解決の自然主義文学の本質のような、現実暴露の象徴たる『否定的』人物であり……」（「横歩文壇回想記」、同書、237頁）。

11 「職業はどうか科学方面を選んで……」（「私の小説と文学観」、『全集』12、198頁）

12 金東仁は「カップ」〔朝鮮プロレタリア芸術同盟〕派の偏内容主義を「無技巧文学」と名づけ、（「『白潮』残党の歩み」、『金東仁全集』6、34頁）、廉想渉も新傾向派を「技巧無視主義」とみなした（『全集』12、74頁）。

13 「小説と民衆」、1928年5月、（『全集』12、138頁）、「朝鮮と文芸・文芸と民衆」、1928年10月（同書、127頁）に、同じような言葉が出てくる。

銭問題だけが成立している。

　性にかんしても同じだ（「カネの具体性と性の間接性」項目参照）。カネと性が人間の現実におよぼす力を十分に認めながら、そうした物質主義的規範に、自分だけは全面的に支配されないという姿勢が、カネと性への二重思考を形成したものと思われる。金東仁の場合も、にたような傾向がみられる。(14)当時の韓国作家の物質主義の限界が、そこに表れている。

　道徳に対する姿勢にも、同じ二重性がみられる。作者と同質性をもつキャラクターには、金銭面や性的な面で、道徳的な非難を受ける人物がほとんどいない。堕落したキャラクターは崔貞仁や趙相勲の同類に限られる。それ以外の登場人物は、人間の弱さを精神力で克服するタイプが多い。洪敬愛（『三代』）は、警察の取り調べを受けながら「殴り殺されようとも」同志を裏切りはしないと決心し、炳華は「学費を手に入れるために自分を売ることはできない」という信念を実践に移す。徳基は、「畢順を『第２の洪敬愛』にはできない」と誓い、「試験管一つ」のために蔣勲は自殺する。彼らはみな、物質の重要性は理解しながら、それがすべてでないことも知っているキャラクターである（「人物」の項参照）。

　廉想渉も彼らと同じだった。彼は、物質文明の重要さを力説すると同時に、芸術の価値と道徳性の重要さも肯定していた。物質的な条件と精神文化をともに認めていたから、彼の世界では形而下学と形而上学の共存が可能だった。彼の形而下学必要論は柔軟性をもつのである。

　しかし、伝統に対する姿勢には柔軟性がなかった。廉想渉が生涯を通じて戦った相手は、伝統的な考え方だったといえる。ゾラの自然主義は、浪漫主義に対してだけのアンチテーゼである。対象がただ１つだから、徹底することができる。ところが、藤村、花袋、廉

想渉などの自然主義は、儒教を対象にしていた。彼らの近代主義は儒教のすべてと相反していたから、思潮的に単一性を確保することは困難だった。封建主義との闘いだから、そこには否応なくロマン主義的なものが混ざる。日本の場合と同様、韓国の自然主義にも個性至上主義、独創性尊重の芸術観などが混じった理由である。それだけではない。形而下学必要論にともなう反理想主義、反尚文主義、反大家族主義なども含まなければならなかったから、廉想渉の自然主義は日本と同じように、反伝統主義的な性格を帯びることになった。彼の反伝統主義の実相は、形而下学必要論よりもはるかに持続的で、広範だった。

彼は終生、儒教との全面戦を続けた。儒教の理想主義のかわりに現実主義を採り、形而上学のかわりに形而下学を打ち立て、没個性主義には個性主義を、芸術軽視思想には芸術尊重思想を代置した。彼の対儒教の戦いは、金東仁のそれよりは穏健だったが、持続的で広範囲である。浪漫的なものと写実的なものをすべて包有しなければならなかったからだ。武器は、評論と小説の２つのジャンルだった。

闘いの項目は、時期によって異なる。１期で廉想渉が最初に力を入れたのは個性至上主義であり、対象は儒教の没個性主義だった。「樗樹下で」、「個性と芸術」、「至上の善のために」などの初期の評論が、それらを代表している。当時の廉想渉にとって、個性は「至上の善」だった。自然主義までも自我の覚醒と結びつく傾向とみなすほど、すべてが個性の問題に結びつけられていた（「用語」項目参照）。

個人主義と自然主義がイコールの関係になる世界に呼応している

---

14 金東仁の自伝的小説である「笞刑」と「甘藷」を比べてみると、前者の登場人物は後者の主人公・福女とはちがい、自由意志が残っていることがわかる。

のが、小説では初期の3作である。人間の内面性を神聖視する個性主義に合致する様式が、告白体小説だったのだ。廉想渉はそれらを自然主義の小説だと考えた。

　個性至上主義が芸術論に反映されると、独創性の礼讚になる。だから、1期の2つ目の項目は、独創性を礼賛する浪漫主義的芸術観となった。その頃の廉想渉は、「芸術美は作者の個性、いいかえれば作者の独異的生命を通じてこそみとおしうる、創造的直観の世界であり、それが投影されたもの」[15]だと考えた。儒教の理想主義に反する芸術観である。個性至上主義、内面性の尊重、独創性の礼讚などは、すべて浪漫主義と結びつく特性だ。

　2期になると、そうした親浪漫主義的な傾向は鳴りをひそめ、現実的な傾向が姿を現わし、個性至上主義は「生活第一義」論に座を譲る。1925年に階級文学との論争期がはじまると、評論では先の引用文にみられるような物質尊重傾向が表に出てくる。プロレタリア文学を排斥する過程で、廉想渉は現実に目を開き、物質と肉体の重要性を体得させられるのである。

　そのあたりで、彼の小説から旅路が消え、背景が屋内に狭まり、カネと性の問題が前面に出てくる。理念と苦悩の世界から、物質が支配する現実世界に転換するのだ。「電話」、「小さな出来事」、「輪転機」、「飯」は、そうした変化に呼応して書かれた作品である。カネと性の主題が自伝的小説にまで浸透したことが、その時期の特徴といえる。儒教の精神主義や理想主義は、物質主義と現実主義に置きかわり、形而上学は形而下学に座を明けわたすことになったのだ。

　それにともなう変化が、再現論を主軸とした芸術論だった。「創造的直観」があった場所に「解剖と観察」が代置され、写実主義的な芸術論が現れる。時を同じくして、告白体小説の消滅現象が生じ

る。登場人物は既婚者にかわり、旅路のかわりに屋内の日常性に光が当てられるようになる。廉想渉自身の見解によれば、自然主義から脱して写実主義に移行することになったのである。しかし、そうした変化にもかかわらず、反伝統主義は変わらなかった。「創造的直観」と同じように、「解剖と観察」もまた、朱子学に対置されるものだったからだ。

それだけではない。芸術論の変化にもかかわらず、芸術は依然、神聖なものとして残されていた。廉想渉にとって美（芸術）は、儒教が崇め称えた善（道徳）より、はるかに尊いものである。

個性論の場合も、これとにている。至上の価値は美と個性であると主張することで、廉想渉は、儒教の道徳主義、没個性主義の両方に抗議している。

2期のもう1つの特徴は、主人公が既婚者にかわり、廉想渉の個性至上主義が伝統的家族制度との闘いへと具体化した点である。没個性主義との闘いの第2ラウンドといえるだろう。そこで主軸となるのは早婚制度への批判だ。それは「墓地」から本格化する。早婚した妻と生まれた子どもに対してどれほど非情なふるまいをしても良心の呵責を与えない、徹底した反早婚の姿勢には、「旧道徳＝悪」の等式がうかがえる。さらには「家庭は罪悪の巣窟」という極端な言辞も飛びだすほど、廉想渉の反家族主義の様相が極端化することもあった。反面、水平的な人間関係は緊密になっていく。廉想渉のキャラクターは、妻よりは同性との関係が深い。「墓地」での妻の死よりも、金昌億（「標本室の青ガエル」）やH（「遺書」）の不在が主人公に与える影響のほうがはるかに大きい。そうした点は、やはり反

15 「個性と芸術」、『全集』12、39〜40頁。
16 「家長権の専制、横暴、濫用威壓や、これに対する奴隷的屈従と、塗糊的妥協と偽善的義理と、形式的虚礼と、牢獄的監禁と、叱咤、罵言、嗚咽、怨嗟……等」が、家庭を罪悪の巣窟にしている要因と指摘している（同書、48頁）。

1 廉想渉の世界に現れた物質主義　329

伝統的といえるだろう。伝統の厚さに比例して、反伝統の強度も強められていったのである。

　廉想渉は、個性尊重思想のために儒教の没個性主義と闘い、芸術論を通して儒教の道徳主義に反旗を翻し、科学主義と現実主義を支持することで儒教の尚文主義に挑戦していた。それは彼の一生の仕事だったから、自然主義のように感情的な拠り所である思潮とは比べ物にならないほどの持続性を備えていた。その点で、旧道徳への批判自体が自然主義の意義だった日本の自然主義と同質性を帯びる。藤村、花袋の場合と同じく、廉想渉、金東仁の場合も、近代主義はルネサンス的な課題と実証主義をあわせもっていたから、反伝統的になるのである。

　物質に人間を従属させたり、石と頭脳の同質性を主張したりするには、２つの国の自然主義期はあまりにも封建社会と近接しすぎていた。２国の自然主義が、親形而上学的になった理由はそこにある。金東仁の親形而上学は、芸術論だけに限定される。廉想渉の場合はそれより幅が広い。形而下学と形而上学が共存するバランスのなかに、廉想渉の近代の特徴がある。その点で、廉想渉は金東仁より藤村、花袋の側と近似値をもっている。

　しかし、形而下学必要論の強度でみれば、廉想渉は藤村や花袋より前を進んでいた。彼は、社会主義リアリズムと論戦を張った評論家だったのだ。大正期に執筆活動を開始したことで、彼の文学には、主我主義に加えて「弁証的写実主義」の性格も付与された。そこに、廉想渉の写実主義が日本の自然主義の文学者たちより先を行っていた理由がある。物質主義に対する確固たる姿勢がそれを証明している。廉想渉は、藤村や花袋よりさらに現実的で合理的だった。

　だが、物質主義の極端さでいえば、廉想渉は金東仁を下回った。

個性の差もあるだろうが、出身地域や成長環境のちがいともいえる。金東仁は朱子学の原理から500年間ほど疎外されていた地域に育った。それだけではない。開化された家庭で成長したから、儒教的な伝統の圧力はほとんど受けなかった。早婚や没個性主義はかかわりのないものだったから、彼には旧道徳との熾烈な争いはみあたらない。それは廉想渉や藤村、花袋にはない条件だった。金東仁がゾラと類似性をもつ要因は、そこにある。

2 廉想渉と決定論

(1) 評論に現れた決定論

　廉想渉の評論には、最初から決定論的な思考がみられる。「余の評者的価値を論ずるに答えて」(1920)にみられるテーヌ的［イポリット・テーヌ、1828-93］な決定論がそれである。この評論で、廉想渉は作家の伝記的要素が作品に反映すると力説している。

> (1) 評者が一個の作品を評そうとするときは、必ずや作者の執筆当時の境遇、性格、趣味、年齢、思想の傾向などを、多角的に細密な考察をしてこそ完全を期することができる。また、それらの諸条件が実は一個人の人格を構成するもの……
> 　　　　　　　　　　　　　　　　　　　　　　　　（『全集』12、14頁）

　この評論は、金東仁が彼に「作品を批評しようとする眼は、決して作者の人格を批評しようとする眼であってはいけない」と抗議したことへの答えである。金東仁の批評方法が形式主義的であるのに対し、廉想渉のそれはテーヌが主張した伝記的な批評方法だ。作家の意見を決定するものが環境であり、作品を決定するのは作家の人格だから、「花ではなく、それを咲かせる土壌が重要だ」という、テーヌ的な主張がここに現れている。

　決定論的思考は、翌年に書かれた「標本室の青ガエル」と、その翌年の「除夜」にもみられるから、廉想渉は出発段階から決定論に関心をもっていたことがわかる。1924年に書かれた短編集『牽牛花』の序文にも、次のような言葉が出てきているからである。

(2) 「標本室の青ガエル」が、私のいわゆる処女作であるが、精神的な遠因をもった者が、空想や懊悩が極まって身体的近因により発狂した後に……

(『全集』9、422頁)

　だが、ここに出てくる決定論は(1)とは異なっている。性格、趣味、思想まで包括するテーヌ的決定論ではない。遺伝的・生理的要因を重視するゾラ的な決定論なのである。この種類の決定論は2期ではみられない。もっとも、初期の決定論的思考は「個性と芸術」、「至上の善のために」に示された個性至上主義、浪漫的芸術観などとも共存していた。「標本室の青ガエル」、「除夜」などに、そうした現象がみられる。

　生活が芸術よりさらに重要だと強調しはじめる2期になると、個性至上の思考や浪漫的芸術観が姿を消し、そこに環境決定論と写実的芸術観が入りこむ。そうした変化は階級文学是非論とつながっている。廉想渉は、「弁証的写実主義」を通して環境決定論をとりこんだとみられる。「環境が意識を決定するというのは唯物論の骨子ではないか」(「『討究・批判』三題」)という言葉が、それを証明している。プロレタリア作家と闘うために、彼は決定論を研究するしかなく、結果決定論が自身の自然主義、写実主義にもつながることを確認したと思われる。2期の評論で決定論と結びつけられるのは、「民族・社会運動の唯心的一考察」(1927)と「『討究・批判』三題」(1929)である。前者で彼は、血統と環境について次のようにいっている。

17 『金東仁全集』6、161頁。
18 W. L. Guerin ほか、*A Handbook of Critical Approaches to Literature*, pp. 5 ～ 8.〔日本語訳 W. L. ゲーリン、『文学批評入門』、日下洋右・青木健 共訳、彩流社、1986 年〕

(3) 血統というものが人類結合の大本の結婚からはじまっているので、すでにそれも社会的現象なのはもちろんだ。観念もまた心理作用だからである。

（「民族・社会運動の唯心的一考察」、『全集』12、91頁）

　ここで、廉想渉は血統を社会的現象とみている。そうしながら、「血統保存」はもっぱら母性愛の役割とし、「道徳の基調は、実は本能的な母性愛に、その出発点があるもの」と考える。したがって、その血統は生理的なものというよりは、社会的な性格をもつものを意味する。続いて彼が言及するのは、「地理的条件」だ。

(4) どんな生物でも、環境に支配されないものはいない。特に人間にあっては、地理的環境はただ文化の質を決定するだけでなく、その住民の個性を決定づけるものである。

（同書、92〜93頁）

　この評論で廉想渉は、地理的環境が文化や住民の個性を決定づけるとし、牛がいない所には「牛」という象形文字は生まれようがないと例を挙げる。「人と『土』との交渉は後天的だが、避けられない宿命の下にある自然的な約束」という言葉から、彼が地理的条件を血統よりさらに重視していたことがわかる。評論のタイトルのとおり、ここでの決定の対象は、個人ではなく民族である。

　しかし、「『討究・批判』三題」になると、本格的な遺伝論が登場する。ラマルクやゴルトンの「祖先遺伝貢献説」や獲得遺伝の理論が詳しく紹介される。だが、この評論の遺伝論も、やはり個人と関係するものではなかった。「『討究・批判』三題」は形式と内容の議論である。プロレタリア作家たちが主張した内容主義の不当性を指摘するため、彼は獲得遺伝説を借用する。「獲得遺伝＝形式」とい

う等式を作りだして、形式が内容まで決定づけると主張するのである。彼には、形式の優位性を証明するためだけに遺伝説が必要だったのだ（「用語」項目参照）。この評論で彼は、遺伝や進化を環境が堆積した結果としているから、遺伝論の独自性が無視されて環境が優位に立っている。

その次に決定論という言葉が登場したのは、晩年に書かれた「自然主義自生論」においてである。そこで廉想渉は、「時代」や「環境」などが、文芸思潮と密接に関係すると主張している。

(5) われわれの自然主義文学や写実主義文学は模倣や輸入ではなく、自分たちの土台に自然に生成したものであること、また、創作（小説）はほかの芸術にくらべ、時代相や社会環境がより反映されるため、その時代と生活環境が、自然主義的な傾向をもつ作家や作品を生みおとさせたのだという意味である。……武断政治の10年と何らちがいがない、そんななかに生きていた気鋭の青年たちは、四方八方塞がれ窒息しそうな状態だから、そういう環境で生まれる文芸作品に明朗快活で興が湧くものを願うほうが、無理な話だった。(傍点：筆者)　　　　　　　（「私と自然主義」、同書、219頁）

(6) 特に時代状況を表したものとして、「標本室の青ガエル」と「三代」を例に引きたい。……「標本室の青ガエル」は三・一独立運動直後に……趨向する道を塞がれて彷徨していた青年たちの心の、精神的な虚脱状態や精神的な昏迷状態——眩暈のようなものを、端的に表現したものであり、後者「三代」は、新旧の時代を祖父と孫にし、その中間の新旧緩衝地帯的な時代、つまり、白と黒の中間のような、ぼんやりと灰色がかった存在として

19　『全集』12、91頁。
20　同書、94頁。
21　同じ決定論だが、H. Taine は環境を milieu と moment に二分し、E. Zola はそれを合わせて milieu とみなした。

父親の代を介在させ、三つの時代上の推移と、その特徴を明らかにした作品である。
(「横歩文壇回想記」、同書、236〜237頁)

　廉想渉はここで、韓国の自然主義文学は時代状況と社会環境により生じた、自生的な文学であると強調する。民族全体の時代的、社会的環境の決定性に焦点を合わせた環境決定論なのである。
　彼には、(i)テーヌ的なもの＝引用文(1)、(ii)ゾラ的なもの＝引用文(2)、(iii)社会主義リアリズム的な決定論＝引用文(3)〜(6)が共存しているが、(iii)が圧倒的に優勢である。したがって、遺伝論は劣勢に立たされる。遺伝よりも環境に力点が置かれているからである。
　2つ目の特徴は、決定の対象が個人より集団に偏っていることである。(1)、(2)を除き、ほかはすべて民族全体を対象にしている。個人が疎外されているのだ。時代と社会が民族性におよぼす影響に、主な関心が向けられているためである。
　3つ目は生理学との距離だ。(1)は作家と作品との因果関係にかんするもの、(3)、(4)は血統や地理的環境が民族文化におよぼす影響、(5)と(6)は、文芸思潮への時代と環境の決定力について証言している。(2)を除くと、残りはすべて、文学や文化と決定論との関係に焦点を合わせている。形而上学だけが対象にされているのである。全体として個人よりは集団に、遺伝よりは環境に、形而下学よりは形而上学に、比重が置かれている。
　理論面からみたゾラの決定論は、社会学より生理学を重視し、民族ではなく個人が主軸となり、形而上学を排除して形而下学を尊重している。(2)を別にすれば、廉想渉のものと類似性はないといって差しつかえない。形而下学を尊重する点で、ゾライズムと社会主義は共通する。だが、決定論の要素がたがいに異なる。「ルーゴン＝マッカール叢書」は、ある家族の「社会的、自然的」な歴史を

追ったものだ。したがって２種類の決定論が共存している。遺伝と環境の決定論である。それらにより、人間が下等動物に転落させられるのが「獣人」の世界である。ところが、社会主義リアリズムでは、遺伝の決定性は排除される。かわりに環境決定論が重視されるのである。ゾラの決定論の特性は、遺伝論を含むことにある。廉想渉の評論に現れた決定論は、遺伝をおざなりにあつかっている点で、社会主義リアリズムと親和性がある。

しかし、決定論を形而上学とだけ結びつけようとしている部分は、先に挙げた２つの思潮のどちらとも正反対だ。廉想渉は、ゾラ的な意味での自然主義でもなければ、社会主義者でももちろんなかった。彼は、極端な主義や思潮をきらう人間であるにもかかわらず、民族主義文学派の立場でプロレタリア文学と論争している。先に挙げた評論は、大部分がプロレタリア文学を非難するために書かれたから、一面的な強調現象がみられる。廉想渉は、プロレタリア文学の内容主義と闘うために形式主義者にならざるを得ず、彼らの階級性を排撃する目的で民族主義の側に立つことを余儀なくされ、唯物論を攻撃するために、形而上学だけを打ちだすしかなかったのだ。

それは廉想渉の中庸的な性格に合わなかっただけではなく、その時期の自身のほかの主張とも矛盾していた。前述のとおり、当時の廉想渉は物質文明の礼讃者だったのであり、個性至上主義の残滓も留めた、かなりコスモポリタン的な[22]作家だった。にもかかわらず、プロレタリア文学に反対するため、彼は民族主義、親形而上学の姿勢を極端化させた。そうでありながら、社会主義を通じて環境決

---

22 李光洙の世代とはちがい、金東仁、廉想渉などは民族意識が強くなかったことが特徴である。中学校から日本で学校に通い、大正デモクラシーの雰囲気に影響を受けたためといえる。彼らが民族主義陣営に属することになったのは反階級主義者だったからである（「廉想渉と伝統文学」項目参照）。

論が確立されていくところに、時代風潮が彼におよぼした決定性がみられる。

(2) 小説に現れた決定論

　小説では、評論のように形而上学や民族主義などが決定論と結びつけられる現象はみられない。小説は叙事詩とはちがって個人を描くジャンルである。民族全体を対象にすることもむずかしいし、文化論がはいりこむ余地もない。したがって、そこでの決定論は、個人を中心とした具体的な性格をもたざるをえない。

　決定論を小説で具現するためには、生理的な問題を抱える登場人物が必要だ。そこで選ばれるのが、ゾラにおけるジェルミニー型のキャラクターである。劣性遺伝ほど決定論を表出しやすいものはないから、ゾラは普遍性を重視する科学の性質に背き、ジェルミニー型の人物を好んで描いた。

　ところが、廉想渉の世界にそうした人物類型は多くない。先に書いたとおり、廉想渉の自伝的小説には、そのタイプがほとんどいない。非自伝的小説でも、男性主人公はほぼすべてがボヴァリー型に属している。ジェルミニー型の主要人物は、崔貞仁（「除夜」）と糞蠅だけである。だが、後者は決定論に結びつくようなことが描かれていない。副次的な人物では金昌億（「標本室の青ガエル」）と趙相勲（「三代」）が該当する。この３人の登場人物を通して、決定論の部分だけを検証してみることにする。

① 「除夜」にみられる決定論の様相

❶ 崔貞仁と遺伝

　「除夜」は、廉想渉の小説のうち、遺伝と環境の決定論が最も本

格的に露出している小説である。崔貞仁の堕落が、遺伝と環境という2つの決定要因に、明らかに結びつくものとして描かれているからだ。

(1) 口にするのも恥ずかしいことですが、私の祖父はいうまでもなく、父の絶倫な精力は父が祖父の息子であることをこのうえなくはっきり証明しています。60歳近い今も、妾が2人ほどいます。なかには、自分の孫娘だといってもおかしくない、若い女子学生くずれまでいるそうです。

(『全集』9、68〜69頁)

(2) 私の母という人も、決して貞淑な女性ではありませんでした。……いずれにせよ、私がその娘であるという事実を忘れてはなりません。

(同書、69頁)

(3) 私は肉の盤石の上に立った父と、倫理的でないうえに性的な秘事に異常なほどの興味と習性をもつ母のあいだで作りだされた、不義の象徴でした。肉の呪いを受けた因果の子です。……私は姦夫と姦婦が作りだした、惨たらしい肉の塊……

(同上)

(4) 私は、今日の日までそれを改め、この汚名を晴らそうと必死に努力してきました。しかし晴らそうとすればするほど、私の道は真っ暗になり、じっとりとしていくだけでした。忌まわしい、崔一族の血！……おそらくは崔家の特徴であり、同時に欠点でもあるすべてのものを私がすべてを代表して、この身に抱き、生まれてきたのかもしれません。

(同上)

引用文の(1)は、父方の遺伝を明らかにしている。彼女の祖父と父は、どちらも性的に堕落した人物である。並外れた情欲は、彼ら

を動物的にし、堕落させる。(2)は母方の遺伝である。母親は自分が放蕩に耽るだけでなく、ほかの女性の不倫の場まで提供することから、「三代」の梅堂のような女郎屋の主人の可能性もある。(3)では、「性的な秘事」について「異常なほどの興味と習性をもつ」先天的に好色な女に描かれている。母親は、貧しさのため仕方なく体を売るソーニャではない。遺伝が崔貞仁の性的放縦の源泉であることは、「私がその娘であるという事実を忘れてはならない」という彼女の言葉で確認できる。

(3)は、貞仁が受けついだ両親の劣性遺伝の相乗効果と、出生の不義性を明らかにしている。「姦夫と姦婦が作りだした、惨たらしい肉の塊」と自身を認識する崔貞仁は、その血の不潔さから逃れようと努める。しかし、そうした努力は何の役にも立たない。(4)は遺伝の不可抗力性を示している。貞仁は一族の血の悪しき面を代表し、そこから逃れられない人物である。妹の貞義(ジョンイ)はちがった。その子ひとりだけでも、「崔家の血」から救ってやってほしいと夫に頼む言葉で、この小説は終わる。貞仁は、崔一族の汚れた血と厚顔無恥が、自身の堕落の根本的な原因だと力説しているのである。

貞仁の遺伝とナナやジェルヴェーズのそれとのちがいは、まず、貞仁が健康なことである。彼女には、神経症やアルコール依存症といった病的要因はない。彼女は性欲の過剰さだけを両親から受けついだ。それは病気ではない。彼女には、アルコール依存症からくる無気力もない。貞仁は自由意志がないタイプではなかった。彼女は受動的人物ではなく、能動的な人物である。それだけではない。徹底した自己分析は、彼女が理性的な人間であることを証明している。性的に堕落した部分は似ているものの、健康で意志の力をもつ点で、貞仁はナナ母娘とちがうタイプの人間であることがわかる。

2つ目のちがいは、彼女の異常な性欲である(23)。彼女は肉体的に男

性を必要とし、放蕩に耽る。彼女の放蕩は、欲求充足の手段である点で父親の女遊びと同質性をもつ。それは、対象を自らの手で選び、快楽を楽しむ能動的な放蕩である。彼女はただの快楽主義者なのだ。ところが、ナナは不感症である。彼女は、男性との性交渉で喜びを感じることができない。ナナはカネのため、仕方なく体を売るのである。「自分が何をしているのかも分かっていない、天真爛漫な少女」を貪るのは男たちだから、ナナの堕落は受動的である。彼女は知性に欠ける娼婦だ。主体的に快楽を求める貞仁とは、同類ではない。

　不感症という点では、金妍實（金東仁「キム・ヨンシル伝」）もナナの同類である。だが彼女は娼婦ではない。ヨンシルが性的に奔放な行動をとるのは、最先端の女という自覚のためである。不感症の女性の異性遍歴という点でヨンシルはナナに似ており、信念から放蕩をする点では貞仁と同質性がみられる。この３人の女性のうち、貞仁だけが「貞操を資本に快楽を貿易」して実利を得る、主体的な快楽主義者なのである。

　病的な面に欠ける点、意志力が強い点、理性的な知性の人である点などが、崔貞仁を遺伝の犠牲者に仕立てあげにくい要因となっている。決定論的な見地では、自由意志の有無が人物と決定論を結びつける鍵になる。ところが、崔貞仁には自由意志がある。彼女は「笞刑」の主人公よりはるかに強い自制力をもっている。死さえも自分の意志で決定しようとするのが、崔貞仁の世界である。それだけではない。彼女は死を通して再生を試みる。「除夜」は、「自殺によって、自己の浄化と純粋さと更生を手に入れようとする、解放的

23　『全集』9、71〜72頁参照。
24　『世界文学全集』後記13、正音社、1963年、341頁。
25　同書、342頁。

な若い女性の心の過程を告白したもの」という作家の言葉が、この小説の性格を明示している。ここでの死は悲劇ではなく、不可避のものでもない。自由意志で選びとれるものであるだけだ。

したがって、崔貞仁の遺伝を自然主義と結びつけることは適切ではない。この小説において、遺伝は人物と乖離している感がある。彼女が自分の堕落を遺伝のせいと転嫁することも、やはり妥当とはいいがたい。仮に遺伝のせいだとしても、彼女は、遺伝の力に巻きこまれ、悲劇的な最後を迎えるナナと同類ではない。崔貞仁は、ナナよりもノラに近い人物である。ノラとナナが1人の人物のなかに共存するために、混線が生じている。

❷ 崔貞仁と環境決定論

「除夜」と決定論を結びつける材料は、自身の堕落を遺伝だけでなく環境的な要因にも転嫁する、崔貞仁の次のような告白に基づいている。

⑸ 「カラマーゾフの兄弟」のなかの、いわゆる「カラマーゾフ家の魂」というものと同じ魂が、わが崔一族にも代々遺伝し、伝わっていることがそれです。
　……私の生命が、その発芽の最初の一歩が不倫の結びつきからはじまり、生命の幼い芽を育む栄養分が肉の香りと歓楽の美酒だったことは、疑う余地のない事実でした。　　　　　　　　　　　　　　　　（『全集』9、68頁）

⑹ しかし、それだけではありません。子どものころからみなれた濃厚な色彩は、私の感情を体質以上に早熟にしました。……六、七歳年下の、十五、六歳になる夫を捨てて出た若い女が中心の家庭がはたしてどんなものか、想像してみれば大体見当がつくでしょう。私の家はいわゆる、中年男の一

団の暇つぶしの遊び場であり、若い男の夜の詰め所でした。(同書、69頁)

　これらの引用文は、遺伝の悪条件に加えられた環境的な要因を明示している。歓楽の場で成長したことが、「体質」以上に彼女を放蕩にする原因になったという主張は、環境の側に重きを置いた意見だ。成長環境は貞仁に、自分の快楽を満たす自由を保障してくれた。「各自の一種病的な歓楽を無条件に保障」することが、両親と子どものあいだでの暗黙の了解となっていたのである。道徳的な面では、ナナににた環境といえる。

　しかし、ナナには貧困という致命的な悪条件がつけ加えられていた。貧しさのせいでナナは教育を受けられず、貧しさのせいでナナは娼婦にならざるをえなかった。崔貞仁のように、教育を受け高校教師になることは、ナナには許されなかったのである。遺伝面では病的な要因が、環境的には貧しさが排除されているところに、崔貞仁とナナのちがいがある。決定論を合理化する悪条件がともに欠けているから、決定論は弱まる。

　問題は、決定論の対象となる崔貞仁以外に、決定論とは無関係のもう１人の崔貞仁がいることである。廉想渉はこの小説で、相反する２つの要素を１人の女性に無理矢理に接ぎあわせようとしたのだ。血と環境の奴隷としての崔貞仁と、因習を拒否する自由の闘士の崔貞仁である。後者の崔貞仁は、自分が遺書を残すことを、「カール・マルクス」の「資本論」になぞらえ、自身の血をカラマーゾフの血と同質のものとみるほどに知的な眼をもつインテリ女性である。彼女は作者より高学歴の知識人だった。(27) 個性至上主義的な人物なのである。だから、「除夜」には決定論と主我主義の共存現象が

26　『廉想渉全集』9、422頁。
27　廉想渉は大学１年中退だが、モデルの羅慧錫は大学を卒業している。

みられる。崔貞仁は、その相克する2つの要素の集合体である。彼女はナナでありながら、同時にノラである。

ノラとしての崔貞仁は、男尊女卑の思想に果敢に反旗を翻す。因習の権威を無視し、自由恋愛思想を支持するのだ。彼女の放蕩は、そうした生活哲学に裏づけられている。そして、手段や方法を選ばないほど強烈にヨーロッパへの留学を渇望する向学心も備える。男性よりも自分自身の知的成長に、より比重を置くのである。

崔貞仁のなかのそうした知的な側面は、「個性と芸術」の筆者である廉想渉と同質性を示す部分でもある。彼女と廉想渉は、性のちがう同類である。それは、貞仁のモデルである羅蕙錫に、廉想渉が好意を感じていた部分といえるだろう。彼女は「至る所で、自分が女王であることを発見」する知的スターで、廉想渉は女王を仰ぎみるしかない、年下の崇拝者だった。

1920年代初めの新女性［日韓併合後に高等教育機関で学んだり、日本に留学するなどして、女性の権利拡張を訴えた女性たちのこと］のそうした女王意識は、男性側が助長したものだ。だから、時代の空気と結びついている。新しいものだけが善とみなされたその時期は、伝統の崩れ落ちた跡がぽっかり空いた規範不在の時代だった。崔貞仁の並外れた傲慢さや呆気にとられる転落ぶりは、そうした時代だったから存在できたものであり、時代の決定力と直結する。

時代的な悲劇は廉想渉のほかのキャラクターにもみられる。趙相勲もそうした例の1つだ。つまり、廉想渉にはっきりとみられる決定論は、環境決定論でもなければ血の決定論でもない。それは、時代の決定性に対する信認である。テーヌ的な分類でいうところの時代の決定性への信認は、彼の評論に現れた「自然主義自生論」と同質性をもつ。したがって、それは評論と小説両方に共通してみられる、廉想渉の一貫した特徴と確認できる。

放蕩な女としての崔貞仁が虚構的存在なら、知性人としての貞仁(28)

はモデルに忠実な女性像である。2人の女性のあいだには越えられない溝があった。女王と奴隷ほどにかけ離れている。金允植は、この小説の第1のモデルを羅蕙錫とし、第2のモデルは「石にひしがれた雑草」(有島武郎)のヒロインとみている。その見方は一理ある。2人の女性のあいだに融合しがたい異質性があるのは、ゾラ、テーヌなどと白樺派が共存しているせいである。そうした混線が、決定論についての露骨な叙述にもかかわらず、この小説が自然主義と結びつくことを妨げている。ゾラ的な決定論が空回りしているからである。

　最後に、この小説が書簡体で貫かれている点はみのがせない。内面性の尊重は、反自然主義的であるだけでなく反決定論的である。霊魂を否定し、人間の頭脳と石ころを同質だとする決定論には、告白体がはいりこむ余地がない。崔貞仁はいくつかの面で、遺伝や環境に支配された類型とは隔たりがある。そうしたキャラクターに決定論を無理矢理つなぎあわせようとしたところに、「除夜」の小説としての問題がある。

②　「標本室の青ガエル」と決定論

❶　金昌億と遺伝

　金昌億の発狂の原因に対する廉想渉の視点に、金昌億を決定論と関係づけることが可能な資料が提示されている。1924年の短編集『牽牛花』の序文に、次のような言葉が出てくるからだ。

(7) 精神的な遠因をもった者が、空想や懊悩が極まって身体的近因により発狂

28　崔貞仁が妾の子であること、妊娠して結婚すること、離婚されて死のうとすることなどは、モデルの羅蕙錫とちがう点であり、虚構が加えられたとみられる。羅蕙錫は「除夜」発表後、かなり経ってから離婚した。

29　『廉想渉研究』、180 〜 183 頁参照。

した後に……

(『全集』9、422頁)

　作者は、この文章でゾラ流の用語を使用している。発狂の理由を「遠因」、「近因」などの言葉で説明しようとしているのがそれだ。だが、その言葉は抽象的で曖昧である。「精神的遠因」や「身体的近因」の正体を明らかにしていないからである。それだけではない。2つのあいだに、「空想や懊悩が極まって」という一節が入る。発狂の遠因と、この一節の結びつきが曖昧である。空想や懊悩のために発狂したのなら、それは「身体的近因」にはなりようがない。かといって「精神的遠因」になるものでもない。

　その次に来る「発狂の後に初めて、夢幻の世界で、自己の未熟な理想の一部を吐露するのを描き」という言葉で、混乱はさらに深まる。夢幻の世界に悦楽を感じることは、決定論と大きな隔たりがあるからだ。「除夜」に出てくる死と同じように、金昌億の発狂は一種の救いを意味している。前者の死が再生を意味するなら、後者の狂気は解放を意味する。狂気によって、「理想の一部を吐露」する勇気を得るからである。だから、狂人となった金昌億を、作者は「聖神の寵児」としている（「人物の類型」参照）。したがって、この引用文にはゾラやテーヌ的なものとルソー的なものが共存している。「除夜」の場合と同様に、ゾライズムとルソーイズムを接合する現象がみられるのである。

　「除夜」とは異なり、「標本室の青ガエル」では決定論にかんすることは表面化していない。『牽牛花』の序文にだけ、「精神的遠因」、「身体的近因」などの用語が出てくる。だから、遺伝と環境が金昌億の発狂におよぼした影響は推論に頼らざるをえない。決定論が表に出てこないのは、「糞蠅とその妻」や「三代」も同じである。「除夜」は廉想渉の世界で、遺伝と環境の決定論が表面化した唯一の小

説だった。

　引用文では「遠因」や「近因」について具体的に解明されていないが、便宜上、「精神的」という言葉を遺伝と置きかえれば、問題になるのは(ⅰ)父親の女癖と飲酒癖、(ⅱ)母親の持病の2つになる。金昌億の父親は「当時屈指の客主［とくに朝鮮王朝後期に発達した、朝鮮の伝統的な商業機関の1つ。商人用の旅館を営み、売買の仲介などを行なったりする］」として、「若い頃から体に染みついた、飲む、打つ、買うが死ぬまで止められなかった、西道［黄海道と平安道を合わせた地域］では有名な遊び人」である。「営業と花柳」ばかりして暮らす、有能な商人なのだ。彼は、金昌億が漢城高等師範学校3年のときに腸中風で「頓死」する。だが、父親は生理的に異常のある人間ではなかった。崔貞仁の親のように多血質(30)の快楽主義者であり、趙議官のような商人だっただけで、病的な面はない。

　金昌億の母親は、父親より4歳上である。彼女は姉弟を出産後、それ以上子どもを産むことができなかった。「姉と弟だけ産みおとした後は、人にいえない愁嘆と持病で、一生を終えた薄幸な女性」である。ここに出てくる「持病」についても、作者は明確な資料を提供していないが、文脈から考えると彼女の病気は性病だった可能性が高い。

　もし彼女の病気が性病なら、発病時期が問題になる。金昌億の出産前なら、父親の女遊びと金昌億の狂気は無関係である。金昌億が神童と呼ばれるほど賢い子どもだったことを考慮すれば、彼女の発病時期は金昌億を産んだ後とみるのが正しい。彼を出産した後、もう子どもを産めなかったからである。作品中でも彼女の持病の話は、姉弟を「産みおとした後」と処理されている。結局、金昌億の狂気と父親の女遊びは、母親の病気が性病だったとしても直接的な

30　中風で突然死亡したことからみて、高血圧体質とわかる。

関係はないわけである。彼の発病時期は30代とされているからだ。金昌億は成績がよい学生だったのであり、10年間何の問題もなく教員生活をこなした教師でもあった。30歳頃までは正常な人間だったのである。

　母親の持病をほかの病気と仮定すれば、金昌億の「ヒョロヒョロした猫柳のような弱い体質」や姉の夭折、子どもを産めなかったことなどは母親の体質とかかわってくる。それはまた、父親の放蕩の原因ともなりうる。だが、彼女の病気が精神疾患である可能性を示す手がかりはない。金昌億の神経過敏や意志薄弱さが、精神疾患の潜在的要因にもなりうるという点で、母親の体質がおよぼした間接的な影響を推測できる程度である。

　金昌億の遺伝のマイナス要因について、父親には「酒と放浪癖」[31]以外ないと思われる。だが、父親の飲酒癖は、精神疾患を引きおこす直接の原因になるようなものではない。アルコール依存症ではなかったからだ。放浪癖も同じである。発狂前の金昌億は、一度も家出がしたことがない。そう考えると、彼は父親から悪性の遺伝を受け継いでいないことになる。彼は、父親の事業を引き継ぐ才覚がなく、体も弱く、性欲も父親ほど旺盛ではなかった。「営業と花柳」のすべてに素質がなかったのである。

　母親から受けついだのは虚弱体質といえるだろう。しかし、それは精神疾患の直接要因とはなりづらい。虚弱体質のせいで、現実に耐えることが人より苦手というのはたしかだろうが、彼の母親が夫の女遊びのあいだも狂気をみせなかったことを考えると、金昌億のそれを母方の遺伝とする根拠はほとんどない。金昌億は、現実的で健康な商人の父親よりも、体の弱い母親によくにたキャラクターといえる。その弱さが、現実に耐えきれず狂気へ至る起爆剤となった点で、母方の体質は彼の発狂の間接的な要因といえる。

❷　金昌億と環境

　環境決定論の面で、彼の発狂と結びつけられる最初の要素は、両親の死といえるだろう。19歳になった年に、金昌億は両親をともに失った。父親の死は経済的な打撃として現れた。学校に通いつづけられなくなったのである。だが、彼は向学心に燃える意欲過剰なタイプの学生ではなかったし、父親は数斗落〔斗落＝一斗分の種をまくほどの広さ。田なら150〜300坪ていど〕の田畑と大きな屋敷を一棟残していたため、すぐに衣食住の心配をしなければならなくなるほどではなかった。つまり、特に大きな打撃ではなかったとみられる。母親の死はちがった。父親もきょうだいもいなくなった家で、彼は一人息子として暮らしてきた。病気のため日に日にやつれていく母親とのあいだには、切ない絆が生まれていたのである。

(8) 全生命の中心と信じて生きてきた母親を失い、彼には、未だ幼い考えではあっても、自殺以外に何の希望もなかった。　　　　　　（同書、31〜32頁）

(9) この世の中に、自分と同じ悲しみを感じ泣いてくれる人もいないんだ！そんな思いが浮かぶたびに……姉のことを思い出して胸がつまると同時に、自分の妻が、食事を供えるたびに後について泣くのが疎ましく、一人で過ごそうとまで思ったこともあった。……読書と哀哭、それが、三年前の彼の判で押したような日課だった。　　　　　　（同書、32頁）

　母親の死は、精神疾患の前兆ともいえる引きこもりを誘発した。

31　金昌億も小学校の教員になってから飲酒するようになり、そんな自分の姿に父親を連想する。放浪は妻の死後はじまり、狂人となってから暮らしていた家を出、後に外で長く暮らすようになる。

2　廉想渉と決定論

3年の喪のあいだ、彼は家のなかにこもりきりになり、泣きながら月日を送っていたからである。

2つ目の要因は夫婦関係である。両親が亡くなったとき、金昌億はもう既婚者だった。だが、最初の妻を彼は愛せなかった。「1年12カ月、一言も言葉をかけてみようとさえしない家族」という言葉が、それを証明している。母親が亡くなったとき、彼は、妻が母の位牌を拝むたびに泣くのを疎ましく感じるほど彼女をきらっていた。母親を妻より愛していたところに問題があるのである。

就職して体調が回復し、酒も飲み、その後に妻を好ましく思うようになることからみて、妻との不和は彼の精力減退と関連していた可能性が高い。彼女の死後に再婚した妻は年下の美人だった。彼は2番目の妻を愛していたが、性的な葛藤は依然、残っていたようだ。

⑽ 血色がいい大ぶりの丸顔に、くるくると動く二重瞼の眼差しは美しくかわいらしいが、羨ましくもあり憎らしくもあるので、恐ろしくてまっすぐみつめることができなかった。……彼はできるだけ彼女を避けた。

(同書、33頁)

新しい妻は健康で美しい。彼女は肉感的な女性である。彼は、それが恐ろしくて妻を避けるようになり、満足を得られない妻は、彼が刑務所暮らしをしているあいだに逃げてしまう。妻の出奔は彼を発狂させる直接の原因だった。狂人・金昌億が最も執着する対象は、「英姫（金昌億の娘）のママ」だからだ。

第3の要因は、刑務所送りになったことである。金昌億は「不意の事件」によって刑務所に収監される。罪名は明らかにされていないが、4か月で無罪放免になったところをみると、大事ではなかっ

たらしい。だが、彼の罪名は小説に大きな意味をもたない。問題は、刑務所に行く理由や監房という環境ではなく結果にある。「獄中生活は、脆弱な彼の神経を針先のように鋭敏にした。彼はやつれきった、蒼ざめた顔をして」刑務所の門を出た。そしてすぐに、妻の出奔の話を聞かされる。刑務所暮らしは彼の健康を害い、妻の出奔は彼の精神を痛めつけて彼を狂わせたのである

　廉想渉が指摘する「遠因」を遺伝、「近因」を環境とするなら、金昌億の発狂の「遠因」は父親の放浪癖と酒癖、そして母親の病弱さとなり、「近因」は母親の死、妻の出奔、刑務所暮らしの３つとなる。後天的な要因の比重が大きい。環境の側が優位に置かれているのである。

　だが、「遠因」＝遺伝、「近因」＝環境と解釈すると、「遠因」は精神的なもの、「近因」は肉体的なものとする『牽牛花』の序文と食いちがう。この小説での遺伝は、精神的なものというより生理的、体質的なものであり、「近因」とされる母親や姉を失った悲しみは、精神的な要因が含まれるからである。序文の言葉と一致させようとすれば、「遠因」は母親を失った悲しみ、「近因」は性的に不満だった妻が逃げたこと、とならなければおかしい。そうなると、遺伝の入りこむ隙はなくなり、環境決定論だけが残ることになる。

　その次に問題となるのは、作家の言葉と作品が乖離する現象である。この小説の一人称話者がみる金昌億と、客観的にみた金昌億のあいだには落差が生じている。金昌億は心理学的なケーススタディの対象にはなるだろうが、１つの時代を代表する典型ではない。彼にあるのは個別的な特性だけで、普遍的な特性はない。「遠因」と「近因」が、すべて個人的なところで終始しているのである。それでも、話者は彼のことを「現代のあらゆる病的なダークサイドを油釜に突っこみ、煎じつめ、最後に釜の底にこびりついた懊悩の丸薬

が焦げる音を出しているよう」な人物とみる。「除夜」の場合のような人物に対する錯視現象がみられるのである。彼を聖神の寵児とするロマンティックな狂人観や、時代苦に悩む典型的ハムレットという見解以外に、彼を自然主義的な人物としたがるもう１つの観点も重なって、キャラクターの性格はかき乱される。キャラクターの性格に統一性がないことは、廉想渉の初期３作に共通した特徴である。

金昌億は、狂人という点ではジェルミニー型に属するが、遺伝のせいで発狂した人ではないためゾライズムからは遠い。だが、彼の発狂が環境と密着している点で、この小説は環境決定論と関連づけることができる。「除夜」が遺伝のほうに比重を置いていたのとは対照的だが、決定論と結びついている点では共通性がある。１人の人物に、浪漫的なものと決定論的なものを同居させる点も「除夜」と同じだ。そうした傾向も、やはり廉想渉の初期小説に共通する特徴である。

③ 「三代」に現れた決定論

❶ 趙相勲と環境

廉想渉の「三代」では、時代的な環境が重要視されている。「横歩文壇回想記」に出てくる、趙相勲への作家の見解がそれを証明している。

(11) 父親は「万歳」後の虚脱状態で自堕落な生活にふける、無理想、無解決の自然主義文学の本質のような、現実暴露の象徴たる「否定的」人物であり
……　　　　　　　　　　　　　　　　　　　　（『全集』12、237頁）

廉想渉は、趙相勲を自然主義文学の本質を備える否定的な人物と

みており、彼の自堕落の理由は「万歳」後の韓国社会全体の虚脱状態に起因すると考えた。廉想渉のいう自然主義がゾライズムでないことはすでに明らかにしたから、決定論との関係だけでみると、趙相勲を堕落させた決定要因は時代ということになる。その点は、自然主義の自生条件に対する作家の見方と一致している。時代の影響を、もう少し説明しているのが次の文章である。ここでは堕落の要因が具体的に挙げられる。1つ目の項目は、キリスト教にかんすることである。

(12) 父にまちがいがないわけではないが、それほど人並み外れて偽善者だとか悪人なわけではない。……二、三十年前の新青年が、封建主義を後ろ脚で蹴って立ちあがろうとあがいたときに誰もがそうだったように、父も若き志士として立ちあがったのだった。またそうしようとすれば、政治的には道を塞がれていたから、寄り集まっていた教団の下に押し流され、膝を屈したのが、今の宗教生活の最初の一歩だったのだ。それだって、もし彼が……適当な時期にそこから足を洗っていたら……実生活でも自分の性格どおり素直に道を進み、同時に、こんな偽善的な二重生活にさまよわずにすんだはず。　　　　　　　　　　　　　　　　　　　（『全集』4、35〜36頁）

　この文章には趙相勲の堕落とキリスト教との関係が示されている。信仰ではなくて現実の閉塞感が教会に膝を屈する契機になったのは、趙相勲世代に共通する特徴だと徳基は考える。そうした現象は、韓国だけでなく中国、日本などでもおきていた。東洋の近代主義者たちは、キリスト教そのものよりキリスト教にともなって流入する、近代文明に魅せられて教会に近づいた。教会は近代を伝播する窓口の役割をはたしていたのだ。だから、大部分の近代崇拝者たちは、キリスト教に入信後、それほど経たないうちに背教するコー

スをたどった。日本の近代文学もそうした背教者のグループが主導していた。韓国もにていた。植民地だったために、教会が、愛国志士の集合場所の役割まで背負っていたことがちがうだけである。

　つまり、趙相勲の問題は教会に長く留まりすぎたことから生じている。徳基のいうとおり、教会を離れていたら、彼は偽善的な二重生活をする必要がなかったのである。当時の韓国では妾をもつことは罪ではなかったからだ。父親の趙議官は、老いた身でありながら若い水原宅を後妻の座に据えるが、そのことを非難する者はいない。趙相勲と同世代の南相哲（「南忠緒」、主人公の忠緒の父）やジョンホの父（「生みの母」）の場合も同じである。ところが、相勲は敬愛を妊娠させたことで指弾される。教職者だったからだ。教理に背く恋愛を隠そうと、彼は敬愛と子どもに非情な対応をせざるをえず、それが呵責となってさらに酒と女に溺れる。飲酒も同じだ。キリスト者でさえなければ、誰も成人男子の飲酒を咎める理由はない。儒教的倫理では罪にならない妾の存在や飲酒が罪になるのは、彼がキリスト者の地位を守ろうとしたためである。だから、彼は偽善者と非難されることになるのだ。

　祖父との葛藤も同様である。キリスト教さえ捨てたなら父子間の葛藤は消えるのだ。問題の核心は祖先の祭祀を拒んだことにあったからである。祭祀を拒否したせいで彼は相続権を失う。社会では敬愛の問題で、家庭内では祭祀の問題で、彼は居場所を失うから、キリスト教はいろいろな面で相勲の堕落と癒着している。それでも、相勲は最後までキリスト教を捨てない。熱心な信者でもないのに宗教を捨てられないところに、彼の融通の利かない性格が表れている。

　時代的影響の２つ目は、封建主義との関係である。

⑬ ともかく、父は封建時代から今の時代に渡された一本橋のまんなかに立っているようだと思った。まさに家のなかでも、祖父と徳基自身のあいだに挟まり……一番不安定な煩悶期にいることは事実に思われる。

(同書、36頁)

　中世的な社会から、いきなり20世紀に飛びこした、ちょうどそのあいだの世代に属している趙相勲は、倫理的にも思想的にも葛藤に巻きこまれざるをえない立場だった。一本橋のまんなかにしがみついているから、「不安定な煩悶」に捉われ、堕落の道に進むことになるのである。だから、徳基は「父も哀れだ。時節に恵まれず、こんな時代に生まれてしまったせいもある」(同書、371頁)と思う。

　規範が崩れていく時代に生きた世代の悲劇という点で、趙相勲の堕落は、崔貞仁のそれと同質性を帯びる。彼らの堕落は、急速に成長した木の内部にできた空洞のようなものである。一本橋のまんなかにしがみついていたのは、彼の世代全体だったから、時代の決定性が問題となる。時代は相勲の堕落を決定づける、最も大きな要因である。

　2番目に問題となるのは、個人的環境だ。苦労知らずで育ったがゆえの性格のルーズさが、彼の不幸の種だからである。

⑭ 相勲という人間はもちろん市井の商売人ではなく、何事も計画的に将来をみようと固く決心し、何か目論見があってそういうことをする人間ではなかった。むしろ、年も四十になろうというのに世間の苦労を知らないから、のんびりと気のいい人物に近く、だからこそ、困った状況にある人に

---

32 『韓国文学大全集』3、太極出版社、39頁。
33 李光洙、金東仁、廉想渉など、1920年代の文学者たちは大体が教会の門を叩いたことがあるが、最後まで教会に残ったのは田榮澤くらいのものだった。

手を差しのべることに一種の感激を感じたし、さらには、相手がつんのめりそうになるほど頭を下げる、その情理に引きこまれ、こっちまでつんのめるほどである。

(同書、66頁)

　趙相勲は無計画で、計算が大雑把である。彼の性格がそれほど呑気な理由を、作家は環境のせいにしている。その鷹揚さのために、彼は敬愛との問題を引きおこし、身を滅ぼすことになる。余裕のある環境は、趙相勲の声が穏やかな理由でもある。相勲と趙議官は同じ神経質そうな体格をしているが、声はちがう。徳基はその理由を、「キリスト教で身につけた修養のためだろう」と考える。その場合のキリスト教は、教養と同義語といえるだろう。教養のちがいが、声のちがいとして現れているのである。穏やかな声音は鷹揚さの肯定的な側面である。

　次に考えられるのは、彼の父親の性格だ。趙議官も、息子同様融通が利かないうえに頑固だから、息子の新しい宗教に過剰反応する。息子がキリスト教に執着するように、父親も徹底的に反キリスト教的な姿勢にこだわる。妥協を知らない性格だから、父親は息子を崖っぷちまで追いつめる。それが、相勲の晩年がメチャクチャになった理由の１つだった。だから、徳基も父親の堕落の原因を「祖父の性格のせいもあるかもしれない」(引用文(15)参照)と思う。

　だが、徳基はそれだけが問題のすべてではないと考える。父親世代がみな堕落しているわけではないからだ。徳基はその責任を性格のせいにしている。つまり、３番目の要因は性格となる。

(15) 父——父も哀れだ。時節に恵まれず、こんな時代に生まれてしまったせいもある。だが、実際は自分の性格のせいだ。祖父の性格のせいもあるかもしれない。同じ時代、同じ環境、同じ生活条件の下でも、父の歩んできた

道と炳華の父親が歩んだ道、畢順の父親の歩んだ道が天と地ほどにちがうのは、結局は性格によるのだ……人の運命や宿命や星回りというものは、結局性格からにじみ出てくるもの、性格自体が語るものらしい。

(同書、371 頁)

　この文章もやはり、趙相勲が不幸になっていった理由を世代と結びつけている。しかし、時代的要件よりさらに重要なのは性格だとしている点で、異なっている。責任が、時代から個人へと縮小しているのである。同じ教職者であっても、炳華の父親は趙相勲のように堕落しなかったし、同じ愛国の志士であっても、畢順の父親は彼とはちがう人生を生きていた。金もちの家の子どもが、みな趙相勲のようになるわけではないから、最終的な責任は自分自身でとらなければいけないという意見である。

　廉想涉の性格論は、彼の世界がゾラのものとちがうことを、いま一度たしかめさせてくれる。性格を否定し、体質を前面に立てるのがゾライズムだからである。血と環境によって決定づけられた人間は、自由意志がないから責任もない。性格は、運命とはなりえないのである。人間の自律性をゾラは認めなかったのだ。[34] 廉想涉は、趙相勲に自身の不幸に対する責任を負わせることにより、人間の自由意志を肯定したのである。

❷　趙相勲と遺伝

　「三代」には決定論が明示されていない。遺伝も同様である。したがって、環境の場合と同じ方法で、遺伝と関係する項目を探るしかない。

34　ゾラの決定論は、人間の自由意志を認めないことが特徴である。

⒃ 父親はほっそりと神経質そうな体格はしていても、声の調子や、ゆったりした語調が相当ちがう印象を与えるのだった。その柔らかい声音やおっとりした話し方は……おそらくは、キリスト教のなかで身につけた修養なのだろうと、徳基はいつも思うのだった。それに比べ祖父の声や語気はみかけとおり、ひどく神経質な金切り声だった。

(同書、34頁)

　趙議官父子の声が描かれている資料だ。2人とも体格は神経質な感じだという。しかし声はちがう。父親の声は高くて鋭いが、息子は柔らかい。趙相勲は、声は父親ににつかなかった。性格も同じである。父親は息子より現実的であり、緻密で強い。その理由を、作家は後天的なものと処理しているが（引用文⒁参照）、環境のせいだけと断定することはできない。やはり苦労知らずに育っていながら、徳基がそうではなかったからである。したがって、その鷹揚さには先天的な要因も含まれるとみなければならない。それは母方の遺伝に起因すると考えられる。
　次は外見である。相勲は美男子だ。

⒄ 二年ばかりアメリカに行ってきた人、そして、滔々と弁舌さわやかに説教する清潔な紳士――当時は徳基の父親も四十手前の男盛りの壮年であり、美男子だった。

(同書、59頁)

　彼は当代きってのインテリであり、卓越した雄弁家であり、美男子である。その美しい風貌も、堕落と結びつく要件の1つだった。敬愛はそこに心奪われ、子どもを身ごもることになるのでる。敬愛の側も認めている(35)とおり、情事のはじまりは恋だった。当時の相勲は、腹黒く恥知らずな愚か者ではなかった。彼が厚かましくなるの

はずっと後のことだ。線の細い体質、おっとりした性格にハンサムな外見が結びついて、堕落の要因が形成されたのである。

　趙相勲の堕落につながる最初の要件は時代である。万歳後の虚脱状態、儒教的倫理観に染まった状態で、中途半端にとりこんだキリスト教との葛藤、封建主義への代案なき反発などが、趙相勲が直面する否定的な要素である。作者のいうとおり、時代が彼を自堕落の道へと引きずりこんでいったのである。

　2つ目は環境だ。40過ぎまで親の援助を受けている金もちの一人息子という環境が、生まれつきの鷹揚さに輪をかけている。それにキリスト教的な精神主義が加勢して、彼をより非現実的な人物へと作りあげてしまったのだ。次に父親との葛藤がある。妥協を知らない、きつい性格の父親が、弱い性格の息子を破壊する役回りになる。実際、趙相勲は、性格的に重大な欠陥を抱える人物ではない。頭脳明晰で人がいいうえに、生真面目である。常軌を逸した人物ではないのだ。

　3つ目の条件は遺伝である。神経質そうな体格、温和な性格にハンサムな外貌があだとなる。敬愛との関係は、彼の外見がきっかけではじまり、後始末ができない彼の性格のせいで破局に向かう。体の弱さがそれに加わる。

　だが、趙相勲はジェルミニー型ではない。彼の堕落は40代以降のことだから、先天的とはいえない。彼は血と環境によって決定づけられたナナ型の人物というより、ナナのせいで落ちぶれていくミュファ伯爵[36]とにている。彼は、堕落したボヴァリー夫人ということができる。

　廉想渉は評論と小説の2つのジャンルにまたがって、決定論にか

35　同書、70頁。
36　ナナに魅了されて身をもち崩す、王の侍従長の名前。

かわる作品を書いた。彼の世界に出てくる決定論の種類は多彩である。テーヌ的なもの、ゾラ的なもの、唯物論的なものなどがある。それだけではなかった。評論に出てくる決定論と、小説に出てくる決定論がまた異なっている。

評論に現れた決定論は芸術と関連づけられる。「余の評者的価値を論ずるに答えて」(1920)での決定論は、作家の性格、趣味、環境、年齢などが作品におよぼす影響を力説した決定論である。やがて唯物論との論争期の2期になると、内容と形式の決定論が出てくる。獲得遺伝に関するゴルトンの説が紹介されているが、目的は遺伝の社会性を力説するところにあった。形式・内容論争の材料に遺伝説が引用されているだけである。

評論に出てくる決定論は、(i)環境決定論に偏っている。その場合の環境とは、個人的なものではなく(ii)集団の環境である。民族のような巨大な集団が単位とされている。次に(iii)親形而上学的なことである。彼は人間ではなく文学を対象に、決定論じる。作品に対する作家の決定性、芸術の形式と内容のあいだの決定関係、地理的環境が民族性や文化におよぼす決定力などに関心が偏っている。なぜなら、彼はそれらの作品を、唯物論的弁証法との闘いのために書いたからである。唯物論の偏内容主義、階級思想、物質主義などと闘うため、廉想渉は不本意ながら形式主義者、民族主義者、精神主義者にならざるをえなかった。だから、生理学は関心の外に追いやられている。

小説に現れる決定論はそうではない。小説の性格上、個人を対象にした具体的なものにならざるをえないから、ゾラ的なそれに近くなる。しかし、彼の小説には決定論がそれほど多くは出てこない。彼のキャラクターは正常な人間が圧倒的に多いから、ゾラ的な決定論との関連は薄い。ゾラの決定論はジェルミニー型の人物に認めら

れるが、廉想渉には先天的な欠陥をもつ登場人物が皆無に近い。道徳的に堕落する崔貞仁や趙相勲も、病的な欠陥を抱えて生まれついたわけではない。したがって、血の決定力は弱められる。

　彼の小説で、ゾラ的な決定論と結びつけて議論できるキャラクターは、「除夜」の崔貞仁しかいない。彼女は父方の遺伝因子がよくなかった。祖父と父親が、ともに放蕩な人物である。母方も同様だ。彼女の母親は淫蕩な女性で妾だった。父方と母型の劣性因子が相乗効果を生み、彼女を厚顔無恥で淫乱な女にするのである。

　環境も同じだ。彼女は、「中年男の一団の暇つぶしの遊び場」とされる家で育ち、「各自の一種病的な快楽を無条件に保障」する、奔放な雰囲気のなかで気ままに育った。だから、3、4人の男と肉体関係を結び、ほかの男の子どもを妊娠しながら結婚式を挙げるという図々しいふるまいを、ためらいもなく実行に移すのである。

　ここまでの崔貞仁は、ナナと近似値をもつ。だが彼女のなかにはまったく別の、もう1人の女性がいる。それはノラだ。崔貞仁は、自我に目覚めたフェミニストである。日本に渡り最高学府を出たインテリ女性として、至る所で女王と崇められる女流名士だ。彼女は、封建的な女性観にまっこうから挑戦する。したがって、彼女の放縦は意志が無いことによる所産ではない。生活哲学に裏打ちされた、意識的な行動なのである。その点で彼女はノラより先を進んでいる。崔貞仁は主体性を確立した、「解放された処女」である。だから、彼女の放縦さを決定論と結びつけようとする作家の意図は、空回りせざるをえない。彼女は、貧しく無知なナナの同類ではないのだ。ゾラとルソーが崔貞仁のなかに共存するから、せっかくの遺伝と環境の決定論は実効性がない。ジェルミニー型にするには、崔貞仁はあまりに健康で主体的なのだ。彼女の両親は快楽主義者ではあっても病人ではないから、彼女には病的な面はない。

次に決定論と結びつけられる人物は、「標本室の青ガエル」に出てくる狂人である。しかし、崔貞仁同様、彼も病的な遺伝因子を受けついではいない。彼が両親から受けついだ劣性因子は、父親の飲酒癖と放浪癖、それに母親の虚弱体質である。だが、金昌億の場合、飲酒や放浪は普通の人間のレベルを超えておらず、彼の発狂への直接的な関連はない。残るのは、母親の虚弱体質だけである。

　環境の面で彼の発狂を誘発するのは、(i)19歳で母親が亡くなったこと、(ii)妻に逃げられたこと、(iii)刑務所暮らしで健康を害したことなどである。発狂の要因はその3つにあるといえる。なぜなら、収監前まで金昌億は正常な人間だったからである。母親の死が発狂の「遠因」なら、刑務所に入ったのと同時におきる妻の出奔は「近因」だから、彼の発狂は遺伝と特に関係がない。したがって彼の場合、環境決定論しか関係がないといっても過言ではない。ところが彼には道徳面で非難される材料もない。病弱な人が、逆境に耐えられずに発狂しただけなのである。

　趙相勲の場合は逆に、道徳的な面での堕落だけが描かれている。だが、彼の不道徳性は儒教的倫理では問題にならない。罪の中身が妾を囲うことと飲酒だけだからである。彼がキリスト教と縁を切りさえすれば、解消する類いのものだ。それだけでなく、彼は40代ではじめて堕落する。金昌億と同じように、それ以前は問題とされる点がまったくなかった。彼は病的な遺伝因子をもっていない。それどころか、崔貞仁と同様に最高の知識水準をもつインテリであり名士だ。ハンサムで、利害に汲々としない紳士だったのである。

　彼の堕落は、遺伝と無関係であるかわりに、時代に結びつけられる。政治的に出口が塞がれていた時代、宗教的、倫理的にあまりにも激変した時代が、彼の堕落の主たる原因となる。続いて問題になるのは、40になっても父親に庇護された環境と、教理に背く恋だ。

彼は鷹揚で生真面目な性格だから、困難を克服できずつぶれてしまうのである。

こうしてみると、廉想渉の20編の小説で決定論と結びつけられる主人公は、崔貞仁しかいない。金昌億と趙相勲は副次的な人物だ。決定論に関係するキャラクターが、非常に少ないことがわかる。その3人も病的な遺伝とは関係がなく、環境決定論のほうに傾いている。評論の場合と照応する現象である。廉想渉は、遺伝より環境の側に比重を置く作家であることがわかる。

環境要件のなかで廉想渉が最重要視したのが、時代の影響だった。崔貞仁と趙相勲は、時代の生贄になった羊である。個人的な環境を重視したケースは金昌億だけだが、発狂後の金昌億がウィルソニズム［1918年に、当時のアメリカ大統領ウィルソンが提唱した民族自決主義をさす。日本からの自主独立を訴えていた層を刺激し、3・1独立運動に結びついたとされる］やトルストイズムに心酔するところに、時代の影響が強く現れている。その点でも、評論と小説には共通性がみられる。個別的な場合より、集団にもたらされる時代的な環境を重くあつかっているからである。つまり、廉想渉の決定論は、ゾラ式の分類法よりもテーヌ式の分類法にあてはまる。時代、環境、民族の分類法が、彼には適っている。彼は、個人の病的遺伝には重きを置かないのだ。金東仁がゾラ式の決定論と近似値をもつのとは対照的である。そのかわりに、花袋、藤村とは類似する範囲が広い。キャラクターの類型が同じであり、遺伝を重要視しない点もにており、環境の側に比重を置く傾向も同じである。全般的に決定論の比重が小さい点も共通している。廉想渉の「三代」が、藤村の「家」の影響を受けているというのは十分首肯できる意見である。封建主義的な家族制度は彼らの共通の敵だったから、相対的に決定論の比重が軽くなるのである。

結論

自然主義の韓国的様相

1 用語に対する考察
2 現実再現の方法
3 文体混合の様相
4 物質主義と決定論
5 自然主義の韓国的様相

韓国の自然主義研究の問題点は、その源泉が２つだというところにある。ゾライズム（フランス型）と日本の自然主義（日本型）がそれである。後者はゾライズムから写実主義的な表現技法だけをとりいれたため、２つの自然主義には共通する部分が少ない。したがって、韓国の自然主義の概念を定立しようとすれば、フランス型と日本型、２つの自然主義との関係の究明が必要になる。廉想渉と自然主義の関係も同じである。廉想渉は、ほかの文学者よりいっそう日本型の自然主義に密着していたから、３か国の比較研究がますます必要とされる作家である。

　廉想渉と自然主義への深い考察が求められる理由として、彼が自他ともに認める韓国の代表的な自然主義作家であることがあげられる。それだけではない。彼は評論と小説の２つのジャンルで自然主義を実現しようとした、ほぼ唯一の文学者である。金東仁は自然主義を簡単に紹介するところで終わっているから、廉想渉のように評論と小説の両面で、自然主義への関心を表明した文学者はほかにいない。韓国の自然主義の研究で、彼の占める比重が大きいのはそのためである。

1　用語に対する考察

(1)　名称の単一性と概念の二重性

　廉想渉と自然主義の関係を明らかにするうえで最も基礎的な課題は、彼が使った自然主義という用語 terminology の概念を明らかにすることである。それがフランス型なのか、日本型なのかによって、韓国の自然主義の性格が変わってくるからだ。金東仁にとって

の自然主義はルソーイズムだった。廉想渉はそうではない。廉想渉にとっての自然主義はただの自然主義である。しかし、その中身は時期によって変化していく。「個性と芸術」に表れた初期（1922〜1923）の自然主義は日本型といえるし、２期のそれはゾライズムに近い。両者の識別ポイントを確認するため、「個性と芸術」に示された自然主義の特徴を要約すると、以下のようになる。

(ⅰ) 反理想、反浪漫的傾向。
(ⅱ) 科学の発達と並行して生じた文芸思潮。
(ⅲ) 人生の真相（暗黒、醜悪な側面）を如実に描写するもの。
(ⅳ) 自我の覚醒による幻滅の悲哀を愁い、訴えるもの。
(ⅴ) 個人主義と自然主義は同一、あるいは類似した思潮。

これらは、日本の自然主義を主導した長谷川天渓の理論とそのまま符合する。日本の自然主義は、(ⅰ)、(ⅱ)、(ⅲ)に現れる写実主義的な要素と、(ⅳ)、(ⅴ)の個人主義的要素が縒りあわされてできたものである。「個性と芸術」では、日本型の自然主義の理論が、反模倣論に立脚する浪漫的芸術論と共存している。自分の初期の文学だけを自然主義とみる廉想渉が、浪漫的な芸術論を共存させる長谷川天渓的な自然主義をとりこんでいたことは、「個性と芸術」で確認できる。

２期（1924〜1937）の「『討究・批判』三題」ではそれとはちがう、もう１つの自然主義が登場する。「生活第一議論」の土台のうえに、個人主義に代わって写実主義と結びついた別の自然主義が示されるのである。「『討究・批判』三題」で廉想渉が指摘した、自然主義と写実主義に共通する特徴は以下のとおりである。

(ⅰ) 自然科学と実際哲学の結合から生じたもの。
(ⅱ) 事物をあるがままにみる客観的、現実的態度。
(ⅲ) 美より真を追求することが写実的、客観的態度の正道。
(ⅳ) 現代文学全般に強大な影響力をもつ思潮。

　ここでは、「個性と芸術」で個人主義と結びつけられていた項目が消えている。浪漫的芸術観も姿を消す。天渓と新浪漫主義の影響圏から脱し、模倣論、再現論を基本にした現実的な芸術観が現れるのである。個人主義と自然主義を結んでいたリングがはずれてはじめて、彼の世界に写実主義が姿をみせ、それは自然主義と同系の思潮と受けとめられた。
　写実主義の出現とともに、廉想渉は自然主義＝精神現象、写実主義＝表現様式という公式を作りだした。公式はその後の彼の文学論の骨格を成し、最後まで保たれる。彼が考えた写実主義にも、狭義の写実主義（デュランティ型）と、広義の写実主義（フォーマル・リアリズム formal realism 的な性格をもつ）の２種類があるが、フォーマル・リアリズム的性格をもつ広義の写実主義に主導的な性格が与えられていたことが、写実主義＝表現様式の公式から確認される。
　この頃、廉想渉が自然主義だけの特徴と考えていたのは、極端な科学主義、極端な客観主義の２つである。写実主義と共通する(ⅲ)と(ⅳ)まであわせると、それはまちがいなくゾラ的な自然主義である。ところが、廉想渉はゾライズムの特徴である極端な科学主義や客観主義を、非常にきらっていた。だから、彼は自然主義が日本的な自然主義ではなく、極端な科学主義や客観主義を尊重するゾラ的なものを意味するとわかると、すぐに自然主義を捨てさる。彼は日本と同じように極端すぎない科学主義だけを好んだし、客観主義の代わりに主客合一主義をとったから、ゾラ的な自然主義は受けい

れがたかったのである。そのため、廉想渉はその時期の自身の文学を、自然主義ではなく、写実主義であると明言している。

それだけではない。彼は自分が自然主義を脱して写実主義に向かったことを「進一歩」だと考えた。その時期から廉想渉は、写実主義を自然主義よりも優れたものだとみている。彼は「写実主義とともに40年——私の創作余談」(1959) で、自分は写実主義とともに40年間作品を書いてきたと告白している。しかし、評論に現れた彼の写実主義期は、プロレタリア文学者との論争がはじまった1925年以降とみるのが正しい。

廉想渉の2期の自然主義がゾライズムに類似性をもつ3つめの要因は、決定論である。「『討究・批判』三題」には獲得遺伝説が出てくるが、これは、環境が生殖にまで影響を与えると主張するものである。したがって、ゾラの決定論と廉想渉のそれは少し差異がある。廉想渉が力点を置いていたのは、遺伝より環境だった。彼は、遺伝までも環境の影響とみる環境決定論優位思想をもっていた。

彼の決定論の対象は、個人ではなく集団の文化的側面である。彼はその時期、弁証的写実主義を介して決定論の重要性を理解した。しかし、弁証的写実主義の不当性を指摘しなければならない立場だったから、物質的な側面は排し、文化的な面だけを重要視しようとしたのである。だから彼の決定論は、個人を阻害する要素として遺伝と環境の決定性を前面に出したゾラのものとは、かなりの隔たりがある。にもかかわらず、写実主義と決定論は廉想渉の2期以降の文学を、写実的、現実的にすることに寄与した。

3期（1945～1963年）になると、廉想渉の世界に再び天渓式の自然主義が復活する。

人生の暗黒醜悪な一面を如実に描写するのが自然主義であり、幻滅の悲哀を愁い訴えることが自然主義だとした、1期の自然主義観

が復活する。「私と『廃墟』時代」(1954)、「私と自然主義」(1955)、「横歩文壇回想記」(1962)などで、廉想渉はそうした見解を披瀝している。彼は自然主義を輸入したものや模倣したものではなく、韓国の時代状況のなかで自然発生的に生じたものだと主張しているが、概念自体は日本の自然主義を借用している。彼の自然主義自生論の根拠は、初期3作が韓国に実在した人物の物語だったことである。しかし、実在の人物や直接体験の再現＝自然主義という思考自体が日本の自然主義の大きな特徴だった事実からも、そのことは明らかである。

廉想渉にとっての自然主義が日本の自然主義以外にはなかったことを裏づける資料として、韓国の自然主義の出現時期に対する彼の見解がある。彼は、「自然主義を掲げて名乗りをあげたのが私自身」だといっているが、それはゾライズムについて白大鎮 (1915)、金漢奎 (1921)、ＹＡ生 (1921)、金億 (1921～1922年) などがすでに正確に紹介した後のことだった。したがって、彼が自身を最初の自然主義者とするなら、それはゾライズムではなく日本の自然主義でなければならない。日本の自然主義の場合、彼より先に言及した文学者はいなかったからである。

廉想渉はそうした概念で理解される自身の自然主義系の小説に、「標本室の青ガエル」と「三代」をあげている。「横歩文壇回想記」で「無理想」、「無解決」、「現実暴露」などを自然主義の本質と規定した廉想渉は、それを代表するキャラクターを「三代」の趙相勲だとする。趙相勲が自然主義的なキャラクターの代表だという彼の言葉は、写実主義とともに40年を生きた自身の主張と噛みあっていない。彼の主張によれば、「三代」を出した頃は、写実主義期になるからである。

そうした混線にもかかわらず、3期の自然主義が日本型であると

いう事実は変わらない。3期の自然主義は❶否定の文学、❷体験主義、❸無解決の終結法、❹近代文学の分水嶺を成す重要な思潮、❺印象自然主義などの特徴があると要約できるが、それらのほとんどは日本の自然主義と同質性をもつものである。ちがう部分があるとすれば、そこには長谷川天渓だけでなく、島村抱月の理論も一緒に受容されている点だ。理論面で、廉想渉の自然主義は全体的に日本の自然主義と類似性をもつことが確認できる。

(2) 用語の源泉の探索 —— 外国文学との関係

廉想渉の自然主義が日本型一辺倒になった理由を明らかにするために、彼と外国文学との関係を調べる必要がある。そこで目につくのは彼と日本文学の密着ぶりだ。廉想渉は英語で読書することができなかったため、文学修行は日本語でのみ行なわれた。府立中学にかよった彼は、日本文学の影響圏で文学をはじめざるをえなかったのである。「文学少年時代の回想」を中心に、日本文学から廉想渉が受けた影響関係をたどると、次のようになる。

① 自然主義系の文学者の影響関係

理論面で廉想渉に影響を与えた文学者は、長谷川天渓と島村抱月である。天渓の影響は「個性と芸術」にみられる。この評論の源泉は、天渓の「幻滅時代の芸術」と「現実暴露の悲哀」である。「個性と芸術」の自然主義論は、天渓の理論から借用したものだ。

抱月の影響はそれより遅れて現れた。廉想渉は彼の自然主義論から、❶印象自然主義と主客合一主義、❷写実主義と自然主義の概念のちがいなどを学び、3期で天渓の理論の不備を補うことになった。廉想渉の自然主義論は、2人の文学者の影響の下に成立したといえる。

だが、島村抱月は、自然主義の理論のほかにも多くのことを彼に教えた。影響は非常に幅広かったのである。抱月は西洋文学の紹介者という役割も担っていた。発信者であると同時に受信者でもあったのである。廉想渉は、抱月が主幹する『早稲田大学』を教科書にして自然主義論を学んだだけでなく、西洋文学に対するすべての知識を吸収した。抱月が廉想渉の文学入門の指導教師だったのであり、『早稲田文学』は彼の「講義録」だったのだ。その講義録は廉想渉に演劇への関心も呼び覚まし、また韓国文化への劣等感も育てていった。抱月は多くの面で廉想渉に影響をおよぼした文学者だった。

　作風の面では、田山花袋の影響を受けた可能性がある。廉想渉の２期の描写方法は、花袋の平面描写の範囲を抜けでていないものが多い。それ以外にも、２期以降の小説の登場人物の階層、題材、主題などに多くの類似がみられる。島崎藤村の場合もにている。廉想渉は彼からは技巧だけを学んだと語っているが（「学ぶべきは技巧」）、藤村の「家」と「三代」の「題材上の影響は絶対的」〔金松峴「『三代』におよんだ外国文学の影響」、『現代文学』97号、1963年〕である。廉想渉が影響を受けた可能性の高い作品は「家」のほかに「破戒」や、花袋の「田舎教師」などがある（金松峴を参照）。

　理論面でも作品上でも、廉想渉は日本の自然主義と結びつけられる影響関係を明らかにしようとしない傾向があった。影響関係が非常に直接的なものだったからといえる。なかでも長谷川天渓の場合が顕著である。廉想渉は、彼の名前すらあげていないのである。「個性と芸術」の１章で彼の理論をそのまま書き写したことへの後ろめたさのせいだろう。抱月はそうではなかった。自然主義以外のものも一緒に受けとったからだと思われる。

② 反自然主義系の文学者の場合

　この場合は逆の現象がみられる。廉想渉は、夏目漱石、高山樗牛、有島武郎などの影響を率直に認めている。なかでも有島武郎は廉想渉の作品に最も直接的に影響をおよぼした作家である。「闇夜」を読むと、有島の「生まれ出づる悩み」への愛着がはっきりわかる。「除夜」の創作主題は有島武郎の「石にひしがれた雑草」だったとする金允植の主張〔金允植、「『除夜』の直接的な創作主題——『石にひしがれた雑草』」、「制度的装置としての告白体の完成」、『廉想渉研究』、ソウル大学校出版部、1987年、180〜188頁〕まで考えあわせると、有島武郎は、廉想渉の初期の告白体小説の形成に絶対的な影響を与えた作家だったことがわかる。長谷川天渓が自然主義論の形成におよぼしたのと同じような影響を、有島武郎は創作面でもたらしていたのだ。彼は、廉想渉が作風に影響を受けたと告白した唯一の日本の作家である。

　しかし、それは長谷川天渓の場合のような直接的な模倣ではない。有島武郎の影響は創作技法（告白体）や小説の人物の出生要件の類似性など、主に技法的、部分的なものであり、作品自体は廉想渉独自のものである。

　フランスの場合で廉想渉がよくあげる文学者は、モーパッサンやフローベールである。だが、日本ほど深いレベルの影響ではない。ゾラのあつかいはさらにささやかだ。廉想渉がゾラと無関係なことが、そこからもたしかめられる。

　外国文学で廉想渉が最も多くの影響を受けた国は、ロシアだった。彼にとって、ヤースナヤ・ポリャーナ〔トルストイの居宅〕は聖地だったし、ドストエフスキーは彼の初期作品に出てくるロシア的「多悶性」の元祖だった。後につづくのはツルゲーネフ、ゴーリキーの順番である。廉想渉は、そのなかでドストエフスキーとゴー

リキーが好きだったといっているが、最も実質的な影響関係が窺える作家はツルゲーネフだというのが金松峴の証言（金松峴、前掲論文）である。しかし、ロシアには典型的な自然主義文学はほとんど存在しなかった。廉想渉の自然主義論の源泉が、日本の自然主義以外にない理由である。

③ 伝統文学との関係

どの国でも、自然主義派の文学者は伝統文学への造詣が深くない。廉想渉も例外ではなかった。彼は韓国の伝統文学にそれほど詳しくなかった。中学生の1912年に日本に渡り、8年間日本で暮らして帰国したため、韓国文学に対する知識が深くないのは当たり前である。かわりに、日本文学は本格的に学んでいた。そのことで自国の文学への劣等感が生まれた。

文学だけではなかった。彼は、韓国人の国民性、自然、文学的な水準などに激しい劣等感を抱いていた。1920年代の作家のなかで、最も苛烈に韓国人と韓国文学を否定した作家だったといえる。彼は日本の国粋主義者たちより、さらに否定的な韓国観をもっていたのである。

そうした劣等感の要因の1つは、彼が近代化という物差しだけで、1910年代の日本と韓国を測ろうとしていたことにあった。最初の日本行きで彼が初めて目にした1912年の日本はユートピアだった。そこには近代的な品々があり、家族から解放される自由があり、新たな学問と文学があった。彼は日本に渡って「文学という新たな世界に目をぱっちり見開」き、「解放された喜びと、新たな知識の甘味で心身がひとつ蘇生され」る（「文学少年時代の回想」、『全集』12）。彼にとって日本は新天地だった。その目で韓国をふりかえってみたとき、韓国の「蕭条、索漠、殺伐とした社会環境」と

「鎖国的・封建的な遺風に押さえつけられた後進的な雰囲気」が、劣等感を呼びおこしたのである。そうした祖国への怒りが、厳しい韓国評として表出した。

　２つめの要因は、彼が日本の文学水準に自身をあわせようとしていたところにある。古典だけでなく、韓国の近現代の文学についてもまったく知ろうとしなかったのは、韓国文学が日本文学より劣っているという先入観のためだった。李人稙、李光洙などの先輩文学者への無関心がそれを物語っている。彼の目に映る先輩とは、有島武郎のような日本の作家だった。その結果、彼は「あまりに自国のものを軽視、蔑視」することになった。

　しかし、韓国文化に対する廉想渉の劣等感の本当の原因は、日本人の植民史観に立脚した韓国観のせいである。日本の近代化は「征韓論」とともにはじまり、明治初期から韓国文化への否定的な姿勢がはっきりと打ちだされていた。そうしたことが、中学課程の留学生たちに致命的な悪影響をおよぼしたのである。

　もちろん、明治・大正期の日本の文学者たちの韓国観が、否定的なものばかりだったわけではない。田山花袋、谷崎潤一郎らは韓国の自然と風景の古典的な美しさを礼賛したし、石川啄木は、地図上から韓国が消されたことに胸を痛めて詩を書いた。高浜虚子は韓国にいる日本人たちの卑劣さを告発する作品を書き、柳宗悦は韓国文化の優越性を褒めたたえた。

　だが、そんな日本人は数的には劣勢であり、そうしたものの背後にも征韓論への同調が潜んでいることが多かったから、韓国留学生の劣等感を癒やすまではいかなかった。田山花袋らの言葉は、未だに韓国が王朝時代の水準で止まっているような印象を与えたし、民権運動家たちの同情は、同じ運命に処された自分たちの立場を嘆く言葉のように聞こえたのである。高浜虚子は日本人のずる賢さを批

判したが、根本的には総督政治の礼讃者だった。柳宗悦の作品だけが、わずかな慰めになっただけである。

それに比べて否定的な見方は100パーセントの効果をあげた。それでなくても母国の後進性に立腹していた青少年にとって、それらは白紙が墨を吸うような吸収作用を引きおこした。廉想渉はそうした若者の代表だった。

否定的な韓国観で廉想渉に多くの影響をもたらした日本人の代表格が、徳富蘇峰と島村抱月である。徳富蘇峰は、「朝鮮の印象」で、韓国民族の劣等性を羅列し、そのあとに韓国全体を墓のようだといい、日本の韓国侵略が韓国人にとって一種の救いだとまで主張したが、最後を除く前２つのくだりは廉想渉にそのままとりこまれている。「三つの自慢」に出てくる韓国人の劣等性についての羅列、「墓地」で、韓国全体を墓のようだとした見方などは、すべて徳富蘇峰から来たものといえる。

島村抱月の場合、蘇峰より穏便ではあるものの、抱月への廉想渉の尊敬の念を考えあわせれば、彼の言葉の影響力が額面以上に大きかった可能性が推測される。廉想渉が韓国を「蕭条、索漠、殺伐とした社会環境」と「鎖国的・封建的な遺風」の土地だと考えたのは、抱月の「枯痩である。険苛である」という言葉や「禁欲宗の人たちが隠居するに適するやうな国」（『早稲田文学』1916年11月号）という発言の影響が大きいと思われる。だが、より決定的だったのは「朝鮮の過去には文芸といふべき文芸がない」という抱月の言葉を、廉想渉が全面的に受け入れたことだった。この言葉のエコーは廉想渉だけでなく、李光洙、金東仁など、草創期の作家の誰もから聞こえてくる。その一言は、韓国の学生たちに自国の文学への劣等感を植えつける決定的な役割をはたしたのである。青年期の廉想渉はそれを額面どおりに受けとり、１つの固定観念を作りだしていった。

韓国文学に対して何も知らず、日本文学の盲点を理解するほどには成熟していない状態で受けいれた抱月の言葉は、植民地支配から解放されるまで、廉想渉の内面に不動の真理として居座っていたのである。

彼が韓国人の劣等性に対する嫌悪感を収めることができたのは、1950年代になってからである。だがその頃も、韓国の文化遺産の劣等性の評価は変わらなかった。変わったのは、劣っていると罵倒して終わる状態から抜けだし、劣っていても自国の文化遺産を愛さなければいけない、大切に育てなければならない、とした姿勢だけである。

自然主義の場合と同じように、彼は、決定的な時期に明治の文学者の韓国観に影響を受け、生涯それを変えることができなかった。だから、彼は晩年、「他邦文学のなかで成長し、戻ってきて自分の文学を打ちたてるということは不幸で、不名誉でもあること」といっている。廉想渉研究で日本との関係の究明が大きな比重をもつ理由がここにある。

2 現実再現の方法

(1) 芸術観の二重性と主客合一主義

　エミール・ゾラの自然主義は、美や善よりも真実を優位に置く芸術観をもつ。そうしたゾラの芸術観を念頭において廉想渉の芸術観を考察すると、まず目につくのは彼の芸術観の二重性である。1期と2期の芸術観が食いちがっている。

　「個性と芸術」にみられる1期の芸術観には、ゾライズムだけでなく、リアリズムとも相反する浪漫的芸術観が含まれている。「独異的生命を通じてこそみとおしうる、創造的直観の世界」が、その時期の廉想渉が考えていた芸術の本質である。したがって、それは「模倣を排し、独創を求める」。ところが、「現実世界をあるがままにみようと努力」するというまた別の声も、反模倣の芸術観のすぐ脇に置かれていた。もっともその声は大きいものではない。「個性と芸術」を主導していたのは、反模倣の浪漫的芸術観である。

　だが、2期になると浪漫的芸術観は消えて現実的なものだけが残り、模倣論をとる芸術観に変わる。1926年に書かれた「階級文学を論じ いわゆる新傾向派に与える」では、「芸術とは……『再現』から出発するもの」とされている。「再現」、「反映」、「解剖」、「報告」などを芸術の本質とみるようになったのである。ゾライズムと類似性をもつ芸術観といえるだろう。しかし、廉想渉は客観主義を排斥し、主客合一主義を礼賛した。彼にとっての「真」は、作家の目をとおして映る「真」である。それだけではない。彼は、「真」に「美」より高い評価は与えなかった。1期より弱まりはしたもの

の、彼のなかで「美」は、2期も変わらず「真」と並置される。考証より体験を重視する傾向にも、ゾライズムとのちがいがみられる。だから、廉想渉の反映論はゾラ的なものではなく、フランスの写実主義のそれを意味するのである。

日本の自然主義はフランスの写実主義をとりこんでいたから、廉想渉の主客合一主義、「真」、「美」が共存する芸術観、体験主義などは日本の自然主義とにていた。廉想渉自身は2期の文学を写実主義と規定しているが、日本の自然主義に多くの共通点をもっていたのである。ちがいがあるとすれば、長谷川天渓の用語が消えたことくらいだった。

廉想渉は、自身の1期の文学を自然主義だと主張している。しかし、彼は自然主義を思想的な部分だけに限定していたから、「標本室の青ガエル」は幻滅の悲哀、現実暴露など、否定的な現実を露わにしたところだけが日本の自然主義と類似する。技法上、彼の告白体小説は日本の自然主義とは合致しない。一人称視点をとっているからである。

むしろ2期の作品の方が、日本の自然主義の原理に忠実である。再現論、人物の平凡さ、背景の狭さ、主客合一主義、体験主義、無解決の終結法などが特徴の2期の作品は、日本の自然主義の特性と符合する。問題は、廉想渉が2期の作品を自然主義ではなく写実主義だと主張したことである。

思想面で1期と2期に連関性があることは、彼自身が「標本室の青ガエル」と「三代」を、時代状況を反映した同系列の作品と分類（「横歩文壇回想記」）していることでも明らかだ。「個性と芸術」の片隅に置かれていたフランスの自然主義と、廉想渉の2期の「写実主義」がにたものだったことが、そうした点でもたしかめられる。

(2) ミメーシスの対象

　ゾライズムに限らず、リアリズム系列の文学の技法上の特徴は、外面化現象にある。内面までも可視的に描こうというのが彼らの目的だったから、外的視点を使うことは原則だった。外的視点は日本の場合にも当てはまった。日本でも、自然主義者たちは主に三人称視点を使った。同じ私小説であっても、自然主義派と白樺派が区別される重要なちがいが、視点の客観性の有無である。白樺派は一人称で私小説を書いたのである。

　ところが、廉想渉は一人称視点を多く使った。本論で対象にした20編のうち10編は自伝的小説だが、半分が一人称視点をとっている。非自伝的小説でも、「除夜」のように一人称視点をとったものがある。時期的には1期に一人称が多い。だが、2期でも2編の小説で一人称が用いられていることが、日本の自然主義とちがう点である。それは白樺派の影響といえるだろう。一人称視点、非自伝的小説の増加などは、大正文学の影響である。

　廉想渉は、自伝的小説を三人称で書いたことがあるが、視点が客観化されると描写も客観化することは「標本室の青ガエル」と「闇夜」の比較ですでに確認した。同一のモデルを2つの視点で描いた非自伝的小説の「除夜」と「ヒマワリ」の場合にも同じ現象がみられ、視点の重要性を教えてくれる。

　1期では自伝的小説と一人称視点が多く、2期は自伝的小説が減少して視点の客観化が進む。非自伝的小説で三人称が用いられたのは「ヒマワリ」が最初だが、現実の外観を掘り下げて描いた「墓地」を経て、「電話」において客観的な視点が定着する。内面性の比重は、時間が経つにつれ小さくなっていくのである。

　しかし、弱まっただけでなくなったわけではなかった。廉想渉は

生涯にわたり、人間心理の分析作業をつづけた作家だったからだ。彼のミメーシスの対象は常に人間の内面だった。2期になると、そこに外面化現象が並置された。外面化の幅が広くなるのと比例して、内面性の掘りさげが浅くなっただけである。

　内面の客観化作業に没頭したという点で、2期の廉想渉は藤村、花袋とにている。彼らはみな主客合一主義を好んだからである。主客合一主義への傾倒は金東仁にもみられる。だが、廉想渉が同じ人物の内と外をともに描くことを楽しんだのに対し、金東仁は主体と客体が二分化する額縁小説の形式を好んだ。額縁的な視点以外に、この二人の作家がみせたもう1つの相違点が、一元描写と多元描写である。金東仁が一人の人間の内面に焦点をあわせる一方、廉想渉は複数の人間の内面をすべてあつかう手法を好んだ。主我主義の強度では金東仁が廉想渉を凌駕するが、客観化、価値中立性などでは廉想渉が優勢である。彼が、韓国最初の写実主義作家と目される理由はここにある。

(3) ミメーシスの方法

　現実を再現する文学では、基本的に日常の言語を再現する言文一致体が必要とされる。それは近代とともに胎動し、自然主義期にピークを迎えた表現様式である。日本の場合も例外ではない。「浮雲」からはじまった言文一致運動が、自然主義期になって実を結んだ。言文一致体の確立は、日本の自然主義の功績である。

　韓国も同じだった。李人稙、李光洙、金東仁などは、当初より言文一致のため精力を傾けた文学者である。廉想渉はそうではなかった。彼の言文一致は2期になってようやく実践された。初期の文章は論文よりもさらに多くの漢字語を使った、小むずかしい文章だった。難解な漢字語彙、無理のある合成語、日常語化されていない単

語の漢字表記など、納得しがたいものが多い。

　漢字語の濫用は、彼が日本の文章を誤って手本にしたことに起因するものと思われる。日本は今でも、小説に漢字語を使用しているからである。だが、日本では音読みと訓読みを両方使うから、国漢文混用体はそのまま日常語を再現する。それだけではない。日本ではむずかしい漢字語に読み仮名をふるから、小説の文章で漢字語を使用しても言文一致に反することはない。廉想渉はその点を無視し、日常語でない漢字語や日常語の漢字表記を濫用したため、初期の小説の文章は抽象性を払拭しきれなかった。リアリズムの 'as it is' の原理と食いちがうのである。その傾向は、先輩作家たちの言文一致のための努力を退行させたという点で、初期の小説の致命的欠陥になっている。そこでの文章は小説のものとはいえないから、当時の彼も小説家とはいいづらい。

　しかし、2期になって彼の文章は180度変わる。漢字語を捨て、もっぱら生活語の文章になるのである。その切りかわりの時期を、金允植は、彼の世界から漢字の三人称代名詞「彼」が消えた1924年頃とみている。それは、その時期に彼が日本の文体の影響を脱したことを意味していた。「墓地」で定着しはじめた言文一致は「ヒマワリ」を経て、「電話」で完全に定着した。彼は2期でようやくノベリストになるのである。

　いったん生活語を再現する方向に進むと、彼の文章は写実主義に最適のものになった。ほかの作家が身につけられなかったソウルの生粋の標準語が、彼の生活語だったからだ。仏・日の自然主義派の作家は、みな地方の出身である。韓国の李光洙、金東仁も同じようなものだから、首都の中産層出身という事実は、廉想渉がノベリストになるうえでプラスの要因に働いた。だから、彼は先輩作家たちを凌駕するノベリストになったのである。

次にゾライズムにおいて問題となるのは、選択権を排除した結果としての卑俗語の使用である。ところが、日本の場合と同じように、廉想渉も卑俗語は使用しなかった。金東仁はちがう。彼は卑俗語を使用する傾向があった。彼はその点でもゾラと近い関係にある。

　だが、「排技巧」の項目で廉想渉と金東仁は同じ傾向をみせる。大正期に文学修行をした２人の作家は、日本の自然主義の「排技巧」という項目は受けいれなかったのである。もっとも程度の差はある。だから、金東仁は廉想渉の２期以降の小説を散漫だと批判する。無選択の原理による散漫さは、多元描写のせいでもあるというのが金東仁の見解だった。しかし、無選択の原理と多元描写は写実主義 － 自然主義の原理である。そこに、金東仁よりも廉想渉が近代小説作家として成功した理由があった。金東仁の簡潔の美学はノベルに適さないのである。そうしたちがいはあっても、廉想渉は金東仁と同様、日本の自然主義の「排技巧」の項目はとりこまなかった。彼は、常に形式を重視する立場をとった。廉想渉の２期の文学は、技法面で日本の自然主義の写実的側面をとりいれている。金東仁は、技法の面ではゾライズムと日本の自然主義、どちらとも無関係だった。彼は反模写の芸術観をもつ唯美主義者だったのである。

3　文体混合の様相

(1) 人物の階層と類型

① 人物の階層

　フランスの自然主義は、登場人物の階層の低さが特徴である。ジェルミニーは下女であり、「ルーゴン＝マッカール叢書」は季節労働者と密猟者の子孫であふれている。だが、廉想渉に登場人物の階層の低さはみられない。自伝的小説の場合は、作家と同じ中産層出身のインテリたちが主役である。教師、記者、作家などだ。時折失業したりはするものの、すぐに仕事先がみつかるから、最底辺に属するキャラクターはほとんどいない。

　非自伝的小説の男性主人公たちも、出身階層や学歴はにたようなものである。だが、経済的な階層の開きは大きい。作家自身の階層より低いグループ、高いグループの２種類が登場する一方、作家とにた階層の人物はほとんどいない。低いグループの代表が日雇い労働者の糞蠅だ。彼は学歴、知能など、あらゆる面で最底辺に属している。廉想渉のキャラクター中、最下層に属する人物である。

　ほかの大部分は有識無産層である。「小さな出来事」、「孤独」、「飯」のルンペン・インテリゲンチャたちがここに該当する。彼らは貧しくても肉体労働をしようとしないため、経済的には糞蠅より苦しい。プロレタリアに属しているから、自伝的小説の登場人物よりは階層が低い。

　反対に、「除夜」、「南忠緒」、「生みの母」、「三代」などの主人公はブルジョアである。前者の問題が食いつなぐことだったのに対し

て、彼らの問題は遺産に絡む。廉想渉は「排虚構」のスローガンの下に作品を書いた作家だったから、虚構の幅は狭い。そのため、非自伝的小説の登場人物たちも、自伝的小説と年齢、学歴などがにかよっている。裕福な点がちがうだけだ。例外は「電話」である。この夫婦だけは、中産層に属している。

　自伝的小説における登場人物の階層は、花袋、藤村などと同じである。学歴、財力、性別、家庭環境などでにている。非自伝的小説の登場人物たちも学力、性別などはにているが、経済的な面で異なる。日本では非自伝的小説にも金もちが出てこない。プロレタリアも同じである。廉想渉の虚構の幅が、花袋や藤村より広かったといえるだろう。

　金東仁はちがっていた。彼の自伝的小説は廉想渉よりも経済的な階層が高い。作家が裕福だったからである。反面、非自伝的小説では、廉想渉よりもかなり下のジェルミニーの階層が多いのである。

② **人物の類型**

　人物の類型も同様である。廉想渉には、ジェルミニーのような病的類型の主人公がいない。崔貞仁と糞蠅だけがジェルミニー型に近い。崔貞仁は、遺伝と環境の相乗作用が生じて道徳的に堕落する、唯一のキャラクターである。だが、彼女の堕落は生理的欠陥とは無関係である。男女平等思想と性の解放という哲学が堕落の原因になるから、ジェルミニーとの開きは大きい。糞蠅も知的な障害があるだけで、道徳的な堕落はみられない。彼は勤勉で真面目な労働者である。

　副次的人物のなかには、道徳的な面でジェルミニー型に近いキャラクターがわずかにいる。生理的な欠陥をもつ金昌億のような人物もいる。だが、作家は狂人を崇拝する立場で彼をとりあげているか

ら、遺伝と環境のマイナス要因はむしろ美化されている。

　道徳的に堕落するのは崔貞仁とブルジョアの父親たちである。もっとも、ジョンホや忠緒の父親が妾を囲うことは儒教社会で容認されているし、趙相勲の場合、クリスチャンだったことが問題だから、作者はその責任を時代に負わせる。彼は、先天的に精神障害を抱えた人物ではない。したがって、病的欠陥が道徳的堕落に結びつくジェルミニーとは距離がある。

　廉想渉には、極端な気質のキャラクターがいない。彼の登場人物は平凡な生活人である。さらに、ブルジョア階級の男性主人公たちは、大部分が肯定的に描かれている。ジェルミニー型の主人公は皆無といっていい。そういう意味で、廉想渉のキャラクターは花袋、藤村に近い。

　金東仁はそうではなかった。彼の主人公にはジェルミニー型が多い。率居、白性洙、サクなどはみなジェルミニー型である。人物類型でもゾラと類似性があるのである。

(2)　背景──「ここ─いま」のクロノトポス chronotopos（時空間）

①　空間的背景の狭小化傾向

　廉想渉の小説の背景は、「ここ─いま」の範疇から出ない。ノベルの原理に適合したものである。その点では仏・日の自然主義と共通している。

　廉想渉の自伝的小説は、ほぼ１年以内におきた直接体験を作品化する傾向がみられる。非自伝的小説も同様らしいことは、男性主人公が作家と一緒に年をとっていくことをみればわかる。同時代性の原理を徹底する点では、彼はゾラの「ルーゴン＝マッカール叢書」

を凌駕している。体験主義を信奉する廉想渉は、自身が生きている時代の馴染みのある場所だけを背景としていたのである。

次に考えなければならないのは、虚構的な時間の長さについてである。廉想渉の短編小説は、大部分が1週間以内におきた事件をあつかっている。「墓地」、「E先生」、「糞蝿とその妻」、「三代」だけはその範囲を超えるが、そのうちの2編は長編小説である。1年以内の出来事を1週間以内の虚構的時間によって描きだすというのが、彼の時間的パターンの基本ルールといえる。

廉想渉の小説の空間的背景は、時間が経過するにつれて次第に狭くなる傾向がある。移動空間から定着空間へと徐々に縮小していくのである。最初に現れる「路上のクロノトポス chronotopos」の類型には、「標本室の青ガエル」、「ヒマワリ」、「墓地」が入る。そのうち、背景の幅が最も広いのは「墓地」である。東京―神戸―下関―釜山―金泉―ソウル―東京と、広い地域が舞台になっている。ほかの2編は国内である。「標本室の青ガエル」はソウル―五山、「ヒマワリ」はソウル―木浦までである。旅路を背景にした小説は、仏・日の自然主義のどちらにもなかった。廉想渉の初期の小説を自然主義としづらい理由の1つが、それである。

しかし、「墓地」ではすでに定着空間が並行している。前の小説にはみられなかった要素である。それだけではない。旅の途中の、街の外形的な現実が具体的に描きこまれている。時代的、社会的背景の描写が、この作品にだけは出てくる。「標本室の青ガエル」にはそれがなかった。だから実在の街を旅していても、虚空を彷徨うように現実から遊離する。登場人物は外部の現実が眼中にないから、背景は真空地帯のように感じられるのである。背景面でも、「墓地」が2期との分水嶺になる理由はそこにある。「墓地」をピークに、彼の小説から旅路の広域性が姿を消す。

3　文体混合の様相

次に「外と内が共存するクロノトポス chronotopos」が登場する。1期では「闇夜」、「死とその影」、「金の指環」などが、2期では「遺書」、「宿泊記」、「三代」がこれにあたる。旅路と屋内の中間地帯に属するこの小説群では、地理的な背景が都市の片隅に狭められている。「三代」のような長編小説の場合でも、背景はソウル市内の鍾路区と中区に限定される。既婚者の場合は屋内の比重が大きく、未婚の場合は屋外の比重が大きい。だが、既婚者が登場するのは「三代」だけだから、屋外主導型から屋内へと移っていることがわかる。地誌的な面でみれば、「闇夜」、「墓地」、「三代」が最も具体性を帯びている。残りの小説は地名が伏せられ、現実感に乏しい。

　背景の狭小化現象は、「屋内のクロノトポス chronotopos」で頂点に達する。20編中9編がここに分類される。「除夜」と「E先生」を除き、残りはすべて2期に書かれた中・短編である。時間の経過とともに屋内のクロノトポス chronotopos が多くなっている。屋内をあつかった小説は、職場の室内をあつかった3編（「E先生」、「検事局待合室」、「輪転機」）以外は、どれも生活を営む家の内部空間が舞台である。「三代」もこれに含まれる。長編小説だから外部空間も多く出てくるが、居住空間主導型であることを考えると、廉想渉の2期の小説の主な舞台は生活する家の内部空間である。登場人物が既婚者だからだ。2期以降の小説が廉想渉文学の本領だから、彼の空間的背景は屋内主導型といえる。

　屋内主導型の背景が主軸になっている点で、廉想渉は花袋、藤村と同じである。藤村の「家」は意識的に屋内だけを舞台に長編小説であり、花袋の「生」、「縁」なども屋内主導型に入る。日本の自然主義が特にゾライズムとかけ離れているのは、空間的背景である。社会の壁画の代わりに屋内の光景だけを描いたからだ。廉想渉も彼らと同じだった。

② 背景の都市性

　次に指摘したいのは空間的背景の都市性である。20編の小説中16編が、ソウルの四大門の内側を背景にしている。旅路をとりあげた3編の小説も、帰着先はやはりソウルの中心部である。これに、東京を背景とした小説2編と、ソウル郊外を背景にした「糞蠅とその妻」をあわせると、19編が都市を背景にしているのである。田舎が背景のものは、「E先生」1編しかない。

　東京をとりあげたものは私小説である。「E先生」も同じだ。そして、ソウル四大門の内側は廉想渉自身の居住地域である。彼がどれほど徹底して体験を重視したかを、空間的背景からもたしかめることができる。

　フランスの自然主義文学は、常に人口密集地を背景とした。自然主義だけではない。ノベルそのものの特性は、人口密集地を背景にすることである。したがって、大部分のノベルは都市小説的な性格をもつ。その点でのみ、廉想渉は西欧の自然主義系文学と同質性を帯びる。

　日本はそうではなかった。「家」の舞台はほとんどが地方であり、「破戒」や「田舎教師」などはすべて地方である。そこでは、田舎の自然の風景が大きな比重を占めている。日本の自然主義はローカルカラーに密着しているのである。

　「蒲団」、「生」、「縁」などは東京を背景にしているが、それらの小説には都市性がみられない。登場人物が地方出身者なうえに、屋内だけが描かれているからである。それは、廉想渉と日本の自然主義との最大のちがいである。原因は作家の出身地にあった。

　背景に限って1期と2期のちがいを確認してみると、2期では旅路の消滅、外部的現実への関心の増加、背景の日常化、定着空間の

比重の増大などの傾向がみられる。2期は、背景の面でも写実主義的である。その時期の廉想渉のクロノトポス chronotopos の様相は、「ソウル四大門内の1週間の物語」が主流を成していた。「ここ―いま」の原理が体験主義と密着し、長くなるほど範囲が狭まっていったのである。

　金東仁はちがう。彼にはソウルの四大門の内側を舞台にした小説はほとんどない。それだけではなかった。彼の空間的背景は、「甘藷」、「笞刑」の世界からだんだん広くなり、時間的にも過去へと遡っていく。そうしているうちに、結局は歴史小説や月刊雑誌「野談」の世界に落ち着くことになった。廉想渉は1920年代初頭の文学者のなかで、「ここ―いま」のクロノトポス chronotopos に最も忠実だった作家である。

(3) 主題に現れたカネと性の様相

　物質主義的な人間観が主題に現れると、カネと性の問題が浮かびあがってくる。だが、カネへのこだわりは写実主義にもみられるから、ゾライズムの特性は性の露出に特化することになる。その点は日本もにていた。だが私小説が主軸となり、儒教的倫理観も残る社会だったから、性への関心の表明は消極的、間接的なものとなった。それが、自然主義期の反儒教主義の限界だった。

　韓国で、儒教の anti-physics 傾向に真っ向から挑んだ最初の文学者が金東仁である。「淫乱と卑語（金東里）」の美学がそれだ。金東仁が性に挑む姿勢は積極的であり、日本の自然主義よりゾラに近い。しかし、彼の「淫乱と卑語」は音や会話で処理され、間接化されている。それが金東仁の物質主義の限界だったといえる。

　廉想渉の場合、そうした間接化の様相はさらに徹底していた。彼にはベッドシーンがない。非自伝的小説にのみ性的なことが出てく

るが、その代表の崔貞仁タイプの新女性や趙相勲タイプの「堕落した父親たち」の場合も、性的堕落の現場は常に間接的に描写されるか、省略される。男性主人公に性的な堕落が描かれないのが、廉想渉の特徴である。

初期の自伝的小説はその傾向がさらに強い。2期でも、肉体への関心は「金の指環」のケースのように関心を抱くだけに終始し、それ以上には進展しない。自伝的小説は非自伝的小説にくらべ、性への関心度がさらに弱まる。

カネについても同じである。自伝的小説の場合、初期はカネへの関心がほとんど示されない。登場人物の関心が、形而上学的なところに集中しているからである。2期はちがっていた。彼らも、年齢に応じて現実的になる。「生活第一義」的な思考が生まれるのである。とはいえ、カネの問題が表面化するのは「輪転機」だけだ。それでさえ、公的な場合である。「遺書」や「宿泊記」ではカネの話は主題ではない。自伝的小説には、個人の利益のため財物に欲を張る人物はいない。

非自伝的小説では、カネにかんすることが初期から具体的にとりあげられる。「除夜」がその代表である。経済的な人間としての崔貞仁を浮き彫りにするのである。そうした傾向は「電話」を経て、ブルジョアが登場する小説の遺産トラブルで頂点に達する。趙議官の遺産明細書は、韓国の近代小説に登場する、最も具体的なカネ関連の文書である。趙議官の金庫をいじくりまわす趙相勲、夫を毒殺する水原宅らが、カネにがんじがらめになった堕落の最たるものとなっている。しかし、徳基がみのがしてやることで遺産問題は沈静化する。主人公の寛大な物質観が、カネを争いの元にさせないのである。

この場合でも、「墓地」は分水嶺的な性格をもつ。李寅華は廉想

渉の小説に登場する最初の既婚男性だ。彼はカネと性に強い関心を寄せている。だが、せっかく兄にもらった学費を、一時つきあっていた日本女性に送金するルーズな経済観念もみられる。徳基も寅華の延長線上だ。寅華よりほんの少し現実的なだけである。ほかの徳基タイプのキャラクターも、自伝的小説の登場人物よりは、はるかに物質的である。このように、自伝的小説と非自伝的小説のあいだには、カネと性の両面で格差がみられる。物質に対する廉想渉の二重的思考が表れているといえるだろう。カネと性への関心は、時期的には後になるほど強くなり、既婚者が主人公の小説で深まる。男性キャラクターより女性主人公の方が物質的なのが、廉想渉の小説の特徴の１つである。

金東仁が性的な面に力を入れたのとは逆に、廉想渉は性よりカネに比重を置いていた。カネ計算は露わにされるが、性関係は間接化されるのだ。その点で、廉想渉はゾラと区別され、藤村や花袋に相同性をみせるのである。もっとも、カネ計算については廉想渉のほうが具体的である。彼は、藤村や花袋より写実的な作家だった。

(4) 終結法

フランスの自然主義の終結法は悲劇的なのが特徴である。日常的な題材と悲劇的な終結法が、ゾライズム的文体混合の２つの柱である。日本の場合はちがっていた。大体が無解決の終結法をとっているからである。廉想渉も日本と近かった。プロット面で悲劇と喜劇を分ける基準は、プロットの下降性と上昇性にある。その基準で廉想渉の終結法を検討すると、次のようになる。

(1) 最初より終わりが、やや好転しているもの　…　6編
(2) やや悪化しているもの　　　　　　　　　　…　2編

(3) 平行線をたどるもの　　　　　　　… 12編

　悲劇になりうる素地をもつ作品は、20編中2編しかない。そのなかの「金の指環」は、愛を打ちあけてもいない女の結婚をとりあげたもの、「糞蠅とその妻」は金を横どりする妻に夫が仕える話だから、悲劇といえなくもないが、当人が悲劇と感じていないため悲劇性は薄まる。(1)にも、「やや」という修飾語が必要だ。悲劇性、喜劇性、どちらも程度はささやかである。つまり、すべてを無解決の終結法にしても問題はない。数的に最多の(3)はいうまでもないだろう。廉想渉が生涯にわたって無解決の終結法を愛用していたことが確認されるのである。
　無解決の終結法は、彼が意識的に使用していた終結法である。彼は評論で、しばしば「無解決」について言及している。「私の創作余談」では、自身の終結法を、解決より「自己流で解決」することを試みたものとしている。だが、実際は無解決の終結法の範囲を出ていなかったことが、プロットの最初と最後の関係から証明される。金東仁は逆だった。彼は悲劇的な終結法を愛用した。

(5)　ジャンル

　ゾライズムは20巻の連続小説で具現化された。ゾラは第2帝政期全体を再現しようとしたから、それだけの分量が必要となった。日本の自然主義の場合、中・長編が主軸だった。短編の場合でも、「蒲団」のように中編に近い分量をもつ。主に短編小説を書いていた徳田秋声は、自然主義の主流からはずれる。日本の自然主義のジャンルは中・長編といえる。
　廉想渉も量的な面では藤村、花袋ににている。彼は主に長編小説を書いた作家である。3部作も2つほどある。藤村や花袋より多く

の長編を書いたから、全体でみればゾラに近い分量となる。だが、同テーマでは3部作や4部作の範囲を超えないため、やはり日本の作家のほうに同質性をもつ。初期の短編が中編に近い量だったことも同様である。

　金東仁は主に短編を書いた。彼の長編は、すべて歴史小説である。李光洙を除き、廉想渉ほど多くの長編を書いた作家はみあたらない。その点で、彼は現実模写の文学に適合した作家といえる。

　だが、模写の対象はゾラとは異なった。廉想渉の初期の小説は告白小説である。しかも一人称私小説が多い。2期になると一人称視点と告白小説は減るが、人間の内面への関心は消えなかった。彼はゾラの客観主義の代わりに主客合一主義をとり、「生理」の代わりに「心理」に没頭した作家である。日本の自然主義者のようだったのだ。

　しかし、一人称視点は藤村や花袋にはなかった。それは白樺派の影響である。一人称視点であることを除けば、廉想渉の小説は藤村、花袋のものと類似している。内面重視の傾向、主客合一主義、虚構の排除などがそうだ。「無脚色」、「排虚構」のスローガンのため、自伝的小説やモデル小説ばかりを書いた点も日本と同じである。ちがうのは自然への無関心さや、親詩性がないことぐらいである。

　廉想渉は、評論家を兼業した作家である。その点は仏・日・韓3国の自然主義が共通している。自然主義は理性尊重の合理主義を基本とするから、自然主義の作家たちは評論に適している。

　3章全体をとおしてみると、廉想渉は人物の階層や類型、時空間の様相、主題、終結法、ジャンルなど、すべての面で日本の自然主義と類似性を示している。そのため、ゾラのような低い様式と高い様式の混合現象はみられない。高い様式の要因となる悲劇性が、検出されないからである。

4 物質主義と決定論

　物質主義的人間観はゾライズムの基本的な特色の1つである。日本の自然主義はちがった。儒教の時代と接する明治時代が背景だから、「石と人間の頭脳は同等にあつかわれる」境地にはほど遠い。だから、個性主義、家族主義と癒着することになる。性と金への関心が、前の時代に比べれば強くなったという程度で終わった理由がそこにある。

　廉想渉も彼らと同じだった。彼は科学礼賛者であり、カネと性の重要性を認識はしていたが、物質主義的にのみ人間をみることはできなかった。彼は真より美を尊重する芸術観を捨てられなかったし、自身が物質の奴隷になることは許せず、畢順、蔣勲(チャンフン)(「三代」)のようなキャラクターを好んだ。彼は、2種類のものを両方認める中庸主義者だったのである。

　しかし、彼が容認できなかったことがあった。儒教的価値観である。儒教の没個性主義と大家族主義、理想主義、精神主義が、彼の最大の敵だった。1期では個性至上主義と反家族主義によって、2期には物質肯定思想と現実主義で、彼は儒教と対決した。彼の美尊重思想の根底にも、美を無視して善ばかり重視した儒教への反感が横たわっているといえる。藤村と花袋の場合も廉想渉と同じだ。彼らの最大の敵も儒教だった。彼らも、ルネサンス的なテーマや科学主義を同時にとりこんだため、伝統への抵抗は長くつづけられた。

　金東仁はそうではなかった。彼は、儒教的な伝統とはかけ離れた、西北地方の開化された家庭で育った。没個性主義、大家族主義の被害を受けることがなかったのである。藤村と花袋、廉想渉には

ない環境だった。ゾラ的な物質主義をあっさりとりいれた素地に、望めば何でも叶えられるという成長環境があった。

ゾライズムのもう1つの特性となっている決定論は、廉想渉には評論と小説、2つのジャンルでみられる。評論の場合、決定論が現れる時期は非常に早い。1920年に書かれた「余の評者的価値を論ずるに答えて」で、すでにテーヌ的な決定論が批評方法にみられるからである。その後、短編集『牽牛花』の序文（1924）で、ゾラ的な決定論がわずかに姿を現わす。金昌億が発狂する要因として、遺伝と環境の影響が提示されるのである。だが、本格的な決定論が現れる時期は、弁証的写実主義との論争期だった。「『討究・批判』三題」になると「祖先遺伝貢献説」、「獲得遺伝説」などが登場するが、それは環境決定論に力点が置かれている点で、社会主義リアリズムに近い決定論である。そこでは遺伝までもが環境の影響と処理されている。

評論に現れる決定論の最初の特徴は、形而上学的なところである。作家と作品との因果関係、血統や地理的環境の文化決定性、文芸思潮に対する環境決定論などがそれだ。『牽牛花』の序文にわずかにみられるものを除けば、すべて形而上学と関連づけられるものばかりである。

2つめの特徴は、遺伝の部分が無視されていることだ。『牽牛花』の序文で2行ほど触れた以外、遺伝の問題は出てこない。彼は遺伝までも環境の影響とみなしていたのである。生理的人間を描くため、5代にわたる家系図を作成して執筆にとりかかったゾラとはかけ離れた決定論である。

理由は、彼の決定論が唯物論排撃の武器だったことにある。唯物論を攻撃するために、彼は唯心論に傾き、環境決定論に力点を置くようになったのだ。結果として、ゾラのものとはほど遠い決定論に

なったのである。

　小説に出てくる決定論はそうではなかった。ゾライズムと類似性をもつのである。出現時期はやはり初期だ。金昌億が、決定論と結びつけられているからである。しかし、廉想渉の作品で決定論と結びつけられるキャラクターは、崔貞仁1人しかいないといっても過言ではない。彼女には父方の淫蕩な血に、母方の怪しげな血が混ざっている。そこに、「中年男の一団の暇つぶしの遊び場」で育ったという環境の影響が加わる。彼女が、ちがう男の子どもを妊娠した身で結婚するほどふてぶてしくなった原因を、作家は決定論に求めたがっている。

　ところが、小説のなかの崔貞仁は、作家の意図に反して病的な面がない。彼女は最高学府を出たインテリであり、長文の遺書を論理的に書ける知的能力を備えている。貞仁はナナではなく、ノラだといえるだろう。テーヌが提示した決定論の3要素のうち、彼女と関連づけられるのは「時代」しかないといえる。

　「標本室の青ガエル」の金昌億の場合もそれにている。作家は、彼の発狂の原因を「精神的遠因」、「身体的近因」などと分類しているが、彼にはそうしたものがみあたらない。彼の父親は「営業と花柳」に素質があり母親は病弱だが、発狂の遠因となるような要素は不明である。母親の死、結婚の失敗、刑務所暮らしなどの後天的な不幸に、精神的に弱い人間が耐えられなかったことが発狂の原因だとみるほうが妥当だろう。だから、決定要因は環境の側に多いことになる。それだけでなく、彼の狂気は話者の礼讃の対象にされている。決定論的人間観とは隔たりがある。

　「三代」の趙相勲の場合も、遺伝は問題にされない。崔貞仁と同じく、時代的な条件が精神的堕落の要因と提示されるだけである。彼の悲劇は、万歳後の虚脱状態、儒教とキリスト教の葛藤、美形

に育ったことからくる現実感覚の欠如、などから生じている。したがって、廉想渉の決定論はゾラよりはテーヌ的なものに近い。

　時代の影響を大きく浮きあがらせる点で、評論と小説の決定論は共通している。小説が個人中心の決定論をとりあげる点、時折ゾラ的に遺伝と環境の影響を表出させようとする点は異なるが、廉想渉の小説には、自由意志をもたないキャラクターは多くない。

　決定論の比重が軽いこと、遺伝よりは環境を重視したこと、ジェルミニー型の登場人物が少ないことなどから、廉想渉の決定論は藤村や花袋のそれとにている。金東仁の決定論がゾラと類似性をもっていたのとは対照的である。

5　自然主義の韓国的様相

　仏・日・韓の３国の自然主義の特性は、彼らが非難を受けた内容のちがいにも現れる。フランスの場合、自然主義は肯定論より否定論が優勢だった。否定的な評価を受けることになった自然主義の特徴は❶物質主義的人間観、❷反形式性、❸理論の偏狭さと皮相さ、❹群衆趣味などである。なかでも最も多く非難された項目が❶だった。物質主義的人間観からくる獣性の賛美、性の過剰露出、病的な面の詮索などで、ゾラは「大便学」、「蓋を開けた溝」などの非難まで浴びせられた。道徳的な面での攻撃である。

　しかし、❷は美学的な非難である。非難したのはゴンクール兄弟、フローベール、モーパッサンなどの自然主義系の作家たちだった。彼らがゾラとともに自然主義派をなさなかったのは、彼の反修辞学的な芸術観のせいである。「真」を「美」より高く評価したゾラの方法を、審美的な彼らは容認することができなかったのだ。その後に、「実験小説論」の偏狭さと皮相さ、群衆趣味などへの非難がつづく。

　肯定論者たちは、同じ項目を別な立場からみていた。彼らは、醜悪面の描写の責任は、作家ではなくて現実の側にあると考えた。リアリズムは鏡の文学だからだ。したがって、肯定論の最初に来る項目は正直さとなる。つづいて、現実再現の意図の真摯性と科学性、慣習の矯正、読者層への呼応度などである。だが、否定する側の声がはるかに大きかったために、肯定論はかき消された。

　日本では逆に、否定論よりも肯定論が優勢だった。日本の自然主義は、ゾラが強い非難を浴びた２つの項目は受けいれず、賞賛され

た部分だけを継承したからである。日本の自然主義は、表現方法の正直さ、真摯性などをとりこむことで小説の近代化に寄与した。科学性は日本文学の近代化に必要な養分だった。日本では、慣習の矯正、読者層の拡大も含め、それらのすべてが、自然主義文学が文学史に貢献した部分とみなされたのである。❶近代的自我の確立、❷写実主義的技法の定着、❸題材の現実化、❹ローカルカラーを前面に立てることなどが、肯定論の中身である。

否定論は、ゾライズムと日本の自然主義を同質にみるところから生じていた。だが、後期自然主義に属する藤村や花袋に、その批判は当てはまらない。彼らの自然主義はゾラのような禽獣主義ではなかったし、卑俗でもなかったからである。もっとも、反対派はそれぞれ異なる反対理由をもっていた。芸術論のために自然主義を非難したのは耽美派であり、理想主義的道徳観の不在を非難したのが白樺派であり、階級意識の欠如を非難したのがプロレタリア文学派だったのだ。

白樺派は主我主義と欧化主義を自然主義から継承し、プロレタリア文学は彼らの「排技巧」の表現方式を受けついだ。したがって自然主義とは共通項が多い。日本の自然主義がそもそもゾライズムとちがうから、非難も強くはなかった。日本の自然主義は、はじまりは浪漫主義と共存し、終わりのほうは象徴主義や印象主義と接していたため、主情性が強い。だから名称と概念の曖昧さが争点となっている。

韓国の自然主義は作家によって、同じ作家でも時期によって、否定論と肯定論の中身が変わる。金東仁は思想的な面でゾライズムと類似性をもつため、物質主義的人間観でゾラが非難されたのと同じような非難を受けた。性の過剰露出、病的な面の詮索、卑俗性などがそれである。だが、芸術観はゾラとはまったくちがったから、表

現技法の面での非難は該当しない。

　反対に廉想渉は、物質主義的人間観での該当事項は少ない。代わりに、無選択の原理からくる描写の退屈さやプロットの散漫さ、主題の乏しさなどが非難の対象になった。金東仁のような道徳面ではなく、美学的な面が対象にされたのである。彼は、用語の概念が曖昧だという理由でもかなり批判された。若い評者たちが、ゾライズムの物差しで彼の文学を測ったことに起因する。彼の自然主義は日本の自然主義が元祖だったから、批判の材料は多かった。廉想渉と金東仁が同じように非難されたのは、階級意識の欠如だけである。２人はプロレタリア文学者の敵だったからだ。

　肯定論の場合に共通するのは、ノベルの土台を築いた功績である。韓国でも、自然主義は日本のように近代小説の先頭走者だったのだ。韓国でも２人の作家は、近代的自我の確立、客観的描写体の定着、題材の現実化などが賞賛の的とされる。

　自然主義の韓国的様相を抽出するために、ゾライズム、日本の自然主義を、金東仁と廉想渉の自然主義と比べると、次のとおりである。

　この比較で、金東仁の自然主義とゾライズムの関係を確認すると、(1)形式尊重の芸術観、(2)私小説、(3)主客合一主義、(4)作家の階層、(5)短編小説中心、(6)作家の選択権主張の６項目を除く、残りの13項目でゾライズムとの類似性がみられる。

　ゾライズムと類似しない項目の(1)と(6)は芸術至上主義につながるもの、(2)と(3)は日本の自然主義に類似するものである。一人称私小説の執筆や芸術至上主義などは大正文学の影響だから、この４項目は日本文学の影響の総和といえる。(4)は作家の階層である。金東仁はゾラや日本の作家よりも出身階層が高かった。(5)はジャンルだ。短編小説が主だったのは、草創期で発表紙面が不足してい

		ゾライズム	金東仁	日本自然主義	廉想渉1期	廉想渉2期
1	用語	自然科学+人性	(ルソーイズム)科学+人性	個人主義+自然主義	個人主義+自然主義	写実主義+自然主義
2	再現方法	真実尊重 客観主義	真実尊重 主客合一	真実=写実 体験主義 主客合一	真実=写実 体験主義 主客合一	真実=写実 体験主義 主客合一
3	考証	考証重視	…	…	考証より体験重視	…
4	選択権排除	+	-	+-	-	+
5	技巧	反技巧主義	技巧主義	排技巧	技巧重視	…
6	語彙の卑俗性	+	+	-	-	-
7	プロット	虚構性肯定	虚構+私小説	無脚色、排虚構	…	…
8	描写の対象	客体:客観的小説	主体+客体 額縁小説多し	主体の客観化 3人称私小説	一、三人称 告白小説	客体の内面と外面を描く(1,3人称混用)
9	人物の階層	最下層の人物	1:私小説-有識有産層 2:虚構小説-無識無産層	中産層の知識人		
10	人物類型	ジェルミニー型	ジェルミニー型多し	ボヴァリー型	過敏性ボヴァリー型	日常的ボヴァリー型
11	時間的背景	同時代	+	+	+	+
12	空間的背景	社会全体	自然主義:屋内 耽美主義:屋外	屋内主導型	旅路	屋内主導型
13	主題	性の露出	性の抽象性	性の露出(間接描写)	-	性の間接描写
14	終結法	悲劇的終結法	…	無解決の終結法	…	…
15	ジャンル	20編の長編	短編中心	中・長編(3部作が限界)	中・短編	短編、中・長編(3部作が限界)
16	文体混合	卑俗性+真摯性				
17	物質主義	反形而上学	…	+-	…	+-
18	遺伝	病的遺伝重視	+	+-	…	+-
19	環境	環境決定論重視	+	+-	+-	+-

たことも原因だが、金東仁の適性とも関係がある。彼は新聞小説を純粋文学と認めなかったし、長編小説を書く紙面がなかったこともあったが、技術的にも短編小説に適性があった。「簡潔の美学」が彼の趣向だったからである。

　金東仁の自然主義系の文学は、日本の自然主義よりもゾライズム

と多くの同質性をもつ。思想的に、物質主義的人間観と同調していたからである。だが表現技法はまったく異なる。彼は反模写の芸術論をもつ芸術至上主義者だった。人工的なものへの礼讃という次元で、彼は芸術と科学を共有しようとした。2つは共に人間が作りだしたものだからだ。しかし、相反する自然主義と唯美主義の共有は、彼の自然主義を損なった要因といえるだろう。

廉想渉の場合は逆である。彼にはゾラ的な科学観、芸術観、人間観がみられない。彼とゾライズムの関係は、日本の自然主義とゾライズムとの関係ににている。仏・日の自然主義は、現実再現の方法でのみ類似性をみせる。日本の自然主義は、ゾラから写実主義の側面だけ受け入れたのである。廉想渉も同じだった。

廉想渉と日本の自然主義は、すべての面でにている。2期の廉想渉は、19項目中17項目を、日本の自然主義と共有する。美を尊重する芸術観、一人称私小説の2つがちがうだけである。それは、廉想渉が大正文学から影響されたものだった。さらに都市的な背景が加わる。自然主義は群衆趣味をもつため、人口密集地の都市を背景にとることが多いが、日本の自然主義は「ローカルカラー」を活かしたものとみなされている。だから、廉想渉とは異なる。

しかし、2期の廉想渉は模写論を肯定する芸術観で作品を書いたから、日本の自然主義の芸術観とそれほどかけ離れているわけではない。2期には一人称私小説が減少する現象もみられるから、彼の2期以降の小説は、藤村や花袋のものと基本事項が同じだといえる。

1期はそうではなかった。1期には、(1)反模写の芸術観、(2)個性至上主義、(3)一人称視点、(4)人物のナイーブさ、(5)告白小説、(6)背景の広域性などに、日本の自然主義とのちがいがみられる。2期とはちがう世界だったのである。結果として、作家自身が写実

主義と呼んだ2期のほうが、自然主義と名づけた1期の文学よりも日本の自然主義に類似性が多かったことは、廉想渉文学のアイロニーである。

最後に確認しておかなければならないことは、自然主義の韓国的な様相である。先の表で金東仁と廉想渉に共通する項目をみると、まずは芸術観がある。2人とも「美」を優位に置く芸術観をもっていた。次は主我主義につながる一人称私小説だ。しかし、その2つは、どこの国の自然主義にも該当しない。それは、大正時代の唯美主義と主我主義に影響されたものだからである。

彼らを自然主義の作家と呼ぶことができる理由はほかにある。それはまず、言文一致体の確立である。次に、如実な描写のための努力だ。それぞれ方法は異なっていたが、2人の作家はともに、現実をありのままに正確に再現しようとした。現実との類似性vraisemblanceの獲得によりフォーマル・リアリズム formal realismを確立したことが、彼らの功績である。3つめは題材の現実化である。浪漫主義と理想主義の弊害を洗い流し、肉体をもった人間の限界を正直に認めようとする努力のなかに、2人のリアリズムは成立している。彼らは徹底した反浪漫主義者だった。4つめは、客観的な視点をとおして形成された写実性の確保である。そうした要件を集めたなかに、彼らはノベルを定着させる。

自然主義がノベルの定着に寄与した点で、彼らの文学史的な位置は、日本での藤村や花袋のものとにている。だが、大正期の社会主義リアリズムの影響は、金東仁と廉想渉の文学を藤村や花袋よりさらに写実的にした。金東仁と廉想渉は、藤村や花袋の感傷性、親浪漫主義的傾向などから脱し、より合理的で現実的な自然主義を作りだしたのである。そのくせ、主我主義的な色彩も濃かったところに自然主義の韓国的な矛盾がある。李光洙の課題でもあった個人尊重

思想は、彼らにおいては主我主義として深化した。大正期の主我主義をとおして、彼らは封建的な没個性主義からなんとか脱皮したのである。

　たとえ、金東仁が思想の面でゾラ的な性格をみせ、２期の廉想渉が形式の面で重点的に日本の自然主義を受け入れたのだとしても、近代的自我の確立、物質肯定、合理主義、フォーマル・リアリズム formal realismの確立、現実主義的な世界観などで、２人の作家は「成人男性の文学」に至り着いている。彼らのそうした共通分母のなかに、自然主義の韓国的様相がある。

主要参考文献

1. 基本資料

＊廉想渉

『創造 (復刻版)』、元文社、1976 年
『学之光（復刻版）』、太学社、1978 年
『廃墟（復刻版）』、韓国書誌同好人会、1969 年
『開闢（復刻版）』、開闢社、1920 年
『朝光（復刻版）』、朝光社、1935 年
『三千里（復刻版）』、三千里社、1929 年
『韓国文学』、韓国文学社、1973 ～ 1990 年
『文学思想』、文学思想社、1972 ～ 1990 年
『現代文学』、現代文学社、1955 ～ 1990 年
『廉想渉全集』全 12 巻・別巻 1、民音社、1987 年
『廉想渉』、韓国文学研究所編、ヨンヒ、1980 年
『金東仁全集』全 7 巻、三中堂、1976 年

＊ Emile Zola

Les Rougon-Macquart tome I -V, Bibliothèque de la Pléiades, Gallimard, 1961.
  （邦訳：『ゾラ・セレクション』藤原書店、『ルーゴン家の誕生』、伊藤桂子訳、論創社、2003 年、などに所収）

Le Roman experimental, Garnier-Flammarion, 1971

'Le Roman expérimental'
'Lettre à la jeunesse' ＊
'Le Naturalisme au théâtre' ＊
'L'Argent dans la littérature' ＊
'Du Roman'
'De la Critique'
'La République et la Littérature' ＊＊
  （＊印邦訳：『ゾラ・セレクション第 8 巻　文学論集　1865-1896』所収、佐

藤正年編・訳、藤原書店、2007）

＊＊印邦訳：『ゾラ・セレクション第10巻　時代を読む　1870-1900』所収、小倉孝誠・菅野賢治編・訳、藤原書店、2007）

Nana, Collection Folio classique (n° 3707), Série Prescriptions, Gallimard, 1977.

（邦訳：『ナナ』、川口篤・古賀照一 訳、新潮文庫、2006）

L'Assommoir, Collection Folio classique (n° 3303), Série Prescriptions, Gallimard, 1978.

（邦訳：『居酒屋』、古賀照一訳、新潮文庫、1971）

Thérèse Raquin, Livre de Poche, 1968.

（邦訳：「テレーズ・ラカン」『ゾラ・セレクション第1巻　初期名作集』所収、宮下志朗編訳、藤原書店、2004年）

＊田山花袋

『蒲団・重右衛門の最後』（新潮文庫）、新潮社、1952年

『日本文学全集7　田山花袋集』、集英社、1972年

『日本近代文学大系19　田山花袋集』、角川書店、1972年

『日本の文学8　田山花袋、岩野泡鳴、近松秋江』、中央公論社、1974年

＊島崎藤村

『文藝臨時増刊　島崎藤村読本』、河出書房、1954年

『藤村詩集』（新潮文庫）、新潮社、1968年

『夜明け前』全4巻（岩波文庫）、岩波書店、1969年

『嵐・ある女の生涯』（新潮文庫）、新潮社、1969年

『新潮日本文学2　島崎藤村集』、新潮社、1970年

『日本文学全集10　島崎藤村II』、集英社、1974年

＊その他

『有島武郎全集　第3巻　創作2』、筑摩書房、1980年

『石川啄木全集 第4巻　評論・感想』、筑摩書房、1980年

『小林秀雄全集 第3巻　私小説論』、新潮社、1968年

『シンポジウム英米文学6　ノヴェルとロマンス』学生社、1974年

『シンポジウム日本文学12　近代文学の成立期』、学生社、1977年

『シンポジウム日本文学13　森鷗外』、学生社、1977年
『シンポジウム日本文学14　夏目漱石』、学生社、1975年
『シンポジウム日本文学15　島崎藤村』、学生社、1977年
『シンポジウム日本文学16　谷崎潤一郎』、学生社、1976年
『シンポジウム日本文学17　大正文学』、学生社、1976年
『長谷川天渓文芸評論集』（岩波文庫）、岩波書店、1955年
『新潮日本文学』1～9巻、新潮社、1969～1973年（明治・大正時代の代表作家集）

※その他の自然主義系作家の作品資料は省略

2．廉想渉 研究資料　※著者名韓国語読み（カナダラ）順

姜秀吉、「廉想渉の『三代』研究」、慶熙大学校大学院博士学位論文、1990年2月

姜淳旭、「キリスト教文学を通じた宣教の模索――廉想渉の三代を実例に」、監理教神学大学校神学大学院、1997年2月

姜仁秀、「『三代』の登場人物考」、『韓国文学論叢』第4集、韓国文学会、1981年12月
「韓国写実主義文学考」、釜山大学校大学院修士学位論文、1974年2月

姜仁淑、「自然主義の韓国的様相」、『現代文学』、現代文学社、1964年9月
「韓・日　自然主義の比較研究(I)」、『人文科学論叢』第15集、建国大学校人文科学研究所、1983年
「韓・日　自然主義の比較研究Ⅲ-(1)――廉想渉の自然主義論の源泉探索(1)」、『国語国文学』第4集、建国大学校国語国文学科、1987年
「廉想渉と伝統文学」、『建国語文学』、11、12合併号、建国大学校国語国文学研究会、1987年4月
『仏・日・韓　三国対比研究――自然主義文学論Ⅰ』、高麗苑、1987年8月
「廉想渉と自然主義(2)」、『学術誌』第33集、建国大学校出版部、1989年5月
「廉想渉の小説にあらわれた時空間（chronotopos）の様相――1期と

　　　　２期の小説を中心に」、『人文科学論叢』第 21 集、建国大学校人文科学研究所、1989 年 9 月
　　　　「廉想渉の作中人物研究――自然主義との関係を中心に」、『学術誌』第 35 集、建国大学校出版部、1991 年 5 月
　　　　『廉想渉と自然主義　自然主義文学論Ⅱ』、高麗苑、1991 年 10 月
　　　　「李人稙の小説に現れたノベルの徴候」、『韓国近代小説の定着過程研究』、姜仁淑編、図書出版パクイジョン、1999 年 3 月
　　　　「朴燕巖の小説に現れたノベルの徴候――『許生傳』を中心に」、『同族語文学（겨레어문학)』第 25 号、同族言文学会、2000 年 8 月
カン・ジンホ、「民族文学と廉想渉文学の近代性」、金鍾均編『廉想渉小説研究』、国学資料院、1999 年 1 月
姜興植、「『万歳前』研究――時間と空間を中心に」、忠南大学校教育大学院修士学位論文、1987 年 2 月
高麗大学校民族文化研究所、『韓国現代文化史大系 1　文学・芸術史』、高麗大学校民族文化研究所出版部、1979 年
郭元石、「『万歳前』の対話的構成」、『崇實語文』第 16 集、崇實語文研究会、2000 年 6 月
　　　　「現実矛盾の小説化とその 3 種類の次元――『万歳前』を中心に」、『現代小説研究』第 16 号、韓国現代小説学会、2002 年 6 月
郭鍾元、「主潮の喪失と思想性の貧困――上半期創作界総評」、『朝鮮日報』、1956 年 7 月 21、23、24 日
丘仁煥、「廉想渉の小説考」、『先青語文』、ソウル大学校師範大学 国語教育学科、1976 年 8 月
　　　　「『万歳前』の小説美学」、『ソウル大学校師大論叢』第 18 集、ソウル大学校師範大学、1978 年 12 月
具仲書、「韓国リアリズム文学の形成」、『創作と批評』通巻 17 号、1970 年夏号、創作と批評社、1970 年 6 月
権丙圭、「廉想渉と『三代』研究――カネの役割と人間関係を中心に」、弘益大学校教育大学院修士学位論文、1992 年 8 月
権寧珉、「廉想渉の文学論に対する検討――1920 年代の批評活動を中心に」、『東洋学』第 10 集、檀国大学校東洋学研究所、1980 年 10 月
　　　　「自然主義かリアリズムか――廉想渉の小説論とその性格」、『小説文

学』第 8 巻 第 8 号、小説文学社、1982 年 8 月
「廉想渉の文学論とリアリズムの認識」、金烈圭・申東旭編『廉想渉研究』、セムン社、1982 年 10 月
「韓国近代小説論研究」、ソウル大学校大学院博士学位論文、1984 年 2 月
「廉想渉の民族文学論」、『韓国文化』第 7 集、ソウル大学校韓国文化研究所、1986 年 12 月

金慶洙、「廉想渉の読書体験と初期小説の構造──『君たちは何を得たのか』論」、『韓国文学 理論と批評』1 号、韓国文学 理論と批評学会、1997 年 8 月
「横歩の再渡日期作品」、『韓国文学 理論と批評』第 10 集、韓国文学 理論と批評学会、2001 年 3 月

金九中、「金東仁、廉想渉、玄鎮健 一人称小説の叙述状況研究」、韓南大学校大学院博士学位論文、1996 年 2 月

金根洙、「横歩 初期作品の改題と改作」、『文学思想』通巻 49 号、文学思想社、1976 年 10 月

金基鎮、「私が見た廉想渉」、『生長』2 号、生長社、1925 年 2 月
「文芸時評」、『朝鮮之光』第 65 号、1927 年 3 月
「10 年間 朝鮮文芸変遷過程」、『朝鮮日報』、1929 年 1 月 1 日
「弁証的写実主義──様式問題に対する草稿」、『東亜日報』、1929 年 2 月 25 日、3 月 1 〜 7 日

金東里、『文学と人間』、白民文化社、1948 年
「横歩先生の一面」、『現代文学』通巻 512 号、現代文学社、1963 年 5 月

金東仁、「霽月氏の評者的価値──『自然の自覚』に対する評を見て」、『創造』、創造社、1920 年 5 月
「霽月氏に答える㈠、㈡」、『東亜日報』、1920 年 6 月 12 〜 13 日
「批評に対して」、『創造』第 9 号、創造社、1921 年 6 月
「小説作法」、『朝鮮文壇』第 7 〜 10 号、1925 年 4 〜 7 月
「朝鮮近代小説考」、『朝鮮日報』、1929 年 7 月 28 日〜 8 月 16 日
「作家四人──春園・想渉・憑虚・曙海 彼らに対する短評」、『毎日申報』1931 年 1 月 1 〜 8 日

「私の弁明」、『朝鮮日報』、1932年2月6〜10日

「二月創作評―三嘆する手法（四）：廉想渉氏 作 『その女子の運命』」、『毎日申報』、1935年2月14日

キム・ドンファン、「『三代』・『太平天下』の幻滅構造」、『冠嶽語文研究』第16集、ソウル大学校国語国文科、1991年12月

「『三代』と浪漫的イロニー（Ironie）」、金鍾均編『廉想渉小説研究』、国学資料院、1999年1月

キム・ミョンヒ、「想渉文学にあらわれた葛藤構造と文学観――『三代』を中心に」、『チョンノン語文研究』第1集、ソウル市立大学校文理科大学国語国文学科、1988年12月

金文輯、「新刊評――廉想渉 著『二心』」、『文章』第1巻6集、文章社、1939年7月

金炳傑、「20年代のリアリズム文学批判――西欧のリアリズムと金東仁・廉想渉の初期作」、『創作と批評』、創批、1974年

金炳翼、「葛藤の社会学――廉想渉の『三代』」、『現代韓国文学の理論』、金炳翼・金柱演ほか編、民音社、1972年3月

「リアリズムの技法と精神」、『文学思想』創刊号、三省出版社、1972年10月

『韓国文壇史』、一志社、1973年

金相煜、「韓日近代写実主義小説の比較研究――二葉亭四迷『浮雲』と廉想渉『三代』を中心に」、清州大学校大学院修士論文、1989年2月

金相泰、「Challenges to Confucian values in modern novels――〈The Heartless(無情)〉 and the 〈The Three Generations(三代)〉」、『比較文学』第12集、韓国比較文学会、1987年12月

キム・ソンムク、「廉想渉初期小説の自然主義的特性に関する研究――E. ゾラの小説との比較を中心に」、全南大学校教育大学院修士学位論文、2000年2月

キム・ソンオク、「廉想渉の『三代』と巴金の『家』に対する比較研究」、高麗大学校大学院修士学位論文、2001年2月

金松峴、「『三代』におよんだ外国文学の影響」、『現代文学』通巻97号、現代文学社、1963年1月

「『天痴か天才か』の源泉探索」、『現代文学』、現代文学社、1963年4月

「初期小説の源泉探索」、『現代文学』、現代文学社、1964年9月

金岸曙、「近代文芸(五)」、『開闢』、開闢社、1921年12月

金宇鍾、「凡俗のリアリズム――廉想渉」、『韓国現代小説史』、宣明文化社、1968年9月

金禹昌、「リアリズムへの道――廉想渉初期短編」、『芸術と批評』、1984年冬号、芸術と批評社、1984年2月

金容稷、金治洙、金鍾哲共編、『文芸思潮』、文学と知性社、1977年

金允植、「韓国自然主義文学論考に対する批判――韓国 現代文芸批評史研究(三)」、『国語国文学』第29号、国語国文学会、1965年8月

「韓国自然主義文学論」、『近代韓国文学研究』、一志社、1973年2月

『韓国近代文学様式論考』、亜細亜文化社、1980年

「告白体小説形式の起源――廉想渉の場合」、『現代文学』通巻370〜371号、現代文学社、1985年10〜11月

『韓国近代小説史研究』、乙西文化社、1986年

「告白体から観察機構に至る道――廉想渉文学の一つの姿」、『世界の文学』通巻42号、1986年冬号、世界の文学社、1986年12月

『金東仁研究』、民音社、1987年

『廉想渉研究』、ソウル大学校出版部、1987年

「廉想渉の『三代』について」、『90年代韓国小説の表情』、ソウル大学校出版部、1994年4月

「二つの標本室と近代文学――探究者と研究者」、『文学トンネ』、11号夏号、文学トンネ社、1997年5月

「『廉想渉研究』が立っている場所」、文学史と批評研究会著『廉想渉文学の再照明』、セミ出版社、1998年2月

金允植編『廉想渉』、文学と知性社、1977年

金允植・金炫共著、「韓国文学史」、民音社、1973年

金思典、「韓日両国の西欧文学受容に関する比較文学的研究」、『国語教育』、韓国国語教育研究会、1972年12月

金鍾均、「廉想渉小説の年代的考察(1)――初期作品を中心に」、『国語国文学』第36号、国語国文学会、1967年5月

『廉想渉研究』、高麗大学校出版部、1974年4月

「廉想渉小説の背景とその特性」、『詩文学』通巻79号、詩文学社、

1978年2月

「廉想渉の1930年代短編小説──その作品論を中心に」、『国語国文学』第77号、国語国文学会、1978年6月

「廉想渉の1920年代長編小説研究──作家意識を中心に」、『論文集』第9集、清州師範大学、1980年6月

「廉想渉小説の『万歳前』考」、『語文研究』第31、32号、韓国語文研究会、1981年12月

『廉想渉の生涯と文学』、博英文庫231巻、博英社、1981年8月

「都市の野人　廉想渉」、『文学思想』通巻163号、文学思想社、1986年5月

「自伝的省察の様相──廉想渉の『万歳前』」、『読書広場』第28号、天才教育社、1994年12月

キム・チュンス、「S.E Solberg教授の所論に対する疑問点──小説『甘藷』を対象に」、『語文論集』第2巻、慶北語文学会、1964年7月

金治洙、「廉想渉再考」、『中央日報』、1966年1月15〜20日

金澯東、「自然主義 小説論」、『韓国近代文学研究──人文科学研究論集　第2集』、西江大学校人文科学研究所、1969年11月

『韓国文学の比較文学的研究』、一潮閣、1972年

金　炫、「植民地時代の文学──廉想渉と蔡萬植」、『文学と知性』第5号、文学と知性社、1971年9月

「廉想渉とバルザック」、金允植編『廉想渉』、文学と知性社、1977年

金　顕、「作家と意味作り──金東仁の時間性と廉想渉の空間性」、『文学と批評』第11号、文学と批評社、1989年9月、

朴英熙、「現代韓国文学史 4」、『思想界』、思想界社、1958年10月

白川豊、「韓国近代文学草創期の日本的影響　文人たちの日本留学体験を中心に」、『東岳語文論集』第16号、東国大学校大学院東岳語文学会、1982年6月

白　鐵、「自然主義と想渉作品」、『自由世界』、1953年5月

「上半期新旧の創作界──月刊誌の作品を中心」、『思想界』第48号、思想界社、1957年7月

「廉想渉の文学史的位置──『標本室の青ガエル』を例に」、『現代文学』通巻101号、現代文学社、1963年5月

「朝鮮新文学思潮史」、『白鐵文学全集』第4巻、新丘文化社、1969年
白　鐵・李秉岐 共著、『国文学全書』、新丘文化社、1957年
宗河春、「個人化と事実への自覚」、『1920年代 韓国小説研究』、高麗大学校民族文化研究所、1985年5月
申東旭、「廉想渉考」、『現代文学』通巻179号、現代文学社、1969年11月
S.E Solberg、「草創期の三小説」、『現代文学』、現代文学社、1963年3月
廉武雄、「植民地時代文学の認識」、『新東亜』第121号、東亜日報社、1974年9月
尹弘老、「韓国文学の解釈学的研究」、一志社、1976年
　　　「1920年代　韓国小説研究」、ソウル大学校大学院博士学位論文、1980年2月
　　　「作品論──廉想渉」、『韓国近代小説研究』、一潮閣、1980年2月
李御寧、「1957年の作家たち」、『思想界』通巻54号、思想界社、1958年1月
　　　「韓国小説の盲点──リアリティの問題を中心に」、『思想界』通巻111号、思想界社、1962年11月
李御寧・韓国語文学研究会共編、『韓国作家伝記研究──新たな資料調査を通して』上、同和出版公社、1975年
李仁模、『文体論』、東華文化社、1960年
李仁福、『韓国文学に現れた死の意識の史的研究』、悦話堂、1981年
李在銑、『韓国現代小説史』、弘盛社、1979年
李　桓・洪承五・元潤洙共編、『フランス近代小説の理解』、民音社、1984年
林鍾国、『親日文学論』、平和出版社、1966年
任軒永、『韓国近代小説の探求』、汎友社、1974年
張伯逸、「韓国的写実主義文学の比較文学的検討──1920年代の小説を中心に」、『比較文学』第1巻、韓国比較文学会、1977年10月
張師善、「廉想渉折衷論の無折衷性」、権寧珉編『廉想渉全集 別巻──廉想渉文学研究』、民音社、1987年7月
鄭明煥、『ゾラと自然主義』、民音社、1982年
鄭漢模、「リアリズム文学の韓国的様相」、『思潮』第5号、思潮社、1958年10月
　　　『現代作家研究』、凡潮社、1959年
鄭漢淑、『現代韓国小説論』、高麗大学校出版部、1977年

曺南鉉、「韓国現代小説にあらわれた知識人相研究──1920、1930年代を中心に」、ソウル大学校大学院博士学位論文、1983年2月

「『三代』の再解釈」、『韓国文学』通巻161号、韓国文学社、1987年3月

趙演鉉、「文化界 一年の回顧と展望」、『新天地』第5巻1号、新天地社、1950年1月

「韓国現代作家論──廉想渉篇」、『夜明け（새벽）』第20号、セビョク社、1957年6月

『韓国現代文学史』、人間社、1961年

蔡壎、「韓・日 自然主義小説の展開過程に関する対比研究」、『淑明女子大学校 論文集』第23号、淑明女子大学校、1982年

崔性珉、「韓国現代文学に及んだフランス自然主義文学の影響」、『韓国文化研究院論叢』第5巻、梨花女子大学校、1965年3月

韓曉、「進歩的リアリズムへの道──新たな創作路線」、『新文学』、新世代社、1946年4月

洪思重、「廉想渉論」、『現代文学』通巻105〜8号、現代文学社、1963年9〜12月

洪一植、『韓国開化期の文学思想研究』、悦話堂、1980年

3．欧米の文献　※著者名アルファベット順

M. H. Abrams, *The Mirror and the Lamp: Romantic Theory and the Critical Tradition*, Oxford Univ. Press, 1971.

（邦訳：『鏡とランプ──ロマン主義理論と批評の伝統』、水之江有一訳、研究社、1976年）

E. Auerbach, *Mimesis: The Representation of Reality in Western Literature*, Princeton Univ. Press, 1974.

（邦訳：『ミメーシス──ヨーロッパ文学における現実描写』〈上〉〈下〉、篠田一士訳、ちくま学芸文庫、1994年）

Irving Babbitt, *Rousseau and Romanticism*, Meridian Books, 1959. ☆

Monroe C. Beardsley, *Aesthetics from Classical Greece to the Present*, Univ. of Alabama Press, 1975.

Harold Bloom, ed, *Romanticism and Consciousness: Essays in Criticism*, W. W. Norton & Co., 1970.

Wayne C. Booth, *The Rhetoric of Fiction*, The Univ. of Chicago Press, 1961.
  （邦訳：『フィクションの修辞学』、ウェイン・ブース著、米本弘一、服部典之、渡辺克昭訳、水声社、1991 年）

Jacques-Henry Bornecque & Pierre Cogny, *Réalisme et Naturalisme; l'histoire, la doctrine, les œuvres*, Hachette, 1958.

M. Boulton, *The Anatomy of Prose*, Routledge & K. Paul, 1954

S. H. Butcher, *Aristotle's Theory of Poetry and Fine Art*, Dover Publication, Inc., 1951.

Robert L. Caserio, *Plot, Story, and the Novel: From Dickens and Poe to the Modern Period*, Princeton Univ. Press, 1979.

P. Cogny, *Le Naturalisme*, Presses universitaires de France, 1976.（邦訳：『自然主義』、ピエール・コニー著、河盛好蔵、花輪光訳、白水社、1957 年）

R. S. Crane, ed, *Critics and Criticism Ancient and Modern*, Univ. of Chicago Press, 1952.

Gustave Flaubert, *Oeuvres II*, Bibliothèque de La Pleiade, Gallimard, 1952.

E. M. Forster, *Aspects of the Novel*, Penguin Books, 1977.
  （邦訳：『小説の諸相　E. M. フォースター著作集 (8)』中野康司訳、みすず書房、1994 年）

Damian Grant, *Realism*, Methuen, 1970.（邦訳：『リアリズム』、デイミアン・グラント著、後藤昭次訳、研究社出版、1971 年）

W. L. Guerin [et al.] *A Handbook of Critical Approaches to Literature*, Harper & Row, 1966
  （邦訳：『文学批評入門』、日下洋右、青木健 共訳、彩流社、1986 年）

Lawrence Sargent Hall, *A Grammar of Literary Criticism: Essays in Definition of Vocabulary Concepts and Aims*, The Macmillan Co., 1969.

A. Hauser, *The Social History of Art and Literature vol. 4 : Naturalism, Impressionism, The Film Age*, Routledge & Kegan Paul, 1981.
  （邦訳：『芸術と文学の社会史 3 自然主義・印象主義から映画の時代まで』、アーノルド・ハウザー著、高橋義孝訳、平凡社、1968 年）

J. K. Huysmans, "Emile Zola and L'Assommoir", *Documents of Modern Literary Realism*, G. J. Becker ed., Princeton University Press, 1963

André. Lagarde, Laurent Michard. *Les Grands auteurs français 5, XIXe siècle, les grands auteurs français du programme: anthologie et histoire littéraire*, Bordas, 1956, 5th ed.

René Lalou, *Contemporary French Literature*, Alfred A, Knopf, MGM, 1924.

Georg Lukács, *The Theory of The Novel*, The MIT. Press, Mass. 1971.
  (邦訳:『小説の理論』、ジョルジュ・ルカーチ 著、原田義人、佐々木基一訳、『世界思想教養全集 第9巻（近代の文芸思想）』、河出書房新社、1963年)

Frank O'Connor, *The Mirror in the Roadway : A study of the modern novel*, Hamish Hamilton, 1957.

S. S. Prawer, *Comparative Literary Studies: an introduction*, Harper & Row Publisher's Inc., 1973.

J. J. Rousseau, *Les Confessions*, Bordas, 1970.
  (邦訳:『告白（上）ルソー選集1』、『告白（中）ルソー選集2』、『告白（下）ルソー選集3』、ジャン・ジャック・ルソー著、小林善彦訳、白水社、1986年)

Horst Ruthrof, *The Reader's Construction of Narrative*, Routledge & Kegan Paul, 1981.

Ruth L. Saw, *Aesthetics: an introduction*, Anchor Books, Doubleday & Company, Inc. 1971.

Virgil Scott and Adrian H. Jaffe, *Studies in the Short Story*, Holt, Rinehart and Winston, 1962.

Joseph T. Shipley, ed., *Dictionary of World Literature*, Littlefield, Adamas & Co., 1960.

M. K. Spears, *Dionysus and the City: modernism in twentieth-century poetry*, Oxford Univ. Press, 1970.

Philip Stevick, ed., *The Theory of the Novel*, The Free Press, 1967.

Philippe Van Tieghem, *Les grandes doctrines littéraires en France: de la Pléiade au surrealism*, Press Universittaires de France, 1946.
  (韓国語翻訳本『仏文学思潮』12章、閔熹植訳、文学思想社、1981年)
  (邦訳:『フランス文学理論史——プレイヤッド派からシュルレアリスムへ』、フィリップ・ヴァン・チーゲム著、萩原弥彦訳、紀伊國屋書店、1973年)

Charles C. Walcutt, *Seven Novelists in the American Naturalist Tradition*, Univ. of Minnesota Press, 1956.

Ulrich Weisstein, *Comparative Literature and Literary Theory: Survey and Introduction*, Indiana Univ. Press, 1973.

（邦訳：『比較文学と文学理論——総括と展望』、ウルリッヒ・ヴェルナー・ヴァイスシュタイン著、松村昌家訳、ミネルヴァ書房、1977年）

René Wellek and Austin Warren, *Theory of literature*, Penguin Books, 1970.

（邦訳：『文学の理論』、R. ウェレック、A. ウォーレン著、太田三郎訳、筑摩書房、1967年）

William K. Wimsatt Jr. & Cleanth Brooks. *Literary Criticism: a short history*, Alfred A. Knopf, 1957.

Encyclopedia Britannica Vol. 23, 10.

4．日本の文献 ※著者名あいうえお順

浅見　淵、「『私小説』解釈の変遷」、『國文学——解釈と教材の研究』第11巻3号、学燈社、1966年3月

『昭和文壇側面史』（講談社文芸文庫）、講談社、1996年

磯貝英夫、『文学論と文体論』、明治書院、1980年

伊東一夫編、『島崎藤村——課題と展望』、明治書院、1979年

伊藤　整、『日本文壇史9　日露戦後の新文学』（講談社文芸文庫）、講談社、1996年

大久保典夫、「自然主義と私小説——「蒲団」をめぐって」、『國文学——解釈と教材の研究』第11巻3号、学燈社、1966年3月

『耽美・異端の作家たち』、桜楓社、1976年

片岡良一、『日本浪漫主義文学研究』、法政大学出版局、1958年

勝山　功、『大正・私小説研究』、明治書院、1980年

加藤周一、『日本文学史序説』下、筑摩書房、1980年

加藤周一・中村真一郎・福永武彦著、『1946・文学的考察』（講談社文芸文庫）、講談社、2006年

川副国基解説、『日本近代文学大系57　近代評論集1』、角川書店、1972年

河内　清、『ゾラとフランス・レアリスム——自然主義形成の一考察』、東京大学出版会、1975年

キーン，ドナルド、『日本の文学』（中公文庫、吉田健一訳）、中央公論社、

1979 年

蔵原惟人監修、『日本プロレタリア文学選 第 2』、新日本出版社、1969 年

紅野敏郎・三好行雄・竹盛天雄・平岡敏夫編、『近代文学史 2　大正の文学』、有斐閣、1972 年

島崎藤村研究会編、『島崎藤村研究』第 2 号、双文社出版、1977 年

白川　豊、『朝鮮近代の知日派作家、苦闘の軌跡——廉想涉、張赫宙とその文学』、勉誠出版、2008 年

瀬沼茂樹、「私小説と心境小説」、『國文学——解釈と教材の研究』第 11 巻 3 号、学燈社、1966 年 3 月

相馬庸郎、『日本自然主義再考』、八木書店、1981 年

高崎隆治、『文学のなかの朝鮮人像』、青弓社、1982 年

津田　孝、『プロレタリア文学の遺産と現代』、汐文社、1974 年

坪内逍遙、『小説神髄』、岩波書店、1938 年

中川久定、『自伝の文学——ルソーとスタンダール』、岩波書店、1979 年

中島健蔵ほか編、『現代作家論叢書 第 7 巻　昭和の作家たち 第 3』、英宝社、1955 年

中村光夫、『明治文学史』、筑摩書房、1963 年

日本近代文学館編、『日本近代文学史』、読売新聞社、1966 年

日本文学研究資料刊行会編、

　『日本浪曼派——保田与重郎・伊東静雄・亀井勝一郎』、有精堂出版、1977 年

　『大正の文学』、有精堂出版、1981 年

芳賀徹ほか編、『講座比較文学 3　近代日本の思想と芸術 1』、東京大学出版会、1973 年

　『講座比較文学 8　比較文学の理論』、東京大学出版会、1976 年

朴　春日、『近代日本文学における朝鮮像』、未来社、1969 年

伴　悦、『岩野泡鳴——「五部作」の世界』、明治書院、1982 年

平岡敏夫、『日本近代文学史研究』、有精堂出版、1969 年

平野謙・小田切秀雄・山本健吉編、『現代日本文学論争史』上巻、未来社、1956 年

三好行雄、「近代文学における『私』・素描」、『国文学——解釈と鑑賞』第 36 巻 10 号、至文堂、1971 年 9 月

三好行雄・浅井清編、『近代日本文学小辞典』、有斐閣、1981年
村松　剛、『死の日本文学史』(角川文庫)、角川書店、1981年
柳　宗悦、『朝鮮とその芸術』、春秋社、1975年
矢野峰人、『比較文学——考察と資料』増補改訂版、南雲堂、1978年
山川　篤、『フランス・レアリスム研究——1850年を中心として』、駿河台出版社、1977年
吉田精一、『自然主義の研究』上、東京堂、1955年
　　　　　『自然主義の研究』下、東京堂、1958年
ワイルド，オスカー、『虚言の衰退』(The Decay of Lying　吉田正敏訳)、研究社、1968年
和田謹吾、『増補　自然主義文学』、文泉堂出版、1983年

訳者あとがき

　その作家が少年期を迎えるころ、故国は植民地になった。
　近代化の流れのなか、国を出て西欧で見聞を広げようとしても、政治状況がそれを許さない。支配国のみが他国に開かれた窓だったから、作家は十代半ばで支配国の日本に留学する。人生でもっとも多感な時期を日本で過ごした作家は、故国に戻り大成する。だが、彼の作風の土台は支配国仕込みのものだった。そのことを指摘されると、作家は抗った。いや、この作風は韓国で生まれたものだ。自分は、物心両面で悲惨を極めた植民地時代をそのまま描いたのだ。他国の影響を受けたり、他国を模倣したことなどなかったのだ、と。

　本書で中心的にとりあげられている作家・廉想渉(ヨム・サンソプ)（1897～1963）は、韓国では朝鮮近代の文豪として知られている。ソウルに生まれ、朝鮮で小学校課程を終えた彼は、1912年に日本に渡った。日本語に慣れて受験し、高等教育を受けるためで、当時は15歳前後での日本留学はさほど珍しいことではなかったらしい。慶応大学予科に進学するが、経済的な事情もあり1年足らずで退学。1919年に3・1独立運動が起きると、滞在していた大阪で「独立宣言書」と題した檄文を撒こうとして逮捕される。その後帰国し、教員や新聞記者としての生活をつづける一方、執筆活動を行なった。
　廉想渉の代表作は、現在でも高校の国語教科書に収録されており、大学入試用の問題集には読解問題として登場することも多い。教科書や参考書の作家紹介には、かならずといっていいほど「自然

主義、写実主義の開拓者」という枕詞が付される。だから、韓国の若者にとっては、たとえ作品を読んだことがなくても、廉想渉＝韓国を代表する自然主義の大家、と認知された存在だ。ちょうど、日本の高校生が国語便覧やなにかで、『蒲団』の田山花袋と『破戒』の島崎藤村を自然主義の作家と丸暗記するのに近い感じだろうか。

　その韓国的自然主義の出自を、薄皮を一枚一枚めくるがごとく慎重に、ていねいに分析していくのが本書である。「まえがき」にもあるとおり、エミール・ゾラの自然主義を学んでいた著者・姜仁淑（カン・インスク）氏にとって、自国での「自然主義」作品がゾラのそれとはにてもにつかないことは理解しがたい現象だった。そしてそこに、韓国固有の状況、もっといえば、植民地と支配国という関係のうえに生じた文学思潮のねじれを読みとる。そこで、ゾラに代表されるフランスの自然主義を補助線に、日本、韓国、それぞれの自然主義の様相をたどっていく。試みの中心に据えられたのが、学校で韓国自然主義のフロンティアと教えられる廉想渉である。本書の前作として1987年に発表された『仏・日・韓　三国対比研究──自然主義文学論Ⅰ』では、廉想渉の好敵手だった作家・金東仁が研究対象とされている。

　ここで、著者の姜仁淑氏について触れておきたい。1933年生まれの著者もまた、植民地時代の辛酸と戦後の混乱を味わったひとりである。著者の父親は廉想渉同様、3・1独立運動にかかわったとして投獄された。終戦後、当時暮らしていた利原郡（現在の北朝鮮・咸鏡南道利原郡）から越南し、避難生活では家族の死にも立ち会った。著者は研究者・文芸評論家としてだけでなく、著名なエッセイストとしても知られているが、いずれの作品にも、激動の時代を生きぬくなかで培われた洞察眼が光る。2001年には、ソウル市内に私設

の文学資料館「寧仁(ヨンイン)文学館」を開館。夫の李御寧(イ・オリョン)氏(『縮み志向の日本人』著者)と自身の名前から一文字ずつとって名づけられたこの文学館の館長として、現在も、韓国文学の歩みを後世に伝える仕事をつづけている。

　朝鮮文学はもとより、文学研究についてはまったくの門外漢である訳者を相手に、著者は著作同様、非常に丁寧に、段階を追って助言をくださった。底本で廉想渉の作品部分は、彼が記した通り漢字と古ハングル(옛한글)で表記されている。作家の表現方法を分析する上では当たり前のことなのだが、日本語でいえば古語や旧かなづかいの連続であるその文面に、四苦八苦したことも事実である。訳者からのたびたびの質問にも、著者は毎回、ていねいな解説と励ましで答えてくださった。また、編集の黒田貴史さんには朝鮮文学に向きあう姿勢と具体的な方法論の助言を、クオンの伊藤明恵さんには膨大な資料調査のご協力を、そして同じくクオンの金承福社長には、本書との出会いそのものを提供していただいた。この場を借りて深謝申しあげる。

　2015年、本書は前作の『自然主義文学論Ⅰ』とともに、韓国で再版された。韓国の複数の新聞が再版のニュースを伝えている。インタビューで著者は、再版の理由に「韓国の学校が、いまだに廉想渉作品を自然主義と教えていることに納得いかなかった」ことをあげている。
　だが、著者の思いは、本当は別のところにあったのではないだろうか。
　白樺派全盛のころに日本で学生時代を過ごした廉想渉は、しかし日本に愛着だけを抱いたわけではない。旧態然とした故国を文化の

面で後れていると感じ、日本が先を行っていると評価したことはあったが、一方で、日本が「敵国」であることも忘れなかった。独立宣言文を書き、相当な日本語の使い手にもかかわらず、日本語での小説執筆や翻訳をほとんどしていないことにも（植民地化後、日本語で小説を書いた作家は少なくない）、そうした矜持が読みとれる。メッセージ性を排し、庶民の生活をひたすらリアルに描いた作風は、政治的なものにあえて踏みこまない姿勢だと受けとれないこともない。

　純粋に文学を追求し、政治的なものから距離を置こうとしたにもかかわらず、創作の土台に、否応なしに支配国・日本の影響がにじんでいること。その現実の重さに、今いちど目を向けてほしい。植民地時代を生きた当事者が減るなか、著者が忘却への懸念も抱いていると考えるのは、深読みのし過ぎだろうか。

　本書は、韓国における自然主義文学を探る専門書である。と同時に、植民地時代の痕跡をたどる書としても受けとめていただくことができると思う。

　最後に訳語について一言書きそえたい。本書には、現在ではすでにいいかえがなされている言葉や、妾などの差別的ないいまわしが含まれている。廉想渉の作品世界を検証するという本書の趣旨から、作品の背景となっている時代の空気は重要と判断し、そのまま使用していることをお断りしておく。

2017年2月

　　　　　　　　　　　　　　　　　　　　　　　　　　小山内園子

索引

※太字は事項の説明があるページ

① 人名

あ

芥川龍之介　112
有島武郎　85, 87, **88**, 89, 90, 91, 100, 125, 126, 164, 309, 373, 375
安昌浩（アン・チャンホ）124, 310

い

李人稙（イ・インジク）36, 93, 114, 115, 124, 125, 176, 244, 375, 381
李御寧（イ・オリョン）245
李箕永（イ・ギヨン）181, 285
李光洙（春園、イ・グァンス）16, 17, 18, 19, 29, 36, 58, 72, 82, 83, 84, **85**, 98, 104, 106, 114, 115, 118, 124, 125, 127, 133, 134, 141, 153, 156, 172, 176, 177, 178, 179, 180, 181, 182, 185, 216, 244, 252, 304, 305, 306, 310, 311, 337, 355, 375, 376, 381, 382, 394, 404
李在銑（イ・ジェソン）169, 283, 288, 299
石川啄木　132, **143**, 144, 375
泉鏡花　112
イプセン　102, **111**, 319

岩野泡鳴　112, 153, 193

お

大杉栄　143
尾崎紅葉　87, 88, 219, 260
呉相淳（オ・サンスン）16, 19

か

葛西善蔵　164
ガルシン, フセーヴォロド　111

き

金億（キム・オク）63, 65, **66**, 82, 370
金基鎮（号：八峯、キム・ギジン）47, **53**, 58, 101
金時習（キム・シスプ）124
金鍾均（キム・ジョンギュン）17, 23, 127, 128, 129, 130, 207
金松峴（キム・ソンヒョン）98, 99, **109**, 372, 374
金東仁（キム・ドンイン）4, 5, 6, 7, 14, 16, 17, 19, 20, 28, 29, 30, 34, 53, 64, 65, 67, 70, 71, 83, 84, 85,

86, 87, 93, 98, 100, 104, **106**, 107, 108, 110, 111, 114, 115, 118, **121**, 122, 124, 125, 127, 130, 141, 142, 143, 151, 152, 153, 155, **156**, **157**, 158, 159, 164, 165, 166, 168, 169, 172, 176, 177, 178, 179, 180, **181**, 182, 183, 185, 186, 187, 188, 189, 190, 191, 192, 193, 194, 200, 201, 205, 206, 210, 211, 215, 216, 217, 218, **221**, 227, 244, **252**, **253**, 254, 257, 281, 283, 299, 303, 304, 305, 306, 307, 309, 310, 311, 312, 313, 314, 315, 320, 321, 323, 324, 325, 326, 327, 330, 331, 332, 333, 337, 341, 355, 363, 366, 376, 381, 382, 383, 385, 386, **390**, 392, 393, 394, 395, 398, 400, 401, 402, 404, 405
金東里（キム・ドンニ）221, 253, 390
金漢奎（キム・ハンキュ）65, 82, 370
金明淳（キム・ミョンスン）15, 310
金允植（キム・ユンシク）15, 23, 25, 47, 89, **90**, 91, 92, 106, 107, 108, 125, 127, 130, 144, 164, 169, 179, 181, 200, 203, 213, 227, 255, 293, 304, 305, 307, 309, 321, 323, 324, 345, 373, 382

く

権寧珉（クォン・ヨンミン）153, 169, 311
国木田独歩 112, 165
グラント，デイミアン 149, 152

こ

小杉天外 19, 78
コニー，P 151, **160**
ゴーリキー 104, 105, 110, 373
ゴルトン，フランシス 55, 334, 360
ゴンクール 5, 146, 198, 209, 399

さ

西郷隆盛 131
サッカレー 191

し

シェイクスピア 93
ジェイムズ，ヘンリー 181
志賀直哉 85, **91**, 92, 125
シナコ 257
島崎藤村 4, 91, 92, **98**, 99, 100, 122, 152, 153, 157, 161, 164, 165, 167, 168, 175, 176, 180, 181, 182, 183, 185, 186, 192, 193, 194, 195, 199, 201, 203, 208, 220, 221, 225, 240, 246, 249, 250, 251, 252, 258, 270, 291, 300, 302, 306, 307, 312, 314, 319, 320, 326, 330, 331, 363, 372, 381, 385, 386, 388, 392, 393, 394, 395, 398, 400, 403, 404
島村抱月 63, 74, 81, **93**, 94, 95, 96, 97, 99, 100, 101, 106, 132, **133**, 134, 138, **139**, 140, 141, 142, 143, 144, 252, 319, 371, 372, 376, 377
シャンフルーリ 51

す

スタンダール　158, 160, 161, 166, 208, 308

そ

相馬庸郎　45, 151, 199, 250, 319

ゾラ，エミール　3, 4, 5, 25, 28, 39, 41, 42, 43, 56, 57, 58, 65, 66, 77, 83, 95, 100, 101, 102, 103, 111, 112, 146, 148, 149, 150, 151, 152, 153, 154, 155, 157, 158, 160, 161, 170, 180, 182, 183, 184, 186, 187, 194, **198**, 199, 200, 201, 203, **208**, 209, 212, 220, 221, 222, 223, 224, **225**, **226**, 244, 246, 249, 250, 251, 252, 253, 270, 271, 279, 291, 299, **301**, 302, 303, 306, 308, 309, 311, 314, **318**, 319, 320, 324, 326, 331, 333, 336, 337, 338, 345, 346, 357, 360, 361, 363, 368, 369, 373, 378, 379, 383, 386, 390, 392, 393, 394, 396, 398, 399, 400, 401, 403, 405

た

高浜虚子　132, **135**, 375

高山樗牛　87, 88, 125, 373

谷崎潤一郎　112, 132, **136**, **137**, 138, 140, 141, 144, 165, 253, 375

田山花袋　4, 77, 91, 92, 96, 98, 99, 100, 112, 122, 132, **136**, **137**, 138, 140, 141, 143, 144, 152, 153, 157, 161, 164, 165, 167, 168, 171, 175, 176, 180, 181, 182, 183, 184, 185, 186, 192, 193, 194, 195, 199, 201, 203, 208, 219, 220, 221, 225, 246, 249, **251**, 252, 257, 291, 292, 300, **302**, 306, 307, 312, 314, 319, 320, 326, 330, 331, 363, **372**, 375, 381, 385, 386, 388, 392, 393, 394, 395, 398, 400, 403, 404

ち

崔曙海（チェ・ソヘ）23, 201

崔南善（チェ・ナムソン）16

蔡萬植（チェ・マンシク）181

朱耀翰（チュ・ヨハン）16, 17, 82, 83

趙演鉉（チョー・ヨンヒョン）21, 25, 67, 153

鄭明煥（チョン・ミョンファン）15, 25, 39, 40, 41

田榮澤（チョン・ヨンテク）16, 17, 19, 307, 310, 355

つ

ツルゲーネフ　104, 105, 107, 108, 109, 110, 125, 373, 374

て

テーヌ，イポリット　53, 332, 333, 336, 344, 345, 346, 360, 363, 396, 397, 398

デフォー，D　245

デュランティ　51, 150, 151, 160, 167, 223, 368

と

陶淵明 117
東海散士 132
徳田秋声 112, 393
徳富蘇峰 97, **132**, **133**, **134**, 135, 138, 139, 143, 144, **376**
徳富蘆花 83, 87, 88, 105, 106, 114, 143
ドストエフスキー 104, 105, 106, **107**, **108**, 125, 191, 373
トルストイ 104, **105**, 106, 107, 109, 125, 363, 373

な

夏目漱石 87, 88, 125, 132, **133**, **134**, 373
羅稲香（ナ・ドヒャン）15, 17, **243**, 245, 257, 259
羅慧錫（ナ・ヘソク）63, 91, **215**, 219, 221, 227, 257, 261, 262, 264, 282, 283, 289, **311**, 343, 344, 345
南宮壁（ナム・グンビョク）63, **92**, 97, 144

は

ハウザー, アーノルド 171
ハウプトマン, G 95
朴趾源（パク・チウォン）124, **176**, 259
朴春日（パク・チュンイル）131, 133, 139, 143
朴斗鎭（パク・ドゥジン）22

長谷川天渓 **33**, 34, 44, 62, 72, 90, **96**, **97**, 98, 100, 147, 148, 150, 158, 166, 183, 184, 193, 319, 367, 368, 369, 371, 372, 373, 379
バビット, I 41
バフチン, ミハイル 223, 225, 229, 245, 253
バルザック 25, 66, 158, 160, 161, 166, 198, 225, 318
バルビュス, アンリ 103

ひ

玄鎮健（ヒョン・ジンゴン）16, 17, 23, 182

ふ

福沢諭吉 15, 131
プーシキン 105, 107, 108, **110**
二葉亭四迷 103
フライ, ノースロップ 293
フローベール 47, 101, **102**, 103, 146, **152**, 153, 154, 155, 158, **187**, 198, 224, 225, 373, 399

へ

白　鐵（ペク・チョル）21, 25, 30, **66**, **67**
白大鎭（ペク・デジン）65, 82, 370

ほ

ホメーロス 160

ま

マイヤーホフ, H 223
正宗白鳥 112
松井須磨子 87, 93

も

モーパッサン 32, 39, 101, **102**, 103, 154, 373, 399
モーリアック, フランソワ 224

や

柳宗悦 **91**, 92, 132, **142**, 143, **144**, 375, 376
山路愛山 133, 138

ゆ

ユゴー, ヴィクトル 103, 212, 213

よ

与謝野晶子 143
与謝野鉄幹 132

ら

ラマルク 55, 334

る

ルカーチ, ジョルジュ 209

わ

ワイルド, オスカー 93
ワット, イアン 219, 245

② 作品名

タイトル太字は廉想渉作品／『』は雑誌・新聞名

あ

愛と罪 109, 305
赤い山 185, 218, 221, 299, 310
足指がにている **257**, 310
新たな響き 306

い

家 98, 99, 122, 167, 225, 240, 252, 270, 279, 291, 319, 363, 372, 388, 389
李光洙全集 19, 118, 134, 141, 178, 311
居酒屋 208, 209, 244, 270, 279, 301
石にひしがれた雑草 90, 164, 165, 309, 345, 373
遺書（廉想渉） 24, 201, 209, 227, 238, 244, 254, 257, 259, 281, 282, 285, 289, 290, 291, 292, 308, 329, 388, 391
遺書（金東仁）299
E先生 23, 209, 211, 227, 241, 244, 245, 247, 249, 254, 255, 256, 258, 274, 291, 292, 293, 298, 304, 305, 308, 387, 388, 389

無花果　305, 306
田舎教師　98, 165, 185, 199, 225, 279, 280, 291, 372, 389
いわゆるモデル問題　128, 257
所謂余裕派小説の価値 96

う

浮雲　103, 171, 381
生まれ出づる悩み 87, 89, 91, 164, 165, 309, 373
生みの母　24, 203, 241, 242, 243, 244, 254, 269, 270, 271, 273, 276, 281, 285, 286, 291, 292, 293, 297, 299, 354, 384
運命　307

え

縁　302, 388, 389

お

横歩文壇回想記　18, 19, 22, 29, 48, 63, 68, 71, 73, 74, 155, 307, 325, 336, 352, 370, 379
女の一生　32, 39, 41, 46, 49, 101, 154

か

階級文学を論じ いわゆる新傾向派に与える　45, 60, 99, 148, 157, 184, 189, 378
階級文学是非論　28, 45
『改造』　87
『開闢』　31, 64, 65, 66, 85, 97, 272

革命家の妻　310
韓国の現代文学　45, 63, 68, 69, 71, 72, 79
甘藷　65, 166, 189, 190, 205, 215, 253, 299, 303, 307, 320, 327, 390

き

君たちは何を得たのか 305
キム・ヨンシル伝　186, 215, 218, 253, 299, 310, 341
狂炎ソナタ　106, 185, 186, 218, 221
狂画師　110, 185, 186, 218, 221, 299, 310
狂公子　189
狂奔　305
近代日本文学における朝鮮像　131, 133
近代文芸　65, 66
金の指環　24, 65, 202, 203, 211, 234, **235**, **237**, 244, 254, **257**, 263, 272, 275, **291**, 293, 294, 308, 388, 391, 393

く

九月の夜の不平　132, **143**
糞蝿とその妻　24, 203, **204**, 214, 243, 244, 247, 249, 254, **273**, 293, 294, 346, 387, 389, 393
クロイツェル・ソナタ 106
クロードの告白　306

け

芸術論と人生論 105
けちな騎士 110
K博士の研究 185, 186
現下朝鮮芸術運動の当面の課題 52
牽牛花 127, 283, 332, 345, 346, 351, 396
検事局待合室 24, 202, 209, 216, 227, 241, 244, 254, 256, **257**, 259, 263, 272, 275, 292, 293, 294, 308, 388
現実暴露の悲哀 33, 34, 96, 97, 319, 371
健全・不健全 95, 102, 103
幻滅時代の芸術 33, 96, 97, 319, 371

こ

故郷 285
心浅き者よ 307, 310
古事記 124
個性と芸術 17, 22, **31**, **33**, **34**, **35**, **36**, **37**, **38**, **42**, **43**, **44**, 45, 46, 47, 49, 51, 54, 58, 59, 61, 62, 64, 65, 66, 72, 74, 81, 97, 101, 128, 144, 146, 147, 179, 312, 313, 325, 327, 329, 333, 344, **367**, 368, 371, 372, 378, 379
孤独 24, **205**, 244, **269**, 271, 272, 276, 277, 293, 384
コムネ 215
金色夜叉 87, 124, 218, 260

さ

採石場の少年 211
作品の明暗 53
サランボー 224
三国遺事 124
三代 24, 36, 73, 98, 99, 109, 127, 128, 157, 167, 168, 182, 186, 203, 206, 216, 221, 228, 234, 239, 240, 241, 244, 247, 254, 264, 267, 268, 269, **270**, 271, 273, 274, 276, 277, 278, 281, 285, 287, 290, 291, 293, 294, 296, 299, 303, 305, 306, 308, 322, 323, 326, 335, 338, 340, **352**, **357**, **363**, 370, 372, 379, 384, 387, 388, 395, 397

し

ジェルミナール 224
ジェルミニー・ラセルトゥー 198
自己虐待から自己解放へ 36, 45, 54
至上の善のために 36, 45, 46, 111, 173, 233, 327, 333
自然主義の価値 93
自然主義の究竟 221, 253
自然主義文学論Ⅰ 6, 20, 30, 57, 71, 75, 81, 84, 98, 103, 124, 147, 151, 153, 155, 158, 169, 171, 191, 199, 207, 209, 212, 225, 261, 279, 281, 299, 303, 320
自然主義文学論Ⅱ 6, 20, 187
自然派に対する誤解 34
『時代日報』 24, 227, 303

実験小説論　38, 146, 151, 223, 324, 399
死とその影　24, 182, 202, 211, 234, **235**, **237**, 244, 248, 254, 255, **256**, 259, 281, **284**, 292, 308, 388
写実主義とともに 40 年　63, 369
驟雨　305, 306
獣人　209, 244, 279, 337
宿泊記　24, 123, 201, 227, **238**, 244, 254, **258**, 275, 277, 293, 308, 388, 391
種松記辞　127, 128
春香伝　83, 114, 119, 124
小説と人生　155
小説と民衆　61, 325
処女地　108
除夜　23, 76, 90, 157, 161, **163**, 164, 165, 173, 179, 186, 203, 206, 212, **214**, **215**, **216**, 218, 221, 227, 241, 242, 243, 244, 254, 255, **260**, **261**, **262**, 264, 266, 274, **275**, 278, 281, **282**, 283, 284, 289, 293, 297, 304, 305, 308, 309, 312, 313, 321, 322, 323, 325, 332, 333, **338**, **341**, **342**, **343**, 345, 346, 352, **361**, 373, 380, 384, 388, 391
シラノ・ド・ベルジュラック　103
白鳩　306
真珠は与えたが　305

せ

生　99, 122, 279, 291, 302, 319, 388, 389
生命の春　307
先導者　85, 310

そ

『創造』　17, 179, 311
束縛　189
ソーニャ礼賛　46, 108
その前夜　109
ソン・ドンイ　205, 299

た

『太陽』　33, 44, **96**, 97, 132, 139, 319
暖流　305, 306

ち

雉岳山（チアクサン）　114, **124**
小さな出来事　24, 203, **204**, 205, 241, 242, 243, 244, 254, **269**, 276, 292, 297, 323, 328, 384
笞刑　5, 299, 303, 320, 323, 327, 341, 390
痴人の愛　252
父と子　109
血の涙　124
地平線　306
『中央公論』　87
朝鮮　132, **135**
朝鮮雑感　132, **136**
朝鮮人を想ふ　91, 132
朝鮮人民のために其国の滅亡を賀す　131

朝鮮だより 95, 132, **133**, **141**
朝鮮とその芸術 132, 142, 143
朝鮮と文芸・文芸と民衆 59, 61, 113, **117**, 119, 141, 155, 325
『朝鮮日報』 46, 108, 115, 128, 257, 303, 305
朝鮮の印象 97, **132**, **134**, **139**, 376
朝鮮の友に贈る書 132
朝鮮は日本の藩屏なり 131
朝鮮文学再建についての提議 29, 321
『朝鮮文壇』 98, 99, 110, 269, 272
樗樹下にて 93, 105, 107, 283, 285, 312, 313

つ

妻 302

て

電話 24, 65, 182, 203, 206, 234, 241, **242**, 244, 254, 260, 264, **265**, **266**, **267**, **268**, 271, 275, 276, **278**, 293, 322, 328, 380, 382, 385, 391

と

『東亜日報』 21, 59, 85, 88, 89, 92, 95, 99, 102, 126, 142, 201, 210, 303, 305
「討究・批判」三題 **44**, **45**, **46**, **47**, 48, 49, 50, 53, 54, **61**, **62**, 79, 95, 101, 148, 149, 333, 334, **367**, 369, 396

『東明』 293, 303
毒薬を飲む女人 307
独立宣言文 84, **129**, 130, 140

な

ナナ 46, 49, 101, 102, 154, 208, 209, 244, **279**, **280**, 301
何事にもとときがある 87, 126, 141
南忠緒 24, 203, 206, 269, 270, 271, 273, 276, 277, 278, 293, 297, 304, 354, 384

に

二心 305, 308
女人 253, 310

の

『野談』 166

は

『廃墟』 **63**, 64, 66, 67, 76, 92, 144, **201**
破戒 37, 98, 99, 100, 165, 167, 176, 199, 225, 280, 372, 389
「破戒」を評す 93
パミラ **245**
春 99
万歳前 **24**, 169, 230, 263
パンとナルキッソス 59

ひ

ヒマワリ 24, 157, 161, **163**, 169,

182, **191**, 194, 203, 206, 215, 216, 221, 227, 228, 229, 231, 232, 233, 244, 247, 254, 255, 261, 266, 267, 276, 278, 281, 285, **289**, **290**, **291**, 293, 297, 298, 299, 304, 305, 322, 380, 382, 387

標本室の青ガエル 3, 4, 21, 23, 29, 43, 62, 64, 65, 68, 70, 76, 91, 96, 105, 107, 108, 109, 116, 127, 152, 161, 162, 163, 166, 169, 172, 178, **185**, 188, 201, 202, 205, 210, 211, 212, 213, 221, 227, 228, 229, 231, **232**, 233, 236, 239, 240, 244, 247, 254, 255, 256, 261, 264, 274, 282, 283, 290, 291, 293, 294, 304, 305, 306, 307, 308, 309, 311, 312, 329, 332, 333, 335, 338, **345**, **346**, **362**, 370, 379, 380, 387, **397**

ふ

復活 105, 106
蒲団 37, 98, 100, 165, 175, 219, 225, 251, 280, 292, 302, 389, 393
「蒲団」合評 93
不連続線 305
プロレタリア文学についてP氏の言 110
文学少年時代の回想 16, 17, 22, 34, 63, 68, 83, 87, 88, 99, 104, 113, 114, 115, 120, 123, 124, 125, 129, 131, 134, 140, 295, **371**, 374
文学上の集団意識と個人意識 45, 50, 149
文学と私 85
文芸上の自然主義 93, 94, 95
文芸と生活 53, 257
文芸万引 85, 89, 123
文士と修養 19, 141
文壇30年史 84, 188, 189
文壇十年 127

へ

『別乾坤』 87, 109, 114, 126, 127, 141
ペッタラギ 310

ほ

ボヴァリー夫人 46, 49, 101, 154, 224
牡丹の花咲くとき 305
墓地 90, 116, 122, 123, 126, 134, 139, **167**, 169, 174, 182, **203**, 228, **229**, **230**, **231**, **232**, **233**, **234**, 238, 239, 240, 244, 245, 246, 247, 248, 254, 255, **262**, **263**, **264**, 266, 267, **276**, 277, 281, **285**, 286, 287, 292, 299, 303, 305, 308, 321, 329, 376, 380, 382, **387**, 388, 391
不如帰 83, 87, 105, 114, 124
ポプラ 218, 221, 253, 299, 303
ボリス・ゴドゥノフ 110

ま

『毎日申報』 303, 305
学ぶべきは技巧 88, 99, 193, 372

満韓ところどころ 132, 133
満鮮の行楽 132, 136

み

三つの自慢 113, **114**, 123, 129, 130, 134, 141, 376
民族改造論 133
民族・社会運動の唯心的一考察 29, 45, **53**, **56**, 108, 333, 334

む

無情 85, 178, 304, 310

め

明文 299, 310
飯 24, 203, **204**, 205, 241, 242, 243, 244, 254, **269**, 274, 276, 277, 293, 323, 328, 384

も

モーツァルトとサリエリ 110

や

闇夜 23, 76, 87, 89, 90, 127, 161, 162, 163, 179, 201, 202, 205, 210, 211, 212, 221, 227, 234, **235**, **236**, 237, 238, 239, 240, 244, 248, 254, 255, 264, 265, 274, 293, 296, 298, 308, 309, 373, 380, 388

よ

四日間 111

余の評者的価値を論ずるに答えて 53, 102, 187, **332**, 360
廉想渉研究 15, 23, 89, 91, 108, 125, **127**, 144, 165, 179, 200, 203, 227, 255, 293, 305, 307, 309, 321, 345, 373
弱き者の悲しみ 106, 178, 215, 307

り

輪転機 24, 202, 209, 213, 227, 241, 244, **258**, 260, 261, 275, 277, 292, **297**, **298**, 308, 325, 328, 388, 391

る

ルーゴン＝マッカール叢書 **57**, **66**, 198, 199, 224, 225, **226**, 244, **279**, 301, 336, 384, 386

れ

レ・ミゼラブル 103

ろ

6年後の東京に来て 321, 323
露骨なる描写 96, 98
ロビンソン・クルーソー **245**, 254
論理的遊戯を排す 96

わ

『早稲田文学』 **34**, 44, 71, 84, 87, 91, **92**, **93**, 95, 96, 99, 100, 133, 134, 139, 141, 193, 294, 309, 372, 376
私と自然主義 22, 29, **63**, 68, 70, 71,

75, 79, 80, 193, 307, 335, 370
私と初期作品時代　69
私と「廃墟」時代　22, 63, 64, 68, 69, 71, 307, 370
私の小説と文学観　59, 61, 325

私の創作余談　63, 73, 75, 77, 79, 94, 149, 150, 151, 155, 193, 195, 295, 369, 393
われわれの文学の当面の課題　29, 63

③ 地名

あ行

乙蜜台（ウルミルデ）　136
エクス＝アン＝プロヴァンス　224
五山（オサン）227, 229, 231, 245, 293, 387
五山（オサン）中学　201, 210, 293

か行

光化門（カンファムン）142, 235, 296
金泉（キムチョン）229, 230, 286, 387
景福宮（キョンボックン）234, 235, 236
金剛山（クムガンサン）115, 116, 136, 227
玄界灘　16, 18
神戸　229, 230, 285, 387

さ行

司僕開川（サボクケチョン）235
三清洞（サムチョンドン）235
下関　229, 230, 387
ソウル　54, 91, 113, 127, 128, 137, 138, 141, 157, 180, 181, 182, 202, 206, 207, 213, 227, 229, 230, 231, 236, 238, 239, 240, 241, 243, 244, 245, 247, 255, 257, 286, 287, 292, 295, 382, 387, 388, 389, 390

た行

鍾路（チョンノ）235, 239, 241, 388
東京　15, 16, 17, 18, 97, 120, 121, 122, 123, 130, 167, 201, 227, 228, 229, 230, 234, 235, 238, 240, 244, 262, 277, 311, 321, 323, 387, 389

な行

南浦（ナムポ）**162**, 178, 227, 229, 231
日暮里　227

は行

ハイデルベルク　15, 16, 18, 82, 119, 121
パリ　224, 244, 301
秘苑（ビウォン）**137**
平壌（ピョンヤン）136, 137, 141, 229,

231, 236, 245, 255, 291
釜山(プサン)135, 167, 229, 230, 232, 264, 387
浮碧楼（プビョクルゥ）163

ま行
満州　227, 245

や行
ヤースナヤ・ポリャーナ　105, 106, 373
夜照峴市場（ヤチョヒョンシジャン）162, 235, 236, 265
四大門　**113**, 157, 182, 207, 227, 239, 243, 244, 245, 247, 295, 389, 390

ら行
ランド地方　224

④ 事項

あ行
一人称私小説　4, 164, 165, 394, 401, 403, 404
一人称視点　150, 161, 168, 204, 259, 275, 309, 314, 379, 380, 394, 403
印象派自然主義　**74**, 94, 150, 151, 158, 309
ウィルソニズム　**363**
欧化主義　14, 86, 400

か行
開化運動　**253**
開化期　**14**
解釈的文学　174
外面化傾向　160
外面化現象　164, 183, 191, 215, 237, 276, 306, 380, 381
カイロス　**246**
カギャコギョ　115
獲得遺伝説　**55**, 56, 334, 369, 396
額縁小説　168, 169, 310, 381, 402
カップ（朝鮮プロレタリア芸術同盟）**45**, 47, 53, 325
雅文体　112, 171, 180
漢字語　172, 174, 176, 177, 178, 180, 182, 183, 313, 381, 382
関東大震災　123, 143, 238, 277
キムジャン　**266**, 267, 268
屈巾祭服（クルゴンジェボク）288
グロテスク　198, 212
クロノス　**246**
クロノトポス　**223**, 228, 229, 230, 231, 234, 241, 247, 386, 387, 388, 390
軍国主義　35, 36, 132, 143, 144
芸術座　88, 93, 96, 101, 105, 106

芸術至上主義　156, 158, 186, 187, 189, 320, 325, 401, 403
啓蒙主義　58, 156
客主（ケクチュ）**347**
言文一致　170, 171, 174, 176, 177, 178, 179, 180, 182, 183, 195, 381, 382
言文一致運動　170, 171, 381
言文一致体　170, 171, 172, 179, 180, 381, 404
甲午改革　253
功利主義的文学観　156, 157
国漢文混用体　127, 176, 177, 182, 382
告白体　90, 127, 166, 307, 308, 345, 373
告白体小説　90, 91, 164, 165, 167, 194, 307, 328, 373, 379
コンデンスミルク論　**87**, 126

さ行

再現論　49, 54, 58, **60**, 79, 149, 325, 328, 368, 379
3・1独立運動　17, 68, 69, 126, 127, 167, 203, 230, 363
時調（シジョ）**83**, 113, 115, 118, 119
自然主義自生論　129, 335, 344, 370
社会主義リアリズム　78, 110, 152, 153, 154, 156, 330, 336, 337, 396, 404
写実主義優位論　77
修養同友会　**124**

主我主義　4, 54, 90, 130, 148, 154, 156, 158, 165, 166, 168, 169, 181, 232, 233, 290, 309, 330, 343, 381, 400, 404, 405
主客合一　50, 51, 74, 77, 81, 152, 154, 158, 402
主客合一主義　5, 50, 76, 94, 146, 149, 150, 151, 152, 158, 194, 368, 371, 378, 379, 381, 394, 401
儒教　14, 35, 36, 113, 119, 216, 251, 252, 253, 258, 290, 318, 319, 320, 322, 324, **327**, 328, 329, 330, 331, 354, 359, 362, 386, 390, 395, 397
小説絵画論　151
尚文主義　**321**, 327, 330
抒情主義　318
庶母　**271**, 273
白樺派　4, 85, 90, 91, 92, 100, 106, 107, 154, 158, 161, **164**, 166, 192, 302, 308, 309, 345, 380, 394, 400
新傾向派　**45**, 60, 99, 148, 157, 184, 189, 325, 378
新女性　216, 218, 270, 274, 277, 278, 311, **344**, 391
シンパサイザー　217, 277
生活第一義　46, 148, 256, 328, 391
征韓論　**131**, 132, 375
生蕃　139
生理的人間　57, **208**, 209, 396
前期自然主義　19, 51, 78, 103, 151, 212
千字文　113, **120**

早婚　36, 122, 167, 181, 231, **285**, 329, 331
想像的文学　174
創造派　17
ソクチョクサム　**266**, 267
祖先遺伝貢献説　**55**, 334, 396
ゾライズム　3, 4, 5, 19, 20, 30, **33**, 34, 35, 37, 40, 44, 51, 57, 58, 63, **65**, **66**, 67, 72, 74, 77, 78, 82, 83, 94, 95, 103, 111, **146**, 147, **149**, 150, 151, 152, 156, 158, 160, 168, **170**, 171, 183, 184, 185, 193, 194, 198, 199, 200, 221, **250**, 278, 279, 281, 295, 299, 300, 301, 303, 314, **318**, 320, 325, 336, 346, 352, 353, 357, 366, 367, 368, 369, 370, 378, 379, 380, 383, 388, 390, 392, 393, 395, 396, 397, 400, 401, 402, 403

た行

大正デモクラシー　122, 132, 337
第2帝政期　35, 225, **226**, 301, 393
高い文体　**198**
多元描写　**153**, 164, 166, 168, 169, 188, 191, 192, 193, 194, 381, 383
耽美派　4, 400
茶礼（チャレ）　**163**, **297**
秋夕（チュソク）　**235**, 236
童蒙先習　113, **120**
トルストイズム　105, 363

な行

内簡体　**128**
内面描写　160, 163
ナチュラリスム　19, 47, 48
七日葬　**288**
日帝　**15**, 18, 72, 169
日帝時代　85, 143
2・8独立宣言　17
日本式自然主義　4, 28
人形操縦術　**106**
ノベリスト　182, 190, 246, 306, 315, 324, 382
ノベル　169, **174**, 181, 182, 190, 209, 212, 214, 228, 233, 234, 237, 243, 244, **245**, **246**, **250**, 254, 260, 275, 276, 278, 306, 315, 383, 386, 389, 401, 404

は行

排技巧　112, 170, **171**, 186, 187, 189, 193, 324, 325, 383, 400, 402
排虚構　6, 75, 76, 165, 170, **171**, 184, 207, 220, 224, 256, 280, 281, 302, 303, 311, 312, 314, 385, 394, 402
パトス　**313**
発喪（パルサン）　**287**
万歳　68, 73, **167**, **203**, **230**, 239, 240, 264, 325, 352, 353, 359, 397
パンソリ　**113**
反浪漫主義　6, 32, 33, 37, 39, 43, 44, 72, 141, 152, 404
ピカレスク・ノベル　234

低い文体 **198**, 279
卑俗語 171, 186, 193, 383
フォーマル・リアリズム 52, 149, 368, 404, 405
物質主義 3, 23, 30, 56, 57, 58, 213, 214, 250, 252, 318, 319, 320, 322, 325, 326, 328, 330, 360, 390, 395, 396, 399, 400, 401, 402, 403
プロット 90, 110, 192, 193, 231, 279, 281, **292**, 294, 392, 393, 401, 402
プロレタリア文学 6, **45**, 46, 49, 50, 55, 58, 60, 97, 110, 111, 113, 155, 156, 189, 192, 194, 310, 325, 328, 337, 369, 400, 401
プロレタリア文学運動 45
文体混合 5, 23, **198**, 212, 250, **279**, 384, 392, 402
平面描写 77, 91, **98**, 153, 192, 193, 194, 372
幣帛（ペベク）163
弁証的写実主義 **46**, 51, 53, 54, 55, 57, 58, 63, 72, 78, 149, 152, 158, 330, 333, 369, 396
ホモ・エコノミクス 214

ま行

蔓衍体 **304**
ミメーシス **154**, 160, 166, 224, 380, 381
明成皇后殺害事件 132
無解決 4, 6, 73, **74**, **75**, 76, 77, 80, 150, 153, 154, 171, 191, 192, 193, 246, 269, **279**, **280**, 281, 291, 294, **295**, 296, 298, 300, 325, 352, 370, 371, 379, 392, 393, 402
無脚色 4, 6, 75, 76, 165, 192, 193, 220, 280, 281, 302, 311, 312, 324, 394, 402
無脚色小説 165, 171
メッキ論 **171**
モデル小説 76, 161, 165, 185, 206, 215, 226, 255, 258, 261, 281, 297, **302**, **310**, 314, 394

や行

両班（ヤンバン）**181**, 200
唯美主義 155, 156, 166, 169, 309, 383, 403, 404
唯物論 53, 55, **56**, **57**, 66, 192, 333, 337, 360, 396
葉銭（ヨプチョン）意識 **135**

ら行

リアリズム 4, 25, 29, 33, 47, 48, 49, 62, 146, 149, 150, 151, 160, 183, 190, 192, 193, 194, 198, 224, 233, 234, 306, 307, 318, 378, 380, 382, 399, 404
リアリズム小説 170, **223**, 224, 228, 246
立体描写 77, 98
吏読文 **176**
ルソーイズム 28, 30, 346, 367, 402

ローカルカラー 389, 400, 403
浪漫主義 4, 6, 19, 28, 31, 32, 33, 37, 38, 39, **41**, **42**, **43**, 44, 45, 59, 72, 141, 148, 152, 153, 154, 156, 198, **212**, 250, 319, 326, 328, 368, 400, 404
ロマンス **174**, 181, 183, 229, **250**, 260, 306, 307, 315
ロマンティックラブ 289, 314

わ

分かち書き 176

好評既刊

クオン人文・社会シリーズ

クオンならではの韓国関連のテーマを扱った
第一線で活躍する研究者・専門家による書き下ろし作品

*

01　再生する都市空間と市民参画
——日中韓の比較研究から——
田島夏与・石坂浩一・松本康・五十嵐暁郎　編著

02　朝鮮の女性（1392-1945）
——身体、言語、心性——
金賢珠・朴茂瑛・イ・ヨンスク・許南麟　編

03　ケータイの文化人類学
——かくれた次元と日常性——
金暻和著

04　「ものづくり」を変えるITの「ものがたり」
——日本の産業、教育、医療、行政の未来を考える——
廉宗淳著

新しい韓国の文学シリーズ

韓国で広く読まれている小説・詩・エッセイなどの中から、
文学的にも高い評価を得ている現代作家の
すぐれた作品を紹介します。

*

01　菜食主義者
ハン・ガン著／きむふな訳

02　楽器たちの図書館
キム・ジュンヒョク著／波田野節子、吉原郁子訳

03　長崎パパ
ク・ヒョソ著／尹英淑・YY翻訳会訳

04　ラクダに乗って
シン・ギョンニム著／吉川凪訳

05　都市は何によってできているのか
パク・ソンウォン著／吉川凪訳

06　設計者
キム・オンス著／オ・スンヨン訳

07　どきどき僕の人生
キム・エラン著／きむふな訳

08 美しさが僕をさげすむ
ウン・ヒギョン著／呉永雅訳

09 耳を葬る
ホ・ヒョンマン著／吉川凪訳

10 世界の果て、彼女
キム・ヨンス著／呉永雅訳

11 野良猫姫
ファン・インスク著／生田美保訳

12 亡き王女のためのパヴァーヌ
パク・ミンギュ著／吉原育子訳

13 アンダー、サンダー、テンダー
チョン・セラン著／吉川凪訳

14 ワンダーボーイ
キム・ヨンス著／きむふな訳

15 少年が来る
ハン・ガン著／井手俊作訳

朴景利著『完全版　土地』
近代史を背景に、様々な立場・職業・境遇の愛と恋、葛藤、悲しみ、喜び、
苦難を丹念に描き、生きることの意味を深く問いかける大河小説
『土地』全20巻の完訳プロジェクト（金正出監修）

＊

01巻（第1部 第1篇1章～第2編4章）／吉川凪訳
02巻（第1部 第2篇5章～第3篇10章）／清水知佐子訳
03巻（第1部 第3篇11章～第4篇15章）／吉川凪訳
以降続刊

日韓同時代人の対話シリーズ

〈ひとり〉と〈ひとり〉が出会って対話するとき、自分の奥にある何かが
目覚め、ほんの少し、私たちの何かが変わります。
その「何か」を見届けるシリーズです。

＊

01　酔うために飲むのではないからマッコリはゆっくり味わう

谷川俊太郎・申庚林著

02　親愛なるミスタ崔──隣の国の友への手紙

佐野洋子・崔禎鎬著

知のフォーラム

日韓の知性140人が集う〈知の万華鏡〉とも言うべき書籍のガイドブック

＊

韓国・朝鮮の知を読む

野間秀樹編

〈著者紹介〉

姜仁淑（カン・インスク）

文芸評論家。1933年、現在の朝鮮民主主義人民共和国（北朝鮮）・咸鏡南道に生まれる。ソウル大学国文科を卒業後、淑明女子大学国文科で博士号を取得。1965年、文芸誌「現代文学」で評論家デビュー。建国大学教授として教鞭をとるかたわら、活発な評論活動を行う。著書に『韓国現代作家論』、『日本モダニズム小説研究』、『金東仁』、エッセイ『言語で描いた年輪』、『冬の日時計』、『ミナの物語』などがある。現在、建国大学名誉教授、寧仁文学館館長。

〈訳者紹介〉

小山内園子（おさない・そのこ）

1969年生まれ。東北大学教育学部卒業。NHK報道局ディレクターを経て、延世大学などで韓国語を学ぶ。訳書に『引き算で生まれる野菜（原題『기적의 채소』）』（自然食通信社より刊行予定）など。

韓国の自然主義文学
韓日仏の比較研究から

クオン人文・社会シリーズ

2017年5月25日　初版第1刷発行

著者	姜仁淑
翻訳	小山内園子
発行人	永田金司　金承福
発行所	株式会社クオン
	〒101-0051　東京都千代田区神田神保町1-7-3 三光堂ビル3F
	電話：03-5244-5426／Fax：03-5244-5428
編集	黒田貴史　伊藤明恵（クオン）
進行管理	伊藤明恵
組版	菅原政美
ブックデザイン	桂川 潤

URL http://www.cuon.jp/

ISBN 978-4-904855-63-8 C0090 ¥3800E

万一、落丁乱丁のある場合はお取り替えいたします。小社までご連絡ください。